Paula Wall

Wilde Schwestern

Paula Wall

Wilde Schwestern

Roman

Aus dem Amerikanischen von
Gabriela Schönberger

Knaur

Titel der Originalausgabe: *The Wilde Women*
Originalverlag: AtriaBooks, New York

Die Folie des Schutzumschlags sowie die Einschweißfolie sind
PE-Folien und biologisch abbaubar.
Dieses Buch wurde auf chlor- und säurefreiem Papier gedruckt.

Bitte besuchen Sie uns im Internet:
www.knaur.de

Ein Unternehmen der Droemerschen Verlagsanstalt
Th. Knaur Nachf. GmbH & Co. KG, München

Redaktion: Ilse Wagner
Umschlaggestaltung: ZERO Werbeagentur, München
Umschlagfoto: mauritius images
Satz: Adobe InDesign im Verlag
Druck und Bindung: GGP Media GmbH, Pößneck
Printed in Germany
ISBN 978-3-426-66289-2

2 4 5 3 1

Für Bill. Für immer und ewig.

Danksagung

Jedes Jahr schauen meine Freundin und ich uns die Oscarverleihung an. Wir schlagen uns die Bäuche voll, ziehen über die Schauspieler her und bewerfen den Bildschirm mit Popcorn, wenn der Oscar für den besten Film an ein sentimentales Machwerk mit moralinsaurer Botschaft geht, das in der Geschichte Hollywoods ebenso wenig Eindruck hinterlassen wird wie ein Aufkleber aus dem letzten Wahlkampf. Und während der Dankesreden schalten wir generell den Ton aus. Wer will sich schon das kriecherische Gestammel einer Schauspielerin anhören, die in der Hoffnung, im nächsten Jahr nicht durch die Provinz tingeln zu müssen, die Namen irgendwelcher Filmbosse herunterrattert?

Doch weil wir gerade beim Thema sind, würde ich gern die Gelegenheit ergreifen und mich bei folgenden Menschen bedanken: Emily Bestler – du bist für deine Autoren wichtiger, als du dir vorstellen kannst. Michael Meller – ohne deine täglichen E-Mails bekäme ich nicht ein Wort zu Papier. Francesca Riverside – danke für deine Geduld und Unterstützung. Sheila Marie Blevins – Freundin und Schwester, danke dafür, dass du mir »Erin« vergibst. Aaron Priest – zu dir will mir einfach nichts Kitschiges einfallen, aber das gefällt mir an einem Agenten.

Der Herr gibt, aber die meisten Frauen wissen nicht zu schätzen, was ihnen gegeben wurde. Bei nicht wenigen Männern hingegen überwiegt die Selbstüberschätzung. Während der Jäger im Mann in einseitiger Zielstrebigkeit dem Mammut nachstellt, spazieren die Sammlerinnen scheinbar unentschlossen mal in die eine, mal in die andere Richtung, ohne genau zu wissen, nach welchen Beeren sie eigentlich suchen – aber mit dem festen Ziel vor Augen, mit den schönsten nach Hause zu kommen. Lorna Wilde hatte ihren Töchtern nicht viel mit auf den Weg zu geben, nur die Weisheit, die bereits ihre Mutter an sie vererbt hatte: »Tragt niemals löchrige Unterwäsche.« Da die Schwestern Wilde kreative junge Frauen waren, verzichteten sie vollständig auf Unterwäsche.

Vibrierend vor Lebendigkeit und Erwartung, stürzten die beiden Mädchen sich kopfüber in diese Welt und kreischten vor Vergnügen, als der Arzt ihnen ihre kleinen Hintern versohlte. Das Haar mitternachtsschwarz, die Augen von einem lodernden Blau, schienen die Schwestern quasi unter Strom zu stehen, so sprühten die Funken, wenn man sie berührte.

In der Schule wussten sie die Antworten bereits vor den Fragen, brachen reihenweise die Herzen von Jungen, die sie nicht einmal bemerkten, und wurden von reichen Mädchen beneidet, die alles besaßen. Sie hätten jeden Mann haben können, den sie wollten. Sie hätten alles werden können, was sie sich in den Kopf setzten. Aber wie ihre Mutter und die Mutter ihrer Mutter vor ihnen schlugen auch die Schwestern Wilde stets den Pfad des größtmöglichen Widerstands ein. An jedem Scheideweg im Leben gibt es eine rechte Entscheidung. Wilde-Ladys biegen grundsätzlich nach links ab.

Ihren schlechten Orientierungssinn führten die beiden auf den Tag zurück, an dem ihre Urgroßmutter Cyril Rudolph vor dem Altar einfach stehenließ. Während der Organist den Hochzeitsmarsch intonierte, erblickte Fidela beim Ankleiden ihr Konterfei im Spiegel und sah ihre Zukunft vor sich – ein Leben in Müßiggang und Luxus an der Seite eines Gatten, der sie vergötterte. Und prompt sprang sie aus dem Fenster.

Fidela fiel in Ungnade und direkt in die Arme von Bodine Wilde, seines Zeichens Teilzeitmusiker auf einem Flussdampfer und Vollzeitschürzenjäger. Als Cyril sich aus dem Kirchenfenster lehnte, erhaschte er gerade noch einen letzten Blick auf seine Liebste, die, nicht mehr am Leib als ein Paar Pumphosen und ein Fischbeinkorsett, in Richtung Fluss rannte, als sei der Teufel hinter ihr her, einen Schweif aus Rosenblüten von ihrem Brautstrauß hinter sich herziehend.

Cyril Rudolph war ein anständiger Mann, der Besseres verdiente. Doch ein anständiger Mann fällt stets am tiefsten. Nachdem alle Hochzeitsgäste ihr Beileid bekundet hatten, blieb er allein am Altar zurück, gedemütigt und von einem Schmerz überwältigt, den zu ertragen er für schier unmöglich hielt. Während ihm die Tränen über die Wangen liefen und er die Hände so fest zu Fäusten ballte, dass die Nägel sich ins Fleisch gruben, bis das Blut hervortrat, wandte er das Gesicht gen Himmel und breitete beide Arme aus. »Lass sie leiden, wie ich leide«, stieß er zwischen zusammengebissenen Zähnen hervor, »in diesem Leben und im nächsten!«

Der einzige Unterschied zwischen einem Gebet und einem Fluch liegt im Auge des Betroffenen.

Cyrils Worte entwichen wie Wasserdampf durch den geweihten Raum bis hinauf zum Dachgestühl, wo sie als Echo von den eichenen Balken abprallten und als Flüstern vom Balkon zu ihm zurückgeworfen wurden. Dort oben stand Cyrils bildschöne junge Sklavin und wiegte sich im Schatten hin und her. Ihre schlanken, schwarzen Finger flochten einen feinen Zopf aus Cyrils hellblondem Haar, das sie aus seiner Pferdehaarbürste gezupft hatte, während sie in leisem Singsang die Worte hauchte, die ihre Freiheit bedeuten sollten.
Eine Wolke schob sich vor die Sonne, und die azurblauen Glasaugen von Cyrils himmlischem Retter schienen sich zu schließen. Das Ewige Licht flackerte erregt in der roten Glaskugel, und die aus Stein erbaute Kirche verdüsterte sich, als wäre das Ende aller Tage gekommen. Cyril wusste, was er getan hatte, aber es bekümmerte ihn nicht. Wenn Fidela ihn nicht liebte – und zwar ausschließlich ihn –, war es nur rechtens, dass sie verdammt sei. Liebe kann sich in Hass verwandeln wie Wein in Essig.
Fidela brachte ihre Tage damit zu, Bodine Wilde aus Bars zu schleifen und aus den Armen anderer Frauen zu zerren. Wenn sie nicht gerade einen plärrenden Säugling stillte, erwartete sie das nächste Kind. Entweder war sie dick und unförmig wie ein Walross, oder sie schuftete für zwei. Doch etwas Seltsames geschah. Statt dass Fidela an diesem Leben zerbrochen wäre, wurde sie nur noch stärker. Ihr Rücken schmerzte, und ihre Finger wurden rissig und bluteten, aber ihre Konstitution verhärtete sich zu Gusseisen. Cyrils Worte hatten sich mit dem geflüsterten Zauberspruch der schwarzen Frau auf dem Sklavenbalkon vermengt. Ihr Leben lang würde Fidela von der Liebe besessen sein, doch nie sollte sie die Sklavin eines Mannes werden.
Was die eine nicht zu schätzen weiß, schätzen die anderen umso mehr. Bald konnte Cyril sich vor den in Scharen her-

beiströmenden Frauen nicht mehr retten, die ihn mit neckisch kreiselnden Sonnenschirmen umgurrten. Aber er erhörte keine von ihnen. Cyril Rudolphs Ehegespons hieß Rache. Der Hass bohrte sich in sein Innerstes wie ein Wurm in einen Apfel und ließ seine Seele von innen heraus verfaulen. Sein Haar verfärbte sich weiß, seine Augen verblassten zu einem eisigen Blau, und Boshaftigkeit zirkulierte in seinen Adern wie Gift. Jeden Abend stand er allein am Altar der Kirche und erneuerte seinen Racheschwur. »Nie soll sie ihr Bett mit einem Mann teilen, der sie so liebt wie ich«, betete er mit knirschenden Zähnen. »Bring sie zurück zu mir. Bring sie nach Hause.« Und jeden Tag lief Cyril am Hafen auf und ab und wartete, dass sein Gebet erhört wurde.

Als Beweis seines Glaubens und zum Zeitvertreib machte Cyril sich daran, Fidela ein Haus zu erbauen, in das sie hätte heimkehren können. Ein derartiges Bauwerk hatte man in dieser Gegend noch nie gesehen, eine Art Vorkriegsschloss mit Kaminsimsen, die aus Frankreich mit dem Schiff herbeigeschafft wurden, und mit Mosaikfliesen aus Italien. Es dauerte allein zwei Jahre, bis die Glaskuppel aus Europa eintraf, und sechsundzwanzig Männer mit Maultieren und Flaschenzügen arbeiteten daran, sie auf die Mauern zu setzen.

Ein Haus strahlt stets den Charakter seines Besitzers aus. Trotz der unermesslichen Kosten und der Detailversessenheit wirkte der Tempel der Liebe, den Cyril für seine Angebetete erbaute, so einladend wie ein Peitschenhieb. Die schweren Türen waren sowohl von außen als auch von innen zu verriegeln. Jeder Baum, jeder Busch und jedes Grasbüschel, das hoch genug hätte wachsen können, damit man sich dahinter verstecken könnte, wurden getrimmt oder auf Bodenhöhe geschoren. Und das schmiedeeiserne Stabwerk vor den Fenstern war kaum breit genug, um auch nur einen Zinnteller hindurchzuschieben. Cyrils geliebte Bastille thronte auf dem höchsten Hügel im County, mit freiem Blick über den Fluss. Jeden Abend zündete Cyril eine Laterne im Fenster seines Schlafzimmers an, ein dunkler Stern, der Fidela nach Hause leiten sollte. Bald begannen die Einheimischen dieses rote Brandloch im schwarzen Himmel Devil's Eye – das Auge des Teufels – zu nennen.

Eine geschäftliche Meinungsverschiedenheit, an der fünf Herzdamen und zwei Colt-Revolver beteiligt waren, führte schließlich dazu, dass Bodine Wilde sich unversehens mit dem Gesicht nach unten im Tennessee River treibend wiederfand. Fidela hatte nicht das Geld, ihren toten Gatten zu bestatten. Und so füllte sie seine Taschen mit Steinen, küsste seine erkalteten Lippen und sah zu, wie sein männlich schönes Gesicht im schlammigen Grund versank.

Am Tag von Fidelas Heimkehr wartete Cyril bereits sehnsüchtig am Hafen. Aber als sie den Dampfer verließ, blieb ihm vor Staunen der Mund offen stehen. Fidela Wilde hing am Arm eines noch schlimmeren Hurensohnes, als es derjenige gewesen war, mit dem sie damals durchgebrannt war.

Obwohl sie sich im Leben nie etwas geschenkt hatte, war Fidela seit ihrer Flucht kaum einen Tag gealtert. Nichts hielt sich lange bei Fidela, nicht einmal die Zeit. Lachend spazierte sie an Cyril vorbei, vergnügt wie ein Betrunkener auf einem sinkenden Schiff. Ihre Blicke trafen sich, und sie lächelte. Was als Freundlichkeit gedacht war, kam bei Cyril als Mitleid an. Doch um die Wahrheit zu sagen – Fidela erkannte ihn nicht, diesen welken alten Mann, der dort am Hafen stand. Von dem Cyril, den sie einst gekannt hatte, war nichts mehr übrig geblieben.

Letzten Endes holte Fidela sich vier blendend aussehende, aber nichtsnutzige Ehemänner in ihr Bett. Wie viele Kandidaten sie für diese Position getestet hatte, bleibt der Phantasie eines jeden Einzelnen überlassen. Doch Cyril war ihr nicht einmal ein paar Worte wert. Nie würde Fidela ihr Bett mit einem Mann teilen, der sie so liebte wie Cyril. Indem er Fidela verflucht hatte, hatte Cyril sich selbst verdammt.

Die Sünden der Mütter werden die Töchter heimsuchen. Von diesem Tag an wurden alle Frauen der Familie Wilde mit einem Splitter vom Spiegel des Teufels im Auge geboren. Ein sanfter junger Mann mit Liebe im Herzen schlägt sie in die Flucht. Ein geradliniger, hart arbeitender Kirchgänger verwandelt sie in einen frigiden Eiszapfen.

Die Frauen der Familie Wilde fühlen sich zu wilden Männern hingezogen, zu Männern, die sich eher den Arm abhacken würden, als sich einen Ring an den Finger zu stecken. Gefährliche Männer, deren Blick nichts als Ärger verspricht, zaubern ein sehnsuchtsvolles Schmollen auf die Lippen der Wilde-Ladys. Für einen Mann, der keinem Gesetz außer seinem eigenen gehorcht, machen sie die Beine breit wie ein Nussknacker.

Eine Frau, die ihrer Mutter in die Augen schaut, sieht ihre Zukunft, in den Augen ihrer Tochter sieht sie ihre Vergangenheit. Doch blickt sie in die Augen des Mannes, mit dem sie ihr Bett teilt, sieht sie das Leben, für das sie sich entschieden hat. Die Liebe hat die Fähigkeit, eine Frau in höchste Höhen zu katapultieren oder am Boden zu zerschmettern. Für eine Frau der Familie Wilde muss kein Grab geschaufelt werden.

1

Der Börsencrash 1929 war nicht das einzige Ereignis, das den Schwarzen Freitag in Five Points, Tennessee, noch zusätzlich verfinsterte. Das war der Tag, an dem Pearl Wilde ihre kleine Schwester stöhnend im Vorratskeller neben den Butterformen antraf. Es war kühl und dunkel, aber Pearl hatte nicht den geringsten Zweifel, dass es sich um ihre einzige Schwester handelte. Abgesehen davon, dass sie ihre Lieblingsschuhe an den Füßen trug, hatte Kat auch noch ihre Beine um Pearls Verlobten geschlungen.

Selbstverständlich gab Pearl alle Schuld ihrer Schwester. Ein Mann ist wie ein Brunnen: Er hat absolut keine Kontrolle darüber, wer seine Pumpe füllt.

»Das ist nur deine Schuld!«, kreischte Pearl und zeigte mit spitzem Finger auf Kats Beine, die kerzengerade in die Luft ragten.

Langsam warf Bourne Cavanagh einen Blick über seine breite, nackte Schulter zurück, das markante Gesicht trunken vor Whiskey und Verlangen. Pearl versank in seinen wasserblauen Augen wie in einem heidnischen Taufbecken, und ihre Entschlossenheit begann zu bröckeln. Bourne wusste, dass er nur das Zauberwort aussprechen musste, und Pearl würde *ihn* um Verzeihung bitten.

»Bitte, Schatz«, lallte er, »gib mir nur noch eine Minute.«

Pearl dachte in der Tat ganze dreißig Sekunden lang über

seine Bitte nach, was nur beweist, wie weit eine Frau zu sinken bereit ist. Doch dann stieg tief aus ihrem Inneren etwas empor, etwas, das so verborgen war, dass nicht einmal sie wusste, dass es in ihr steckte. Sie packte die leere Whiskeyflasche, die auf dem Boden lag, und schleuderte sie mit aller Kraft auf die beiden. Bourne riss die Hand hoch, als die Flasche gegen die Mauer prallte, aber nicht schnell genug, um die Glasscherbe abzuwehren, die ihm von der Augenbraue bis zur Wange das Gesicht aufschnitt. Zögernd betastete er das Malheur und starrte auf seine blutigen Finger. Dann hob er langsam den Kopf und schaute Pearl an. Der Blick zwischen den beiden sprach Bände. Aber ihre bevorzugte Form der Kommunikation war von jeher die Körpersprache gewesen.

Nachdem sie Kat ihre Schuhe von den schmutzigen Füßen gerissen hatte, bestieg Pearl den erstbesten Zug, der aus der Stadt hinausfuhr.

Die folgenden drei Jahre im Leben von Pearl Wilde verlieren sich im Ungewissen. Frank Merrill, der Apotheker, wollte sie irgendwann einmal gesehen haben, als sie in Chicago in eine glänzende schwarze Limousine stieg. Doch der Mann in ihrer Begleitung versicherte Frank unsanft, dass er sich irre. Wie Pearl es aus den Niederungen von Five Points in eine Limousine in Chicago geschafft haben sollte, war zwar ein Mysterium, aber alle waren sich einig, dass diese Frau zu Höherem geboren war.

Wieder einige Zeit später sprang Eddie McGowan nach der Hälfte des Films *Grand Hotel* auf und deutete auf die flimmernde Leinwand. »Das ist Pearl Wilde!«, rief er laut in das dunkle Lichtspielhaus. Dickie Deason, der am Wochenende als Vorführer im Roxy arbeitete, ließ den Projektor zurücklaufen und führte die Szene immer und immer wieder vor, bis der Filmstreifen sich schließlich verhakte und hängen blieb. Stumm sahen sie zu, wie Pearls Zelluloidgesicht zusammenschmolz, aber ihr Anblick, wie sie, von Kopf bis Fuß in schimmernden Strass gehüllt, Champagner aus einem langstieligen Glas schlürfte, war für immer in ihr Gedächtnis eingebrannt.

Weitere Hinweise auf Pearls Aufenthaltsorte lieferten sonst nur noch die Postkarten, die monatlich eintrafen, abgestempelt in New Orleans, Chicago, New York, Paris, Rom, Berlin und in einer Stadt im Orient, von der auf dem Postamt noch nie jemand etwas gehört hatte. Ungeachtet der Herkunft der Karte, lautete die Botschaft stets gleich.

»Kat Wilde, ich hoffe, Du schmorst in der Hölle!«

»Pearl hatte schon immer eine schöne Handschrift«, meinte Miss Mabel Hilliard seufzend und strich sehnsüchtig mit dem Finger über die exotische Briefmarke. »Und sie war schon als Kind sehr hartnäckig. Wenn sie sich mal in etwas verbissen hatte, war sie nicht mehr davon abzubringen.«

Über vierzig Jahre lang hatte Miss Mabel sich in der Zwergschule oben auf dem Hügel abgemüht, die Aufgeweckten und die weniger Wachen gleichermaßen mit Bildung zu beglücken. Sie kannte jedes Kind in Five Points, das irgendwann das Erwachsenenalter erreicht hatte, und jedes Jahr im Herbst pflanzte sie Chrysanthemen auf die vernachlässigten Gräber derjenigen, die es nicht geschafft hatten.

»Diese Pearl Wilde war ein echter Hingucker.« Sogar der Postamtsvorsteher verstieg sich zu einem ungebetenen Kommentar, während er den Stempel zwischen Stempelkissen und einem Stapel Umschläge rhythmisch hin- und herbewegte.

»Ihre Schwester Kathryn ist genauso hübsch«, erwiderte Miss Mabel beherzt.

Als progressive Lehrerin behandelte Miss Mabel alle ihre Schüler gleich, auch wenn sie es nicht waren. Sie hatte beide Wilde-Mädchen unterrichtet und wusste, aus welchem Holz sie geschnitzt waren. Mit kaum einem Jahr Altersunterschied geboren, waren die beiden Schwestern so unterschiedlich wie die Sonne und der Mond und ebenso unwillig, sich in den Schatten stellen zu lassen.

Der Herr hatte jedes der Wilde-Mädchen mit einem guten Blatt gesegnet – mit Schönheit, Glück, Verstand. Und sie hatten einander. Doch wie die meisten Glücksritter waren sie entschlossen, nicht die Karten, sondern die Spieler zu beherrschen. Als Pearl aus dem Mutterleib glitt, streckte sie dem Arzt galant die Hand hin, während Kat den alten Quacksalber beiseiteschubste und sich aus eigenem Antrieb auf den Weg in die Welt hinaus machte.

Pearl vertrieb sich die Zeit am liebsten mit dem Make-up und dem Schmuck ihrer Mutter. Kat warf die Puppen in die Ecke zugunsten eines verrosteten Werkzeugkastens, den der letzte Liebhaber ihrer Mutter vor der Schlafzimmertür hatte stehen lassen. In der Schule wusste Kat die Antwort, bevor die Frage gestellt war. Pearl hingegen wusste beizeiten, dass ihr alles, was sie in einer Dorfschule lernte, nur wenig nützen würde. Kat konnte bei einer Rangelei jeden Jungen niederringen, selbst wenn man ihr dabei eine Hand auf den Rücken band. Pearl lagen die Jungen bereitwillig zu Füßen, doch normalerweise waren es *deren* Hände, die gefesselt waren. Kat war eine Wildkatze, Pearl so verwöhnt und lasziv wie eine Perserkatze mit strassbesetztem Halsband.

»Alle haben Pearl immer überbewertet und Kathryn unterbewertet«, meinte Miss Mabel gedankenverloren, während sie die Postkarte umdrehte, um auf der Vorderseite das Bild eines sich windenden roten Drachen zu betrachten. »Die Ernsten werden immer ernster genommen als die Unbekümmerten. Man geht einfach davon aus, dass glückliche Menschen zu beschränkt sind, um zu wissen, dass sie eigentlich unglücklich sind.«

Pearl hatte einen diamantenförmigen Schönheitsfleck am Mundwinkel, und das zeigte, wo es bei ihr im Leben langging. Keiner zweifelte daran, dass sie etwas aus sich machen würde. Ebenso wie keiner daran zweifelte, dass Kat als Ebenbild ihrer Mutter ihr Leben vergeuden würde. Doch Miss Mabel beurteilte einen Menschen nicht nach seinem Aussehen oder ein Kind nach der Mutter, die es geboren hatte.

»Kathryn war ein kluges Kind. Im Rechnen war sie besser als alle meine Jungen.«

Miss Annabelle, die Telefonistin von Five Points, schnaubte empört. »Kat Wilde ist doch schon als kleiner Klugscheißer auf die Welt gekommen.«

»Sie war ein fröhliches Kind«, stellte Miss Mabel klar.

»Kat hat die *Fröhlichkeit* ihrer Mutter geerbt«, erklärte Annabelle dem Postamtsvorsteher, als wüsste der das nicht selbst. »Lorna Wilde hätte noch auf der *Titanic* einen Stepptanz aufs Parkett gelegt. Meine streunende Katze ist eine bessere Mutter, als Lorna Wilde es ihren Mädchen war.«

Daraufhin wusste Miss Mabel nichts zu erwidern. Sie konnte weder Lorna Wildes Mutterinstinkte noch deren Fehlen verteidigen. Lorna Wilde hatte etwas von einer Akrobatin auf Flugzeugflügeln an sich. Erst wenn sie den nächsten Mann fest am Haken hatte, ließ sie seinen Vorgänger ziehen. Damit war sie vollauf beschäftigt und hatte deshalb nicht viel Zeit, sich als Mutter zu engagieren. Die beiden Schwestern bemutterten einander und taten ihr Bestes, auch Lorna zu erziehen. Doch trotz all ihrer Bemühungen endete Lornas geistiger Horizont auf Höhe der Matratze.

»Lorna Wilde.« Seufzend stieß Bürgermeister Hardin Wallace ihren Namen hervor, als er die Ankündigung zur Stadtratsversammlung an das Anschlagbrett der Post nagelte. »Wenn eine schön war in der Familie, dann sie. Die Frau hatte Beine wie eine Giraffe.«

Sofort bedauerte Hardin seine Bemerkung. Eine Aussage wie diese sollte ein Politiker sich in gemischter Runde besser verkneifen, vor allem, wenn seine Frau anwesend war.
June Wallace schnappte kurz und heftig nach Luft, und ein bekümmerter Ausdruck trat auf ihr ohnehin ständig in Sorgenfalten gelegtes Gesicht. Hardin wappnete sich gegen die Szene, die sicher folgen würde. Es gab nur eines, das noch schlimmer war, als mit einer eifersüchtigen Frau verheiratet zu sein – die Ehe mit einer verrückten eifersüchtigen Frau. June Bug Wallace hatte in beiden Kategorien einen Ruf zu verteidigen. Nicht unbedingt die beste Ausgangssituation für einen Mann, der mit einem Auge nach dem Gouverneurspalast schielte, während er mit dem anderen die Beine jeder Frau in der Stadt taxierte.
Die Handtasche an die Brust gedrückt, lief June aus dem Postamt, Hardin hinter ihr.
»Ich bitte dich, June Bug«, flehte er auf dem Weg durch die Tür, »du weißt doch, dass du die große Liebe meines Lebens bist.«
Alle in dem Postamt blickten ohne großes Interesse durch das Fenster auf die Straße hinaus. Die ehelichen Streitereien der Wallace' waren schließlich abgestanden wie kalter Kaffee. Dann reichte Miss Mabel die Postkarte an Annabelle weiter, und die beiden alten Jungfern setzten ihre Debatte über die Wilde-Frauen fort. Da die Regierung Klatsch noch nicht mit Steuern belegt hatte, kursierte er in Five Points noch frei und ungehindert. Als der Tag sich dem Ende zuneigte, hatte jeder in der Stadt die neueste Postkarte eingehend studiert und wieder einmal seine vorgefasste Meinung bestätigt gesehen. Die Optimisten beharrten weiterhin auf ihrer Überzeugung, dass Pearl einen reichen Mann geheiratet hatte, vielleicht sogar eine Hoheit, und ein Leben in Müßiggang und Luxus führte. Die Pessimisten, deren Ansehen im

Leben nur durch das Versagen anderer eine Aufwertung erfährt, rückten keinen Zoll von ihrer Ansicht ab, dass außer der Gattin eines Missionars keine Frau ihren Fuß auf den Boden des gottlosen Orients setzen würde. Nur in einem waren sich alle einig: Was immer Pearl Wilde zweifellos auch verbreiten mochte, das Wort Gottes war es mit Sicherheit nicht. Überflüssig, zu sagen, dass das Bild des exotischen roten Drachen bereits reichlich abgegriffen war, als Kat endlich ihre Post abholte.

Im Dezember 1932 traf keine Postkarte ein. Das und die Weltwirtschaftskrise warfen einen düsteren Schatten über die bereits niedergedrückte kleine Stadt. Es gab keine Arbeit, kein Geld und keine Hoffnung. Um der allgemeinen Verzweiflung noch die Krone aufzusetzen, braute sich am Weihnachtsabend ein Eissturm zusammen. Die Temperatur fiel so rasend schnell, dass die Quecksilbersäule nicht Schritt halten konnte. Bald war jede Oberfläche mit rußigem Eis überzogen, und der Stadtplatz schien aus schwarzem Glas zu bestehen. Nicht nur die Wirtschaft, auch Mutter Natur hatte sich gegen sie gewandt.

Während die Frauen altes Zeitungspapier in die Ritzen um die Fenster stopften, um den pfeifenden Wind und die beißende Kälte abzuhalten, saßen die Männer zusammengesunken am Küchentisch. Sie stierten in ihre Kaffeetassen und versuchten, ihren ganzen Mut zusammenzunehmen, das Haus zu verlassen und in Richtung Norden zu den Stahlwalzwerken aufzubrechen. Natürlich wollte kein Mann wie eine rotäugige Ratte in einer Industriestadt hausen, sechs Tage die Woche im Schichtdienst schmoren, Ruß einatmen und sich Löcher in die Haut brennen lassen von dem geschmolzenen Metall, das aus den gigantischen Schmelztiegeln spritzte. Da konnte man genauso gut gleich das Leben überspringen und schnurstracks in die Hölle wandern. Aber sie zahlten sechsunddreißig Cent die Stunde. Und so stellte sich irgendwann die Frage: Zu welchem Preis war man bereit, seine Seele zu verkaufen?

Draußen bogen sich die elektrischen Leitungen unter der Last, und eisüberzogene Bäume knickten ein wie Mikadohölzchen. Der Wein im Abendmahlskelch in der Kirche St. Jerome verwandelte sich in blutroten Matsch, und an dem schiefergedeckten Dachgesims hingen Eiszapfen, so spitz wie Katzenzähne aus Kristall. Als die Truthahngeier, die in der verwitterten alten Eiche auf dem Kirchfriedhof ihre Schlafplätze hatten, davonzufliegen versuchten, waren ihre Flügel so starr und schwer vor Eis, dass sie zu Boden stürzten und dort festfroren.

Ein kaltes, graues Schweigen legte sich auf Five Points. Eisschicht um Eisschicht umhüllte die hölzernen Krippenfiguren, bis deren Gesichtszüge unkenntlich geworden waren und die Mitternachtsmesse ausfiel. Diejenigen, die ihr wertvolles Geld nicht für Licht ausgeben wollten, und ebenso jene, die überhaupt kein Geld zum Ausgeben hatten, krochen bei Anbruch der Dämmerung in die Betten.

Und deshalb lag die Stadt in tiefstem Schlummer, als Pearl Wilde am Bahnhof von Five Points aus dem Zug stieg.

»Pearl Wilde?«, fragte Pewitt, der Gepäckträger, als erblicke er ein Gespenst. »Bist du es wirklich?«

Pearl war schon immer ein flottes Mädchen gewesen. Ihrem Aussehen nach zu schließen – nachtblauer Bubikopf, blutrote Lippen, kohlrabenschwarz umrandete Augen –, war sie jetzt mit Lichtgeschwindigkeit unterwegs. Unter einem wadenlangen, weißen Chinchillamantel trug sie ein weißes Kleid aus Kaschmir. Sogar Pewitt wusste, dass eine Frau nach dem Tag der Arbeit im September kein Weiß mehr tragen sollte. Ihrem Aussehen nach sollte Pearl Wilde überhaupt kein Weiß tragen.

»Die Leute haben sich Gedanken über dich gemacht«, sagte er, als wäre es ein Vorwurf.
Jede Entscheidung, die eine Frau trifft, bereichert ihr Bild um eine neue Nuance. Dies erklärt zumindest zum Teil die Wirkung, die Pearls Anblick auf einen Mann hatte. Sofort sah er ein ungemachtes Bett vor sich, halb geschlossene Schlafzimmeraugen und eine Ausstrahlung, so kühl wie Baumwolllaken. Pewitt rechnete kurz nach und kam zu dem Schluss, dass Pearl mittlerweile siebenundzwanzig Jahre alt sein musste. Siebenundzwanzig war ziemlich alt, gemessen am Standard von Five Points. Hart war Pearl geworden in der Zeit ihrer Abwesenheit, aber gealtert war sie nicht. Das Eis in ihren Adern hatte sie frisch gehalten.
Sie war nach wie vor distanziert wie eine Katze. Und arrogant, wie Pewitt fand, wenn sie aus dem Hintergrund die Welt mit ausdruckslosen Augen beobachtete. Als sie beide noch jung gewesen waren, hatte er nie den Mut aufgebracht, sie anzusprechen. Doch jetzt war er ein erwachsener Mann, verheiratet, mit zwei Kindern, und Angestellter der L&N-Eisenbahngesellschaft. Und hier in der Dunkelheit standen nur er und sie auf dem Bahnsteig.
»Mensch«, sagte er mit einer Stimme, so anzüglich, dass seine eigene Frau sie nicht erkannt hätte, »Mensch, siehst du gut aus.«
Während er mit den Füßen stampfte und in die behandschuhten Hände klatschte, um nicht zu frieren, schien Pearl die Kälte nicht wahrzunehmen. Ihr Mantel stand offen, und der Schlitz in ihrem Kleid flatterte im Wind. Pewitts Augen saugten sich an ihrem Bein fest, und er betete darum, einen Blick auf mehr zu erhaschen.
Pearl nahm langsam einen tiefen Zug von ihrer Zigarette und sah sich desinteressiert um. Pewitt hatte es sich zur Regel gemacht, sich nirgendwo einzumischen, nicht einmal in sein

eigenes Leben. Doch in dieser Nacht folgte er Pearls starrem Blick: zu dem zerfetzten Zeitungspapier, das über die Straße geweht wurde, zu der verblichenen Farbe, die vom Bahnhofsgebäude abblätterte, zu den mit Brettern vernagelten Schaufenstern, denen Ruß und Apathie anhafteten. Dann fiel Pearls Blick auf ihn. Pewitt zog die Ärmel seines Mantels über die Handgelenke, um seine zerschlissenen Manschetten zu verbergen.

»Die Zeiten sind hart, seit du weg bist«, sagte er, als wollte er sich für den gegenwärtigen Zustand der Stadt entschuldigen. Eine Entschuldigung ist kein Schuldeingeständnis. Pewitt war schließlich nur Gepäckträger am Bahnhof. Was kann ein einzelner Mann schon ausrichten? Auf Pearls Gesicht zeigte sich keine Regung.

»Bist du für immer nach Hause gekommen«, fragte er, um das Schweigen zu füllen, »oder bist du nur auf der Durchreise?«

Nach einem letzten Zug von ihrer Zigarette ließ Pearl die erloschene Kippe auf den kiesigen Bahnsteig fallen und rammte sie mit der Spitze ihres hochhackigen Schuhs in den Boden. Ein Rest von weißem Rauch umspielte ihre leicht geöffneten Lippen, während sie an Pewitt vorbeistarrte. Auf ihrem Gesicht lag ein Ausdruck, so kalt, dass er sicher war, ein Mann müsste an ihren Lippen festfrieren, sollte er versuchen, sie zu küssen.

»Ich habe beschlossen, ein Bordell zu eröffnen.«

2

Die meisten angehenden Puffmütter fangen klein an: in einer besseren Hundehütte, mit einer Handvoll Mädchen, deren einzige vermarktbare Fähigkeit darin besteht, gleichzeitig Kaugummi zu kauen und zu stöhnen. Doch Pearl betrieb alles im großen Stil. Keiner wusste, woher sie das viele Geld hatte, aber alle malten sich lustvoll diverse Möglichkeiten aus, wie sie dazu gekommen war.

Das Haus auf dem Dog Leg Hill war exakt der Ort, der Pearl vorschwebte, eine viktorianische Villa mit sieben Schlafzimmern auf der falschen Seite der Bahngleise und mit einem skandalösen Ruf. Dabei nahe genug an der Stadt, um zu Fuß dorthin gelangen zu können, aber weit genug entfernt, damit die Diskretion gewahrt blieb.

Die alte Villa war von einem gewissen Mr. C. W. McCauley erbaut worden, ein Eisenbahner, der seine Zeit zwischen Louisville, Kentucky, und dem Umsteigebahnhof von Five Points aufteilte. C. W. lebte sein Leben auf der Überholspur. Er hatte eine Uhr in jeder Jackentasche, ein Haus in jeder Stadt und eine Frau in jedem Haus. Das Leben ist kurz für einen Mann, dessen Docht an beiden Seiten brennt. C. W. starb in seinem eigenen Bett – zumindest in einem von beiden. Und wenn schon nicht friedlich, dann immerhin vollständig erschlafft. Der Herr nahm ihn schnell zu sich, jedoch nicht schnell genug, um C. W. daran zu hindern, den Namen seiner Frau in Tennessee zu rufen, als sein kleiner Puffpuff zu seiner letzten Fahrt in den Tunnel von Louisville ansetzte. »LuLa, ich komme!«, rief er, kurz bevor seine Maschine für immer erstarb.

Als derjenigen mit den älteren Rechten fiel der Ehefrau aus Louisville sein ganzer Besitz zu. Und während das Männerquartett »I've Been Workin' on the Railroad« intonierte und die Sargträger C. W. das letzte Geleit gaben, machte sich die erste Mrs. McCauley daran, die »Angelegenheiten« ihres Mannes zu regeln. Als die zweite Mrs. McCauley und ihre sechs Kinder von der Beisetzung nach Hause zurückkehrten, fanden sie die Türen ihres Hauses mit Vorhängeschlössern versehen. Im Vorgarten prangte ein Schild: ZU VERKAUFEN, während ihre Habseligkeiten auf einem Haufen draußen vor dem Tor lagen.

Das Haus stand zwei Jahre leer. Sobald potenzielle Käufer die Geschichte erfuhren, schienen die Ehemänner immer eine Spur zu viel Interesse für die Details an den Tag zu legen. »Zwei Ehefrauen?«, fragte der staunende Mann. »Wie schafft ein einzelner Mann das nur?« Woraufhin die Frau ungehalten erwiderte: »Für eine anständige Frau ist das kein Ort, um ihre Kinder großzuziehen!« Weder finanzielle Erwägungen noch ein felsenfestes Fundament konnten ihre Meinung ändern.

Der Ruf der alten viktorianischen Villa war für immer ruiniert, und keine noch so große Menge an englischer Möbelpolitur konnte ihren jungfräulichen Schmelz wiederherstellen. Pearl fühlte sich jedoch sofort zu Hause. Sie gab ein beleidigend niedriges Angebot ab, woraufhin der Immobilienmakler indigniert die Hände über dem Kopf zusammenschlug. »Sagen Sie der Eigentümerin, dass ich ein Bordell eröffnen will«, befahl ihm Pearl. Und zur Überraschung des Maklers überließ ihr die erste Mrs. McCauley aus Louisville das Anwesen für einen Apfel und ein Ei.

Es ist schon schwierig genug, einen Mann dazu zu bringen, ein Haus in Schuss zu halten, geschweige denn zwei. Nachdem die Villa auf dem Dog Leg Hill jahrelang leer gestanden hatte, sah sie nicht nur heruntergekommen aus wie zu den Zeiten von C. W., sondern wirkte geradezu verwahrlost. Die altrosa Tünche war zu einem schmutzigen Grauton verwittert, die kunstvoll gearbeiteten Kreuzversatzleisten der rundum verlaufenden Veranda waren verrottet und teilweise abgebrochen, und die Schaukel baumelte schief an einer einzigen verrosteten Kette. Gurrende Tauben hatten die Glaskuppel erobert, zu der sie sich durch eine fehlende Scheibe flatternd Zugang verschafften und dabei den Boden mit Federn und Exkrementen übersäten. In den Schlafzimmern hausten Wildkatzen, die sich von Mäusen und Taubeneiern ernährten, während Strumpfbandnattern durch die Ritzen im steinernen Fundament, aus denen der Mörtel bröckelte, im kühlen Keller ein und aus krochen. Efeu wucherte durch die zerbrochenen Fensterscheiben bis ins Wohnzimmer hinein und rankte sich dort die abstehende Tapete hinauf, als wäre die Kletterpflanze Teil des Dekors aus Gartenpforten. Die Dachschindeln aus Schiefer waren auf den Rasen vor dem Haus gefallen und erinnerten an umgestürzte Grabsteine.

Eine Hand in die Hüfte gestemmt, während sie mit der anderen Hand die neuen Schlüssel schwenkte, stand Pearl vor diesem Wrack von Haus und taxierte es. Die alten viktorianischen Fenster schienen ihrem Blick ausweichen zu wollen und sich dessen zu schämen, was aus der Villa geworden war.

»Keine Bange, altes Mädchen«, sagte Pearl gelassen, »wir werden dich bald wieder auf Vordermann bringen.«

Annabelle Boyd war nicht nur das Fräulein vom Amt in Five Points, sondern fungierte darüber hinaus auch als städtisches

Sprachrohr. Hatte eine Frau keinen Telefonanschluss, war Annabelle überglücklich, die Neuigkeit persönlich überbringen zu dürfen – ob sie diese Nachricht etwas anging oder nicht. Gegen Ende der Woche war Pearl Wilde die einzige Person in Five Points, der Annabelle noch nicht mitgeteilt hatte, dass Pearl Wilde ein Bordell eröffnete.

Doch bevor Pearl ihr Gewerbe eröffnen konnte, musste noch jede Menge Arbeit in das alte Haus investiert werden. Ein Mann mit Eigeninitiative hätte einfach an Pearls Tür geklopft und um Arbeit nachgesucht. Doch da alle Männer dieses Kalibers in Five Points ihr Heil längst außerhalb der Stadt gesucht hatten, musste Pearl sich selbst nach Handwerkern umsehen.

Ein Mann, der keine Arbeit hat, um seine Zeit sinnvoll auszufüllen, neigt dazu, in seinen natürlichen Zustand zurückzuverfallen – in Five Points ein Zustand der Lethargie. Im Sommer waren die Jungs auf der Veranda von Witwe Greens Gemischtwarenladen anzutreffen, wo sie träge herumsaßen, an einem Hickorystock herumschnitzten und dem Gras beim Wachsen zusahen. Beim ersten Frost zogen sie in Bud Marshalls Haushaltswarenhandlung um, wo sie bis zum Frühjahr gemütlich vor dem dickbäuchigen Ofen überwinterten.

Bud Marshall hasste den Sommer. Im Sommer brachte er die meiste Zeit damit zu, mit einem Schraubenzieher der Marke Phillips Ohrenschmalz aus seinen Ohren zu pulen und zuzuschauen, wie die Küchenschaben über den schmutzigen Holzfußboden flitzten. Als noch sein alter Herr das Geschäft geführt hatte, hatten hier sechs festangestellte Verkäufer gearbeitet. Bud und die Wirtschaftslage hatten es geschafft, Personal und Umsatz um einiges zu reduzieren. Außer dass er hin und wieder eine Schachtel Nägel und ein paar zwei auf vier Zoll starke Holzbalken verkaufte, beschränkte sich sein Geschäft auf den Handel mit Produkten aus Colonel Cavanaghs illegaler Whiskeybrennerei. Da die meisten dieser Transaktionen nach Ladenschluss stattfanden, verbrachte Bud fast alle Tage mutterseelenallein in seinem Laden. Sollte er mal Hilfe beim Abladen von Bauholz benötigen, genügte ein lauter Ruf über die Straße, und einer der Jungs, die auf der Veranda des Gemischtwarenladens schaukelten, kam zu ihm herübergeschlendert. Als Entlohnung zerriss Bud normalerweise ein paar Schuldscheine, ausgestellt in Ermangelung anderer Möglichkeiten, an das Geld zu kommen, das sie ihm schuldeten. Aus Sicht der Jungs stellte dies allerdings nicht unbedingt einen großen Anreiz dar, sich ins Zeug zu legen.

Den ganzen lieben langen Tag lehnte Bud hinter seiner Ladentheke und sah zu, wie die Jungs Dame spielten und ab und an einen Strahl Kautabak in den Staub spien. Bud wusste, dass sie dabei heftig diskutierten, aber er würde nie erfahren, worüber, weil er nicht drüben war. Man kann eine Geschichte kein zweites Mal auf dieselbe Weise erzählen. Einzelheiten gehen verloren, die Begeisterung verpufft. Sobald ein Vorfall in Worte gefasst ist, ist er für immer erledigt. Bud starrte durch das Schaufenster der väterlichen Haushaltswarenhandlung und sah mit blutendem Herzen zu, wie die Jungs die Zeit totschlugen.

Er versuchte alles Mögliche, sie auch im Sommer in den Laden zu locken. Er drehte das Radio auf volle Lautstärke und hängte an die rückwärtige Wand Kalender mit den Fotos kurvenreicher Frauen, die kurze Hosen und unter dem Busen geknotete Hemden trugen, dabei neckisch in den Hüften einknickten und eine Schraubenzwinge küssten. Er besorgte Kissen für die harten Stühle und stellte leere Nagelfässer hin, damit die Jungs etwas hatten, worauf sie ihre Füße legen konnten. Er ließ einen Deckenventilator installieren, erweiterte seinen Vorrat an Royal Crown Cola und befestigte an der Wand einen Ständer mit gesalzenen Erdnüssen und Marshmallowkeksen. Doch wenn die Jungs im Sommer tatsächlich einmal Buds Lockrufen in seinen Laden folgten, dann nur aus zwei Gründen: Entweder um bei ihm auf den Lokus zu gehen, oder um sich mit Vorräten einzudecken.

»Na, was erzählt ihr euch denn heute so?«, erkundigte Bud sich dann sofort übereifrig.

»Ach, immer denselben alten Scheiß«, erwiderte Woody, während er aus der Toilette kam, den Reißverschluss hochzog und das Bein schüttelte, um sein Gemächte zurechtzurücken.

»Im Bauernalmanach steht, dass es heuer früh Frost geben soll.« Bemüht, nicht allzu verzweifelt zu klingen, versuchte Bud, die Konversation am Laufen zu halten.

»Was du nicht sagst«, lautete die Antwort von Woody, der sich ungeniert sechs Flaschen Royal Crown aus dem Waschzuber voller Eis nahm.

Ein weiterer Griff ins Regal, und Woody stopfte sich die Taschen mit Keksen und Erdnüssen voll. Dann ließ er einen Schuldschein in die Büchse fallen und schlenderte zurück in den Gemischtwarenladen.

Je verzweifelter Bud versuchte, sie im Sommer zu umwerben, desto gnadenloser ließen ihn die Jungs abblitzen.

Doch sofort beim ersten Frost, wenn Bud die Glut in seinem Holzofen entfachte, sah er, wie sich ihm ihre Gesichter zuwandten. Im Keller gab es eine Kohlenheizung, die den Haushaltswarenladen bestens wärmte, aber nichts zieht einen Mann mehr an als ein prasselndes Feuer. Kaum pendelte das Thermometer sich bei vier, fünf Grad ein, fingen die Jungs an, in Buds Laden überzusiedeln. Bud hielt sich zurück, bis sie sich auf ihren Stühlen niedergelassen hatten und auf das Feuer starrten. Doch dann legte er los. Nach einem halben Jahr Einzelhaft hatte Bud eine Menge loszuwerden.

»Ich musste doch glatt den Snackständer an die Wand schrauben«, erzählte er, überschwenglich wie ein junger Hund. »Die Mäuse haben die Salzkräcker in der untersten Reihe angeknabbert. Ich hab sogar Dübel hernehmen müssen für die Ziegel. Klar, um den Rauchabzug herum ist der alte Backstein weich wie Butter. Aber wenn ich den Ständer dorthin hänge, werden nur die Kräcker trocken. Hier«, fügte er hinzu und schob ein Fass unter Roy Lesters Stiefel, »leg deine Füße hier drauf.«

Je mehr Bud plapperte, desto ruhiger wurden die Jungs. Je ruhiger sie wurden, desto mehr legte Bud sich ins Zeug.

»Hab mir überlegt, mir einen Eisschrank zuzulegen. Dann gibt's Käse und Mortadella. Da käme dann mal echt Geld rein. Vielleicht stell ich auch noch 'nen Topf mit Wiener Würstchen hin. Was haltet ihr Jungs von Soleiern –«

»Herr im Himmel!«, bellte Roy Lester schließlich. »Wenn ich auf Krach scharf wäre, würde ich daheim in meinem Wohnzimmer hocken und mir das Geschwätz von meiner Alten anhören!«

Natürlich wusste jeder, dass Roy Lester keine Chance hatte, sich in seinem eigenen Wohnzimmer aufzuhalten, selbst wenn er gewollt hätte. Seine Frau Joy (die ihrem Namen – Freude – keine Ehre machte) ließ keine Menschenseele je einen Fuß in ihr Allerheiligstes setzen. Nur an Weihnachten und bei Beerdigungen machte sie eine Ausnahme. Aber die Jungs verstanden, was Roy damit ausdrücken wollte.

Daraufhin war Bud eine Weile eingeschnappt, zog einen Schmollmund und tat so, als hätte er an der Registrierkasse zu tun. Aber wenn die Jungs einmal in seinem Laden saßen, konnte ihn nichts lange bremsen.

»Habt ihr Jungs vielleicht Lust auf Bohnen und Maisbrot?«, fragte er nach einer Weile. »Ich dachte, ich könnte zum Mittagessen einen Topf mit Pintobohnen auf den Herd stellen.

Peperoni hab ich auch noch, und ich könnte noch 'ne Zwiebel ...«
Im Winter musste Bud den Snackständer und den Zuber mit Royal Crown doppelt so oft nachfüllen. Gelegentlich lieh sich einer der Jungs auch einen Schraubenzieher oder eine Zange aus – für immer, versteht sich. Aber das war ein niedriger Preis für ihre Gesellschaft. Und aus Sicht der Jungs gab es nicht viele, die bereit waren, sich für diese Almosen mit Bud abzugeben.

Die Jungs wussten, dass Pearl Wilde auf sie zukommen würde, doch zwei Wochen lang warteten sie vergebens. Sie überlegten gerade, ob sie beleidigt sein sollten, als Bud Pearl endlich draußen auf dem Gehsteig entdeckte.
»Da kommt sie!«, rief er und eilte zurück, um seinen Platz auf dem Stuhl vor dem Bullerofen bei den anderen einzunehmen. Pearl sei noch immer eine heiße Braut, hieß es. Doch da ihre Meinung so ungefähr das Einzige war, das sie noch nicht in Mendelsons Pfandleihe versetzt hatten, wollten die Jungs sich lieber selbst ein Bild von ihr machen.
Als eine über Gebühr lange Zeit verstrich und sich nichts tat, drehte Bud sich auf seinem Stuhl um und reckte den Hals, um nachzuschauen, was sie so lange aufhielt. Pearl stand vor seiner Auslage. Da sie die Sonne im Rücken hatte, konnte Bud nicht mehr erkennen als ihre Silhouette, aber er hätte sie so oder so erkannt. Es war die Art, wie sie dastand – eine Hand auf der Hüfte, das Gewicht auf ein Bein verlagert. Seit sie zusammen in der Schule gewesen waren, hatte sie diese Ausstrahlung an sich, so als wäre ihr nicht bewusst, dass alle Welt sie beobachtete. Oder vielleicht war es ihr auch vollkommen egal. Pearl Wilde hatte noch nie mehr tun müssen, als irgendwo aufzutauchen, um sich der ungeteilten Aufmerksamkeit eines jeden Mannes sicher zu sein.

Als Bud versuchte, Pearls Gesicht zu erkennen, wurde ihm plötzlich schwindlig, und eine Welle der Übelkeit überrollte ihn, als wäre er seekrank. Er hatte zwar noch nie den Ozean gesehen, war aber ziemlich sicher, dass es sich so anfühlen musste. Das Zimmer schwankte, ihm drehte sich der Magen um, und ihm wurde heiß, als hätte er Fieber. Zuerst dachte Bud, er bekäme die Grippe. Doch während er Pearl betrachtete, deren Blick auf seinem staubigen Schaufenster ruhte, in dem gerade mal zwei ausgeblichene Levis-Latzhosen schlaff über einem Ständer hingen, wurde ihm klar, was mit ihm nicht stimmte: Er schämte sich.

Langsam wanderte Buds Blick durch den Haushaltswarenladen, und sein Magen verkrampfte sich. Plötzlich sah er das väterliche Geschäft mit Pearls Augen: stapelweise aufgerissene Schachteln, aus denen die Ware auf den Boden quoll, ein verrosteter Eimer, in dem das Regenwasser faulte, das von der Decke tropfte, alle Regale mit zentimeterdickem Staub bedeckt, während auf der Ladentheke uralte, vergilbte Kassenbelege herumlagen, die sich bereits an den Ecken aufrollten.

Fiel etwas von einem Regal herunter, ließ Bud es auf dem Boden liegen. War etwas auf dem falschen Platz eingeräumt, ließ er es dort. Sein Vater hatte sein Leben damit zugebracht, das Geschäft aufzubauen, und Bud hatte darin gearbeitet, seit er alt genug gewesen war, einen Besen zu schwingen. Jetzt schaute er sich um und fragte sich, wann er aufgehört hatte, sich dafür einzusetzen.

Endlich ertönte die Türglocke, und ein Stromstoß durchzuckte die Jungs. Pearl kam hereingeschlendert, blieb eine volle Minute lang vor der Ladentheke stehen und sah sich beiläufig um. Sie zögerte immer, wenn sie einen Raum betrat, wie eine Stripperin, die kurz innehält, ehe sie ihren Handschuh auszieht. So als wäre sie noch unsicher, ob sie es tun sollte. Die meisten Frauen haben kein Gespür für das richtige Timing. Entweder legen sie los wie der Teufel oder kommen erst gar nicht in die Gänge. Bei Pearl war jeder Atemzug eine Aufforderung und jede Bewegung eine Herausforderung. Ihre Ausstrahlung war ihr durchaus bewusst, aber sie war einfach so verdammt gut, dass sie nicht darüber nachdenken musste.

Schließlich hörte man sie den dunklen Korridor zwischen den Behältern mit den Beilagscheiben und den Schrauben entlanggehen. Ihr Gang sagt viel über eine Frau aus. Die Absätze mancher Frauen trommeln auf den Fußboden, als trieben sie Nägel in das Holz. Manche trippeln wie verhuschte Mäuse. Pearl setzte locker und lässig einen Fuß vor den anderen, was auf die Jungs den Eindruck machte, als hätte sie alle Zeit dieser Welt. Doch diese Zeit hatte ihren Preis.

Alle Anwesenden hatten Pearl ihr Leben lang gekannt, mit Ausnahme von Eddie McGowan, der in mehr als einer Hinsicht der Benjamin der Gruppe war. Aber man kann eine Frau so und so kennen. Alle hatten sie mit Pearl zusammen die Schulbank in Miss Mabels Klassenzimmer gedrückt und mehr Zeit in der Kirche von St. Jerome damit verbracht, Pearls Profil statt das vor ihnen hängende Kruzifix anzubeten. Und dennoch war Pearl ein Mysterium für sie wie der Mond. Und ebenso unerreichbar. Kurz nachdem sie voll erblüht war, hatte Bourne Cavanagh Besitzansprüche auf Pearl angemeldet. Und jeder hütete sich davor, Cavanagh in die Quere zu kommen.

Nachdem sie den Laden zur Hälfte durchquert hatte, verstummte das klackende Geräusch von Pearls hohen Absätzen auf dem schmutzigen Fußboden. Die Jungs wurden allmählich ungeduldig. Vorsichtig den Kopf hebend, warfen sie einen raschen Blick nach vorn, um zu sehen, was Pearl dort so lange aufhielt. Sie hatte ihnen den Rücken zugewandt und

stand vor dem Schaukasten mit den Türklopfern aus Messing. Natürlich riskierten die Jungs einen zweiten Blick. Die meisten Frauen in der Stadt malten sich mit Tinte einen schwarzen Strich auf die Waden, damit es aussah, als trügen sie Seidenstrümpfe. Pearls Seidenstrümpfe waren echt. Die Augen der Jungs verharrten kurz auf Pearls Fußknöcheln, ehe sie der Strumpfnaht vom Absatz bis zum Saum ihres weißen Chinchillamantels folgten. Von dort an übernahm ihre Phantasie, und sie stellten sich den Seidenstrumpf vor, der an ihrem spitzenbesetzten Strapsgürtel befestigt war, und dazwischen den weichen, blassen Streifen Fleisch, der so gut duftete. Roy Lester stieß einen stummen Pfiff aus. Und plötzlich wurde es sehr warm in dem Raum.
Mit einem Ruck drehte Pearl sich vor dem Schaukasten um und kam auf sie zu. Schlagartig ließen die Jungs sich auf ihre Stühle zurücksinken. Bis Pearl den Bullerofen erreichte, hatten die Männer – die Arme vor der Brust verschränkt, die Beine lässig ausgestreckt, den Mund voller Kautabak – ihr bestes Pokerface aufgesetzt.
Vor dem Ofen blieb Pearl stehen und streckte die Hände aus, um sie zu wärmen, hauptsächlich aber, um den Jungs Gelegenheit zu geben, sich für sie zu erwärmen. Die Hälfte der Glühbirnen im hinteren Teil des Ladens war ausgebrannt. Bud war zu geizig und zu faul, um neue einzuschrauben. Verstohlene Blicke und angestrengtes Schielen bestätigten den Jungs, dass ihnen deswegen eine Menge Details entgingen. Roy Lester warf einen Blick hinauf zu der ausgebrannten Glühbirne über Pearls Kopf, ehe er Bud böse anstarrte. Bud zog den Kopf ein. Er wusste, dass er sie enttäuscht hatte.
»Hallo, Jungs.«
Pearls heiseres, rauchiges Südstaatentimbre fuhr einem Mann weniger ins Gehör als direkt unter die Haut. Ihre Stimme zielte unter die Gürtellinie und veranlasste den Adressaten,

sich nach vorn zu beugen und den Atem anzuhalten, aus Angst, ein Wort oder eine Gelegenheit zu verpassen.

»Ich weiß nicht, ob ihr es schon alle gehört habt, aber ich habe die alte McCauley-Villa oben auf dem Dog Leg Hill gekauft.«

Natürlich wusste sie, dass sie es wussten, und sie wussten, dass sie es wusste. Aber ein Mann lässt sich nicht gern sagen, was er weiß oder nicht weiß. Und wenn es etwas gab, womit Pearl sich auskannte, dann waren das Männer.

»Der alte Kasten ist in einem wirklich traurigen Zustand.« Pearl seufzte traurig.

Mit eingezogenem Kopf starrten die Jungs auf ihre abgetragenen Arbeitsschuhe. Inky Mott ließ einen Zahnstocher von einem Mundwinkel zum anderen wandern, und Dickie Deason tat so, als würde er in einer Wochen alten Zeitung lesen.

»Hey, Buck Darnell«, fuhr Pearl fort, als wäre ihr der Gedanke gerade eben gekommen, »dein Vater hat doch früher die feinsten Schränke geschreinert. Ich werde eine Menge Schränke und Einbauten brauchen. Und hinter dem Haus müsste Platz gemacht werden, damit dort ein paar Autos parken können. Und du, Roy Lester, ich hoffe, du weißt noch, wie man Rohre verlegt. Einen Haufen Badezimmer brauche ich nämlich auch.«

Roy Lester spie einen langen, braunen Strahl Kautabak in die rostige Kaffeedose neben seinem Stuhl.

Mit dem sicheren Instinkt, ihnen ausreichend Vorspiel geboten zu haben, kam Pearl schließlich zur Sache. Sie drehte sich um und sah jedem einzelnen der Männer in die Augen, gerade lang genug, um ihre erloschenen Lebensgeister zu wecken. Hoffnung machte sich breit in dem Raum, vielleicht war es aber auch Testosteron. Für die meisten Männer ist das ohnehin ein und dasselbe. Ein schiefes Lächeln trat auf Dickies Gesicht, und Inky Mott wirbelte den Zahnstocher in seinem grinsenden Mund hin und her wie einen Taktstock. Sie fühlten sich wieder frech und selbstsicher wie damals in der Schule, als das Leben noch vor ihnen lag. Zum ersten Mal seit langer Zeit fühlten sie sich wieder als Männer. Doch ihre Muskeln waren mangels Einsatz schwach geworden. Praktisch sofort begann ihr Selbstvertrauen wieder zu schwinden. Sie senkten den Blick und ließen die Schultern hängen. Beinahe hätten sie Pearl leidgetan, wäre sie nicht so empört gewesen. Viel zu leichtfertig hatten sie ihr Leben aufgegeben. Die Jungs hatten nicht einmal mehr genug Mumm in den Knochen, um ihrem Blick standzuhalten.

»Ich zahle fünfzig Cent die Stunde, plus Mittagessen und Kaffee, so viel ihr trinken könnt«, sagte sie gleichmütig.

Nun, das trieb die Stimmung in die Höhe. Fünfzig Cent die Stunde war mehr, als sie in Nashville bezahlten, um das neue Postamt zu bauen. Die Jungs starrten noch immer auf ihre Schuhe, atmeten mittlerweile aber schwer.

Pearls Geduld wurde auf eine harte Probe gestellt, als keiner ein Wort sagte. Aber keine andere als Pearl wusste besser, dass die Stimmung rasch im Eimer ist, wenn man einen Mann bedrängt.

»Tja«, meinte sie nach einer Weile, »wenn ihr vielleicht jemanden kennt, der Arbeit sucht …«

Mit einem raschen Blick nach rechts und nach links erhob Eddie McGowan sich langsam von seinem Stuhl. Der Erste Weltkrieg hatte Five Points die Tapferen, die Weltwirtschaftskrise die Ehrgeizigen gekostet. Die Männer, die jetzt noch übrig waren, waren diejenigen, die immer das Nachsehen hatten. Doch von allen Zurückgebliebenen war Eddie McGowan der Letzte, den Pearl sich ausgesucht hätte, damit er für sie arbeitete. Eddie war ein schöner junger Mann mit hellen Augen und einem Schopf goldener Locken. Mit einem kleinen Bogen und einem Pfeil in der Hand wäre er glatt als

Amor durchgegangen. Nicht nur ein Mädchen hatte versucht, ihn in den Hafen der Ehe zu lotsen. Aber es ist praktisch unmöglich, einen Mann abzuschleppen, der noch im Fruchtwasser schwimmt. Eddie war ein neunzehn Jahre altes Muttersöhnchen und noch lange nicht abgenabelt.

Pearl öffnete ihr silbernes Zigarettenetui, nahm eine Zigarette heraus und klopfte damit nachdenklich auf ihre eingravierten Initialen. Dabei starrte sie Eddie so intensiv an, dass ein normaler Mann klein und kleiner geworden wäre. Eddie, der sein Leben lang angestarrt worden war, zuckte mit keiner Wimper.

Pearl klappte ihr silbernes Feuerzeug auf und zündete sich die Zigarette an. »Wie geht's deiner Mama, Eddie?«, fragte sie und nahm einen tiefen Zug.

»Der geht's prächtig, Ma'am. Danke der Nachfrage.«

Der Art und Weise nach zu schließen, wie Pearl den Rauch aus dem Mundwinkel stieß, war dies nicht die Antwort, die sie sich erhofft hatte.

»Eddie, weißt du, wie man ein Bad installiert?«

»Miss Pearl, meine Mama sagt, dass ich alles kann, was ich mir in den Kopf setze«, versicherte ihr Eddie.

Die Jungs ließen Pearl nicht aus den Augen, sondern fixierten sie wie Jagdhunde, die wissen wollen, welchen Weg das Kaninchen einschlägt. Pearl mochte schamlos genug sein, in ihrer Heimatstadt ein Bordell zu eröffnen, aber es grenzte schon an Todessehnsucht, der Mutter eines der Ihren zu widersprechen. Die Jungs wussten, dass Pearl wusste, dass Eddie ein Muttersöhnchen war. Und Pearl wusste, dass sie es wussten. Und Eddie hatte nicht nur irgendeine Mutter: Maysie McGowan war eine Naturgewalt.

Wenn Pearl Eddie einstellte, würde Maysie sie ans Kreuz dafür nageln, dass sie ihren Jungen verdarb. Stellte sie ihn nicht ein, würde Maysie das als Beleidigung auffassen und dafür

sorgen, dass kein Sohn einer anderen Mutter in Five Points für sie arbeitete.
Pearl hatte also die Wahl zwischen Pest und Cholera. Und alle im Raum wussten das. Mit einem tiefen Zug von ihrer Zigarette, der einen Fingerbreit Asche hinterließ, starrte Pearl Eddie so auffordernd an, dass die Jungs den Atem anhielten.
»Miss Pearl«, sagte Eddie, »ich schwöre Ihnen, ich schaufle Scheiße für Sie, wenn Sie das wollen.«
In seiner Stimme lag so viel Aufrichtigkeit, wie kein Mann sie je an den Tag legen sollte. Pearl machte auf dem Absatz kehrt und stieß dabei einen Seufzer aus weißem Rauch aus.
»Mach deine Arbeit gut«, erwiderte sie trocken, »dann können wir uns das hoffentlich sparen.«

Eddie machte sich noch am selben Tag an die Arbeit, das heißt, wenn man es Arbeit nennen kann, an Pearls Küchentisch zu sitzen und ihr den gesamten Klatsch der Stadt zu erzählen. Pearl saß Eddie gegenüber, rauchte und sah ihm dabei zu, wie er seinen Kuchen aß.
»Erzähl mir von meiner Schwester«, bat Pearl schließlich.
Eddie schaute zu ihr hoch und kaute ungerührt weiter.
»Kat? Was wollen Sie wissen?«
Pearl nahm einen langen Zug und hielt die Luft an.
»Alles«, erwiderte sie beim Ausatmen.

3

Um fünf Uhr schickte Pearl Eddie nach Hause. In seiner Tasche steckten der Lohn für vier Stunden Arbeit und eine handschriftliche Nachricht auf weißem Büttenpapier mit einem verschlungenen W im Briefkopf. Während Eddie sich ein Nickerchen auf der Couch gönnte, um sich von seinem anstrengenden Arbeitsnachmittag bei Kaffee und Kuchen zu erholen, stand Maysie McGowan an der Küchenspüle und las Pearls Nachricht bereits das zweite Mal.

Sehr geehrte Maysie McGowan,
hier im Umschlag finden Sie Eddies Lohn für die exzellente Arbeit, die er heute geleistet hat.
Sie müssen über alle Maßen stolz auf Ihren Eddie sein. Sie haben wirklich einen feinen Sohn mit einer untadeligen Arbeitsauffassung großgezogen.

Mit freundlichen Grüßen,
Ihre Pearl Wilde

Maysie blickte auf und schnaubte. Ihr »feiner« Sohn hatte sein Lebtag noch keine richtige Arbeit gehabt. Bevor das Frühstück nicht auf dem Tisch stand, bequemte Eddie sich nicht aus dem Bett, und wenn er nachmittags nicht zu seinem Nickerchen kam, schlief er im Stehen ein. Die einzige Arbeit im Haus, die sie ihm jemals abverlangt hatte, war die, sein Wasserglas auszuspülen und es umgedreht neben das ihre in die Spüle zu stellen. Maysie hatte Eddie für immer verdorben, und das wusste sie. Er war das schönste Baby gewesen, das sie oder ein anderer in der Stadt jemals gesehen hatte. Maysie hatte ihn stundenlang geschaukelt, nur um ihn betrachten zu können. Mit strampelnden Füßchen und fuchtelnden Ärmchen hatte er sie angelacht und gegluckst, bis ihr Herz dahingeschmolzen war. Aber das tat er für jede Frau, die ihn im Arm hielt.

Wenn es um die Verteidigung ihrer Jungen geht, verhalten sich Wölfe weitaus weniger grimmig als Maysie McGowan bei ihrem Eddie. Sie umsorgte und verwöhnte ihn, hielt ihn von allem Bösen fern, bis er zum Mann herangewachsen war, und beschützte ihn mit gefletschten Zähnen. Kein Junge wagte es, sich mit Eddie zu prügeln. Kein Erwachsener wies ihn in der Kirche zurecht. Und kein Mädchen konnte seine Aufmerksamkeit über längere Zeit erregen. Bisher hatte Eddie sein Leben in der Luftblase der mütterlichen Liebe verbracht, von allem hermetisch abgeschottet. Jetzt war er so nutzlos wie gebrauchtes Toilettenpapier.

Maysie starrte aus dem Küchenfenster. Eine schwarzblaue Krähe hockte auf der Wäscheleine, das regenbogenfarben schillernde Gefieder gesträubt, den Kopf gesenkt, während ihre schwarzen Knopfaugen sie fixierten. Maysie klopfte mit ihren rissigen Knöcheln an die Fensterscheibe, aber die Krähe starrte sie weiterhin an. Das war ein Zeichen. Tod oder Veränderung lag in der Luft. Für manche ist das ein und dasselbe.

Maysie wusste genau, dass Eddie nicht imstande war, einen Hammer in einer Werkzeugkiste zu finden, und sie wusste auch, dass Pearl Wilde das wusste. Sie bezweifelte sogar ernsthaft, ob der Junge überhaupt eine Ahnung hatte, wie ein Werkzeugkasten aussah. Aber bei seiner Arbeit für Pearl Wilde war es das erste Mal, dass Eddie jemals im Leben so etwas wie Begeisterung an den Tag gelegt hatte. Maysie McGowan war hin- und hergerissen. Wenn sie sich stur stellte und Eddie verbot, für Pearl Wilde zu arbeiten, war nicht abzusehen, ob er seinen faulen Arsch jemals wieder in die Höhe bekommen würde. Aber andererseits warf es ein schlechtes Licht auf ihre Fähigkeiten als Mutter, wenn Eddie alles vermasselte. Maysie hatte also ebenfalls die Wahl zwischen Pest und Cholera. Sie machte den Umschlag auf und zählte die knisternden Dollarnoten. Und dann war da natürlich noch das Geld.

Maysie nahm die Jacke ihres verstorbenen Mannes vom Kleiderbügel im Garderobenschrank und zog sie über ihre Latzhose. Dann öffnete sie die Tür einen Spalt und spähte auf den schlummernden Eddie im Wohnzimmer. Er hatte sich auf der Couch zusammengerollt, die Hände unter sein schönes Gesicht geschoben, und lächelte im Schlaf. Seit dem Tag, an dem Eddie das Laufen gelernt hatte, hatte Maysie nur um eines gebetet – um eine reiche Frau, die ihn ihr abnehmen würde. Sie hätte sich vielleicht genauer ausdrücken sollen. Eine Arbeit im Puff hatte sie für ihren einzigen Sohn dabei nicht im Sinn gehabt, aber man muss sich mit dem bescheiden, was Gott einem gibt.

Maysie blieb noch einen Moment auf der Veranda stehen, nachdem sie die Haustür leise hinter sich zugezogen hatte. Im Winter wurde es in Five Points früh dunkel. Die Gaslaternen warfen einen dunstigen, gelben Schein auf die anderen Häuser in der Straße. Durch die Fenster konnte Maysie sehen, wie ihre Nachbarn ihrem Alltag nachgingen wie Schauspieler auf einer Bühne: Buck Darnell, rot im Gesicht und wütend, weil das Abendessen so mager ausfiel; seine Frau Luella, die ihn und die drei Jungen wegen irgendwelcher

Lappalien anschrie. Pewitt, der Gepäckträger, und seine Frau Addie, die wie zwei Fremde im Zug schweigend in ihrem Wohnzimmer saßen. Annabelle, die Stadttelefonistin, war über die Bibel gebeugt und fuhr mit den Fingern an den Zeilen entlang, die sie gerade las. In Roy und Joy Lesters Haus waren die Vorhänge stets zugezogen, doch das konnte ihre Unzufriedenheit auch nicht verbergen. Das Leben zeigt Flagge, so oder so.
Maysie zog ihre Kappe tief ins Gesicht, klappte den Kragen der Jacke hoch und schob die Hände in die zerschlissenen Taschen. Dann reckte sie entschlossen das Kinn und marschierte in Richtung Dog Leg Hill.

Wie üblich fand Eddie sich auch am nächsten Tag im Haushaltswarenladen ein. Doch kaum war er durch die Tür getreten, blieb er abrupt stehen. Einen Moment lang dachte er, er sei am falschen Ort. Inky Mott schwang einen Besen, Woody stand auf einer Leiter und schraubte neue Glühbirnen in die Fassungen, Dickie Deason klopfte die Spinnweben von der Auslage im Schaufenster, und Buck nagelte ein kaputtes Regal zusammen.
»Was ist denn hier los?«, fragte Eddie.
»Ach, immer derselbe alte Scheiß«, knurrte Bud, ohne von der Ladentheke aufzublicken, die er gerade polierte.
Das Sonnenlicht ergoss sich in voller Pracht in den Laden. Das Schaufenster war so sauber, dass es aussah, als hätte jemand die Scheibe herausgeschlagen. In den Ecken stapelten sich nicht länger leere Kartons, keine verstaubten Spinnweben überzogen die Regalbretter, und auf dem Fußboden lag kein Sand mehr. Es roch nach Scheuerpulver und Möbelpolitur. Neben den Stühlen der Jungs stand anstelle der rostigen Kaffeedose von Maxwell House ein nagelneuer Spucknapf aus Messing, und der alte Schürhaken, der gewöhnlich neben

dem Ofen lehnte, war durch ein Kaminbesteck aus Messing ersetzt worden.
Normalerweise wäre Roy Lester über Eddie hergefallen und hätte dem Jungen wegen Pearl und des Bordells ein Loch in den Bauch gefragt. Stattdessen starrte er in den Ofen und trank in entrücktem Schweigen seinen Kaffee aus einem nagelneuen Emailbecher. Manche Männer reagieren wie Welse: Eine unvorhergesehene Änderung in ihrer Umgebung, und sie stehen unter Schock.
Da Pearl ihn bezahlte, kam Eddie sofort auf das Geschäftliche zu sprechen.
»Ich muss ein paar Sachen bestellen«, sagte er und zog einen Bogen von Pearls elegantem weißen Briefpapier aus der Hemdtasche, faltete ihn auseinander und strich ihn auf der Ladentheke glatt.
Es war so lange her, seit Bud das letzte Mal eine Bestellung notiert hatte, dass er erst in seiner Zigarrenkiste nach einem Bleistift kramen musste. »Okay«, sagte er schließlich und befeuchtete die Spitze des Bleistifts an seiner Zunge, »was brauchst du?«
»Acht Waschbecken, acht Badewannen und acht Toiletten«, las Eddie von der Liste ab.
Buds Hand schwebte untätig über dem Lieferschein, als hätte er vergessen, wie man einen Bleistift benutzt.
»Acht?«, sagte er schließlich.
»Acht«, bestätigte Eddie fest. »Und Miss Pearl will die Badewannen mit den Löwenklauen haben.«
Roy Lesters Kopf schoss in die Höhe. »Löwenklauen? Ziemlich altmodisch für eine Wanne.«
»Das habe ich ihr auch gesagt«, stimmte Eddie ihm zu. »Aber Miss Pearl sagt, ein Mann, der denkt, dass eine Wanne nur zum Baden da ist, hat nie ihr volles Potenzial erkannt.«
Alle Arbeiten ruhten, während die Jungs über diese Bemer-

kung nachdachten. Inky stützte sich auf seinem Besen ab, Buds Bleistift verharrte reglos auf dem Papier, und Bucks Hammer hielt in der Luft inne. Nichts kann einen Mann mehr am Handeln hindern als Nachdenken.

»Einmal hab ich unsere Badewanne mit Eis aufgefüllt«, ließ Buck schließlich vom Schaufenster her verlauten. »Ich hatte so viele Welse gefangen, dass ich Angst hatte, die könnten schlecht werden, bevor Luella heimkommt und sie ausnimmt.«

Woraufhin sich die Gedanken der Männer sofort bekannten Dingen wie dem Angeln zuwandten und das Leben wieder in seinen vertrauten Trott verfiel.

»Welche Farbe will die Ma'am denn haben?«, fragte Bud.

»Weiß«, erwiderte Eddie. »Miss Pearl liebt Weiß.«

Angesichts dieser Information ließ Roy Lester von seinem Platz aus ein verächtliches Schnauben ertönen, mehr aus Gewohnheit denn aus irgendeinem anderen Grund. Da er keine eigene Meinung hatte, stellte er stets die Meinung anderer in Frage.

»Was soll das denn heißen?«, wollte Eddie wissen.

Eigentlich hatte er nichts Bestimmtes damit sagen wollen. Aber da Eddie ihn herausgefordert hatte, blieb Roy keine andere Wahl, als seine Position zu verteidigen.

»Ich finde, dass Weiß eine komische Lieblingsfarbe für eine Frau wie Pearl Wilde ist«, entgegnete Roy schulterzuckend.

Eddie McGowan, der noch nie im Leben auch nur die kleinste Aggression gezeigt hatte, ballte seine Welpenhände zu Fäusten.

»Was implizierst du mit dieser Bemerkung, Roy?«

Roy verdrehte die Augen in Richtung der anderen Jungs. Er ging selbstverständlich davon aus, dass sie in der Diskussion für ihn Partei ergreifen würden. Doch die Männer waren heftig am Nachdenken. Sie entschieden sich nicht leichtfertig für eine Seite. Buck fuhr sich mit dem Daumen über die Stoppeln an seinem Kinn, Dickie sandte einen Strahl Kautabak in den Spucknapf, und Inky ließ seinen Zahnstocher von einem Mundwinkel in den anderen wandern. Während Roy einerseits recht hatte und auch ihnen Pearls Vorliebe für Weiß als modische Geschmacksverirrung erschien, lag doch auf der Hand, dass es tapferer war, die Ehre einer Frau zu verteidigen. Und wenn ein Mann keine Ritterlichkeit mehr besitzt, ja, was, zum Teufel, bleibt ihm dann noch?

»Pearl Wilde ist eine vornehme Lady«, sagte Inky Mott schließlich.

»Von Kopf bis Fuß«, fügte Buck hinzu und nickte zustimmend.

Roy stand vor Staunen über den Verrat der Mund weit offen, als er sich zu Bud umdrehte. Bud war sonst immer auf Roys Seite. Doch in dieser Angelegenheit ließ Bud sich Zeit zum Überlegen. Er dachte an die acht Badewannen, ehe er einen Blick auf die restlichen Posten warf, die auf der langen Bestellliste in Eddies Hand standen. Er schenkte sogar flüchtig der Tatsache Beachtung, dass zum ersten Mal ein Wort wie »implizieren« über Eddies Lippen gekommen war. Pearl Wildes weltläufige Art begann bereits auf ihn abzufärben.

»Weiß kommt nie aus der Mode«, erklärte Bud fest und gab damit die entscheidende Stimme ab. »Ist zwar schwer sauber zu halten, aber immer modern.«

Roy schob die Lippen vor, und Eddies Fäuste entspannten sich.

»Miss Pearl ist die feinste Dame, die ich je kennengelernt habe«, sagte Eddie und ließ damit keinen Zweifel daran aufkommen, auf welcher Seite er stand.

Hätte ein anderer Mann das gesagt, hätten die Jungs vermutet, dass er die gute Frau ausnahm. Doch bei Eddie war das selbstverständlich nicht der Fall. Roy vermutete sogar, dass

Eddie noch immer nicht vom Busen seiner Mutter abgestillt war. Trotzdem schwang in seinen Gefühlen für Pearl mehr mit, als die Männer begreifen konnten. Und das stachelte ihre Neugier umso mehr an.

Woody half, Eddies restliche Bestellungen abzuarbeiten. Er packte die kleineren Gegenstände in einen Karton und benannte laut die Ware, während Bud den Preis in die Registrierkasse eintippte. Zwischendurch gaben die Jungs ungefragt ihre Meinung zum Besten.

»Da Pearl Geld ohne Ende hat, würde ich in den Bädern Fußböden aus Zedernholz verlegen«, meinte Buck.

»Spart bloß nicht an den Armaturen – da kommt nur Messing in Frage –, sonst werdet ihr es ewig bereuen«, warf Dickie Deason ein.

Als Eddie mit Pearls Liste fertig war, hatte Bud mehr Umsatz gemacht als in den sechs Monaten zuvor. Beim Zusammenrechnen des Geldbetrags verschlug es ihm den Atem. Eine Sekunde lang befürchteten die Jungs, er würde in Tränen ausbrechen. In ehrfürchtigem Schweigen sahen sie zu, wie Eddie das Geld abzählte. Es war schon sehr lange her, seit sie so viel Bargeld auf einmal gesehen hatten.

»Wie wär's mit einer Royal Crown«, sagte Bud in einem Anflug von Großzügigkeit, während er die Banknoten in die Kasse stopfte. »Geht aufs Haus.«

»Hätte nichts dagegen«, meinte Eddie und lehnte sich an die Ladentheke.

Inky holte eine Flasche aus dem Eis, öffnete den Verschluss an der Theke und reichte sie Eddie.

»Marshmallowkeks?«, fragte Bud.

»Marshmallowkeks klingt großartig.«

»Der Mann braucht auch ein paar Erdnüsse zum Knabbern«, befahl Bud, und Buck warf Eddie eine Tüte mit gesalzenen Nüssen zu.

»So«, sagte Bud, nachdem Eddie zufrieden vor sich hinkaute, »ist Pearl froh, wieder zu Hause zu sein?«
»Kommt mir schon so vor.«
»Ist sie nicht manchmal einsam, so ganz allein in dem großen Haus?«
Eddie schüttelte den Kopf.
»Sie ist gern allein.«
»Diese positive Eigenschaft findet man nicht oft bei Frauen«, meinte Bud, und die Jungs nickten.
»Hat sie sich mal nach Bourne erkundigt?«
Eddie stellte die Flasche hin. Man sah ihm an, dass er es kaum mehr erwarten konnte, darüber zu reden.
»Kann mir nichts Schlimmeres für eine Frau vorstellen, als ihren Verlobten mit ihrer Schwester zu erwischen«, fuhr Bud mit dem gerade nötigen Quantum an Mitgefühl fort, um die Schleusen von Eddies Redefluss zu öffnen.
»Sie wollte wissen, ob Bourne sich gebunden hat«, vertraute er den Jungs an.
»Was du nicht sagst.«
»Ich habe ihr gesagt, dass Bourne noch immer hinter den Weibern her ist wie der Teufel hinter dem Weihwasser.«
»Und wie hat sie es aufgenommen?«
»Sie hat gemeint: ›Soll er doch. Der kriegt den Hals doch nie voll.‹«
Bud warf den Jungs unter gerunzelten Augenbrauen einen Blick zu. Sehr aufschlussreich.
»Und sie war auch sehr an ihrer Schwester Kat interessiert«, fuhr Eddie fort.
»Was hast du ihr erzählt?«
»Ich hab sie vor Kats Hund gewarnt. Für den Fall, dass sie beschließt, sie mal zu besuchen, wisst ihr.«
Bei der Erwähnung von Kats Hund rieb Inky Mott sich das Bein.

»Die Stimmung zwischen den Schwestern ist noch ziemlich frostig, wie?«

Nach einem raschen Blick über die Schulter beugte Eddie sich vor, und die Jungs kamen ihm auf halbem Weg entgegen.

»Wenn ihr mich fragt«, sagte er gelassen, »dann wird Miss Pearl Kat bei lebendigem Leib die Haut abziehen und ihren hübschen Skalp an die Wand nageln.«

Nachdem Eddie mit Inky besprochen hatte, wie die Lieferung von Pearls restlicher Bestellung erfolgen sollte, eilte er zurück zum Dog Leg Hill. Es war schon fast Zeit für seinen vormittäglichen Kaffee und den Kuchen.

Nach der anstrengenden Arbeit fühlten sich die Jungs inspiriert, eine Pause einzulegen. Sie richteten sich gerade gemütlich vor dem Ofen ein, als erneut die Tür mit einem Bimmeln aufging.

Sogar an einem guten Tag sah Maysie McGowan nicht sonderlich attraktiv aus. Im Gegenteil. Das Haar trug sie am Hinterkopf so fest zu einem Knoten zusammengesteckt, dass es ihr die Augen zu schmalen Schlitzen auseinanderzog und ihre Haut trocken wie Pergament erscheinen ließ. Sie maß knapp über einen Meter fünfzig, brachte gerade mal fünfundvierzig Kilo auf die Waage und hatte die Gemütsverfassung einer Hornisse. Tagaus, tagein erschien sie in derselben Aufmachung: eine abgelegte Duckhead-Latzhose von Eddie, abgeschabte Arbeitsstiefel, dazu eine grüne Traktor-Kappe von John Deere, die sie tief über ihre müden Augen gezogen hatte. Das Gerücht hielt sich hartnäckig, dass sie als junge Frau eine bemerkenswert gute Figur gehabt haben soll. Bei ihrem jetzigen Aussehen hätte das nicht ein Mann geglaubt. Maysie McGowan verleugnete jede noch so zarte Andeutung auf ihre Weiblichkeit wie eine Lüge.

Mit stampfenden Schritten näherte sie sich dem Ofen, wo sie sich umwandte und die Jungs ins Visier nahm. Maysie war wie eine kleinkalibrige Pistole, die zwar nach nichts aussah, aber einem trotzdem Respekt abverlangte. Ohne dass sie ein Wort sagte, war ihr die sofortige Aufmerksamkeit der Jungs gewiss, die geduckt wie Kaninchen vor ihr hockten. Maysie kam umgehend zur Sache.

»Roy Lester, hast du vergessen, wie man Rohre verlegt?«

Roy schnaubte empört. »Blödsinn, die verleg ich dir im Schlaf.«

»Der gute Roy ist ein Chirurg am Lötkolben.« Bud nahm Roy sogleich in Schutz, und die anderen nickten zustimmend.

»Dann sag mir mal, warum du, in Gottes Namen, hier herumhockst, wenn deine Arbeit als Klempner gefragt ist?«

Roy sandte einen dicken Strahl in den neuen Spucknapf.

»Also?«, fragte Maysie ungeduldig.

»Wenn ich mithelfe, dieses Bordell zu bauen«, gab Roy schließlich zu, »dann wird meine Alte dafür sorgen, dass ich mich zum Pissen hinhocken muss.«

Maysie richtete sich zu ihrer vollen Größe von einem Meter und fünfzig Zentimetern auf.

»An einer ehrlichen Arbeit ist nichts Unanständiges. Also, jetzt schaff dein Gestell hinauf auf den Dog Leg Hill und tu zur Abwechslung endlich mal was anderes, als immer nur dumm herumzuhocken.«

Roy rieb sich die Knie, als wollte er ausdrücken, dass er in der Angelegenheit auch noch ein Wörtchen mitzureden habe, doch dann stand er schwerfällig auf. In Wahrheit starb er fast vor Neugierde, endlich Pearls Haus von innen zu sehen. So wie jeder andere Mann in der Stadt auch. Und dann war da natürlich noch das Geld.

»Ich werde gehen«, sagte er schließlich, »aber Joy darf nichts davon erfahren.«

Ein Glanz trat in Maysies schwarze Augen, und ihre rissigen Mundwinkel verzogen sich zu einem sehnsüchtigen Lächeln. Die Jungs erschauderten, als wäre ein Geist aus dem Grab emporgestiegen.

»Joy Meachum überlass ruhig mir«, sagte Maysie mit einer Kälte, dass man glaubte, ihren Atem dampfen zu sehen.

Die Männer warfen einander verstohlene Blicke zu. Der Zwist zwischen Maysie McGowan und Joy Lester war stadtbekannt. Hätten sie anschreiben lassen können, hätten die Jungs sogar dafür bezahlt, den beiden dabei zuzusehen, wie sie sich gegenseitig die Augen auskratzten.

Roy holte seinen Hut vom Kleiderständer neben der Ladentür. Er sah, wie die Jungs ihn mit Hundeblicken maßen: Er durfte in Pearls Haus, sie nicht.

»Ich schätze mal«, begann Roy zögernd und setzte sich den Hut ein wenig schief auf den Kopf, »dass Miss Pearl auch noch ein paar Wände um ihre Toiletten haben will. Ich verstehe aber nicht die Bohne vom Schreinern.«

»Und?« Maysies Stimme traf sie wie ein Peitschenhieb. »Wollt ihr anderen vielleicht wie die Schweine am Trog herumlungern und darauf warten, dass euch der New Deal des Präsidenten was zum Fressen hineinwirft? Oder wollt ihr lieber einer ehrlichen Arbeit nachgehen?«

Einer nach dem anderen trottete hinter Roy durch die Tür und den Gehsteig entlang. Sobald sie das Schaufenster des Haushaltswarengeschäfts passiert hatten, konnten sie gar nicht schnell genug den Weg zum Dog Leg Hill hinauf hinter sich bringen.

4

Maysie strich gerade Eddies Bettüberwurf aus Chenille glatt, als sie die Illustrierte ertastete. Sie schob die Hand unter die Decke und zog eine ein Jahr alte Ausgabe von *Vanity Fair* mit Greta Garbo auf dem Titelblatt hervor. Eddie hatte nie Interesse an einem der Mädchen aus der Stadt gezeigt. Nun befürchtete Maysie, dass sie in ihrem Bemühen, Selbstvertrauen in ihrem Sohn zu wecken, seine Ziele vielleicht etwas hochgesteckt haben könnte.

Sie sah sich in dem kleinen Zimmer um. Der Duft des Rasierwassers erstickte sie fast. Gladys Green vom Gemischtwarenladen musste das Aftershave extra für Eddie bestellen. Auf dem Nachttisch lagen ein Aschenbecher und ein Feuerzeug, obwohl Eddie noch nie im Leben eine Zigarette geraucht hatte, und auf der Kommode stand eine Bleikristallkaraffe für Whiskey. Maysie erlaubte jedoch keinen Alkohol im Haus, und so füllte Eddie Tee in die Karaffe. Die Tapete war mit glänzenden Fotografien von Filmstars bedeckt, die ihr Sohn sich hatte schicken lassen, und auf der Kommode lag zusammengefaltet ein weißer Seidenschal. Das eine Mal, als Eddie ihn getragen hatte, hatte Maysie ihn ihm vom Hals gerissen. »Hast du den Verstand verloren?«, hatte sie gezischt. »Wenn du wie ein Dandy mit diesem Ding herumläufst, werden dir die LaRue-Boys wie einer Zecke den Hals umdrehen!«

Maysie nahm die goldene Taschenuhr von der Kommode und strich mit dem Finger über die Gravur. *Für meinen geliebten Sohn zu seinem achtzehnten Geburtstag.* Eddie hatte sie nie getragen. Er bevorzugte eine billige, protzige Armbanduhr, die permanent nachging, aber der ähnelte, die John Barrymore in dem Film *Grand Hotel* getragen hatte. Als sie die Taschenuhr wieder zurücklegte und ihr Blick dabei auf den ausländischen Flitterkram fiel, den ihr Sohn gesammelt hatte, verspürte Maysie einen Anflug von Eifersucht. Eddie war zweifellos ihr Kind. Sie war voll bei Bewusstsein gewesen an dem Tag, als er diese Welt betreten hatte. Aber sie hatte keine Ahnung, woher er gekommen war. Maysie kam sich vor wie ein Huhn, das ein Pfauenei gelegt hatte.

Maysie war nicht eine Frau, die Dankbarkeit erwartete. Sie hatte sich aus freien Stücken dafür entschieden, Eddie zu bekommen und ihrem Sohn fast zwanzig Jahre ihres Lebens zu widmen. Aber hätte er doch nur einen Teil von ihr für wert befunden, ihn mit durchs Leben zu tragen, als ein für alle sichtbarer Beweis, dass sie auch etwas mit seiner Entstehung zu tun hatte. Doch in ihrem Sohn war keine Spur von Maysie.

Sie hob den Bettüberwurf an und schob Greta wieder unter die Decke.

»Undankbarer kleiner Scheißer«, murmelte Maysie, während sie die Tür hinter sich zuzog.

Eddie war schon als Baby etwas Besonderes gewesen. In der Nacht, in der er geboren wurde, war Maysie gerade zehn Monate und elf Tage verwitwet. Die Hebamme hatte sich geweigert, ihn zu entbinden, was nur zum kleinsten Teil an der Tatsache lag, dass er sich so lange Zeit gelassen hatte. Hauptsächlich war es wegen der ungeklärten Umstände, unter denen Maysies Mann zu Tode gekommen war.

»Er ist der Balg eines Toten!«, übertönte die Hebamme Maysies Schreie im Schlafzimmer. »Das bedeutet nichts Gutes!«
Maysie musste erkennen, dass sie allein auf der Welt war. Doch das sind die meisten Frauen, nur wissen sie es nicht. Knurrend und ächzend wie eine Besessene griff Maysie sich zwischen die Beine und zog Eddie ohne fremde Hilfe aus ihrem Schoß. Und sie lachte wie eine Verrückte, als sie ihn, einer blutigen Trophäe gleich, in die Höhe hob. Die Hebamme schwor Stein und Bein, dass Maysie die Nabelschnur mit den Zähnen durchgebissen und allein abgebunden habe. Aber die Frau hatte schließlich auch geschworen, dass Crazy June Bug Wallace mit einem winzigen Silberlöffel im Mund auf die Welt gekommen sei.
Egal. Eddie war das schönste Baby, das die Welt je gesehen hatte. Mit den hellblauen Augen und den rosigen Wangen sah er aus wie eine Porzellanpuppe. Die Leute wollten ihn ständig anfassen, um sich zu vergewissern, dass er echt war. Woraufhin Maysie ihnen einen Klaps auf die Finger gab, als wollten sie von ihrem Kuchenteig naschen. Eddie war so überirdisch schön, dass die anderen Babys in der Stadt vollkommen reizlos neben ihm wirkten. Die jungen Mütter konnten gar nicht anders, als neidisch zu sein. Da hatten sie neun Monate für ihr Baby gelitten, um dann mit einem Trostpreis abgespeist zu werden.
Doch keine nahm Maysie das Mutterglück so übel wie Joy Lester. Aber Joy wünschte jedem die Pest an den Hals. Sie ernährte sich vom Unglück anderer wie ein Geier von den Tierkadavern auf der Straße. Es war nichts Persönliches. Es war einfach ihre Art.
Vor ihrer Hochzeit mit Roy Lester war Joy eine Meachum gewesen. Die Meachums waren eine trübselige Sippe, denen es nur gut ging, wenn andere litten. Was sie als Besorgnis auszugeben versuchten, war wohl eher Wunschdenken. Die

Meachums steckten voller schlimmer Vorahnungen, und das Einzige, das sie mehr als jede unbekannte, bleiche, aufgedunsene, von Maden halb zerfressene, im Fluss treibende Leiche erregen konnte, war ein Skandal, in den ein Nachbar verwickelt war. Hätten die Meachums auch nur einen Funken Humor besessen, hätte man es als Scherz auffassen können, dass ein Kind dieser Sippe auf den Namen »Joy« getauft wurde. Mit viel Fleiß und der entsprechenden genetischen Veranlagung hatte sich Joy ein Ausmaß an Niedertracht erarbeitet, das vor ihr noch kein Meachum erreicht hatte. Und sie war stolz darauf.

»Kinder, die so hübsch sind, leben nicht lange«, sagte Joy Lester eines Tages so beiläufig, dass sich der Gedanke wie von selbst im Kopf der anderen jungen Mütter festsetzte, die sich um Eddies Gitterbett im katholischen Gemeindehort drängten und auf das unschuldig schlafende Kind starrten. Von seiner Babydecke stieg ihnen ein Duft nach Lavendel – das Maysie immer ins letzte Spülwasser tat – in die Nase und steigerte ihren Neid ins Unermessliche. Kollektiv beschleunigten sich ihre Atemzüge, ihre Herzen rasten, und es juckte die Frauen in den Fingern, ihre Nägel in das junge Fleisch zu schlagen. Sie wussten genau, welches Übel sie dem Kind an den Hals wünschten, aber es war ihnen egal. Wenn zwei oder mehr gehässige Frauen sich zusammentun, ist das Übel, das daraus entstehen kann, grenzenlos.

»Dieses Kind hier gehört den Engeln«, weissagte June Bug Wallace atemlos.

»Oder dem Teufel«, erwiderte Joy Lester mit kaum wahrnehmbaren Lippenbewegungen.

Als die jungen Mütter aufschauten und Maysies dunkle Silhouette in der Tür stehen sahen, wichen sie erschrocken zurück und senkten beschämt den Blick. Alle, bis auf Joy Lester, die das Kinn vorschob und deren Augen funkelten.

Auf Joy Lesters Gesicht lag stets ein heiteres Lächeln. Sie hatte sanfte, hellbraune Augen, eine Haut wie Milch und Honig und eine heiser schnurrende Stimme. Selbst Menschen, die sie ihr Leben lang gekannt hatten, vergaßen ihre wahre Natur, bis sie an der Reihe waren, von ihr einen Dolch in den Rücken gerammt zu bekommen.

»Wir wollen nur, dass du darauf vorbereitet bist, Maysie«, flüsterte sie, als ob Eddie bereits kalt und steif in einem Kindersarg ruhte.

Mit zitternden Händen griff Maysie in das Kinderbett und hob ihr Baby hoch. Sie drückte den Jungen so fest an ihr klopfendes Herz, dass er die kleine, rosa Zunge aus dem Mund streckte. Maysie war sechsundzwanzig Jahre alt, fast zehn Jahre älter als die anderen Mütter im Pfarrhaus. Manche Menschen kreideten ihr das als Nachteil an.

»Jedes Wort und jeder Gedanke von euch, der meinem Baby gilt, wird auf euer Kind zurückfallen!«, schwor Maysie mit bebender Stimme, während ihre Augen ein Brandzeichen der Scham im Herzen jeder Frau hinterließen.

Ihre Drohung holte die Frauen mit der Wucht einer Ohrfeige in die Wirklichkeit zurück. June schlug rasch das Kreuzzeichen über das ungeborene Kind unter ihrem Herzen, und Addie drückte ihr Baby an die Schulter, eindringlich das einzige Gebet flüsternd, das sie auswendig kannte: »… und erlöse uns von dem Bösen …«

Nur Joy verharrte reglos, maßlos erregt von dem in Maysies Augen loderndem Hass.

Die Nachricht machte rasch die Runde in Five Points. Von diesem Tag an betete jede Mutter in der Stadt für Eddie McGowan, als wäre er ihr eigenes Kind. Und Eddie war nie erkältet. Nie brach er sich Arme oder Beine. Als er die Masern und Mumps bekam, verlief die Krankheit so komplikationslos, dass sein Fernbleiben von Miss Mabels Klassenzimmer eher einem Ferienaufenthalt glich. Von Windpocken blieb er komplett verschont. Im Alter von zwölf Jahren hätte Eddie beinahe den Titel des gesündesten Kindes im Staat gewonnen, wäre da nicht ein Mädchen aus Bottleneck gewesen, deren Onkel in der Jury saß.

Und in der ganzen Zeit wusste Joy nicht, wohin mit ihrer unbändigen Wut. Sie hasste nämlich nur eines noch mehr als das Glück eines anderen Menschen, nämlich ihre eigene Unfähigkeit, etwas dagegen unternehmen zu können. Jeden Sonntag, während der Rest der Gemeinde in den Bänken kniete, die Hände zum Gebet verschränkt, den Kopf gesenkt, hatte Joy vom Chorgestühl aus ihren Blick starr auf Eddie geheftet. Sie suchte seine Haut nach Anzeichen von Gelbsucht ab und lauschte seinem Atem, ob sie darin die Andeutung eines tuberkulösen Rasselns hörte. Jedes Mal, wenn er hustete oder nieste, machte Hoffnung sich in ihr breit. Wäre es nach ihr gegangen, hätte jeder Kratzer ihn für immer verunstaltet, und sie wünschte sich nichts sehnlicher, als dass er sich blutend einen Zahn ausschlüge. Wenn sie Eddie in Richtung Yellow Creek zum Baden gehen sah, ein Handtuch über der Schulter, oder wenn er mit dem Fahrrad viel zu schnell den Dog Leg Hill hinunterbrauste, war ihre Erregung so groß, dass ihre Brustwarzen sich aufrichteten. Kehrte er dann unversehrt wieder nach Hause zurück, sank ihre Stimmung auf den Nullpunkt.

Manche halten es für reinen Zufall, dass es Joy Lester nie gegeben war, neun Monate lang ein Kind auszutragen. Manche sind der Ansicht, dass es an dem Verlust von vier Babys lag, dass sie so bösartig wurde. Die meisten jedoch wussten, dass es genau andersherum war.

Dennoch bestand für niemanden ein Zweifel daran, dass der Kampf zwischen Joy Lester und Maysie McGowan so lange wüten würde, bis der Tod eine Siegerin bestimmte.

5

Es sind die Gespenster seiner glanzvollen Vergangenheit, die den Süden nicht zur Ruhe kommen lassen. Die stattlichen Anwesen längs der Straßen sind ihres eitlen Glanzes beraubt, und statt Frohsinn und Müßiggang beherrschen rostige Wäscheschleudern und kaputte Korbschaukelstühle die Szene auf den Veranden. Doch im Gegensatz zu den einst stolzen und wohlhabenden Städten in der Umgebung von Five Points waren es nicht die Soldaten oder die Spekulanten aus dem Norden, die das Städtchen in die Knie gezwungen hatten. Die Politik war daran schuld.

Mit dem Tag, an dem die Prohibition in Tennessee die Türen von Cavanaghs Whiskey Distillery, dem größten Arbeitgeber der Stadt, für immer verschloss, begann der rasante Abstieg von Five Points. Keine Arbeit bedeutete: kein Geld. Kein Geld bedeutete: kein Handel. Und kein Handel hieß: keine Jobs. Das war eine simple Gleichung, aber ein Konzept, das Bürgermeister Hardin Wallace – Anwalt bereits in zweiter Generation, der Geld geheiratet und die Frau nur halbherzig als Dreingabe genommen hatte – leider nicht berücksichtigte, als er das erste Mal vor diesem Hintergrund um das Amt kandidierte.

Als die Schnapsbrennereien in Tennessee schlossen, fielen die Zulieferbetriebe um wie Dominosteine. Mais, Gerste und Roggen verrotteten auf den Feldern. Die Ernte einzubringen, hätte die Farmer mehr gekostet, als sie bei einem Verkauf dafür erzielt hätten. Überflüssig gewordene Fässer füllten sich mit Regenwasser. Sägewerke, die die Ahornbretter für die Holzkohle lieferten, rosteten vor sich hin. Fabriken, die Flaschen produzierten, mussten schließen, und die Drucker, die die Etiketten hergestellt hatten, sperrten ebenfalls zu. Nachdem der Gesetzgeber das letzte Wort gesprochen hatte, waren in diesem Staat ebenso viele Männer arbeitslos wie in Lohn und Brot.

Ihres Elans und Antriebs beraubt, wurde die Stadt böse. Die Bewohner von Five Points misstrauten Fremden, schikanierten ihre Nachbarn und behandelten jeden, der weder das eine noch das andere war, mit äußerster Gehässigkeit. Sie nährten sich von Pessimismus, gewürzt mit Verbitterung, und spülten alles mit einem kräftigen Schluck Religion hinunter.

Jeden Abend stand Hardin am Fenster seines Arbeitszimmers im Gerichtsgebäude und blickte auf den staubtrockenen und gottverlassenen Stadtplatz hinaus. Die Geschäftsleute waren schon froh, wenn die Kunden irgendetwas kauften. Entweder waren die Schaufenster mit Brettern vernagelt oder starrten vor Schmutz, so dass Hardin sein Gesicht an die Scheibe pressen musste, um überhaupt etwas in der staubigen Auslage erkennen zu können. Doch meistens war es kaum die Anstrengung wert. Seit dem Börsencrash hatte Frank Merrill sich nicht mehr die Mühe gemacht, die ausgebleichten Schachteln mit Bittersalz und codeinhaltigem Hustensirup oder die verblassten roten Tüten mit Klistierspritzen durch neue zu ersetzen. Die Schaufensterpuppen bei Woolworth trugen das ganze Jahr über dieselben, mit Spinnweben überzogenen Levis-Latzhosen und ausgeblichenen Flanellhemden. Sogar die filigranen Goldbuchstaben auf dem Fenster der First National Bank waren stumpf und blätterten vom Glas ab.

Five Points war ungefähr so gastlich wie ein verrosteter Stacheldrahtzaun. Wenn der Zug mit einem Ächzen am Bahnhof zum Stehen kam, warfen die Passagiere einen flüchtigen Blick aus dem Fenster, ehe sie rasch wieder wegsahen. Nie stieg ein Fahrgast aus, nicht einmal, um sich die Beine zu vertreten.

Gladys Green, die verwitwete Besitzerin von Greens Gemischtwarenhandlung, war gezwungen, ihre Sandwiches, Schokoriegel und Limonaden durch die Zugfenster zu verkaufen, was zusätzliche Kosten verursachte, da die Brote und die sauren Gurken in Pergamentpapier eingewickelt werden mussten.

Bingham hingegen, die Schwesterstadt von Five Points, nur zwanzig Meilen entfernt, hatte bisher kaum mitbekommen, dass das Land sich in einer wirtschaftlichen Krise befand. Frachtkähne säumten das Flussufer und warteten darauf, dunklen Tabak zu laden oder Sand für die Betonfabrik zu löschen. Von früh bis spät war Baulärm zu hören. In Five Points indes florierte nur noch ein legaler Betrieb: Mendelsons Pfandleihe.

Mit derselben Verzweiflung, mit der sie sich an die wenigen Erbstücke klammerten, die sie bisher noch nicht versetzt hatten, hielten die Alten an der Erinnerung an den einstigen Glanz der Stadt fest. Auf ihren Veranden hockend, nervten sie die Jungen mit Geschichten über die glorreichen Zeiten, als am Sonntag noch die Nachbarn zu Besuch gekommen waren und ein Mann nicht hatte ruhig schlafen können, wenn der Anstrich auf seinem Bretterzaun nicht mehr jungfräulich weiß leuchtete.

Der einzige Ehrgeiz, den ein junger Mann dieser Tage noch entwickelte, zielte darauf ab, die Stadt so weit wie möglich hinter sich zu lassen. Die Jungen fühlten sich nicht verantwortlich für den Zustand der Stadt und unternahmen folglich nichts, um diesen zu verbessern. Ihrer Ansicht nach waren Gott und die Regierung daran schuld, und so überließen sie es diesen Instanzen, die Sache zu regeln. Diejenigen, die in Five Points zurückblieben, behielten einander vorsichtig im Auge. Sie hatten sich damit abgefunden, von der Hand in den Mund zu leben, solange alle anderen in der Stadt ebenfalls am Hungertuch nagten.

Wie eine Zwei-Dollar-Hure konnte Five Points es sich nicht leisten, wählerisch zu sein, und musste sich von jedem in den Hintern kneifen lassen. Und so waren die Mitglieder des Stadtrats hin- und hergerissen, als die Nachricht die Runde machte, dass Pearl Wilde beabsichtige, ein Bordell zu eröffnen. Prostitution war gegen das Gesetz. Doch andererseits war dies seit annähernd zehn Jahren der erste Betrieb, der sich in Five Points niederzulassen gedachte.

Der Bürgermeister berief zur üblichen Zeit und am üblichen Ort die Stadtversammlung ein: nach Sonnenuntergang und hinter verschlossenen Türen.

»Können wir Huren besteuern?«

»Ich wüsste nicht, warum nicht.«

»Aber es ist gegen das Gesetz.«

»Umso mehr Grund, sie zu besteuern.«

»Das wird nur der Trunkenheit und dem generellen Sittenverfall Vorschub leisten.«

»Oder beides eindämmen.«

»Was ist mit den Ehefrauen und den Pfarrern?«

»Was soll mit ihnen sein?«

»Sie werden nicht tatenlos zuschauen, wenn wir erlauben, dass bei uns ein Hurenhaus aufmacht.«

»Hurenhaus?«

Alle Gesichter wandten sich dem Kopfende des langen Tisches zu.

»Was für ein Hurenhaus?«, wollte Bürgermeister Hardin, scheinbar zutiefst schockiert, wissen. »Also, ich weiß nichts von einem Hurenhaus.«

Einem nach dem anderen blickte der Bürgermeister jedem Stadtratsmitglied in die Augen.
»Hat einer von euch was von einem Hurenhaus gehört?«
Sich am Kinn kratzend und mit den Fingern auf den Tisch trommelnd, dachten die zwölf Männer über diese moralische Gesetzeslücke nach und kamen letztendlich zu dem Schluss, dass ihnen daraus niemand einen Strick drehen könnte. Mit sicherem Gespür, auf keinerlei Ablehnung zu stoßen, ließ der Bürgermeister abstimmen.
»Jeder, der dafür ist, ein Auge zuzudrücken ... der stimme mit ›Ja‹.«
Wie ein Mann stimmten die Mitglieder des Stadtrats dafür, auch die andere Wange hinzuhalten, jedoch nicht, ohne sich vorher mit verstohlenen Blicken nach rechts und links davon zu überzeugen, dass der Nachbar keine andere Meinung vertrat. Daraufhin schenkte Bürgermeister Hardin Wallace jedem einen kräftigen Schluck ein, um den Handel zu besiegeln. Solange der Steuerzahler die Whiskeyrechnung beglich, war es kein Problem für ihn, den Stadtrat dazu zu bringen, auf seine Linie umzuschwenken.

Auf der Rasenfläche vor dem Gerichtsgebäude lag direkt in der Mitte ein runder, flacher Felsen, groß wie ein Wagenrad und mindestens einen Meter dick. Es war ein ungewöhnlicher Stein. Normalerweise war der mit roten Adern durchzogene Granit in dieser Gegend nicht zu finden. Niemand in der Stadt wusste, woher der Felsbrocken stammte, wie er hierhergekommen war oder wer ihn bearbeitet hatte, aber die Bewohner von Five Points verehrten den Felsen als Symbol ihrer eigenen hinterwäldlerischen Borniertheit. In die Oberfläche des Steins waren fünf Pfeile geritzt. Der nördliche Pfeil zeigte deutlich in Richtung Louisville, der östliche nach Nashville, der westliche nach Memphis und der südliche nach

New Orleans. Doch wohin der fünfte Pfeil deutete, war Gegenstand heftiger Debatten. Selbst wenn dessen wahrer Bestimmungsort einmal aufgezeichnet worden wäre, so hatte dieses Wissen sich längst im Nebel der Geschichte verloren. Der geheimnisvolle Pfeil schwebte sozusagen in einer Art geographischem Niemandsland. In dem Bestreben, seine Anverwandten als eine der alteingesessenen Familien der Gegend zu profilieren, hielt Tom Deeter eisern an der Ansicht fest, der Pfeil würde auf ein Stück Eisenbahngleis deuten, das sich durch sein Maisfeld wand und vor seinem Maissilo endete. Doch das glaubte ihm niemand. Der Felsen war lange vor Ankunft des ersten Deeters da gewesen, ein Reisender in Sachen Allheilmittel, der sich aus Virginia hier herunter verirrt und seinen gesamten Warenbestand in Whiskey umgesetzt hatte, ehe er gezwungen gewesen war, eine alte Jungfer zu heiraten, um nicht zu verhungern. Eine andere Theorie stammte von Hoochie Booth, dem versoffenen Stadtstreicher, der schwor, ein Engel habe ihm offenbart, der Pfeil würde den Weg in den Himmel weisen, dessen Pforte sich folglich irgendwo zwischen den beiden Ortschaften Bucksnort und Fly befinden musste. Zwar zweifelte niemand daran, in Gottes auserwähltem Land zu leben, doch fiel es schwer, sein Vertrauen in einen Mann zu setzen, der auf den Stufen zum Gerichtsgebäude hockte und mit den Engeln sprach.
Egal. Dass man nicht wusste, wohin der fünfte Pfeil deutete, schien niemanden in Five Points weiter aufzuregen. Denn ohne diesen Pfeil, so die Überlegung, würde sich die Stadt Four Points nennen müssen. Und deren Bewohner waren nicht bereit, auch nur einen Punkt abzugeben, selbst wenn sie nicht wussten, worum es ging.

6

Im Bett trägt sie nichts außer einem Hauch von Chanel Nummer fünf. Und sie bestellt es direkt in Pa-rri.« Gladys Green schwenkte einen Parfüm-Flakon in der Luft, damit die Ladys daran riechen konnten. »Sie sprüht es sogar auf ihre Kopfkissenbezüge aus reinstem irischen Leinen.«

Schenkte man der Witwe Glauben, war Pearl Stammkundin in ihrem Gemischtwarenladen. Die Wahrheit sah jedoch anders aus. Seit ihrem Besuch in Buds Haushaltswarengeschäft hatte kein Mensch aus der Stadt Pearl ein weiteres Mal außerhalb des Hauses auf dem Dog Leg Hill gesehen. Eddie erledigte die Botengänge für sie, Maysie kaufte die Lebensmittel ein, und der Rest dessen, was sie benötigte, wurde von einem Lieferwagen oder vom Postamtsvorsteher persönlich direkt bis an ihre Haustür gebracht. Gelegentlich erhaschte jemand einen Blick auf Pearl, wie sie auf der rundum verlaufenden Veranda des alten Hauses frische Luft schnappte oder hinter einem Fenster vorbeiging. Doch als die Jungs den schmiedeeisernen Zaun um das Grundstück gezogen und das Tor in der Auffahrt installiert hatten, wurden selbst diese Momente rar.

Da man selten mehr als einen kurzen Blick auf sie erhaschte, wenn sie auf dem Rücksitz von Inky Motts Taxi in die Stadt fuhr, waren Pearls Aktivitäten Gegenstand phantasievoller Spekulationen. Wohin sie ging, was sie tat und mit wem sie

es tat, war ein Geheimnis. Inkys Lippen blieben versiegelt. Bekannt war nur, dass Pearl stets in Abendgarderobe ausging und dass sie manchmal ganze Tage wegblieb. Und jedes Mal, wenn sie zurückkam, zahlte Eddie eine Summe Geldes auf der Bank ein, die den Direktor vor Freude in die Luft springen und die Hacken zusammenschlagen ließ. Man benötigte keinen Rechenschieber, um zwei und zwei zusammenzuzählen.
Obwohl Maysie auf jedes Fensterbrett und auf alle Türstöcke des alten Hauses getrocknete rote Pfefferschoten legte, um Neid und Eifersucht fernzuhalten, kursierten die wildesten Gerüchte, und die Verbitterung trieb seltsame Blüten.
»Wir müssen das Übel mit der Wurzel ausreißen«, sprach Joy Lester, Pearl Wilde im Visier, und Addie Pewitt, Luella Darnell und Crazy June Bug Wallace nickten feierlich.
Die Möglichkeiten, Karriere zu machen, waren für eine Frau in Five Points ziemlich begrenzt. Sie konnte entweder Ehefrau, Witwe oder alte Jungfer werden. Die Witwenschaft rangierte ganz oben auf der Beliebtheitsskala. Deren Vorteile überboten bei weitem die aller anderen Karriereoptionen. So glich die Hälfte aller Beerdigungen in der Stadt einem Festakt zur Feier des Ruhestands – nur kurz unterbrochen von einer Beisetzung –, nachdem eine Frau vierzig Jahre lang für ihren Mann gekocht, gewaschen und ihn bedient hatte.
In den Vorstellungen der meisten Frauen von Five Points kam eine Eheschließung dem Beitritt zur ältesten Gewerkschaft der Welt gleich. Die Arbeitsplatzbeschreibung war vertraglich eindeutig definiert, und ungeachtet ihres Talents und ihrer Leistungen, wurde einer Frau praktisch lebenslange soziale Sicherheit garantiert. Doch sobald sie einmal drei oder vier Kinder in die Welt gesetzt und somit unkündbar geworden war, verspürte sie bisweilen das Bedürfnis, in den Streik zu treten. Ihren Teil des Vertrags hatte sie schließlich

erfüllt. Wollte ihr Mann außertarifliche Leistungen, musste er extra dafür bezahlen.

Und deshalb fassten die Ehefrauen es auch als Bedrohung für ihre Arbeitsplätze auf, als es sich herumsprach, dass Pearl Wilde plante, einen nicht gewerkschaftlich organisierten Betrieb zu eröffnen. Das Letzte, was sie wollten, war Konkurrenz. In ihrem Vorgarten würden keine schäbigen Nutten als Streikbrecher agieren.

In moralischer Empörung vereint, marschierten die vier extrem unterschiedlichen Frauen die Gracie Avenue entlang. Es war eine unheilige Allianz. Unter normalen Umständen pflegte June Bug Wallace als Ehefrau des Bürgermeisters keinerlei gesellschaftlichen Kontakte jenseits der Main Street. Aber nichts eint die Menschen mehr als ein gemeinsamer Feind. Und Pearl Wilde verkörperte diese Position perfekt.

Wenn der Stadtrat Pearl schon nicht davon abhalten wollte, ihren Sündenpfuhl zu eröffnen, dann konnten die guten Frauen ihr wenigstens das Leben auf der Erde so lange zur Hölle machen, bis der liebe Gott dazu kam, sie endlich für immer dorthin umzusiedeln.

Addie Pewitt, die Frau des Gepäckträgers, führte den Mob an. Ihre fleischigen Arme pumpten auf und ab wie Kolben, und der winzige Hut thronte auf ihrem Kopf wie ein Zierdeckchen auf einer Honigmelone. Addie war eine wunderschöne Braut gewesen. Jetzt war sie so fett, dass ihre rosigen Wangen zwei mit rotem Zucker glasierten Äpfeln und ihre braunen Augen zwei einsamen Schokoladenküsschen auf einem Teller glichen.

Addie, June und Joy Lester konnten dem morastigen Schlagloch auf der Straße gerade noch ausweichen, aber Luella Darnell, deren Sehkraft schneller schwand, als sie und Buck sich neue Brillen leisten konnten, trat mitten hinein. Woraufhin Luellas äußeres Erscheinungsbild so verschmutzt war wie ihre Wahrnehmung verschwommen. Ihre Beinahe-Blindheit verlieh ihren wässrigen blauen Augen einen Ausdruck von himmlischer Unbestimmtheit, während ihr von hausgemachter Dauerwelle ausgebleichtes Haar wie eine Wolke ihr Gesicht umwehte. Als das kalte, schlammige Wasser in ihre Schuhe drang, stieß sie eine Reihe von Flüchen aus, wie es ihre Art war. Der Kontrast zwischen ihrem engelsgleichen Gesicht und ihrer teuflischen Zunge verfehlte nie seine schockierende Wirkung.

»Ist diese Sprache denn wirklich vonnöten?«, fragte June Bug und verzog das Gesicht.

»Und ob, darauf kannste einen lassen!«, blaffte Luella, während sie hinter den anderen hertrottete.

Eine Frau wird kalt und bitter, wenn sie zu lange ohne Liebe ist. Luella hatte das Stadium der Verbitterung bereits hinter sich gelassen und fing an zu gerinnen wie saure Milch. Schaute Buck sie schief an, ging sie auf ihn los wie eine Furie. Es war nicht seine Schuld, dass im Umkreis von fünfzig Meilen einzig und allein das Bordell Arbeit für einen Schreiner bot, aber Luella bestrafte ihn trotzdem dafür und verweigerte ihm ihre ehelichen Zärtlichkeiten. Die Ironie daran war, dass Buck damit wesentlich besser zurechtkam als sie.

Manche halten es womöglich für unlogisch, dass eine Ehefrau, die sich ihrem Ehemann verweigert, etwas dagegen haben sollte, wenn er sich diese Dienstleistung anderweitig holt. Schließlich würde eine Frau sich auch nicht beklagen, wenn ihr Mann Roy Lester holte, um eine tropfende Küchenspüle zu reparieren, weil er nicht dazu fähig ist. Aber so funktioniert das nicht. Ehebruch ist eine Todsünde, und nicht nur deshalb, weil als Ergebnis desselben gewöhnlich jemand erstochen, erschossen oder stranguliert wird.

Auch wenn Gladys Green in ihrem Gemischtwarenladen mal nicht rechtzeitig den Finger von der Gemüsewaage nahm, so dass eine Kundin mehr bezahlte, als sie bekam, oder wenn Bürgermeister Hardin Wallace es nie schaffte, die Gracie Avenue pflastern zu lassen, wie er es bei jeder Wahl versprach, oder wenn vier missgünstige Ehefrauen an der Wiege eines Babys standen und ihm Böses wünschten – nun, niemand ist perfekt.

Aber die Ehe ohne den Ehepartner zu vollziehen, das kann nicht toleriert werden. In der Hierarchie der Sünden führt Sex unangefochten alle Hitlisten an. Lügen, Stehlen und Betrügen sind nichts im Vergleich zu Ehebruch. Die größte Versuchung für die Menschen geht noch immer von der Sünde aus, die sie mit der größten Inbrunst verbieten.

Eine nach der anderen stürmten die Ladys die Treppe zu Maysie McGowans Haus hinauf. Nachdem sie ihre Kleidung auf der Veranda zurechtgezupft hatten, sahen sie einander an und nickten. Addie hob ihre fleischige Hand, um zu klopfen, aber die Tür ging auf, bevor ihre Knöchel das Holz berühren konnten.

»Na, das ist aber eine angenehme Überraschung«, sagte Maysie und trat zur Seite, um die Ladys vorbeigehen zu lassen.

Obwohl sie einander quasi ins Fenster schauen konnten, hatte noch keine von ihnen je einen Fuß in Maysies Haus gesetzt. Während sie in dem Vorraum mit der rosa Tapete standen, verlegen ihre Handtaschen umklammernd, sahen sie sich neugierig um und versuchten, die besondere Aura des Hauses zu erspüren. Langsam erkannten sie, was diese ausmachte … nämlich Ruhe. Eine Standuhr tickte heiter vor sich hin. Ein Kanarienvogel sang zufrieden in seinem Käfig. Auf dem Klavier lag aufgeschlagen ein Gesangsbuch. Lila Veilchen blühten auf dem sonnigen Fensterbrett. Die Sonne schien durch die feinen Vorhänge und warf ihren warmen Schatten als Spitzenmuster auf Maysies Lesesessel, über dessen Rückenlehne ein kleiner Teppich geworfen war und auf dessen Arm-

stütze ein Buch mit Lesezeichen lag. Neben dem Hocker standen, fein säuberlich ausgerichtet, Maysies Hausschuhe, und ein gehäkeltes Deckchen zierte den Tisch, auf dem in Reichweite ihr Becher stand.
Es war das behagliche Nest einer Witwe, und bitterer Neid stieg in den verheirateten Frauen hoch.
»Ich hoffe, ihr habt nichts dagegen, wenn ich euch in der Küche empfange«, sagte Maysie und ging den dunklen Flur voran. »Eddies Mittagessen steht auf dem Herd.«
»In der Küche?« Lautlos formten June Bugs Lippen die Worte, während sie die anderen Frauen mit gerunzelten Augenbrauen ansah.
June Bug Wallace sehnte sich nach ihrem alten Leben zurück: Nie hätte eine Lady ihren Besuch am Küchentisch empfangen. Wenn sie sich in dieser neuen Zeit schon mit Gestalten wie den Ehefrauen von Gepäckträgern, Klempnern und Zimmermännern verbünden musste, dann würde sie diese sicher nicht als gleichrangig, sondern lediglich als kurzfristige Besucher in ihrer honorigen Welt behandeln, eine Welt, in die sie nie auf Dauer eingeladen werden würden – zumindest nicht von ihr.
Während die anderen Frauen Maysie den Gang entlang folgten, fiel Luella etwas zurück. An der Wand reihte sich eine Fotografie von Eddie an die andere. Hinter Glas war er sogar noch schöner als in Fleisch und Blut. Die Kamera liebte ihn. Luella hielt vor jedem Schnappschuss von Eddie kurz inne, aber einer hatte es ihr besonders angetan. Sie blieb davor stehen und trat näher heran. Bud Mangrum musste das Foto gemacht haben. Nur Bud hätte diese Szene für würdig befunden, von einem Fotoapparat eingefangen zu werden. Während die anderen Männer steif, und ohne zu lächeln, auf den Stufen zum Gerichtsgebäude posierten, stützte Eddie sich mit offenem Hemd, die Ärmel hochgekrempelt, auf den

Ellbogen ab und flirtete mit der Kamera. Das Objektiv verlieh Eddies glatter Haut und seinen hohen Wangenknochen eine Dimension an Tiefe, die er im wirklichen Leben nicht hatte. Neben ihm traten alle anderen auf dem Foto, einschließlich Luellas Mann Buck, in den Hintergrund. Nur Eddie zog die Aufmerksamkeit des Betrachters auf sich. Ein Gefühl der Wärme, das sie seit langer Zeit nicht mehr empfunden hatte, durchflutete Luella. Eddie McGowan mochte ja zu nichts taugen, aber dass er nicht hübsch anzusehen wäre, das konnte ihm keiner nachsagen.

Als Maysie Wasser in die Kaffeemaschine füllte, verschränkten die vier Frauen die Arme vor der Brust und verzogen höhnisch das Gesicht beim Anblick ihrer Latzhose und der derben Arbeitsschuhe. Selbstgefällig fühlten sich die Ladys der Witwe überlegen, weil sie sich wie ein Mann kleidete. Doch während sie – in Büstenhalter und Hüftgürtel gezwängt, die ihnen den Atem raubten – dasaßen und mit den gefühllosen Zehen in den engen Pumps wackelten, die Fersen mit Blasen übersät, hantierte Maysie mühelos mit dem Anmachholz, das sie in den Ofen warf, und die ersten leisen Zweifel regten sich in den Damen.

»Ich bin gerade dabei, ein kleines Festessen für Eddie zuzubereiten«, erklärte Maysie. »Er hat jetzt einen Job. Er arbeitet für Pearl Wilde, wisst ihr.«

Die Ehefrauen verdrehten die Augen.

»Eddies Arbeit ist der Grund, weshalb wir mit dir reden wollen«, verkündete June Bug mit der ganzen Autorität, die sie von der Tatsache ableitete, dass ihr Mann Bürgermeister war.

»Tatsächlich?«

Maysie öffnete die Backofentür einen Spalt, um nach ihrem Kuchen zu sehen, und die Ladys erhoben sich von ihren Stühlen und schnupperten neugierig.

»Ist das ein Kokosnusskuchen?«, fragte Luella.
»Ich habe die Kokosnuss erst heute Morgen frisch gerieben«, erwiderte Maysie und trat beiseite, so dass Luella einen Blick auf den Kokosnussbelag auf der goldbraun gebackenen Schicht aus Eischnee werfen konnte.
Für den Bruchteil einer Sekunde vergaßen die Frauen den Grund ihres Besuchs. So läuft das mit der Verführung. Ein Verlangen führt zum anderen.
Maysie machte die Backofentür wieder zu, hob den Deckel der gusseisernen Pfanne und stieß eine Gabel in die Schweinekoteletts. Luellas Magen knurrte laut und schmerzhaft. Luella und ihre Familie waren ständig von dem Geruch nach Kohl umweht, der ihrer Kleidung wie Schmutz anhaftete. Seit dem Börsencrash hatte sie Buck und ihre drei Jungen von ausgekochten Suppenknochen, Maisbrot und Kohl ernährt. Schaffte sie in der Hemdenfabrik ihr Pensum nicht, gab es keine Knochen in der Suppe. Luella konnte sich nicht mehr daran erinnern, wann sie das letzte Mal eine Mahlzeit wie diese zubereitet hatte, die vor ihr auf Maysie McGowans Herd kochte, backte und brutzelte.
Joy Lester hingegen wäre lieber verhungert, als auf einen Frontalangriff zu verzichten.
»Pearl Wilde eröffnet ein *Hu-ren-haus.*« Joy betonte jede Silbe des Wortes mit einem Nachdruck, als wäre Maysie nicht nur schwerhörig, sondern auch schwer von Begriff. »Hast du darüber schon mal nachgedacht, Maysie?«
»Sie bezahlt fünfzig Cent die Stunde«, sagte Maysie. »Hast du *darüber* schon mal nachgedacht?«
Dass Pearl so viel bezahlte, verschlug den Frauen kurzzeitig die Sprache.
»Für dich ist das einfach«, fuhr Joy mit schneidender Stimme fort. »Du bist Witwe. Du hast keinen Mann, den du bei der Stange halten musst.«

»Soweit ich weiß, Joy«, erwiderte Maysie gelassen, »hast du dieses Problem auch nicht.«
Das blaue Weidenmuster auf Maysies Tassen schien plötzlich eine ungeheure Faszination auf June Bug, Luella und Addie zu entwickeln. Doch Joys ausdruckslose Fassade zeigte nie Risse. Nur ihre Pupillen, die sich zu schwarzen, stecknadelgroßen Punkten zusammenzogen, verrieten ihre Anspannung. Jede andere Frau hätte rasch das Kreuzzeichen geschlagen, um sich vor dem kalten, bösen Blick zu schützen, mit dem Joy Maysie bedachte. Aber Maysie starrte Joy unverwandt in ihre feindseligen Augen.
»So, und jetzt hört ihr mir mal genau zu«, sagte Maysie, stützte sich mit beiden Händen auf dem Küchentisch ab und beugte sich zu den Frauen vor. »Ein befriedigter Ehemann verspürt kein Bedürfnis, fremdzugehen. Macht eure Arbeit gut, und eure Männer haben keine Energie mehr, sich anderweitig umzusehen.«
Tiefe Falten auf der Stirn, betrachtete Luella sie zweifelnd. Es war nicht ganz klar, ob sie bezweifelte, dass ein Mann jemals aufhört, sich nach anderen Frauen umzusehen, oder ob sie Zweifel an ihrer Fähigkeit hegte, ihre Arbeit gut zu machen. Egal. Die Aussicht, für Bucks Befriedigung sorgen zu sollen, erschien ihr als äußerst mühevoller Akt der Nächstenliebe.
»Außerdem«, fügte Maysie hinzu, »könnte es sich keiner eurer Jungs leisten, auch nur einen Fuß in Pearls Etablissement zu setzen. Es ist ein Privatclub. Und nur um hineinzukommen, verlangt sie bereits Eintritt.«
Addie schnaubte verächtlich. »Welcher Mann wird schon einen Haufen Geld für eine Nutte hier aus der Gegend hinblättern?«
»Pearl wird keine hiesigen Mädchen einstellen«, erklärte Maysie.

Es dauerte eine Weile, bis die Ladys begriffen, was Maysie eben angedeutet hatte. Als ihnen endlich dämmerte, dass Pearl ihre Belegschaft importieren wollte, wurden sie fuchsteufelswild.
»Na, die hat Nerven!«, zischte Addie.
»Was?«, schnaubte June Bug empört. »Hiesige Huren sind wohl nicht gut genug für Miss Pearl Wilde, wie?«
Seit dem Börsencrash waren viele Amateure ins Profilager übergewechselt. Das Five Points am nächsten gelegene Haus mit zweifelhaftem Ruf war das Etablissement von Miss May in Bingham. Doch da die meisten Männer in Five Points weder das Geld hatten noch sich aufraffen konnten, so weit zu fahren, dienten die Mädchen von Miss May nur als Appetitanreger. Hätte Miss May eine Möglichkeit gefunden, auch dafür abzukassieren, wäre sie längst Millionärin gewesen.
»Und woher, zum Teufel, will Pearl die bekommen?«, fragte Luella und legte erneut die Stirn in Falten.
»Aus New Orleans«, erklärte Maysie sachlich.
Ein fassungsloses und ängstliches Schweigen breitete sich am Tisch aus. Alle wussten, was es auf sich hatte mit diesen Mädchen aus dem French Quarter. Sie wurden mit Absinth aufgezogen und glitten bereits als fertige kleine Verführerinnen aus dem lüsternen Leib ihrer Mutter. Diese Französinnen wussten um die Magie des Fleisches, die jeden Mann zu ihrem willenlosen Sklaven macht. Nichts war bedrohlicher für eine Frau, die ihren Mann zu einem geschlechtslosen Wesen degradieren musste, damit er nicht mitten in der Nacht davonlief.
Während sich die Gedanken der bedrohten Ehefrauen angesichts dieser Enthüllung überschlugen, schlüpfte Maysie in ihren feuerfesten Ofenhandschuh.
»Die Hälfte aller Frauen südlich der Mason-Dixie-Linie hat mit ansehen müssen, wie ihre Männer in den Norden zogen,

um dort in den Bergwerken und Fabriken zu arbeiten und danach entweder verstümmelt, in einer Holzkiste oder überhaupt nicht mehr zurückzukommen«, sagte sie, während sie die Backofentür öffnete.
Schuldbewusst rutschten die Frauen auf den Stühlen hin und her. Für eine Frau, die unglücklich verheiratet war, hörte sich das nicht unbedingt schlecht an. Aber eine glücklich verheiratete Frau hätte in dem Moment auch nicht an Maysies Tisch gesessen.
»Ein Mann ohne Arbeit kommt früher oder später immer in die Bredouille. Aber wenn sie für Pearl Wilde arbeiten, dann könnt ihr eure Jungs wenigstens im Auge behalten.«
Maysie holte den heißen Kuchen aus dem Backrohr und stellte ihn vor die vier Damen auf die Platte.
»Und dann ist da natürlich noch das Geld«, fügte sie hinzu.

7

Kat Wilde nähte gerade Ärmel an die Hemden in der Hemdenfabrik von Rudolph & Hughes, als Mason Hughes sie das erste Mal sah.

»Wer ist das?«

Der Aufseher musste nicht lange fragen, welches der Mädchen, die dort unten arbeiteten, den Sohn des Besitzers interessierte.

»Kat Wilde«, wiederholte Mason langsam. »Sie scheint mir eine sehr … loyale Angestellte zu sein.«

Von all den Wörtern, die Crockett benutzt hätte, um Kathryn Wilde zu beschreiben, wäre ihm »loyal« nie in den Sinn gekommen.

Die beiden Männer standen am Fenster von Crocketts Büro und blickten auf die Fertigungshalle hinunter. Von ihrem Standpunkt aus hatten sie den Eindruck, auf den Grund eines Brunnens hinabzuschauen. Die schmutzigen Fenster ließen nur wenig Licht hindurch. Das ohrenbetäubende Rattern der Nähmaschinen brach sich an den Ziegelmauern, und der Dunst der Baumwollfasern vernebelte die abgestandene Luft. Zwei Dutzend Frauen saßen konzentriert über ihre Maschinen gebeugt und schoben geschickt und mit traumwandlerischer Sicherheit Hemdenteile aus Flanell unter die mit unmenschlicher Geschwindigkeit auf und ab rasenden Nadeln.

Crockett schaute auf Mason herab und versuchte, sich vorzustellen, was er hier wollte. Der Fabrikaufseher war zwar einen ganzen Kopf größer als der Sohn des Besitzers, trotzdem nahm er sich vor ihm in Acht, und nicht nur deshalb, weil sein Daddy die Lohnschecks unterschrieb. Mason Hughes hatte eine verbindliche, aalglatte Art an sich, die schon fast an Verschlagenheit grenzte. Crockett kannte diese Sorte Mensch. Sein Leben lang hatte er mit ihnen zu tun gehabt. Und er wusste, dass es ein Fehler war, davon auszugehen, dass Männer, die alles hatten, nicht noch mehr wollten.
Es war das erste Mal, dass Mason überhaupt einen Fuß in die Fabrik gesetzt hatte, und Crockett wusste, dass dies nichts Gutes verhieß. Dass ein gelangweilter College-Jüngling auf der Suche nach einem Hobby ihm erzählen würde, wie er die Arbeit zu tun habe, die er seit fünfzehn Jahren machte, so etwas fehlte ihm gerade noch. Was selbstverständlich nicht hieß, dass Crockett nicht jederzeit bereit war, Mason in den Hintern zu kriechen.
Mason interessierte sich jedoch weder für Crockett noch für das, was er dachte. Er hatte nur Augen für Kat Wilde.
Kat hatte das dunkle, lange Haar mit einem ausgefransten Fetzen Flanell zurückgebunden, damit es nicht in die Nähmaschine geriet, und das Kleid hatte sie nach oben geschoben und zwischen die Knie gesteckt, als würde der Stoff sie über Gebühr in ihrer Bewegungsfreiheit einschränken. Während all die anderen Frauen in der Reihe mit Leidensmiene ihre Arbeit erledigten und offenbar jede Sekunde davon hassten, war Kat ein Vorbild an emotionsloser Tüchtigkeit. In einer einzigen, fließenden Bewegung griff ihre linke Hand nach einem einzelnen Ärmel, der anzunähen war, während ihre rechte Hand gleichzeitig die Stoffteile unter die ratternde Nadel schob. Kurz bevor das Hemd hinter der Maschine zu Boden fallen konnte, griff sie danach und warf es auf den Sta-

pel. Und die ganze Zeit über wurde die Maschine nicht ein Mal langsamer.
Doch jetzt wandte Kat den Kopf, als spürte sie, dass jemand sie anstarrte, und schaute Mason Hughes direkt in die Augen. Der Blick, mit dem sie ihn bedachte, ließ eine lodernde Stichflamme in ihm hochsteigen. Keine Frau hatte ihn je mit derart blasierter Gleichgültigkeit angesehen.
Es gibt Menschen, die ein Zusammentreffen verwandter Seelen als höher erachten als den unaufschiebbaren, unkontrollierbaren Drang, einem Fremden die Kleider vom Leib zu reißen. Ihrer Meinung nach ist es die auf gegenseitigem Respekt und übereinstimmendem Denken basierende eheliche Verbindung, die den Menschen vom Tier unterscheidet. Bloße körperliche Anziehung ohne tieferen Sinn ist ein vulgärer Makel, der der menschlichen Natur auszutreiben ist.
An Menschen wie diese hat Gott Fleisch und Blut verschwendet.
Kat senkte den Kopf wieder über ihre Arbeit, aber der Schaden war angerichtet. Die Kombination aus Gleichgültigkeit, Schönheit und Produktivität nahm Mason Hughes gefangen wie eine in Bernstein konservierte Fliege.
Kat war die Einzige, die keinen weiteren Blick an Mason Hughes verschwendete. Ausnahmslos jede Arbeiterin hatte ihn langsam von Kopf bis Fuß taxiert, in der hoffnungsvollen Absicht, sich in ihrer Abneigung bestätigt zu finden. Doch sobald die Frauen ihn sich näher angeschaut hatten, schmolzen sie alle dahin. Mason wirkte auf alle Frauen gleich.
Doch die einzige Frau, für die Mason Augen hatte, war Kat Wilde.
»Um wie viel Uhr ist ihre nächste Pause?«, fragte er ruhig und mit rauher Stimme.
Mason Hughes erkundigte sich weder danach, ob Kat verheiratet war, noch nach anderen Einzelheiten. Nichts davon

spielte eine Rolle. In Masons Welt stand alles zum Verkauf. Und bei seiner Art von Geld war auch alles zu kaufen.

Die Hemdenfabrik Rudolph & Hughes war über seine Mutter in Masons Familie gelangt. Olivia Rudolph Hughes erbte die Fabrik in Five Points, zusammen mit elfhundert Morgen Land und einer Vorkriegsvilla von einem exzentrischen Großonkel, der nie geheiratet hatte. Doch das waren alles nur Peanuts angesichts des Rudolphschen Vermögens.
Das Fabrikgebäude, ein dreigeschossiger, eckiger Kasten aus rotem Backstein, lag zwei Straßen vom Stadtplatz entfernt. Im Sommer war es darin so heiß, dass man Spiegeleier auf dem Boden hätte braten können. Im Winter hingegen waren die Finger der Arbeiterinnen so klamm, dass sie die Knöpfe an den Hemden nicht mehr spürten. Kat hatte sich einmal den Daumen an die Maschine genäht, es aber erst bemerkt, als sie versuchte, den blutigen Faden abzuschneiden. Crockett hatte die Nähmaschine in ihre Einzelteile zerlegen müssen, um die Nadel herauszuholen. Kat wickelte einen Stofffetzen um ihren Daumen und kehrte umgehend an ihren Arbeitsplatz zurück. Trotzdem kürzte Crockett ihr gleich zwei Mal den Lohn: erstens, weil sie ihre Stückzahl nicht erreicht, und zweitens, weil sie das Hemd vollgeblutet hatte. Seiner Meinung nach blieb ihm nichts anderes übrig, denn tat er das nicht, würden alle anderen Frauen sich ebenfalls die Finger an die Maschine nähen, um sich vor der Arbeit zu drücken.
»Kannst froh sein, dass ich dich nicht zurück in die Zuschneideabteilung stecke«, sagte er, als er Kat den mageren Lohnscheck in die Hand drückte. Mehr musste er nicht sagen, um die Frauen in Schach zu halten. Der Hälfte aller Zuschneiderinnen fehlte mindestens ein halber Finger. Der Anblick von Sue Ellen Post, die ihren Ehering am Daumen trug, wies selbst die aufsässigsten Mädchen in ihre Schranken.

Den Fabrikarbeiterinnen war es verboten, Hosen zu tragen, zu rauchen, Kaugummi zu kauen oder zu fluchen. Kontakt zu den Männern an der Laderampe aufzunehmen, wurde weder während der Arbeitszeit noch danach toleriert. Obwohl sie bis auf einen Punkt – einen Rock trug sie – alle Regeln brach, kam Kat ungeschoren davon: Ohne sie hätte Crockett nie die Vorgaben erfüllt.
Direkt hinter der Fabrik verliefen die Eisenbahngleise. Hier wurden die schweren Stoffballen entladen, die aus der familieneigenen Baumwollspinnerei in Mississippi stammten, und hier wurden die fertigen Hemden, die für das familieneigene Warenhaus in Chicago bestimmt waren, verladen. Männer brüllten, und unzählige Züge rumpelten schwer über die Gleise; an der Laderampe war es schmutzig und ohrenbetäubend laut, aber hier war man im Winter vor dem Wind und im Sommer vor der Sonne geschützt. Und hierher kam Kat, um ihre Pausen zu verbringen.
An die Backsteinmauer gelehnt, nahm sie einen tiefen Zug von ihrer Zigarette und blickte über die Gleise, mit der Haltung einer Frau, die sich zwar in ihrem Körper, aber nicht in ihrer gegenwärtigen Situation im Leben wohl fühlte. Als sie Schritte hörte, die sich ihr näherten, wusste sie, wer es war, ohne sich umzudrehen. Mason Hughes hatte den Gang eines Mannes, dessen perfekt sitzender, maßgeschneiderter Anzug auch nicht darüber hinwegtäuschen konnte, dass sich darunter ein Neandertaler verbarg, der vor lauter Lendenkraft kaum laufen konnte. Erst als er sich das zweite Mal räusperte, würdigte ihn Kat endlich eines Blickes.
Mason hatte erwartet, dass Kat eine Pose annehmen würde, wie schöne Frauen das oft tun, indem sie das Haar zurückwerfen oder die Lippen schürzen. Aber Kat bemühte sich nicht. Kat hatte es nicht nötig, ihre Schönheit auszuspielen.
»Ich heiße –«

»Ich weiß, wer Sie sind.«

Unter normalen Umständen musste Mason Hughes nicht mehr tun, um die Aufmerksamkeit einer Frau zu erregen, als zu erwähnen, dass die Hälfte aller Straßen, Gebäude und Brücken im Staat nach einem Angehörigen seiner Familie benannt war. War eine Frau nicht von seinem Stammbaum beeindruckt, hatte er keine Ahnung, was er mit ihr anfangen sollte.

»Sagen Sie doch mal, Miss Wilde«, fragte er und zog beiläufig seine Manschetten glatt, »gefällt es Ihnen denn, für Rudolph & Hughes zu arbeiten?«

Die Frage zielte darauf ab, Kat an ihren Status in dieser Situation zu erinnern, das heißt, daran, dass sie keinen hatte. Manchmal muss man eben zu schmutzigen Tricks greifen.

»Sehr«, erwiderte Kat und zischte das »S«, dass es sich anhörte, als entzündete sie ein Streichholz an Masons Haut, »und zwar so gut, dass ich mir überlegt habe, den beiden Herren zu sagen, dass sie meinen Lohn behalten können.«

Mason lächelte, und seine Augen funkelten. Die Kleine hatte Pfeffer.

Rasch machte in der Fabrik die Nachricht die Runde, dass Mason Hughes Kat an der Laderampe in die Enge getrieben hatte. Die Mädchen in der Schneiderei rieben mit ihren Ärmeln eine saubere Stelle in die Fensterscheiben und pressten ihre Gesichter ans Glas. Diejenigen, die gerade Pause hatten, eilten nach draußen und drängten sich an den Pendeltüren, wo sie hinter vorgehaltener Hand miteinander flüsterten. Sie konnten nur Mutmaßungen anstellen, wie die Verhandlungen zwischen Kat Wilde und dem Sohn des Besitzers verliefen.

»Hören Sie«, sagte Kat mit einem Blick auf ihre Kolleginnen, »warum kommen Sie nicht einfach zur Sache?«

Mason beugte sich vor und legte eine Hand neben Kat an die Backsteinmauer, um sich daran zu hindern, damit über ihre

Bluse zu streichen. Seine Augen waren auf ihren Mund geheftet, aber nicht, weil er besonders an dem interessiert gewesen wäre, was sie zu sagen hatte. Kat spürte seinen heißen, feuchten Atem in ihrem Nacken.

»Ich bin nur mal kurz auf einen Sprung vorbeigekommen«, erwiderte er ruhig. »Vielleicht hätten Sie ja Lust auf eine Spritztour.«

Kat hob den Blick. Er hatte ihre Aufmerksamkeit erregt. Kat mochte Männer, die mit ihrer Absicht und der Dauer ihres Engagements nicht hinter dem Berg hielten. Sie folgte seinem Blick zu dem offenen Sportwagen, der neben dem Fabrikgebäude auf dem für den Besitzer reservierten Platz abgestellt war.

»Ist das ein Mercedes SSK?«, fragte sie.

»Einer der ersten in diesem Land.«

Ein anderer Mann hätte sich vielleicht gewundert, woher eine Fabrikarbeiterin aus einer Kleinstadt Marke und Modell eines teuren ausländischen Wagens kannte. Doch Mason dachte nur an sein Ziel und nicht, wie er dorthin kommen wollte.

»Ich fahre gern schnell, so schnell es der Motor hergibt«, sagte er und drückte Kat den warmen Schlüssel in die Hand.

Kat war noch nicht sehr weit herumgekommen. Memphis war die größte Stadt, in der sie jemals gewesen war. Ihre Fähigkeit zum Überleben beruhte auf Instinkt und nicht auf Erfahrung. Instinktiv wusste sie, dass Mason Hughes die Persönlichkeit eines Sparschweins besaß. Nahm man das Geld weg, blieb nur noch eine leere Hülle übrig. Doch das rechnete sie ihm nicht als Nachteil an.

Langsam taxierte sie Mason Hughes von den Zehenspitzen bis zu seiner Aristokratennase. Er war glatt wie ein Babypopo. Schade. Kat bevorzugte Männer mit Ecken und Kanten. Wieder warf sie einen Blick auf den Wagen. Als sie sich schneller umdrehte, als Mason erwartet hatte, erwischte Kat ihn quasi mit heruntergelassenem Visier und erhaschte so einen kurzen Blick auf seine wahre Natur, ehe er diese wieder hinter einem Lächeln verbergen konnte. Unter der aufpolierten Fassade steckte ein wildes Tier – ein hungriger und gefährlicher Wolf. Und das erregte sie.

Oft kann die kleinste Entscheidung ein Leben von seinem Kurs abbringen. Mason hielt Kats Zögern für ein Zeichen ihrer Unschlüssigkeit. Doch Kat überlegte sich nur ihre Taktik. Sie konnte schließlich nicht einfach aus der Fabrik marschieren und zum Sohn des Besitzers in den Wagen steigen. Hätte Mason Farbe bekannt, hätten sich die Dinge womöglich anders entwickelt. Aber er hatte es ungeheuer eilig, ans Ziel zu kommen. Und deshalb platzte er mit einem Satz heraus, von dem ein Mann wie er denkt, dass eine Frau wie sie ihn hören will.

»Ein Mann wie ich könnte sich daran gewöhnen, eine kleine Frau wie Sie unter seine Fittiche zu nehmen«, flüsterte er in ihr Haar.

Damit schien er in Kat einen Schalter umgelegt zu haben. Sie duckte sich unter seinem Arm hinweg und drückte die Zigarette an der Mauer aus. Mason hatte keine Ahnung, was er falsch gemacht hatte, wusste aber sofort, dass seine Chancen verspielt waren.

»Hören Sie, normalerweise bin ich nicht so direkt«, stammelte er, was nur bewies, wie wenig er begriff, welche Qualitäten einen Mann für Kat interessant machten.

»Daraus wird wohl nichts«, sagte sie und steckte die Kippe in ihre Schürzentasche.

»Was macht Sie so sicher?«

Kat drückte ihm den Autoschlüssel wieder in die Hand.

»Ich glaube einfach nicht, dass ich mich daran gewöhnen könnte, einen kleinen Mann wie Sie unter meine Fittiche zu nehmen.«

Mit einem Ruck löste Kat sich von der Mauer und ließ Mason stehen. Natürlich kaufte er ihr das nicht eine Sekunde lang ab. Gleichgültig, was ihr Mund auch immer sagen mochte, Kat hatte eine Art an sich, dass der Rest von ihr stets »ja« zu flüstern schien. Mason sah ihr nach, wie sie mit wogenden Hüften und rollenden Schultern, als triebe sie im Wasser, die Laderampe entlangging. Ihr Gang schien zu sagen: »Komm her zu mir.« Fasziniert beobachtete Mason sie dabei. Er zweifelte nicht daran, dass diese Aufforderung nur ihm galt, ihm allein.

Als Kat an den Ladearbeitern vorbeikam, zerriss ein langer, gellender Pfiff die Stille. Kat hielt mitten in der Bewegung inne, drehte sich langsam um und fixierte die Gruppe Männer im kollektiven Testosteronrausch, die sich gegenseitig aufgestachelt hatten. Doch der vernichtende Blick aus Kats Augen ließ sie schlagartig nüchtern werden. Ihr war klar, welcher der Männer gepfiffen hatte: ein Neuer, ein großer, muskulöser Junge vom Land, der übers ganze Gesicht grinste. Er hatte die Hemdsärmel hochgekrempelt, die Daumen in den Schlaufen seines Gürtels stecken und war gebaut wie ein Fels.

Den neugierig die Hälse reckenden Arbeiterinnen wurde heiß und kalt. Heftig atmend schlugen sie die Fingernägel in ihre Handflächen. Sie waren sicher, dass Kat dem Jungen die Augen auskratzen würde, und ihnen lief bereits das Wasser im Mund zusammen. Diese Frauen hatte man zu lange eingesperrt, als dass sie noch mit Stolz kämpfen würden, aber sie wussten es zu schätzen, wenn eine der Ihren blutig zurückschlug.

Kat machte einen Schritt auf den Jungen zu, während seine Kollegen eine Gasse bildeten. Die Hände in die Hüften gestemmt, die Augen zu Schlitzen verengt, fixierte sie den jungen Mann, dem die Hitze in seine glatten, jugendlichen

Wangen stieg, die zu glühen anfingen wie zwei Holzscheite im Ofen. Er grinste wie der harmlose Narr, der er war, und Kat wusste, dass die anderen Männer ihn vorgeschoben hatten. Es liegt in der Natur der Männer, die Jungen den Widrigkeiten des Lebens auszusetzen, um sie abzuhärten.

»Wie heißt du?«

»Sam Meeks, Ma'am.«

»Sam Meeks, hältst du mich für einen Jagdhund?«

»Nein, Ma'am.«

»Warum hast du mir dann nachgepfiffen?«

Sam Meeks legte seine Stirn in Falten und dachte angestrengt nach. Das Gehirn war der einzige Muskel, der bei ihm unterentwickelt war.

»Ma'am«, erwiderte er langsam, »wahrscheinlich wollte ich, dass Sie herkommen.«

Die Männer brachen in boshaftes Kichern aus, und die Fabrikarbeiterinnen bogen sich vor Lachen. Kat unterdrückte ein Grinsen.

»Glauben Sie mir, Mr. Meeks«, sagte sie und nagelte ihn mit ihrem Blick an die Mauer, »für Sie bin ich eine Nummer zu groß.«

Kat hatte ihre Krallen wieder eingezogen. Die Frauen wussten das und fühlten sich betrogen. Sie wollten Blut sehen. Doch es war nicht Kats Art, einen Mann der Lächerlichkeit preiszugeben. Das war nur eine ihrer Eigenschaften, weshalb sie sich in Gesellschaft von Männern stets wohl fühlte und von ihren Geschlechtsgenossinnen mit Misstrauen bedacht wurde.

Auch wenn die anderen Männer Kats Bemerkung für eine grandiose Abfuhr hielten, hörte es sich doch so an, als würde Kat dem Jungen freundschaftlich über den Kopf streichen. Sogar wenn sie einen Mann abblitzen ließ, weckte sie noch Hoffnung in ihm. Während Kat davonstolzierte, fasste sich der junge Mann ans Herz und blies die Wangen auf, als stünde er in Flammen und wollte sich selbst löschen. Die gesamte Belegschaft der Laderampe brüllte vor Lachen. Die Männer stießen Sam die Ellbogen in die Rippen und versetzten ihm einen Nasenstüber. Sam Meeks hätte glücklicher nicht sein können. Als sein Blick auf Mason Hughes fiel, der ihn feindselig anstarrte, strahlte er und schob das Kinn vor, als wären sie beide die besten Kumpel. Ein armer und ein reicher Mann haben zumindest eines gemeinsam: Sie wissen eine schöne Frau zu schätzen.

Mason fackelte nicht lange, bevor er zurückschlug, sondern stürmte umgehend hinauf ins Büro, wo er Crockett an das Fenster zerrte, das nach außen führte.

»Sehen Sie den Mann dort?«, fragte Mason und deutete auf Sam Meeks hinunter. »Feuern Sie ihn.«

»Er arbeitet nicht für Sie«, erwiderte Crockett, die Hände in den Taschen. »Er arbeitet für die L&N-Eisenbahngesellschaft.«

Mason war ratlos. Wenn er jemanden nicht entlassen konnte, hatte er keine Ahnung, was er mit ihm anstellen sollte.

»Dann will ich, dass Sie ein Schild an die Wand hängen, auf dem steht: ›Den Frauen nachpfeifen verboten.‹«, befahl Mason. »Und das will ich heute noch sehen.«

»Jawohl, Sir, Mr. Hughes«, sagte Crockett und kritzelte eine kurze Notiz auf einen Block. »Das ist eine wirklich gute Idee. Man soll eine Frau wie eine Lady behandeln, auch wenn sie keine ist. Das hat schon meine Mutter immer gesagt.«

8

»Verflixt und zugenäht!« Luella schlug mit der flachen Hand an die Seite ihrer Nähmaschine. »Meine verdammte Maschine hat sich schon wieder festgefressen!«
Zeit ist Geld bei der Akkordarbeit. Es war nicht Kats Job, die Nähmaschinen zu reparieren, wenn sie ausfielen. Doch bis endlich ein Mechaniker vor Ort war, ein oder zwei Zigaretten geraucht, mit dem Vorarbeiter schwadroniert und hoffentlich herausgefunden hatte, woran es lag, hatte Kat Luellas Nähmaschine bereits wieder zum Laufen gebracht.
»Mädchen, vor dir ist wirklich nichts sicher«, schimpfte Kat und schob Luella beiseite.
Luella war nicht nur blind wie ein Maulwurf, sondern sie hatte auch noch zwei linke Hände. Sie war berüchtigt dafür, beim Kaffeetrinken ihren eigenen Mund nicht zu finden und selbst auf ebener Fläche regelmäßig zu stolpern. Obwohl sie ihre Vormittagspause ausfallen ließ und mittags an der Maschine aß, erreichte Luella höchstens die Hälfte der Zeit ihr Pensum. Wäre sie nicht Crocketts angeheiratete Nichte gewesen, wäre sie schon längst entlassen worden.
»Mit meiner alten Singer-Tretmaschine hatte ich nie Probleme«, meinte Luella.
»Nein, keine Probleme, nur ständig kürbisgroß geschwollene Knie, weil du die ganze Woche auf das Pedal eingetreten hast.«

Kat setzte sich auf Luellas Stuhl und betrachtete den ausgefransten Saum an dem Hemd, während Luella ihr blinzelnd über die Schultern spähte. Selbst wenn Luella nicht halbblind gewesen wäre, hätte sie Probleme gehabt, in dem Raum etwas zu sehen. An bewölkten Tagen war es in der Fabrik so dunkel und diesig, dass die Frauen ihre Arbeit ertasten mussten. Sobald sich eine von ihnen darüber beschwerte, bekam sie von Crockett stets zu hören, dass die beste Näherin, die er jemals hatte, nicht die Hand vor Augen habe sehen können.

»Und sie hat sich nie beschwert«, fügte er hinzu. Seine Definition für eine mustergültige Angestellte.

Kat holte einen kleinen Schraubenzieher aus der Schürzentasche und zog die Schraube an der Nadel fester an. Dann schob sie einen Stofffetzen unter der ratternden Nadel hindurch, hielt den Stoff in die Höhe, überprüfte den Stich und justierte die Nadel ein weiteres Mal.

»Hey, Kat«, rief eine der Frauen ihr über den Lärm der Maschinen hinweg zu. »Was hat'n der Sohn vom Alten von dir gewollt?«

Da mit Ausnahme von Luella tatsächlich alle Näherinnen ihre Arbeit mit geschlossenen Augen hätten erledigen können, brachten sie den ganzen Tag damit zu, sich das Maul über andere zu zerreißen. Sobald zwei oder mehrere Frauen zusammenkommen, blüht der Klatsch. Crockett war es egal, was seine Arbeiterinnen taten, solange sie ihr Pensum erfüllten. Seiner Erfahrung nach hatte die Leistung einer Frau absolut nichts damit zu tun, wo sie gerade mit ihren Gedanken war.

»Er wollte wissen, ob sie gern hier arbeitet«, rief Betty über die Schultern zurück. Betty hatte bis zur Schließung des Betriebs in einem Sägewerk den Boden gefegt. Jetzt war sie auf einem Ohr stocktaub, las dafür aber besser von den Lippen ab, als die meisten Frauen hören konnten.

»Na, was wohl, einen Quickie unten am Fluss«, sagte Joy Lester.
»Dann hätte Kat wenigstens mal einen halben Tag frei gehabt«, erwiderte Luella spitz.
»Ich würde alles dafür geben, mal ein paar Stunden nichts tun zu müssen«, meinte Addie und dehnte sich stöhnend. Addies Bauch ragte so weit vor, dass sie beide Arme ausstrecken musste, um bis zur Nähmaschine greifen zu können. Das ging natürlich auf Kosten ihres Rückens.
Bei der Vorstellung von einem Quickie unten am Fluss war der Gedanke an leichte Mädchen nicht weit, wobei den Frauen selbstverständlich sofort Pearl Wilde einfiel.
»Kat, hast du Pearl eigentlich schon gesehen?«, fragte Betty. Die Frauen reckten die Hälse, während Betty den Blick auf Kats Lippen heftete. Ohne auf ihre Kolleginnen einzugehen, ließ Kat aus einem Kännchen ein wenig Maschinenöl auf Luellas Nähmaschine tröpfeln und drehte am Rad.
Um ihrer eigenen, farblosen Existenz Würze zu verleihen, waren die Frauen auf das Leben anderer angewiesen, und ein jeglicher Klatsch über die Wilde-Frauen glich einem Spritzer Tabasco. Noch bevor Pearl ihre Schwester Kat im Vorratskeller mit Bourne Cavanagh erwischt hatte, war ihre Mutter, Lorna Wilde, das bevorzugte Objekt gewesen, über das hinter vorgehaltener Hand getratscht wurde.
»Pewitt hat erzählt, dass Pearl einen bodenlangen, weißen Chinchillamantel anhatte, als sie aus dem Zug stieg«, sagte Addie und ließ ein fertiges Hemd in die Kiste zu ihrer Linken fallen, während sie gleichzeitig das nächste Hemd zum Nähen aus der Kiste zu ihrer Rechten holte.
»Du hast vermutlich schon gehört, dass Pearl die alte McCauley-Villa oben auf dem Dog Leg Hill gekauft hat.«
»Es heißt, sie will dort ein Freudenhaus aufmachen.«
»Ein Bordell in Five Points. Gott bewahre!«

»Wenn ihr Mädels pro Wort statt pro Stunde bezahlt werden würdet«, erklärte Kat, als sie Luella die Maschine wieder überließ, »wärt ihr mittlerweile steinreich.«

»Miss May verlangt zehn Dollar die Stunde für ihre Mädchen«, platzte Betty heraus.

Alle Köpfe wandten sich Betty zu.

Miss Mays Sündenpfuhl in Bingham hatte sich bereits vor Kundschaft nicht mehr retten können, als die meisten von ihnen noch nicht geboren waren. Das stattliche Gebäude in der College Street 1116, in unmittelbarer Nähe des zweijährigen Colleges gelegen, wurde von den Professoren liebevoll als Miss Mays Lehranstalt des epikureischen Wissens bezeichnet. Nicht wenige junge Frauen hatten sich ihre Ausbildung an der Sekretärinnenschule durch diskrete Arbeit bei Miss May finanziert, ebenso wie nicht wenige junge Männer in diesem Etablissement mit Auszeichnung ihren Abschluss in angewandter Liebeskunst gemacht hatten.

Woher Bettys intimes Wissen über das Bordell stammte, darüber konnte man nur spekulieren. In ihrer Familie waren sie fünf Schwestern gewesen, die sich alle, bis auf eine, mehr schlecht als recht durchschlugen. Diane, Bettys mittlere Schwester – die Einzige ohne Überbiss (alle anderen konnten damit mühelos eine Flasche Royal Crown Cola öffnen) –, hatte es irgendwie geschafft, die Sekretärinnenschule abzuschließen. Man musste nicht unbedingt zwei Jahre studiert haben, um eins und eins zusammenzuzählen. Jetzt hatte Diane eine Stelle in Nashville und arbeitete für keinen Geringeren als Mr. Hubert Hughes höchstpersönlich, den Inhaber der Hemdenfabrik Rudolph & Hughes. Diane kam nur noch an Feiertagen und zu Beerdigungen nach Five Points, und sobald sie sich wieder auf den Weg aus der Stadt machte, wischte sie sich genervt den roten Staub von den Sohlen ihrer Lacklederpumps.

Die Mädchen in der Fabrik malten sich oft aus, wie Diane in Mr. Hughes' eleganten, klimatisierten Büroräumen saß und sich die Fingernägel feilte. Den einzigen Ausgleich für die Ungerechtigkeit, dass sie die nächsten vierzig Jahre in der Hemdenfabrik schuften mussten, sahen sie darin, dass Diane dafür in der Hölle schmoren würde.

»Zehn Dollar die Stunde?«, wiederholte eine Stimme ungläubig.

»Welcher Mann hält schon 'ne Stunde durch?«, schnaubte Addie.

»Vielleicht berechnet sie die Zeit mit, die er braucht, um nach oben zu gehen«, meinte Luella.

»Und für Französisch berechnet Miss May fünfundzwanzig Dollar«, fügte Betty eifrig hinzu.

Es folgte eine lange Pause, in der keine ein Wort sagte, bis Luella schließlich fragte: »Was heißt das, Französisch?«, woraufhin alle erleichtert zugeben konnten, dass auch sie keine Ahnung hatten. Alle drehten sich zu Betty um. Sie zuckte nur die Schultern, was alle maßlos ärgerte. Immer wenn es interessant wurde, vergaß Betty nachzuhaken.

In Ermangelung verlässlichen Wissens aus zweiter Hand stürzten sich alle auf Addie. Wenn man sie jetzt sah, wäre man nie auf die Idee gekommen, doch bevor Addie geheiratet und ihre Kleidergröße verdreifacht hatte, war sie die heißeste Braut in der Stadt gewesen. Einmal hatte sie sich am selben Tag mit zwei Männern im Auto vergnügt und war zwischendurch kaum dazu gekommen, sich die Zähne zu putzen.

»Woher, zum Teufel, soll ich denn wissen, was das heißt – Französisch?« Empört blies Addie ihre Apfelbäckchen auf. »Ich war doch noch nie weiter östlich als in Chattanooga, und in Europa erst recht nicht!«

Eine anständige Frau würde sich niemals pro Stunde verkaufen. Entweder ein lebenslanger Vertrag oder gar keiner. Doch als den Näherinnen langsam bewusst wurde, dass eine Frau in Miss Mays Etablissement in einer Stunde, flach auf dem Rücken liegend, mehr verdiente als sie in einer Woche mit krummem Kreuz, legte sich eine düstere Stimmung über den Raum. Nichts schlägt mehr auf das Gemüt als die Erkenntnis, dass man sich unter Wert verkauft hat. Allmählich kam eine Nähmaschine nach der anderen zum Stehen. Traurig saßen die Frauen da, bis Crockett sich von seinem Schreibtisch erhob, von seinem Büro hinunter in das Zwischengeschoss stieg und sich über das Geländer beugte.

»Was gibt's da unten für ein Problem?«, brüllte er hinunter. »Muss ich euch Mädels daran erinnern, dass ihr alle am Samstag arbeiten werdet, wenn ihr euer Pensum nicht schafft?«

Eine Maschine nach der anderen begann wieder zu rattern, und zufrieden kehrte Crockett in sein Büro zurück.

»Fünfundzwanzig Dollar für auf Französisch«, murmelte Luella, während sie heftig auf das Pedal ihrer Nähmaschine eintrat. »Für so viel Geld lerne ich auch noch Fremdsprachen.«

Fünf Minuten nach Ertönen der Sirene wurden die Eingangstüren der Fabrik aufgerissen, und die Frauen strömten hinaus. Die meisten Näherinnen horteten unter der Woche ein paar zusätzliche Hemden, damit sie am Freitag einen kleinen Puffer hatten. Als die Sirene ertönte, hatten sie bereits den Hut aufgesetzt und die Jacke angezogen und waren zum Abmarsch bereit, die Henkeltöpfe auf dem Schoß.

Nur Luella arbeitete weiter, den Kopf tief über ihre Maschine gebeugt. Als der Raum sich geleert hatte und sie allein waren, kam Kat zu ihr und ließ einen Stapel fertiger Hemden in Luellas Kiste fallen.

Luella brachte es nicht über sich, den Kopf zu heben. »Dieser verdammte Kasten soll bis auf die Grundmauern niederbrennen«, stieß sie leise hervor.

Es gab zwei Arten von Arbeiterinnen in der Fabrik: diejenigen, die es hassten, dort zu arbeiten, und diejenigen, die es generell hassten, zu arbeiten. Die Stechuhr zu betätigen, das hieß entweder, dass der eigene Mann die Familie nicht ernähren konnte, oder dass man keinen Mann hatte. So oder so – es war nichts, worauf man als Frau stolz sein konnte.

»Luella, wie oft soll ich es dir eigentlich noch sagen, dass du deinen Arbeitsplatz falsch eingerichtet hast?«, erklärte Kat. »Deine unfertigen Teile liegen bei dir auf der rechten Seite und die fertigen Teile auf der linken.«

»Und was macht das für einen Unterschied?« Luella schob ihren Arm in die Jacke.

»Du bist Linkshänderin. Dein Arbeitsplatz ist für jemanden eingerichtet, der Rechtshänder ist.«

Luella schaute sie verständnislos an.

»Wenn du mit dem linken Arm hinübergreifst, um ein unfertiges Teil zu nehmen, kannst du die Nadel nicht sehen. Deshalb nimmst du den Fuß vom Pedal. Dadurch wirst du langsamer, und deine Säume werden schief.«

Luella stieß ein bitteres, erschöpftes Lachen aus. Sie hatte keine Kraft, sich darüber Gedanken zu machen. Selbst wenn, hätte sie ihre Energie nicht an ihre Arbeit verschwendet. Ein Hemd zu nähen, das jemand tragen würde, den sie nicht kannte oder den sie niemals treffen würde und dem sie und ihre Anstrengungen vollkommen egal waren – wem brachte das was? Was spielte es für eine Rolle, ob ein Saum schief war oder ob ein Knopf nicht genau in das Knopfloch passte? Luella würde den Mann, der das Hemd trug, nie zu Gesicht bekommen. Sie arbeitete nur aus einem einzigen Grund: wegen des Geldes. Das taten alle – alle bis auf Kat. Und was Kat antrieb, wusste keiner – in keinerlei Hinsicht.

»Ich werde dir das gleich am Montag einrichten«, versprach

Kat, als sie zusammen durch die leere Fabrik gingen. »Wirst sehen, es geht dann besser.«
»Ich werde so lange Ärmel an Hemden nähen, bis ich das Nadelöhr nicht mehr sehen kann«, sagte Luella bitter. »Scheiße, ich kann das verdammte Ding jetzt schon kaum mehr sehen. Wieso bist du eigentlich immer so voller Hoffnung? Sag mir das mal, Kat. Ich meine es ernst. Erklär es mir.«
Kat hätte es ihr erklärt, wenn sie es gekonnt hätte. Das war nun mal ihre Art. Sie hätte nie mit Absicht eine Zutat zu einem Rezept verschwiegen, damit es einer anderen Frau nicht gelingen würde. Luellas Frage ergab für sie keinen Sinn. Der eine Mensch erblickt eine Rose und sieht die Blütenblätter, ein anderer die Dornen. Und ein dritter wiederum sieht nur den Mist, auf dem die Blume gewachsen ist.
»Wahrscheinlich, weil ich im Leben nur zwei Möglichkeiten habe«, erwiderte Kat, nahm ihre Karte vom Ständer und schob sie in die Stechuhr. »Ich kann entweder glücklich sein oder meinen Kopf in den Ofen stecken.«
Luella kochte auf einem mit Holz beheizten Ofen. Die einzige Möglichkeit für eine Frau, sich mit einem solchen Ofen umzubringen, war die, sich zu Tode zu backen. Dabei fiel Luella ein, dass sie noch Holz hacken musste, bevor sie anfangen konnte, das Essen zu kochen. Buck hatte bestimmt vergessen, die Axt zu schärfen. Und die Holzkiste war mit größter Wahrscheinlichkeit leer, und die Asche würde sie auch noch ausleeren müssen …
Luella packte Kat am Arm und drehte sich um.
»Kat, schau doch mal in den Spiegel! Du hast hier nichts zu suchen. Gott hat dir alles mitgegeben, was du brauchst, um hier rauszukommen. Du kannst jeden Mann haben, den du willst. Niemand würde es dir verübeln, wenn du dich mit einem Mann einlässt, der dich hier rausholt. Niemand würde es dir vorwerfen, wenn du auf eine Spritztour mit Mason

Hughes gehst. Scheiße, ich würde selbst mit dem Teufel auf Fahrt gehen, wenn ich wüsste, dass in der Hölle die Heizung funktioniert.«
»Du kannst es mir glauben«, sagte Kat, schlang den Arm um Luella und zog sie vorwärts, »aber das Einzige, das Mason Hughes in der Hose hat und das etwas wert ist, ist seine Brieftasche.«
»Und du kannst es *mir* glauben« – Luella seufzte müde –, »die Brieftasche in seiner Hose ist generell das einzig Interessante an einem Mann.«

»Essen is' fertig!«, rief Luella aus der Küche.
Nachdem sie den ganzen Tag das Geratter der Nähmaschinen überbrüllt hatte, war Luellas Stimme noch immer auf volle Lautstärke geeicht, wenn sie nach Hause kam.
»Hast du frische Milchbrötchen gebacken?«, fragte Buck, als er seinen Stuhl an den Tisch rückte.
»Hast *du* frische Milchbrötchen gebacken?«, konterte Luella so giftig, dass das Baby zu schreien anfing.
Nachdem sie den ganzen Tag in der Fabrik krumm hinter einer Nähmaschine gesessen hatte, ehe sie nach Hause gekommen war und hier erst Holz gehackt, dann Essen gekocht, das schmutzige Geschirr gespült und die Kinder versorgt hatte, stand Luella entsprechend unter Strom. Ihr Nacken schmerzte, und in den Fingern hatte sie kein Gefühl mehr, da sie den ganzen Tag Hemden gesäumt hatte. Die Handgelenke taten ihr so weh, dass sie die Bratpfanne mit beiden Händen hochheben musste. Nicht mehr lange, und ihre beiden Daumen würden anschwellen, aber sie würde ihren Händen erst Linderung in warmem Wasser verschaffen können, wenn das Baby im Bett lag.
Luella war die erste Frau in ihrer Familie, die außer Haus arbeitete, und sie hatte folglich keinerlei Vorbild, wie sie das

alles unter einen Hut bringen sollte. Abends ging sie müde ins Bett, und morgens wachte sie erschöpft auf. Nicht einmal zum Lächeln hatte sie noch Kraft. Obwohl Buck bereits zwei Jahre, bevor das Bordell aktuell wurde, keine Arbeit mehr als Schreiner gefunden hatte, war ihm niemals die Idee gekommen, Luella zur Hand zu gehen. Der Haushalt und die Kinder waren Frauenarbeit. Seine Hilfe hätte sie nur beide beleidigt.

»Es war nicht ein Stück Anmachholz in der Kiste! Als ob ich nicht so schon genug zu tun hätte«, fauchte Luella, während sie den schreienden Säugling vom Boden hochhob und den Kleinen auf den Kinderstuhl setzte. »Es war so dunkel, dass ich mir dabei fast den Fuß abgehackt hätte!«

Luella ließ sich auf den Stuhl gegenüber von Buck fallen und warf den beiden Jungen einen strengen Blick zu. Die zogen den Kopf ein und verschränkten die Hände zum Gebet.

»O Herr, wir danken dir für das … Bucky, spuck den verdammten Kaugummi aus! … was du uns bescheret hast«, betete Luella schnell und gereizt. »Und wenn du uns etwas mehr davon bescheren könntest«, knurrte sie, »hätten wir auch nichts dagegen. Amen.«

»Amen«, erwiderten Buck und die Jungen, während sie den Löffel tief in die Schüssel mit gekochtem Weißkohl stießen.

»Wenigstens die Axt könntest du mal schärfen«, keifte Luella und nahm das Thema dort wieder auf, wo sie es hatte fallenlassen.

Wütend zerdrückte sie eine gekochte Kartoffel und führte einen Klecks an ihre Lippen, um die Temperatur zu prüfen, ehe sie zu füttern begann. Das Baby, das daran gewöhnt war, dass seine Mutter meist das Ziel verfehlte, wackelte mit dem Kopf und riss den Mund weit auf, um irgendwie an den Löffel zu kommen.

Luella gab immer erst ihrer Familie zu essen, ehe sie sich

selbst bediente. Damit sie den Mund frei hatte, um während der Mahlzeit besser nörgeln zu können, vermuteten die Jungen. Sie achteten nie sonderlich darauf, dass ihre Mutter hinterher am Herd stand und mit den Fingern den Topf auswischte, ehe sie ihn in das Spülbecken stellte. Sie bemerkten auch nie, dass sie die Überreste auf ihren Tellern aß. Die Jungen schlangen ihr Essen hinunter, ohne überhaupt zu schmecken, was sie aßen; sie dachten nur daran, so schnell wie möglich wieder vom Tisch aufzustehen, um dem ständigen Genörgel ihrer Mutter zu entkommen.

Luella konnte gerade noch verhindern, dass die zerdrückte Kartoffel vom Kinn des Babys tropfte, und schob den Brei zurück in dessen offenen Mund.

»Blöder Holzherd!«, schimpfte sie. »Nicht einmal den Kopf ins Rohr stecken könnte ich, selbst wenn ich wollte!«

Der Freitagabend in Five Points unterschied sich in nichts von den Freitagabenden in anderen Städten. Eine ledige Frau, die eine Verabredung hatte, taxierte ihren Verehrer auf dem Vordersitz des Wagens und träumte davon, verheiratet zu sein. Eine verheiratete Frau, die auf der Couch saß, taxierte ihren schnarchenden Mann und träumte davon, ledig zu sein.

Oben auf dem Dog Leg Hill hatte Pearl sich schick gemacht. Wie flüssige Seide schmiegte sich ein weißes Satinkleid an ihren Körper. Eine im Schein des Kaminfeuers funkelnde Brosche aus Strass lenkte den Blick auf den tiefen Rückenausschnitt. Pearl trug ein silbernes Tablett aus der Küche hinüber in ihren privaten Salon, wo sie es auf die Bar stellte.

Pearls Privaträume waren als erster Teil des Hauses von den Jungs fertiggestellt worden. Von der Halle aus führten dick gepolsterte Doppeltüren in Pearls Salon, der ursprünglich C. W. McCauleys Arbeitszimmer gewesen war. Der Raum

war mit dunklem Kirschholz getäfelt, und die Kamineinfassung bestand aus schwarzem Granit. Bis auf ein großes Samtsofa, einige Ohrensessel und einen Pokertisch war der Wohnraum minimal möbliert. Pearl hatte die Jungs beauftragt, daneben ein Schlafzimmer, ein Bad und einen begehbaren Schrank anzubauen, dazu einen separaten Eingang. Und die Jungs übertrafen sich selbst, wie Roy sich ausdrückte. Kein Betrachter wäre auf die Idee gekommen, dass Pearls Privaträume nicht Teil des ursprünglichen Grundrisses waren.
Pearl zündete die spitz zulaufenden Kerzen auf dem Kaminsims an. Als sie das Streichholz ausblies, fiel ihr Blick auf den silbernen Rahmen mit der Fotografie ihrer Mutter. Lornas Schönheit war atemberaubend. Pearl hatte bisher nur wenige Frauen gesehen, die ihr das Wasser hätten reichen können. Mehr als ein Mal hatte sie Eddie dabei ertappt, wie er auf das Foto starrte. Lorna war das Erste, das ein Mann sah, wenn er den Raum betrat. Pearl strich mit dem Finger über den Rahmen, ehe sie das Bild umdrehte und Lorna mit dem Gesicht nach unten auf den Kaminsims legte.
Dann nahm sie ein silbernes Messer, häufte Belugakaviar darauf und bestrich damit eine Ecke Toastbrot. Pearl hielt kurz inne und betrachtete die festen, schwarzen Körner, ehe sie den Mund öffnete und langsam und bedächtig von der Scheibe Brot abbiss. Sie schloss die Augen, seufzte, kaute und schluckte. Vorsichtig leckte sie über ihre Lippen, um den dunkelroten Lippenstift nicht zu verschmieren.
Es war ein russischer Diplomat gewesen, der Pearl mit dieser Delikatesse bekannt gemacht hatte. Ihr beim Kaviaressen zuzuschauen, sei besser, als mit seiner Frau zu schlafen, hatte er zu ihr gesagt.
»Warum hast du sie dann geheiratet?«, fragte Pearl.
»Ein Mann heiratet die Frau, die die Mutter seiner Kinder werden soll«, hatte er beiläufig erklärt, während er sich von

Pearls nacktem Bauch mit Kaviar bediente und anschließend das Messer auf beiden Seiten ableckte. »Das ist ein Opfer, das jeder verantwortungsvolle Mann bringt.«

Pearl sichtete ihre Schallplatten, bis sie diejenige gefunden hatte, die sie suchte. Sie nahm die Platte aus der Hülle und blies vorsichtig darauf. Der schwarze Schellack beschlug von ihrem Atem. Dann legte sie die Platte auf den rotierenden Plattenteller und setzte vorsichtig die Nadel auf die Rille. Zuerst drang nur Knistern und Krächzen aus dem Lautsprecher.

»I ain't gonna play no second fiddle«, sang Bessie Smith so wütend und so bestimmt, dass Pearl die Entschlossenheit in ihrer Stimme beinahe körperlich spürte.

Langsam und sehr erotisch fing Pearl zu tanzen an, bis sie – mit den Schultern rollend und sich in den Hüften wiegend – Bessies Rhythmus vollkommen verinnerlicht hatte. Es hatte drei Jahre gedauert und Zehntausende von Meilen bedurft, bis Pearl Wilde gelernt hatte, allein zu tanzen. Jetzt war sie eine Frau, die keinen Mann mehr brauchte, um in Stimmung zu kommen.

9

Mason Hughes war in allem eine jüngere Ausgabe seines Vaters. Hubert Hughes hatte ein tadellos gutes Aussehen, ein unbeugsames Rückgrat und die Ausstrahlung eines Mannes mit einer Mission. Und diese Mission war, Geld zu machen. Das Talent dazu war ihm in die Wiege gelegt worden und erforderte keinerlei bewusste Anstrengung von seiner Seite. Hubert Hughes generierte Geld wie eine Biene Honig. Hätte man ihm alles weggenommen, wäre er trotzdem noch reich gestorben. Bei Hubert Hughes drehte sich alles um Geld, selbst wenn es ums Heiraten ging.

Es war unausweichlich, dass die Rudolphs, die ihr Geld mit Fabriken verdient, und die Hughes', die ihr Vermögen mit Geld gemacht hatten, eines Tages eine eheliche Verbindung miteinander eingingen. Die Tatsache, dass Olivia Rudolph Hubert vergötterte, ließ dieses Arrangement umso attraktiver erscheinen.

Obwohl ihre Familien keinen Tontaubenschuss weit voneinander entfernt lebten, kam es erst beim Tanzball im Herbst 1906 dazu, dass Hubert Olivia bewusst wahrnahm. Und wäre sie nicht einem anderen Mann zuerst aufgefallen, hätte er sie auch damals übersehen. Nicht dass Olivias Vermögenswerte Hubert unbekannt gewesen wären, aber er stieg immer erst dann ein, wenn ein Geschäft todsicher war.

»Heute Abend ist es so weit«, sagte Lawson Mitchell und

stärkte sich mit einem Schluck aus dem Flachmann in seiner Tasche.
Lawson war Huberts Schulkamerad, Freund aus Gewohnheit und Hausjurist. Hubert war nie sonderlich an dem interessiert gewesen, was Lawson zu sagen hatte, und er konnte es sich nicht verkneifen, ihn ständig übertrumpfen zu wollen. Dieses instinktive Bedürfnis machte es erforderlich, dass er ständig über Lawson auf dem Laufenden war.
»Wofür so weit?«, fragte Hubert abwesend.
»Für Olivia Rudolph.«
»Olivia Rudolph?«
Gelangweilt sah Hubert sich im Ballsaal um, und als er Olivia schließlich im Visier hatte, suchte diese bereits seinen Blick. Olivia war ganz und gar nicht Huberts Typ. Sie war ihm zu eifrig. Wenn sie flirtete, dann mit der Einfühlsamkeit eines Holzhammers, und das alte Geld sah man ihr deutlich an: Olivia war flachbrüstig und androgyn wie eine Gottesanbeterin.
»Was ist mit ihr?«, murmelte Hubert in sein Glas.
»Ich werde ihr einen Heiratsantrag machen«, erwiderte Lawson und tastete in seiner Tasche nach der Schachtel mit dem Ring.
»Wozu soll das denn gut sein?«
»Mit Olivia an seiner Seite«, erklärte Lawson, »kann ein Mann nach den Sternen greifen.«
Lawsons Tonfall ließ Hubert die Ohren spitzen. Lawson schien regelrecht besessen von Olivia Rudolph. Und da wusste Hubert, dass er diese Frau haben musste.
Hubert musste sich nicht sonderlich anstrengen, um Olivia hinaus auf den Parkplatz zu locken und zu einer Spritztour mit seinem neuen Sportwagen zu überreden. »Ich fahre gern schnell, so schnell es der Motor hergibt«, hatte er gesagt, als er ihr den warmen Schlüssel in die Hand drückte, während Lawson ihnen nachwinkte.

Sie kehrten nie zurück. Lawson saß noch bei Sonnenaufgang in seinem Smoking auf den Stufen des Country Clubs. Dann marschierte er zum vierten Loch, nahm Olivias Verlobungsring aus der Tasche, knirschte mit den Zähnen und schleuderte die Schachtel in den See. Zum Glück trieb die kleine Schatulle lange genug auf der Oberfläche, so dass ihm Zeit blieb, Schuhe und Socken auszuziehen, seine Hose hochzukrempeln und ins Wasser zu waten, um sie wieder herauszuholen. Dann klappte er die Schachtel auf, nahm den Verlobungsring seiner Mutter heraus und betrachtete ihn nachdenklich. Vier lange Jahre hatte er sich vorgestellt, wie er Olivia diesen Ring an den Finger steckte. Vier lange Jahre hatte er sich das Leben ausgemalt, das sie miteinander führen würden. Lawson weinte. Er beweinte nicht nur seinen Verlust, sondern vor allem den Olivias. Nie würde Hubert sie so lieben, wie er es tat. Er fuhr sich mit dem Ärmel seines Smokings über das Gesicht, schob die tropfnasse Schatulle wieder in seine Brusttasche und watete langsam ans Ufer zurück.

Lawson sollte die erlittenen Qualen niemals erwähnen.

Hubert war nicht der Typ von Mann, der Zeit damit verschwendete, einer Frau den Hof zu machen. Noch in derselben Woche, in der er ihr einen Antrag machte, brannte er mit ihr durch und brachte Olivia so um die Hochzeitsfeier, von der sie ihr ganzes Leben lang geträumt hatte. Doch sie war zu verliebt, als dass es ihr etwas ausgemacht hätte.

Bei so viel Inzucht unter den Reichen könnte man glauben, dass sie steril wie Maultiere wären. Aber Olivias Fortpflanzungsorgane hielten sich an die Regel, dass Geld Geld gebiert. Voller Erwartungen und guter Hoffnung kehrte sie aus den Flitterwochen zurück und widmete sich umgehend und mit größter Leidenschaft der Kunst, ein Heim zu gestalten. Olivia regelte alles. Hubert musste nichts weiter tun, als hin

und wieder zu Hause aufzutauchen. Und wenn er sich nicht blicken ließ, war es auch in Ordnung.
Olivia war die Verkörperung dessen, was sich ein ehrgeiziger Mann von seiner Ehefrau wünschen konnte. Sie war attraktiv, wenn auch nicht schön, sie wusste sich zu benehmen, beherrschte die Kunst, zwanglos zu plaudern, und fügte sich in jede Gesellschaft ein. Sie konnte ohne langen Vorlauf eine festliche Tafel inszenieren, sie war in jedem Wohltätigkeitsausschuss der Stadt aktiv, war eine exzellente Organisatorin und für jede Gelegenheit passend gekleidet. Und während alle anderen Männer in Huberts Bekanntenkreis sich permanent über das ständige Gejammer ihrer Frauen beschwerten (Nerven- und Frauenleiden führten die Rangliste ihrer Gebrechen an), sorgte Olivia selbständig für die Befriedigung all ihrer Bedürfnisse. Olivia war sozusagen und in jeder Hinsicht wartungsfrei. Hubert wurde in seinem Club glühend um sie beneidet.
Hubert war zufrieden mit Olivia, wenn auch nicht in sie verliebt. Olivia war verliebt in Hubert, wenn auch nicht zufrieden. Doch ihre Ehe war besser als die meisten anderen.
In Huberts Augen hatte Olivia nur eine einzige unerträgliche Angewohnheit: Sie suchte regelmäßig eine Hellseherin auf.
Lady Laetitia hatte in Martinique das Licht der Welt erblickt und in New Orleans ihren Feinschliff erhalten. Sie war das Produkt eines französischen Rumhändlers und einer Inselschönheit, die ihre Tochter mit Hühnerblut bespritzt hatte, ehe sie ihr das Taufkleid aus weißer Spitze über den Kopf zog. Lady Laetitia hatte topasfarbene Augen und eine Haut in der Farbe dunklen Rums. Sie trug bodenlange Kaftane und versteckte ihr krauses rotes Haar unter Turbanen aus Seide. Um den Wünschen ihrer Kunden entgegenzukommen, verstärkte sich ihr Akzent von Tag zu Tag, während ihr Englisch

stündlich schlechter wurde. Zum Glück hatten die Geister, die sie beschwor, keinerlei Probleme, sie zu verstehen.
Trotz des Hokuspokus, den sie um sich machte, besaß Lady Laetitia in der Tat übersinnliche Fähigkeiten. Wann immer ihr nerviger Nachbar seine Migräne bekam, die sich anfühlte, als würde ihm ein Nagel in die Schläfe getrieben, war dem auch so. Ihre Religion war eine wilde Mischung aus Santería, Voodoo und orthodoxem Katholizismus. Die eine Gruppe opferte Heilige, die andere Hühner. Der Spagat zwischen beiden fiel Lady Laetitia nicht schwer.
Hubert konnte sich nicht vorstellen, wieso eine Frau wie Olivia, die so besonnen war und mit beiden Beinen auf der Erde stand, Zeit und Geld an solch einen irrationalen Unfug verschwendete. »Wieso«, wollte er wissen, »kannst du nicht einfach an Ostern und an Weihnachten in die Kirche gehen wie alle unsere anderen Freunde auch?«
Doch Lady Laetitia hatte zu oft recht behalten, als dass Olivia sie hätte ignorieren können und wollen. Die Spiritistin hatte Olivia vorhergesagt, dass sie Hubert heiraten würde. Und sie hatte angekündigt, dass sie schwanger aus den Flitterwochen zurückkehren würde. Außerdem hatte sie Olivia, versteckt hinter nebulösen Formulierungen, gewarnt, dass der Aktienmarkt zusammenbrechen würde. Und während Hubert am Schwarzen Freitag alles außer seiner Einbildung verlor, blieb Olivias Vermögen davon unberührt.
Trotz all dieser Beweise weigerte Hubert sich, zu glauben, dass Lady Laetitia etwas anderes als eine Schaumschlägerin sei. Und das sogar noch, als Olivia den Scheck ausschrieb, der es ihm ermöglichte, sein Vermögen wieder aufzubauen.
Olivia hatte jeden Freitag einen festen Termin mit Lady Laetitia. Sie verspätete sich nie. Meistens kam sie sogar zu früh. Woche für Woche verspürte Olivia das dringende Bedürfnis,

zu erfahren, was vor ihr lag – obwohl sie bereits wieder davon gelangweilt war, sobald diese Zukunft eingetreten war. Das Haus, in dem Lady Laetitias Wohnung lag, war für eine Frau wie Olivia ein eher unpassender Ort. Mit offenem Hemdkragen, den Blick verhangen, grinsten zaundürre farbige Musiker, die durch die Clubs tingelten, Olivia anzüglich an, wenn sie im Foyer an ihnen vorbeikam. Die schwarzen Männer bedachten sie mit Blicken, wie es sich kein Mann aus ihrer Welt je erlauben würde. Wenn das Dienstmädchen, das kein Englisch sprach, es aber hervorragend verstand, endlich die Wohnungstür öffnete, war Olivias Gesicht stets von einer leichten Röte überzogen. Nicht unbedingt ein Zeichen, dass sie verlegen war.

»Ich komme zu früh«, sagte Olivia, während das Dienstmädchen sie den dunklen Gang entlang in den Salon geleitete, wo bereits Tee auf sie wartete.

Lady Laetitias Wohnung war genau die richtige Umgebung für eine Spiritistin – eng, dunkel und vollgestopft mit exotischen Objekten. Aber Geister brauchen nicht viel Platz. Die Möbel, Sofas, groß wie Betten, wirkten überdimensioniert in dem Zimmer, und die dicken Wollteppiche waren voller Flecken von verschütteten Drinks und anderen unidentifizierbaren Flüssigkeiten. Die Bilder und Skulpturen waren teuer und ultramodern, und – wie Olivia vermutete – sehr obszön. Doch sie war zu naiv, um sicher zu sein, und zu unsicher, um zu fragen. Stets waren die Vorhänge zugezogen und tauchten den Salon in ewige Mitternacht. Olivia verlor jegliches Gefühl für Zeit und Raum. Jedes Mal, wenn sie danach wieder nach draußen auf den Gehweg trat und feststellte, dass die Sonne schien und die Welt nach wie vor so war, wie sie sie verlassen hatte, fühlte sie sich wie vor den Kopf geschlagen.

Während das Dienstmädchen im ganzen Zimmer die Kerzen

anzündete und die Wahrsagerin sich bereitmachte, verharrte Olivia reglos auf dem Sofa. Mit geschlossenen Augen wiegte Lady Laetitia hypnotisch den Oberkörper vor und zurück und gab einen tiefen, kehligen Summton von sich. Dieser Moment verfehlte nie seine elektrisierende Wirkung auf Olivia, bis sie von Kopf bis Fuß vor Erwartung bebte. Immer mehr verschmolz sie mit dem tiefen Sofa, während sich ein Gefühl der Euphorie wie ein warmer, weicher Schal um sie legte. Olivia gab sich diesem Moment hin, als würde sie in die Arme eines gefährlichen Liebhabers sinken. In ihrem gesicherten, gleichförmigen Leben war dies das einzige Wagnis, das sie einging. Das Risiko, sich an diesem Ort aufzuhalten, entschuldigte alles. Das und der Tropfen Laudanum, den Lady Laetitia auf die Zuckerwürfel für den Tee gab.

Die Luft in dem Salon war geschwängert von Lady Laetitias süßem Parfüm und dem schwachen Rest von Opiumrauch, der von der Nacht zuvor noch übrig war. Lady Laetitia war nicht nur mit der jenseitigen Welt gut vertraut, auch die Unterwelt war ihr nicht fremd. Ihrer Ansicht nach war der Unterschied zwischen beiden nicht sehr groß.

Lady Laetitia öffnete eine Holzschatulle, die auf dem Beistelltisch stand, und nahm vorsichtig ein befruchtetes Hühnerei heraus, das sie auf der flachen Hand balancierte.

»Guter Gott«, sagte Olivia seufzend, als sie die Hand ausstreckte, um die Schale zu berühren, »ich wünschte mir, *irgendetwas* würde passieren.«

Lady Laetitia zog die Hand mit dem Hühnerei zurück, aber es war zu spät. Olivias Fingerspitzen hatten bereits die braune Schale gestreift. Die Hellseherin konnte spüren, wie die Zukunft wankte. Ihre Augen verdüsterten sich. All diese dummen reichen Frauen, die zu ihr kamen – in ihrem Leben gab es keine Farbe, und sie hatten keinen gesunden Menschenverstand.

»Damit der Vogel fliegen kann«, sagte die Spiritistin und schlug das Ei am Rand einer flachen Kupferschale auf, *»muss die Schale zerbrechen.«*
Sie kippte den blutigen Vogelembryo in die Schale und rührte den Inhalt mit ihrem langen, braunen Finger um.
»Was sehen Sie?«, wollte Olivia wissen und starrte in die Schale, mit Pupillen, klein wie Stecknadelköpfe.
»Sie werden bald eine Reise machen … kurz in der Entfernung … aber weit in jeder anderen Hinsicht.«
»Tatsächlich!« Bei der Aussicht auf eine Veränderung ging ein Leuchten über Olivias Gesicht, und ihre wirren Gedanken waren bereits dabei, zu planen, was sie alles einpacken würde.
Lady Laetitia beugte sich abermals über die Schale und versuchte, die rasch verblassenden Bilder von Olivias Zukunft in ihrem Gedächtnis zu speichern. Das meiste davon würde sie Olivia ohnehin nie erzählen, denn sie hörte am liebsten die Beteuerung, dass Fortuna ihr hold war. Frauen wie Olivia bekamen selten das, was sie sich vom Leben wünschten, aber immer das, was sie verlangten.

10

Als Mason ankündigte, dass er beabsichtige, nach Five Points zu ziehen, erstarrte die Hand seines Vaters mit dem Whiskeyglas mitten in der Bewegung.
»Du willst nach Five Points ziehen?« Hubert schaute seinen Sohn fassungslos an. »Wozu soll das gut sein?«
Mason zündete sich eine Zigarette an und lehnte sich auf seinem Stuhl zurück.
»Ich habe beschlossen, eine aktivere Rolle in der Hemdenfabrik zu spielen.«
»Du hast doch noch nie einen Fuß hineingesetzt«, sagte Olivia ungläubig von der Couch her.
»Ich war erst gestern dort.«
»Aber die Fabrik läuft seit Jahren von selbst«, fuhr Olivia, an Hubert gewandt, fort.
»Und das merkt man allmählich«, fiel Mason ihr ins Wort.
Hubert zog den Stöpsel aus der Kristallkaraffe und goss sich noch einen Whiskey ein. Alkohol war illegal in diesem Staat, aber es bestand keine Gefahr, dass die Polizei das Anwesen der Hughes' stürmen würde. Der Bürgermeister und der Gouverneur waren mit Hilfe von Huberts Geld ins Amt gehievt worden. Männer, die Gesetze machen oder dafür bezahlen, dass sie gemacht werden, stehen immer über dem Gesetz.
»Du warst gestern in der Fabrik?«, fragte Hubert beiläufig.

»Auf meinem Rückweg von Lexington habe ich dort kurz haltgemacht«, erwiderte Mason ebenso leichthin.
»Gab es einen besonderen Anlass?«
»Nein, nichts Bestimmtes«, antwortete Mason in einem Tonfall, der genau das Gegenteil durchklingen ließ.
Hubert starrte auf den Whiskey, der in seinem Glas hin- und herschwappte. Er brannte vor Neugier, denn er kannte seinen Sohn. Was immer Mason für die alte Fabrik im Sinn hatte, es würde sich als unterhaltsam und profitabel erweisen. Wie bei ihm drehte sich auch bei Mason alles um Geld. Hubert betrachtete den Vorschlag von allen Seiten und fand nichts daran auszusetzen. Die Hemdenfabrik stellte nur einen minimalen Anteil am Vermögen der Hughes' dar. Wenn Mason die Sache vermasselte, würde das in der Bilanz kaum auffallen.
Da Olivia die Fabrik mit in die Ehe gebracht hatte, wäre es ein Gebot der Höflichkeit gewesen, dass Hubert sie zumindest in die Entscheidungsfindung mit eingebunden hätte. Doch Olivia hatte in der Firmenleitung der Hughes' dieselbe Position inne wie in ihrem Schlafzimmer: die eines stillen Teilhabers.
»Die Fabrik gehört dir«, sagte Hubert in sein Glas. »Mach damit, was du willst.«
»Dann sind wir uns einig«, erklärte Mason und drückte seine Zigarette aus.
Mason erhob sich vom Stuhl und verließ das Zimmer. Olivia beobachtete ihn durch die Flügeltüren des Wohnzimmers, wie er zwei Stufen auf einmal nahm. Seit er ein Junge war, hatte er das nicht mehr getan. Sie brannte vor Neugier, denn auch Olivia kannte ihren Sohn. Sie wusste, was immer Mason im Sinn hatte, bei seinem Umzug nach Five Points ging es nicht nur ums Geschäft.

»Darf ich hereinkommen?«, fragte Olivia und stieß sacht mit den Fingerspitzen die Tür zum Zimmer ihres Sohns auf.
Kläffend und springend folgte Olivia ein hyperaktiver Staubwedel in Masons Zimmer; die lackierten Krallen klapperten wie Kastagnetten auf dem Holzfußboden. Mason warf dem Zwergspitz einen genervten Blick zu, während Olivia das bellende Wollknäuel liebevoll mit dem Fuß aus dem Zimmer schob.
»Brav, mein Liebling, brav«, flötete sie, während sie die Tür zwischen ihnen schloss, »Mami kommt gleich.«
Als sie sich umdrehte, sah sie, dass Mason sie anstarrte.
»Mami?«, fragte er, nur halb belustigt.
»Warum nicht?«, erwiderte Olivia trocken.
Mason verstaute ein gefaltetes Hemd und wandte sich wieder dem Packen des Koffers zu. Konzentriert und präzise wie ein Chirurg füllte er ihn Stück um Stück. Seine Freunde wären überrascht gewesen, hätten sie diese Seite an ihm gekannt. Mason hatte sich seinen Ruf als gelangweilter Nichtstuer und Playboy redlich verdient, doch in Wahrheit war er immer schon ein eher ernsthafter Typ gewesen, sogar als Kind. Wenn Olivia ihn stillte, hatte er zu ihr hochgesehen, die winzige Stirn in Falten gelegt, als hegte er berechtigte Zweifel daran, dass sie wusste, was sie tat.
Mason nahm die Rosshaarbürste von der Kommode und steckte sie in sein Reisenecessaire. Er packte gerade so viel ein, damit er die ersten Tage über die Runden kam, bis der Rest seiner Garderobe nachgeliefert wurde. Olivia bezweifelte, dass er persönliche Dinge mitnehmen würde. Es war ohnehin kaum etwas Persönliches in dem Zimmer, das er seit sechsundzwanzig Jahren bewohnte. Mason besaß noch eine Wohnung in der Stadt, wo er sein eigentliches Leben lebte, wie Olivia vermutete, und wohin er sie niemals eingeladen hatte.

Olivia wanderte durch das Zimmer, nahm hier ein Buch vom Nachttisch, schüttelte dort ein Kissen auf dem Bett auf, statt das zu tun, was sie eigentlich tun wollte: ihr einziges Kind in den Arm nehmen, sein Gesicht küssen und ihm übers Haar streichen. Mason hatte ihr seine kindliche Zuneigung ebenso verweigert wie sein Vater die als ihr Gatte. Jeglicher Wärme seitens der Männer in ihrem Leben beraubt, hatte Olivia sich einer anderen Spezies zugewandt. Und dabei hatte sie die Erfahrung gemacht, dass Hunde und Nerzmäntel ein überraschend adäquater Ersatz für Männer waren, zumindest teilweise.

»Steckt eine Frau dahinter?«, fragte Olivia, während sie ein Paar Socken zusammenrollte.

Mason stieß ein lautes Lachen aus, und Olivia wusste, dass sie den Nagel auf den Kopf getroffen hatte.

Hastig nahm Mason ihr die Socken aus der Hand und stopfte sie in seinen Koffer. Die seltenen Gelegenheiten, bei denen seine Mutter ihn durchschaute, brachten ihn völlig aus dem Gleichgewicht. Wie sein Vater hielt Mason seine Mutter Olivia lediglich für dekoratives Beiwerk.

»Sie muss etwas sehr Besonderes sein«, fuhr Olivia fort.

»Eigentlich nicht.«

»Dann eben sehr schwer zu haben.«

»Bislang, fürchte ich, ist sie nichts als Einbildung.«

So war das mit ihrem Sohn. Wäre Mason der Jäger und die Frauen das Wild gewesen, hätten sie sich an die Motorhaube seines Wagens gebunden, sich auf den Boden geworfen, damit er über sie hinwegschreiten konnte, oder sich mit Freuden an die Wand genagelt – als seine Trophäen. Doch je leichter die Eroberung, desto schneller war er gelangweilt. In Olivias Haus reichten die Wände nicht aus, um all die Köpfe unterzubringen, die die Frauen ihres Sohnes wegen verloren hatten.

»Wo wirst du wohnen?«
»Im alten Haus natürlich.«
»Aber dort spukt es.«
»Es spukt. Ich bitte dich.«
Wie sein Vater hielt auch Mason die Faszination seiner Mutter für das Übersinnliche für höchst lästig.
»Wie heißt sie?«, fragte Olivia, um das Thema zu wechseln.
»Kat«, antwortete er, »Kathryn Wilde.«
Olivia zog die Augenbrauen hoch. Sie war überrascht, dass er ihr eine Antwort gab. Es war eine eiserne Regel, dass er von Frauen nur in der Vergangenheit sprach.
»Wilde«, sagte sie langsam und versuchte, den dazugehörigen Stammbaum herauszufinden.
»Sie arbeitet in der Fabrik.«
Mason wartete vergebens auf eine Reaktion von Olivia. Ihre Miene blieb immer gleich unbeteiligt, aber er bezweifelte nicht, dass ihre Gedanken sich überschlugen. Wie die meisten Frauen ihres Kreises war auch Olivia eine Sozialromantikerin. Sie unterstützte voll das Recht der Arbeiter, sich zusammenzuschließen, nur nicht gerade in ihrem eigenen Genpool.
Aus Olivias Sicht der Dinge war das Einmaleins der Paarbildung recht einfach: Heiraten zwei Partner mit demselben sozialen Status, steigen ihre Aktien. Heiratet eine Frau unter ihrem Stand, fallen ihre Aktien, während die des Mannes steigen, aber normalerweise weniger, als er erwartet hatte. Doch heiratet ein Mann unter seinem Stand, ist der Ausgang ungewiss. Es ist einfach nicht vorhersehbar, ob die Frau sich der Situation gewachsen zeigt oder auf die Nase fällt. Sicher ist nur, dass jede Menge Leute versuchen werden, ihr ein Bein zu stellen.
Mason mischte sich nie unter die einfachen Leute. Deshalb vermutete Olivia, dass diese Fabrikarbeiterin ein klein wenig

mehr war als nur eine Liebelei. Doch im Leben eines jeden Mannes gibt es eine Phase, in der alles, das zwei Beine und ein Dekolleté hat, unkritisch Anklang bei ihm findet. Mason ging auf die dreißig zu. Die meisten seiner Freunde waren verlobt oder verheiratet. Viele hatten Nachwuchs. Und ein paar waren bereits wieder geschieden. Mason schien es nichts auszumachen, außerhalb der Konventionen seiner sozialen Gruppe zu leben, doch allzu lange konnte er sich dem Druck des Systems nicht mehr widersetzen. Wenn die Hormone des Sohnes verrücktspielten, war es Aufgabe der Mutter, als Stimme der Vernunft zu agieren. Allerdings wusste Olivia genau, dass ein Versuch, ihm diese Frau auszureden, das Schlimmste war, was sie tun konnte.

»Ach, Liebling«, sagte Olivia leichthin, »was mich angeht, kannst du die Kleine heiraten, aber um die Reaktion deines Vaters solltest du dir Sorgen machen.«

Mason lachte unfroh. Unwissentlich hatte seine Mutter mal wieder den Nagel auf den Kopf getroffen. Denn er bezweifelte nicht, wie Huberts Reaktion auf Kat Wilde ausfallen würde. Konkurrenz in der eigenen Familie hätte ihm gerade noch gefehlt.

Nie hatte ihr Sohn mehr wie sein Vater ausgesehen als in diesem Moment. Olivia konnte nicht anders, als ihm übers Gesicht zu streichen. Und Mason konnte nicht anders, als unwillkürlich zurückzuschrecken. Er schaute sich in seinem Zimmer um, ob er etwas vergessen hatte. Dann klappte er den Deckel des Koffers zu und ließ die Schlösser einschnappen.

»Du wirst mir fehlen«, gestand seine Mutter.

»Oh, Livvy, es ist doch nur eine Stunde mit dem Wagen.«

Kurz in der Entfernung, dachte Olivia, aber weit in jeder anderen Hinsicht.

11

Mason Hughes gab seinem Sportwagen die Sporen und ließ die Zivilisation, wie er sie kannte, hinter sich. Für einen armen Jungen, der per Anhalter dorthin fuhr, war Five Points nur einen Katzensprung von Nashville entfernt. Für einen reichen Jungen aus der High Society glich die Fahrt eher einem tiefen Fall herunter von seinem Stammbaum.

Die Straße schlängelte sich entlang des Cumberland Rivers, dessen tosende Fluten vom Märzregen ziegelrot verfärbt waren und sich wie Blut bis ins Schwemmland ergossen. Sturzbachartig strömte das Wasser die Steilufer hinab und ließ die dort wachsenden Judasbäume und die Hartriegelbüsche als verschwommene Aquarelle erscheinen. Der Himmel war wolkenlos gewesen, als Mason am Mittag in Nashville losgefahren war, doch jetzt brauten sich über den Hügeln dunkle Wolken wie unheilverheißender Rauch zusammen. Mason sah weder nach rechts noch nach links. Verbissen hielt er mit lederbehandschuhten Händen das Lenkrad umklammert, während er das Gaspedal bis zum Anschlag durchtrat. Ein anderer Mann wäre vielleicht aufgewühlt gewesen von diesem Tag, der spektakulären Fahrt und dem, was ihn möglicherweise erwartete. Doch Mason Hughes hatte nur eines im Sinn: Kat Wilde.

Der Wind wehte Mason das Haar aus den entschlossen dreinblickenden Augen. Seine Ohren waren gefühllos und seine

Finger steif. Es war noch zu früh im Jahr, um mit offenem Verdeck zu fahren, aber Mason hatte es trotzdem zurückgeklappt – nicht weil er auf besseres Wetter hoffte, sondern als Härtetest. Statt Tennis zu spielen, das er bevorzugte, hatte er sich im College aus demselben Grund für Football entschieden. Dass er dabei brutal niedergemacht und ihm das Gesicht in den Dreck gedrückt wurde, hatte ihn – ganz im Gegensatz zu seinen Mannschaftskameraden – ungeheuer motiviert. Da Mason ein bequemes, sorgenfreies Leben führte, verspürte er von Zeit zu Zeit das Bedürfnis, sich eine kleine Züchtigung aufzuerlegen. Als ob das die Tatsache wettgemacht hätte, dass er mit einem goldenen Löffel im Mund auf die Welt gekommen war, wenn ihm ab und zu mal ein rauher Wind um die Nase wehte und er hier und dort einen Kratzer abbekam.

Der Sportwagen brauste durch eine kalte Nebelschwade, die kurzzeitig alle Motorengeräusche schluckte und Mason die Sicht raubte. Das war kein Grund für ihn, langsamer zu werden. Eine Meile außerhalb von Five Points war er schließlich doch gezwungen, einen Gang herunterzuschalten, um hinter einem alten, offenen Lastwagen herzufahren, aus dessen löchrigem Auspuff dicker Rauch stieg und dessen Stoßstangen vom Rost zerfressen waren. Der zehnjährige Junge, der hinten auf der Ladefläche auf einem Milchkasten saß, war für die sonntägliche Fahrt in die Stadt geschrubbt und sauber herausgeputzt worden. Sein Hemd war gebügelt und seine Latzhose mit der Sorgfalt eines Chirurgen geflickt. In der Brusttasche seiner Latzhose steckte ein frisches, braunes Hühnerei, das er gegen eine Packung Kaugummi einzutauschen gedachte. Es war ein herrlicher Tag für Bucky Darnell jr., und der überraschende Anblick von Masons schickem Sportwagen übertraf noch seine kühnsten Erwartungen.

Mason schaute nervös auf seine Uhr, so dass er den lächelnden und winkenden Jungen auf der Ladefläche nicht bemerkte. Er wollte unbedingt seine Bestzeit unterbieten und konnte sich keine Rücksicht leisten. Mason hupte und trat auf das Gaspedal, während er überholte. Buckys Großvater, der an schnelle Männer in schnellen Autos nicht gewöhnt war, scheute wie ein Pferd. Er riss das Steuer nach rechts und fuhr zu weit auf den Seitenstreifen, so dass der alte Lastwagen in den Graben kippte und Bucky gegen die halbhohe Seitenwand der Ladefläche geschleudert wurde. Genau in dem Moment, als der Milchkasten auf ihn niedersauste, hob Bucky den Kopf und wurde im Gesicht getroffen. Seine Lippe platzte auf und das frische, braune Ei ebenfalls. Mason hatte keine Ahnung von dem kalten, feuchten Fleck, den der Junge jetzt über dem Herzen trug, als er mit heulendem Motor an ihnen vorbeibrauste.

Wenn Menschen in die Stadt ziehen, passiert etwas mit ihnen. Etwas geht verloren. Ein Mann, der im Lebensmittelladen auf die Jagd geht und den Wetterbericht für den kommenden Tag aus der Zeitung erfährt, statt den Mond zu beobachten, wird zahm und abhängig wie ein Schoßhund. Seine natürlichen Instinkte verkümmern und verkommen.

Doch Menschen, die auf dem Land leben, haben etwas Wildes an sich. Sie besitzen die Fähigkeiten, das Wesen eines anderen zu erspüren, wie ein Wolf, der die Witterung eines Kaninchens aufnimmt. Und noch ehe Mason Hughes aus seinem schicken Wagen stieg, nahmen die Jungs, die auf der Veranda von Witwe Greens Gemischtwarenladen herumlungerten, seine Witterung auf, und das Wasser lief ihnen im Mund zusammen. Sie wussten, dass sie auf fette Beute gestoßen waren.

»Is' aber ein mordsschicker Wagen, den Sie da haben«, meinte Inky Mott und wischte sich die Hände an einem Lappen ab, während er den Sportwagen bewunderte.

Am Samstag bediente Inky immer die Benzinpumpen vor dem Gemischtwarenladen. Im Gegenzug dafür erhielt er ein

Pfund Mortadella, eine Schachtel Kräcker, eine Tankladung Benzin und – jedes Mal, wenn er die Registrierkasse bediente – den besten Blick in der ganzen Stadt unter den Rock der Witwe. Gladys Green hatte ausgesprochen schöne Beine. Und das wusste sie. Einen großen Teil des Tages verbrachte sie oben auf der Leiter stehend, wo sie sich nach den Konservendosen reckte, um diese immer wieder neu zu ordnen, ein langes, glattes Bein abgewinkelt, den Fuß spitz wie eine Ballerina ausgestreckt. Bisher hatte sich diese Haltung für sie ausgezahlt. So hatte sie sich bereits ihren verstorbenen Ehemann geangelt, und höchstwahrscheinlich hatte ihn das auch das Leben gekostet, denn Gladys war mittlerweile so trainiert in dieser Position, dass sie mit ihren Beinen Walnüsse knacken konnte.

Gladys war zur Witwe geboren. Das war die Rolle ihres Lebens. Um den Hals trug sie an einer zarten Goldkette ein Medaillon mit der winzigen, verblichenen Fotografie ihres verstorbenen Gatten, das wie ein Pendel zwischen ihren teigigen Brüsten baumelte. Kaum kannte sie einen Mann fünf Minuten, gestand sie ihm bereits mit sorgenvoller Offenheit, dass sie ganz allein in diesem großen, weißen, schuldenfreien Haus hinter dem Laden wohne, dass sie aber – seufz! – niemals mehr heiraten würde. Das lockte die Verehrer an wie Honig die Bienen.

Jeder Mann in Five Points beneidete Inky glühend um seinen Teilzeitjob bei der Witwe, und er musste sein Terrain verteidigen wie ein bissiger Kettenhund.

»Vollmachen«, befahl Mason, als er aus seinem Sportwagen stieg.

Und mehr sagte er nicht. Für die Jungs, die auf der Veranda herumlungerten, war das schlimmer, als wenn er überhaupt nichts gesagt hätte. Es war schlicht und einfach eine Beleidigung. Ein Mann, der nicht viele Worte macht, mag noch als nachdenklich gelten, aber einer, der wortkarg *und* schroff ist, ist ein Arschloch.

Mason bemühte sich, es sich auf keinen Fall anmerken zu lassen, dass er halb erfroren war, als er in seinem langen, weißen Automantel steifbeinig die Stufen hinaufstieg. Langsam zog er, einen eisigen Finger nach dem anderen, seine Handschuhe aus, während er die wackeligen Stühle musterte und beschloss, lieber stehen zu bleiben.

»Morgen«, sagte er.

Woody und Dickie hoben den Kopf. Sie waren über den Platz geschlendert, um Inky bei der Arbeit zu beobachten. In der letzten Zeit hatte Bud sie in seinem Laden wie die Sklaven schuften lassen, und sie benötigten dringend eine Atempause.

Die Hände hinter dem Rücken verschränkt, schaute Mason sich an, wo er gelandet war. Ein Jagdhund lag auf der Veranda, hingegossen wie eine braun-weiß gesprenkelte Schlammpfütze, und beäugte ihn kalt, während er von Zeit zu Zeit die Nackenhaare sträubte, um eine Pferdebremse zu vertreiben. An der verwitterten, einst silbergrau gestrichenen Bretterwand tickte eine rote Coca-Cola-Uhr vor sich hin. Ein senfgelbes Schild mit der Aufschrift »Shell«, von Kugeln durchlöchert wie ein Schweizer Käse, schwankte an einem verrosteten Mast im Wind. Durch das schmutzige Schaufenster konnte Mason Gladys Green erkennen, die auf der Leiter stand und die Regale abstaubte, ein Bein in perfekter Ballettpose abgewinkelt. Als Masons Blick auf das Plakat mit der Ankündigung einer Versammlung des Christlichen Vereins für Abstinenz fiel, las er es laut vor.

»Das ist auf Miss Annabelle Boyds Mist gewachsen«, informierte ihn Woody, die Krempe seines Hutes tief ins Gesicht gezogen, die Beine auf dem Geländer abgestützt. »Sie ist die Gründerin und Vorsitzende des Christlichen Frauenbunds für Abstinenz von Five Points.«

Mason konnte Woodys Tonfall unschwer entnehmen, dass Miss Annabelle Boyd auf der Veranda nicht sonderlich beliebt war.
»Ist schon ironisch, dass ausgerechnet die eifrigste Verfechterin von Mäßigkeit so hässlich ist, dass ein Mann schon voll wie eine Strandhaubitze sein müsste, um sie zu küssen«, meinte Dickie.
»Die Prohibition ist wirklich der letzte Nagel zum Sarg dieser alten Jungfer«, pflichtete Woody ihm bei.
»Manche Leute können es nicht ab, wenn andere glücklich sind. Als Nächstes werden sie noch den … den Tabak verbieten!«
»Das ist verdammt unamerikanisch«, schimpfte Woody und nahm einen tiefen Zug von seiner Zigarette, als könnte es der letzte sein.
Die Konversation versiegte, und Mason beschloss, die Gesprächspause zu nutzen.
»Tja, die Prohibition«, sagte er, »man ist entweder dafür oder dagegen.«
Dickie beugte sich vor und sandte einen dicken Strahl Kautabak über das Geländer, mitten hinein in einen verdorrten gelben Eibenbusch.
»Oder zu willensschwach, um seine Interessen durchzusetzen.«
»Ich kann nur hoffen, dass diese verdammten Gesetzgeber in ihrer eigenen scheinheiligen Pisse ersaufen«, fügte Woody hinzu, stieß eine weiße Rauchwolke aus und atmete sie wieder ein.
Nachdem Mason geklärt hatte, dass er unter, wenn schon nicht Freunden, so doch Gleichgesinnten war, kam er auf sein Anliegen zu sprechen.
»Ich heiße –«
»Wissen wir.«

»Ich ziehe in die –«
»Haben wir schon gehört.«
Mason verlagerte sein Gewicht auf das andere Bein.
»Falls ein Mann mal in der Stimmung sein sollte, seinen Durst mit was Stärkerem als mit Quellwasser zu löschen, an wen sollte er sich Ihrer Meinung nach wenden?«
Hätte Mason Hughes lichterloh gebrannt, die Jungs hätten nicht auf ihn gepisst, um die Flammen zu löschen. Doch nur weil einem die Nase eines Mannes nicht gefällt, heißt das noch lange nicht, dass man einen anderen am Geschäftemachen hindern will. Vor allem nicht, wenn der Cavanagh hieß und mit Whiskey handelte.
»Gladys Green ist die Frau, mit der Sie reden sollten.« Woody deutete mit dem Daumen über seine Schulter in Richtung der Ladentür.
»Ich weiß Ihre Information aufrichtig zu schätzen«, erwiderte Mason und verließ die Veranda.
Woody und Dickie sahen sich an und verdrehten die Augen. Sie bezweifelten *aufrichtig*, dass Mason Hughes auch nur einen *aufrichtigen* Knochen im Leib hatte.
Mason drückte Inky gerade das Geld für sein Benzin in die Hand, als der Lastwagen des alten Darnell holpernd heranfuhr. Noch ehe der Wagen zum Stehen kam, sprang Bucky jr. von der Ladefläche, stürmte zu Mason und baute sich mit hochrotem, aber sauber geschrubbtem Gesicht, die Hände zu winzigen Fäusten geballt, vor ihm auf.
»Sie haben mein Ei zerbrochen«, rief Bucky mit blutender, geschwollener Lippe, »und, bei Gott, dafür werden Sie bezahlen!«
Arrogant blickte Mason auf den kleinen Knirps hinunter. Er hatte keine Ahnung, wovon der Junge sprach.
»Sie und Ihr schicker Wagen haben meinen Großvater von der Straße gedrängt!«

Masons Blick folgte dem ausgestreckten Finger des Jungen bis zu dem alten Lastwagen, und vage fiel ihm wieder der stinkende Auspuff des altersschwachen Vehikels ein. Dann schaute er sich den Jungen näher an. Seine dünnen Arme waren übersät mit den Spuren von Milbenlarven, und sein Haar sah aus, als hätte es ein halbblinder Barbier mit einer gezackten Gartenschere geschnitten – was tatsächlich der Fall war. Unter normalen Umständen hätte er das Kind wie eine lästige Mücke verscheucht, aber Mason hatte eine Schwäche für freche Lümmel.

»Was wäre, wenn eine Kuh dich von der Straße gedrängt hätte? Müsste die auch für das Ei zahlen?«

»Wenn eine Kuh mich von der Straße gedrängt hätte, würde ich die verdammte Kuh erschießen!«

Mason hatte Mühe, keine Miene zu verziehen.

»Na, dann«, sagte er und griff in seine Tasche, »komme ich ja noch billig weg, schätze ich.«

Er drückte dem Jungen einige Münzen in die Hand. Bucky biss sich auf die Unterlippe, während er auf das viele Geld starrte und mit sich kämpfte. Er steckte im größten moralischen Zwiespalt seines bisherigen Lebens.

»Ich will nur haben, was mir zusteht«, sagte er schließlich, nahm sich ein Fünfcent- und ein Zweicentstück heraus und gab den Rest zurück. »Ich will keine Almosen.«

»Das waren keine Almosen.« Mason schob das Kleingeld wieder in seine Tasche zurück. »Ich wusste nur einfach nicht, wie viel man hier in der Gegend momentan für ein Ei bezahlt.«

Ein Ei kostete fünf Cent. Die zwei Cent hatte Bucky sich als Schmerzensgeld genommen.

»Sind wir jetzt quitt?«, fragte Mason und streckte die Hand aus.

Der Junge hatte seine Hände noch immer zu Fäusten geballt, und seine Augen funkelten wütend. Auf nichts ist schwerer zu verzichten in dieser Welt als auf einen gesunden, starken Hass. Der bringt das Blut in Wallung und gibt einem Mann Ziel und Zweck im Leben. Den ganzen Weg bis zum Laden hatte Bucky sich die verschiedensten Möglichkeiten ausgemalt, wie er es Mr. Mason Hughes heimzahlen könnte: die Luft aus seinen Reifen lassen, einen Kuhfladen auf den Kühlergrill seines schicken Wagens klatschen, die Fenster mit Seife beschmieren. Wahrscheinlich hätten er und seine Kumpels das ohnehin getan, auch wenn Mason nicht sein Ei zerbrochen hätte. Aber Vandalismus ist weitaus befriedigender, wenn ein wenig Rache dabei mitschwingt.

»Ja«, knurrte Bucky und schlug ein, »wir sind quitt.«

Sosehr Bucky eine anständige Fehde mit Mason auch geschätzt hätte, irgendwie schien es ihm doch geschickter, dem Mann zu verzeihen – nicht zuletzt deswegen, weil er das Ei aus Joy Lesters Hühnerstall gestohlen hatte.

Nachdem der Waffenstillstand besiegelt war, ging Bucky in den Laden, um seinen Kaugummi zu kaufen.

Mason zog indes ein Stück Papier aus der Innentasche seines Mantels und reichte es Inky.

»Wie komme ich dorthin?«

»Wild Lane«, las Inky und betrachtete aus zusammengekniffenen Augen die Adresse, die Crockett auf den Zettel gekritzelt hatte. »Sind Sie sicher, dass das die richtige Adresse ist?« Inky nahm selbstverständlich an, dass ein Mann wie Mason zu Pearls Haus unterwegs war.

»Absolut«, erwiderte Mason.

»Nun, Sir, dann fahren Sie jetzt um den Platz herum.« Inky deutete mit einem ölverschmierten Finger in die entsprechende Richtung. »Bei Bud Mangrums Haushaltswarenhandlung biegen Sie rechts ab in die Gracie Avenue. Der folgen Sie bis zum Ende und den Berg hinunter. Kurz bevor Sie über die Böschung und hinein in den Fluss fahren, nehmen Sie den

Feldweg, der links weggeht. Das ist nicht viel mehr als ein Trampelpfad. Aber mit dem Wagen würde ich da nicht langfahren«, fügte er hinzu und deutete mit dem Kopf auf den Sportwagen. »Der Weg führt mitten durch den Lick Creek. Der Bach führt für die Jahreszeit ziemlich viel Wasser.«

Mason öffnete gerade mit Schwung die Autotür, als Inky hinzufügte: »Kat Wildes Haus ist die kleine Hütte ganz am Ende. Das können Sie nicht verfehlen.«

»Ich habe nicht gesagt, dass ich zu Kat Wildes Haus will.«

»Ist das einzige Haus in der Wild Lane.«

»Die Adresse lautet aber: Wild Lane Nummer zwei«, widersprach Mason nach einem Blick auf den Zettel.

»Nummer eins war das Haus von Kats Mutter, Lorna Wilde. Wurde bei der großen Flut weggespült.«

»Gütiger Gott. Was ist aus der Frau geworden?«

»Sie ist mit Annabelle Boyds Verlobten auf und davon.«

»Und wie hat Annabelle Boyd das aufgenommen?«, fragte Mason und machte Anstalten, in seinen Wagen zu steigen.

»Sie wetzt noch immer ihre Axt«, erwiderte Inky und trat einen Schritt zurück.

Mason ließ sich auf den Fahrersitz fallen, um Sekunden später hektisch hochzuschießen und unter seinen weißen Mantel zu fassen, wo er eine Handvoll triefender Eierschalen zum Vorschein brachte. Woody und Dickie grinsten, als er die Masse auf den Boden schleuderte und seine Hände und die Mantelschöße mit dem Tuch säuberte, das Inky ihm reichte. Ehe er sich wieder hineinsetzte und den Motor startete, breitete Mason ein Stück Zeitung über den feuchten Fleck auf dem Ledersitz. Dann legte er den Gang ein und fuhr auf die Straße.

»Nehmen Sie sich vor Kats Hund in Acht! Der beißt Ihnen das Bein ab!«, rief Inky ihm nach und rieb sich dabei sein Bein.

Wild Lane – passender hätte der Name nicht sein können. Mason wäre glatt daran vorbeigefahren, hätte er nicht in letzter Sekunde das Schild BETRETEN VERBOTEN gesehen, das an der Biegung an einen Baum genagelt war. Er lenkte seinen Wagen an den Straßenrand, stieg aus und ging zu Fuß weiter.

Über Spurrillen stolpernd und tiefen Pfützen ausweichend, folgte er dem schlammigen Pfad in Richtung des tosenden Wassers. Über seinem Kopf stießen die Zweige aneinander und vereinten sich zu einem dunklen, natürlichen Tunnel. Die Luft war kühl und frisch. Mason holte bei jedem Schritt weiter aus, sein Automantel schlug gegen seine Beine, und er ruderte beschwingt mit den Armen. In der Stadt hinderten ihn alle möglichen schädlichen Ausdünstungen daran, frei durchzuatmen: Autoabgase, der Gestank von Abwässern, der Rauch aus tausend Fabrikschloten – mit einem Wort, die giftige Kehrseite der menschlichen Existenz. Aber hier im Wald atmete Mason tief, befreit und hungrig durch.

Der Weg führte direkt in den brüllenden, schäumenden Bach, der wütend an der Uferböschung nagte. Am gegenüberliegenden Ufer entdeckte Mason das alte Blockhaus, eingebettet unter dichtem Baumwerk, als wäre es dort aus dem Boden gewachsen. Die Balken waren schwarz wie verkohlte Whiskeyfässer, und wilder Wein rankte sich den steinernen Kamin hinauf. Hinter der Hütte hatte man einen kleinen Vorratskeller in den Berg gehauen. Aus einer hölzernen Leitung ergoss sich ein Schwall eiskaltes Quellwasser in einen Trog neben der uralten Tür. Wären da nicht die gläsernen Glockenspiele gewesen, die leise klirrend auf der Veranda aneinanderschlugen, hätte man die Hütte eher für einen Fuchsbau als für eine menschliche Behausung halten können.

Der Anblick der Blockhütte holte Mason auf den Boden der Tatsachen zurück, und er verlor jegliche Illusion, die er möglicherweise im Hinblick darauf gehegt haben könnte, dass er und Kat irgendetwas gemeinsam hatten. Wie sollten sie auch? Doch auf intellektuelle Erbauung war er schließlich nicht aus. Sein Ansinnen war rein fleischlicher Natur.

Der einzige Weg über den Fluss führte über eine unsichere alte Hängebrücke aus Holz. Das Wasser spritzte bis zu den verrotteten, bemoosten Planken hinauf und verwandelte sie in eine glitschige Rutschbahn. Mehrere Bretter waren durchgebrochen, und der Rest hing an rostigen Nägeln. Mason schätzte den Abstand zwischen Brücke und Fluss und versuchte, die Situation zu beurteilen. Wenn er dort hinunterfiel, könnte das böse ins Auge gehen. Und was ihn auf der anderen Seite als Lohn erwartete, war unsicher. Hätte es sich um ein riskantes Geschäft gehandelt, hätte Mason einen Rückzieher gemacht. Er war kein Hasardeur.

Das Knacken eines Zweigs riss ihn aus seinen Gedanken, und er drehte den Kopf in Richtung Wald. Er konnte jedoch niemanden sehen, sosehr er sich auch anstrengte. Und so wandte er sich wieder seinem aktuellen Problem zu.

Ehe Mason nach dem rostigen Metallseil griff, entschlossen die Zähne zusammenbiss und einen ersten vorsichtigen Schritt auf die Brücke machte, fuhr er sich nervös mit beiden Händen durch das Haar. Die alte Brücke ächzte und wankte unter seinem Gewicht. Den Blick starr geradeaus gerichtet, tastete er sich Zentimeter für Zentimeter vorwärts. Auf halbem Weg stockte Mason plötzlich und spähte hinunter auf die eisigen Fluten. Gischt spritzte ihm ins Gesicht und benetzte sein gestärktes Hemd. Das schnell fließende Wasser hatte die Felsen unter ihm glatt wie Kiesel poliert. Mason holte tief Luft. Seine Miene entspannte sich, er drückte den Rücken durch, und seine Hand ließ das Kabel los. Den Rest des Weges über die Brücke legte er zurück, ohne ein einziges Mal nach unten zu schauen.

Auf dem gegenüberliegenden Ufer brachte Mason sich mit einem Satz in Sicherheit und stieß einen tiefen Atemzug aus, aber nur, um gleich darauf erneut die Luft anzuhalten. Aus blutunterlaufenen Augen starrte ihn ein Höllenhund an, dem ein Ohr fehlte. Auf dem Rücken hatte das Tier kaum noch Haare, und sein Genick war übersät von weißen, gezackten Narben.

»Er heißt Satan.«

Kat lehnte an einem Baum und beobachtete ihn. Mason zweifelte nicht daran, dass sie die ganze Zeit über dort gestanden hatte. Die Gischt in der Luft hatte ihre Wangen gerötet, und ihr dunkles, widerspenstiges Haar kräuselte sich um ihr Gesicht. Kat trug Jeans, deren Beine sie aufgerollt hatte, dazu ein in der Taille geknotetes Hemd. Mason war arrogant genug, um anzunehmen, dass ihre bescheidenen Lebensumstände sie in Verlegenheit bringen würden. Dass es womöglich sogar ein Vorteil für ihn wäre, dass er unangemeldet bei ihr aufgetaucht war. Doch er täuschte sich. Kat betrachtete ihn mit kühler Selbstsicherheit. Jetzt befand er sich auf ihrem Territorium.

»Was ist mit ihm passiert?«, fragte Mason und starrte unverwandt auf das riesige, verstümmelte Tier.

»Sie haben ihn für Hundekämpfe abgerichtet. Er war halbtot, als sie ihn wie einen alten Müllsack am Ende der Straße entsorgt haben.«

»Da würde ich gern mal das Tier sehen, das ihn so zugerichtet hat.«

»Dazu müssten Sie erst die Geier verjagen.«

Kat klopfte an ihren Oberschenkel, und der alte Kämpfer trottete neben sie. Sie grub ihre Finger in sein gelbliches Fell und streichelte den Hund hinter seinem gesunden Ohr. Besitzergreifend lehnte Satan sich an ihr Bein und bedachte Mason mit einem feindseligen Blick. Mason schaute von dem

Hund hoch zu Kat. Er war nicht sicher, wer von beiden die größere Bedrohung ausstrahlte.

»Ich war gerade in der Gegend«, sagte er und schob die Hände tiefer in die Taschen. »Ich dachte mir, ich schau mal auf einen Sprung vorbei.«

Mason wartete, dass Kat ihn aufforderte, auf der Veranda Platz zu nehmen. So viel Höflichkeit erweist die Landbevölkerung sogar einem Todfeind. Kat sah ihn nur ungerührt an.

»Habe ich einen schlechten Zeitpunkt erwischt?«, fragte er schließlich.

»Ja.«

»Warum haben Sie mich dann nicht aufgehalten, bevor ich über diese verdammte Brücke gegangen bin?«

»Wir hätten nie damit gerechnet, dass Sie es schaffen.«

Seinen nächsten Schritt erwog Mason mit der Bedächtigkeit eines Forellenfischers, der überlegt, welche Fliege er an seiner Angelschnur befestigen soll. Mason war ein zivilisierter Mann, der es noch nie auf andere als auf zivilisierte Frauen abgesehen hatte. Die meisten jungen Damen der Gesellschaft, die bei ihm anbissen, lagen anschließend wie ein toter Fisch in seinem Bett, und dann hatte Mason eher das Gefühl, Wiederbelebungsmaßnahmen vorzunehmen, als eine Eroberung gemacht zu haben. Folglich hatte Mason absolut keine Ahnung, was er mit einer Frau anfangen sollte, die ihm einen Kampf lieferte.

»Ich ziehe in das alte Haus von meinem Großonkel«, sagte er schließlich. »Dort müsste mal dringend eine Frau nach dem Rechten sehen.«

Die meisten Frauen hätten den Köder samt Angelschnur und Wohnzimmercouch geschluckt. Kat, die nicht die Spur häuslich veranlagt war, verschränkte lediglich die Arme vor der Brust, ohne anzubeißen.

Mason war frustriert und scharrte unbewusst mit den Füßen.

Er kannte die Frauen. Er wusste, dass Kat nicht bluffte, um den Einsatz zu erhöhen. Irgendetwas verhinderte es, dass sie sich handelseinig wurden. Er hatte nur nicht die geringste Ahnung, was das war.

»Haben Sie Besuch?«, fragte er und warf einen Blick in Richtung Haus.

»Nein.«

»Warum kann ich dann nicht hereinkommen?«

»Ich habe zu arbeiten.«

»Es ist Samstag.«

»Nur für die, die keine Miete zu zahlen haben.«

»Ich kann Ihnen helfen«, erwiderte er im Brustton der Überzeugung.

Alle Männer neigen bis zu einem gewissen Grad zu Schaumschlägerei. Sie bauschen ihr Wissen, ihr Tun und ihr Können auf, wie sie ihren Whiskey mit Soda verlängern. Inwieweit eine Frau sich darauf einlässt, hängt von ihrem Geschmack und dem Grad ihrer Verzweiflung ab. Kat war nicht verzweifelt. Sie hatte ihre Männer am liebsten pur, obwohl bekannt war, dass sie in Augenblicken der Schwäche schon mal Ausnahmen machte.

Doch Mason übertrieb nicht. Wenn es ums Geschäft ging, wusste er, was er tat. Das lag ihm im Blut. Und etwas davon durchdrang Kats Panzer. Mason starrte sie fragend an; er war ernsthaft neugierig, zu erfahren, woran sie gerade arbeitete. Zum ersten Mal senkte sie den Blick. Das war der erste Funke von Interesse, den Mason an Kat bemerkt hatte, und er blies rasch ins Feuer.

»Zeigen Sie mir, woran Sie arbeiten«, bat er und machte einen Schritt auf sie zu. »Zwei Köpfe sind allemal besser als einer.«

Eine Sekunde lang schien sie sein Angebot zu überdenken, während sie zu Boden blickte und sich auf die Unterlippe biss.

»Nein«, erwiderte sie schließlich kopfschüttelnd. »Daraus wird nichts. Es wäre von größerer Effizienz, wenn Sie gehen.«

Masons Augen weiteten sich vor Erstaunen. Effizienz, dachte er. Das Wort »Effizienz« aus dem Mund einer Frau zu hören, erschütterte ihn. Seinem Verständnis nach bedeutete »Effizienz« nichts anderes als größtmögliche Belohnung bei kleinstmöglicher Anstrengung. Er hatte die Erfahrung gemacht, dass eine Frau alles andere als das war. Entweder war es Zufall, dass Kat dieses Wort benutzt hatte, oder sie hatte ihn beeindrucken wollen, mutmaßte Mason. Und diese Chance durfte er nicht ungenutzt verstreichen lassen.

»Sie haben doch nur Angst, dass ich Ihnen das Herz breche«, sagte er, teils, um sie aufzuziehen, teils, um sie herauszufordern.

Kat schaute wieder auf und hielt seinem Blick unverwandt stand. »Glauben Sie mir, ich bin nicht diejenige, die gefährdet ist.«

Dann bückte sie sich und flüsterte dem Hund etwas ins Ohr. Ohne Mason aus den Augen zu lassen, lauschte Satan ernst und aufmerksam ihren Worten. Schließlich drehte Kat sich um und ging grußlos zu ihrer Hütte zurück. Als Mason Anstalten machte, ihr zu folgen, sprang Satan mit gefletschten Zähnen auf ihn zu.

Mason stolperte und trat den Rückzug an, verfolgt von Satan, der immer wieder knurrend nach seinen Fersen schnappte, bis sie den Fluss erreichten. Dieses Mal zögerte Mason nicht lange, bevor er auf die Brücke sprang.

Auf dem Weg zurück zur Hütte wurde Kat langsamer und blieb schließlich am Fuß der Veranda stehen. Als sie einen flüchtigen Blick über die Schulter warf, um sich zu vergewissern, dass Mason sicher die Brücke überquert hatte, fiel im Wald ein rotglühender Zigarettenstummel zu Boden. Der

Ausdruck auf Kats Gesicht, während sie Mason auf dem schmalen Trampelpfad nachsah, sprach Bände. Kat flirtete generell nur mit Männern, die sie nicht im Geringsten interessierten, zeigte aber denjenigen die kalte Schulter, die sie unbedingt haben wollte. Bourne Cavanagh hatte sie wie den letzten Dreck behandelt. Bis zu dem Tag, an dem sie ihn nach allen Regeln der Kunst verführt hatte.

Pearl löste sich von dem Baumstamm und kehrte zurück auf den Dog Leg Hill. Sie hatte erfahren, was sie wissen wollte.

12

Mason folgte der Trockensteinmauer, die fast zwei Meilen lang die Straße begrenzte, ehe er den Sportwagen die Einfahrt zu der alten Plantage hinauflenkte. Die eigentliche Auffahrt zu dem großen Haus war eine weitere halbe Meile lang und zu beiden Seiten von Bäumen gesäumt. Sobald Devil's Eye in Sicht kam, lief den meisten Besuchern ein gespenstischer Schauer über den Rücken. Der eine machte die düsteren, tiefen Fensterstürze aus Stein dafür verantwortlich, andere die tiefen Schatten, die sich wie Peitschenhiebe über den Kalkstein der Fassade legten. Wie auch immer, irgendwie konnte man sich des Eindrucks nicht erwehren, als würde das dunkle, eisenbeschlagene Eingangsportal geradewegs in die Hölle führen.

Der Legende nach sollen die Yankee-Soldaten aus dem Norden das Anwesen vollkommen verlassen vorgefunden haben, als sie die Auffahrt hinaufmarschierten – kein Mann, keine Frau, kein Kind. Sogar die Boxen in den Scheunen und die Hühnerställe waren leer. Eine tödliche Stille lag in der Luft. Weder Vögel noch Insekten gaben ein Geräusch von sich.

Der junge Lieutenant, der das Kommando hatte, warf einen einzigen Blick auf Devil's Eye und gab seinen Männern den Befehl, es bis auf die Grundmauern niederzubrennen. Es bedurfte keiner großen Überredung, den Soldaten diese zerstö-

rerische Tat schmackhaft zu machen. In der Halle stapelten sie mannshoch Möbel und Bücher übereinander und übergossen den Haufen mit Kerosin. Doch bei jedem Versuch, ein Streichholz anzuzünden, erlosch es sofort wieder. Erzürnt über die Unfähigkeit des mit der Aufgabe betrauten Gefreiten, ergriff Lieutenant O'Malley selbst die Kerosinlampe und schleuderte sie auf den Eichenholzboden. Mit Kerosin getränktes Holz brennt selbst auf Wasser, aber diese Flamme flackerte nur kurz auf, ehe sie erstarb.
In dem Moment erschien oben an der Treppe eine Sklavin, eine wunderschöne Kindfrau, das schwarze Gesicht gespenstisch weiß gepudert. Sie trug ein altes Hochzeitskleid, das ihr über die nackte Schulter hing. Die Seide war vergilbt, und der Reifrock aus Spitze war löchrig wie ein Spinnennetz.
»Wie heißt du?«, rief O'Malley zu ihr hinauf.
Hochmütig und mit vorgeschobenem Kinn blickte sie auf ihn hinunter.
»Ich bin die Schwarze Fidela«, erklärte sie.
Die Soldaten kicherten. Dann leckten sie sich die Lippen. Während ihrer Zeit im Süden waren ein paar von O'Malleys Männern auf den Geschmack gekommen und hatten ihre Vorliebe für schwarze Frauen entdeckt. Die Soldaten ließen sich Zeit, die Treppe hinaufzusteigen. Wohin sollte die Frau auch laufen? Doch die Sklavin machte keine Anstalten, zu fliehen.
»Der Teufel bläst es aus, der Teufel bläst es aus«, ertönte stattdessen Fidelas Singsang. Die Soldaten hatten das Gefühl, als kröchen ihnen Spinnen über die Haut, und die Art, wie die schwarzen Augen der Frau sie fixierten, ließ sie zögern. *»Der Teufel bläst es aus«,* flüsterte Fidela mit einer Stimme, die sie noch bis ins Grab verfolgen würde.
Die Soldaten blieben stehen, fassten an ihre Säbel, machten kehrt und traten den Rückzug an. Doch das, was ihnen solche

Angst einjagte, war nicht aus Fleisch und Blut. Die Männer ließen den Wagen voller Kriegbeute zurück, die sie zusammengerafft hatten, und schwangen sich auf ihre Pferde. O'Malley sprach ein hastiges Gebet, als sie im gestreckten Galopp die baumgesäumte Auffahrt entlangritten. »Gott schütze uns«, flehte er.

Hubert war noch immer geneigt, Devil's Eye bis auf die Grundmauern niederzubrennen, doch Olivia wollte nichts davon hören. Als Kind hatte sie die Sommer auf dem Anwesen verbracht und zog sich auch jetzt noch mehrmals im Jahr hierher zurück, um zur Ruhe zu kommen. Die übrige Zeit führte eine Haushälterin das Regiment. Hubert weigerte sich, auch nur einen Fuß in diese architektonische Missgeburt zu setzen, und Mason hatte nie einen Grund gefunden, länger als ein Wochenende hierzubleiben. Doch mit jedem Meter, den er seinen Wagen die Auffahrt hinauflenkte, nahm ihn das Anwesen ein Stück mehr für sich ein.

Das Gelände war in einem erstaunlich guten Zustand. Die Weiden waren gepflegt, die Zäune frei von Unkraut, und die Scheunen und Stallungen waren frisch gestrichen. Mit den Erträgen aus der Rinderzucht und dem Anbau von Tabak trug die Plantage sich noch immer selbst und warf sogar einen bescheidenen Gewinn ab.

Mason stellte sich edle Walking Horses – Rassepferde aus Tennessee – vor, die auf der Weide grasten, dazu einen Swimmingpool hinter dem Haus und einen Tennisplatz neben der Garage. Als er in das Rondell vor dem Haupthaus einbog, malte er sich aus, wie Kinder – zwei, vielleicht drei – die Treppe herunter auf ihn zurannten, dahinter stand eine Frau in der Tür und winkte. Mason tauchte in den Tagtraum ein, als probierte er eine neue Jacke an, um zu sehen, wie sie ihm passte. Und sie passte perfekt. Aus einer Laune heraus fügte er Kat Wilde in das Bild ein, und der Film riss.

Mason stieg aus dem Wagen, hob die Arme und streckte sich. Dann beugte er sich über den Kofferraum, um seine Taschen herauszuholen. In dem Moment fiel ein Schatten auf den Wagen. Mason schaute hoch und zog instinktiv den Kopf ein, als ein schwarzer Vogel auf ihn zuflog und knapp sein Gesicht verfehlte. Krächzend segelte die Krähe zum Eingangsportal und landete auf der Quersprosse. Dort stakste der Vogel hin und her und schrie so laut, als wollte er Mason verfluchen.

»Dieser verdammte schwarze Bastard hat mir fast das Auge ausgehackt!«

Mason fasste sich zum wiederholten Mal ins Haar, um die Erinnerung an die Berührung des Vogels abzustreifen, als die Haushälterin an der Tür erschien und zur Seite trat, um ihn vorbeizulassen.

»Eine Krähe bedeutet, dass Veränderung oder Tod in der Luft liegt.«

»Eine Veränderung, würde ich sagen«, meinte Mason und reichte ihr seinen Mantel.

Mrs. Sadie LaRues Stimme klang ungefähr so, als würde man auf einer Singenden Säge eine traurige Ballade zum Besten geben. Die Frau war klein und dunkel, mit walnussgroßen Flecken auf der Haut und brennenden Augen. Das rabenschwarze Haar trug sie zu einem Zopf geflochten, der sich wie eine Schlange in ihrem Nacken rollte. Sie hatte noch nie im Leben ein Buch gelesen, einschließlich des Werks, nach dem sie ihr Leben ausrichtete. Ihre apokalyptische Ausstrahlung wurde nur noch von ihrer unglaublichen Überheblichkeit übertroffen. Sie hegte nicht den geringsten Zweifel, dass ihr Weg der einzig richtige war. An ihrem sehnigen Hals baumelte ein Holzkreuz, groß genug, um ein kleines Kind daran festzunageln.

»Ist es hier drin immer so kalt?«, fragte Mason. »Ich kann ja meinen Atem sehen.«

»Können Sie auch noch was anderes außer jammern?«, schimpfte sie und funkelte ihn böse an.
Ihre Angriffslust erwischte ihn kalt. Mason konnte die schwarze Haushälterin nur anstarren. Er war so verblüfft, dass er kein Wort herausbrachte. Kein Mensch hatte jemals in diesem Tonfall mit ihm gesprochen, und ganz gewiss keine Angestellte.
»Mein Frühstück möchte ich um neun Uhr serviert bekommen«, sagte er bestimmt.
Er zeigte ihr am besten sofort, wer hier der Boss war.
»Morgen ist der Tag des Herrn. Am Tag des Herrn wird nicht gekocht.«
Die alte Frau packte seinen Koffer und ging ihm voran die geschwungene Freitreppe hinauf. Es hätte Mason nicht verwundert, hätte sie zu krächzen angefangen, mit den Armen geflattert und wäre in den ersten Stock hinaufgeflogen. Sobald sie außer Sicht war, begab er sich umgehend ins Arbeitszimmer, um zu telefonieren.
»Vermittlung. Annabelle Boyd am Apparat«, meldete Annabelle sich.
Mason zögerte, als er den Namen hörte. Schon möglich, dass die Prohibition einen Nagel in den Sarg der alten Jungfer getrieben hatte, aber sonst war sie offenbar noch quicklebendig.
»Haben Sie Ihre Zunge verschluckt?«, fragte Annabelle schließlich.
»Hier spricht –«
»Ich weiß, wer Sie sind.«
»Tja, also, ich hätte gern einen Teilnehmer namens Lawson Mitchell in Nashville gesprochen. Die Nummer lautet …«
Mason hatte kaum die letzte Ziffer ausgesprochen, als er es schon klingeln hörte.

»Lawson«, sagte Mason ins Telefon, »ich rufe aus Devil's Eye an.«
»Mason.« Lawson Mitchell war daran gewöhnt, dass seine Klienten sich nicht mit Namen meldeten. »Was kann ich für Sie tun?«
Nach einem Blick die Treppe hinauf schloss Mason die Schiebetüren zum Arbeitszimmer.
»Die Haushälterin hier …«
»Mrs. LaRue.«
»Feuern Sie sie.«
»Das kann ich nicht.«
»Was soll das heißen, Sie können nicht?«
»Sie arbeitet nicht für Sie.«
»Was heißt das, sie arbeitet nicht für mich?«
»Im Testament Ihres Großonkels ist ausdrücklich festgelegt, dass sie so lange im Haus arbeiten kann, wie sie will.«
»Das ist das Verrückteste, was ich jemals gehört habe«, schnaubte Mason empört.
»Mrs. LaRue wird aus einem Fonds bezahlt, der eigens für sie eingerichtet wurde. Ihre Großmutter und ihre Mutter« – Lawson räusperte sich – »haben für Ihren Onkel *gearbeitet.*«
Das war eine höfliche Umschreibung der Tatsache, dass Sadies Mutter und Großmutter Cyrils Sklavinnen gewesen waren. Lawson wusste deshalb so genau Bescheid, weil sein Vater das Testament verfasst hatte. Es folgte eine lange Pause an Masons Ende, während dieser die Information verdaute. Lawson ergriff die Gelegenheit, um ein wenig Sahne in seinen Kaffee zu gießen.
»Klopft da jemand an Ihre Tür?«, fragte Lawson schließlich.
Mason zwang seinen Fuß, mit dem nervösen Klopfen aufzuhören.
»Bezahlen Sie ihr weiter ihren Lohn, wenn wir müssen«, entschied Mason. »Aber ich will, dass sie geht.«

»An Ihrer Stelle würde ich nicht so überstürzt handeln. Sie kümmert sich um das Haus und macht das verdammt gut. Um sie zu ersetzen, müssten Sie drei Leute einstellen. Außerdem ist es so gut wie unmöglich, jemanden zu bekommen, der auf Devil's Eye bleiben will.«
»In Gottes Namen, der Wirtschaft geht es beschissen! Hunderte von Frauen würden sich darum prügeln, den Job zu bekommen. Finden Sie einen Ersatz und setzen Sie die alte Fledermaus vor die Tür.«
»Ich werde sehen, was ich tun kann.«
Lawson hatte kein Problem damit, dass reiche Männer ihn für Ratschläge bezahlten, die anzunehmen sie sich weigerten. Selbstverständlich hatte er nicht die Absicht, seine Zeit mit der Suche nach einer neuen Haushälterin zu vergeuden. Er bezweifelte nicht, dass Mason recht schnell herausfinden würde, dass er ohne Mrs. LaRue aufgeschmissen war. Und dann würde Lawson höflich vergessen, dass dieses Gespräch jemals stattgefunden hatte.
Mason spielte mit dem Autoschlüssel in seiner Tasche und starrte zum Fenster hinaus. Der Rasen war so tadellos gepflegt, dass er wie gemalt aussah.
»Und noch etwas«, sagte Mason schließlich, »ich will, dass Sie herausfinden, wem das Land jenseits der Gracie Avenue in der Nähe des Flusses an der Wild Lane gehört.«
Mason war ein reicher Mann. Wollte er ein Automobil haben, kaufte er es sich. Er sah keinen Grund, weshalb er bei einer Frau anders vorgehen sollte.
»Und wenn ich es herausgefunden habe?«
»Dann kaufen Sie es.«
»Wozu?«
»Aus keinem besonderen Grund.«
Lawson hatte die Erfahrung gemacht, dass es immer einen Grund gab, aber er insistierte nicht.

»Wie sieht es aus auf Devil's Eye?«, fragte er stattdessen und trank einen Schluck von seinem Kaffee.
»Ich bin gerade erst hier angekommen.« Mason sah sich in dem Arbeitszimmer um. Olivias Handschrift war unverkennbar: hier eine Vase, dort ein Kissen. Sonst sah es hier fast noch so aus wie an dem Tag, als Cyril Rudolph durch das Haus gegangen war. Mason streckte die Hand aus und strich mit dem Finger über das Bücherregal aus Walnussholz. Nicht ein Staubkorn.
»Wie geht es Ihrer Mutter?«, fragte Lawson so beiläufig, dass Mason aufhorchte.
»Gut. Weshalb fragen Sie?«
»Aus keinem besonderen Grund.«
Mason hatte die Erfahrung gemacht, dass es immer einen Grund gab, aber er insistierte nicht.
»Tja, dann …«
Nachdem alles Geschäftliche besprochen war, verabschiedete Mason sich abrupt. Er machte sich nicht einmal die Mühe, den Hörer auf die Gabel zu legen, sondern klopfte mehrmals auf die Muschel, bis er Annabelle Boyd wieder in der Leitung hatte und sie bat, ihn mit einer anderen Nummer zu verbinden.
»Mason?«, sagte Olivia. Es überraschte sie, einen Anruf von ihrem Sohn zu erhalten. »Geht es dir gut?«
»Natürlich geht es mir gut. Wie sollte ich dich anrufen, wenn nicht?«
»Dann brauchst du sicher etwas«, sagte sie.
Mason verdrehte die Augen, als er hörte, dass sie ihrem Spitz einen Kuss auf die Schnauze hauchte.
»Also«, meinte Olivia trocken und mit dem sechsten Sinn einer Mutter.
»Ich friere mir hier den Arsch ab. Ruf den Heizungsmenschen an und sag ihm, er soll sich den Kasten mal anschauen.«
»Es gibt auch in Five Points Handwerker.«

»Ich will aber, dass es richtig gemacht wird.«
»Woher kommt es, dass du so ein schrecklicher Snob geworden bist?«
»Durch euer Vorbild, würde ich sagen.«
»Gut, aber spiel dich Sadie gegenüber nicht so auf.«
»Sadie?«
»Mrs. LaRue. Die Haushälterin. Sie ist eine gute Freundin von mir. Wir haben schon als Kinder zusammen gespielt. Wenn du sie irgendwie beleidigst …«
Die Vorstellung, dass Sadie LaRue jemals ein Kind gewesen sein sollte, amüsierte Mason. Eigentlich hatte er angenommen, dass sie bereits als ausgewachsene Beißzange aus dem Ei geschlüpft war. Es überraschte ihn nicht, dass seine Mutter sie zu ihren Freunden zählte. Olivia sammelte exzentrische Menschen wie normale Frauen Stopfeier.
»Sie ist trübsinnig«, sagte Mason düster.
Aus Masons Mund hörte sich das an, als ob Trübsinn eine unangenehme Krankheit wäre. Er bevorzugte optimistische Angestellte. Darauf konnte Olivia nichts erwidern. Auch das hatte Mason sich von ihr abgeschaut.
»Liebling«, sagte Olivia und wurde plötzlich ernst, »weißt du eigentlich genau, was du da tust?«
Sie hörte sich ernsthaft besorgt an. Mason war sowohl gerührt als auch genervt.
»Bestell die Handwerker für Montagmorgen.«
Und damit beendete Mason das Gespräch, noch ehe seine Mutter etwas dagegen einwenden konnte. Als er sich vom Fenster abwandte, stand Sadie mit gefalteten Händen mitten im Zimmer.
»Herrgott noch mal!«, rief er und fuhr erschrocken zusammen. »Sie haben mich zu Tode erschreckt!«
»Wären Sie tot«, erwiderte Sadie ungerührt, »würden Sie nicht schon wieder rummaulen.«

Mason fragte sich, wie lange die alte Hexe dort bereits gestanden und wie viel sie mit angehört hatte. Und wie, zum Teufel, war sie bloß ins Zimmer gekommen? Die Schiebetüren waren noch immer fest geschlossen.

»Das Abendessen steht auf dem Tisch«, sagte Sadie.

»Das Abendessen?« Mason schaute auf die Uhr. »Es ist doch erst fünf Uhr.«

»Ein Mann, der sich mit vollem Magen oder schwerem Herzen ins Bett legt, wird nicht alt.«

»Aber ich nehme mein Abendessen immer um acht Uhr ein.«

»Bei mir wird um fünf gegessen«, erwiderte Sadie und machte auf dem Absatz kehrt, »oder gar nicht.«

In Wahrheit war Mason nach der langen Fahrt dem Verhungern nahe. Mit dem tröstlichen Gedanken im Kopf, dass er diese Frau nicht mehr lange ertragen musste, legte er den Telefonhörer auf die Gabel und folgte ihr. Er nahm an, dass er die Mahlzeit im Esszimmer serviert bekäme, und war deshalb mehr als schockiert, als Sadie ihn durch das Speisezimmer in die Küche führte.

Mit Überraschung stellte Mason fest, dass Olivia die Küche vollständig hatte renovieren lassen. Soweit er wusste, bereitete seine Mutter zu Hause keine einzige Mahlzeit zu. In dem gestärkten schwarzen Kleid und mit dem Holzkreuz um den Hals wirkte Sadie in der modernen Umgebung, als hätte sie sich ins falsche Jahrhundert verirrt. Die ursprüngliche Küche, ein gedrungener Backsteinkubus, der durch einen unterirdischen Gang mit dem Haus verbunden war, hatte man in ein Atelier für Olivia umgewandelt. Auf der Staffelei stand noch immer dasselbe Aquarell von damals, als sie mit dem Malunterricht angefangen hatte. Die Sklavenhütten, die einst hinter der alten Küche unter den Bäumen gestanden hatten, waren aus unerklärlichem Grund vollständig abgebrannt.

Da das Essen bereits auf dem Tisch stand und er keine Chance sah, die alte Frau umzustimmen, fügte Mason sich, zog einen Stuhl mit hoher Lehne heraus und nahm Platz. Er musste sich ja nicht lange aufhalten. In seinem ganzen Leben hatte er noch nie eine Mahlzeit an einem Küchentisch eingenommen. Und nie zuvor hatte er Gerichte gesehen wie die in den Töpfen und Tiegeln, die Sadie vor ihn hinstellte.

»Was ist *das*?«, fragte er und betrachtete stirnrunzelnd eine Schüssel voll Gemüse, so grün wie Gras.

»Pokeweed.«

Mason verzog skeptisch das Gesicht. Das hörte sich gar nicht gut an. Er hasste es, neue Dinge auszuprobieren, und war absolut sicher, dass er so etwas wie diese spinatartigen Blätter der Kermesbeere noch nie gegessen hatte. Mason starrte auf die Steingutplatte vor sich, und ihm schwante Schlimmes. Irgendetwas roch merkwürdig, und das war nicht nur das geheimnisvolle Fleisch darauf.

»Was ist das?«, fragte er, als Mrs. LaRue ein großes Stück davon auf seinen Teller klatschte.

»Wild.«

Selbstverständlich hatte Mason bereits zuvor Wildbret gegessen, aber das war von einem Koch in hauchdünne Scheiben geschnitten und mit Petersilie und Radieschen garniert worden.

»Ein zarteres Fleisch finden Sie nirgends«, versicherte Sadie ihm. »Ich habe den Hirsch in Buttermilch eingelegt.«

Sie hielt es für unnötig, zu erwähnen, dass die Stoßstange am Pick-up ihres Sohnes die Vorarbeit geleistet hatte.

»Dazu gibt es noch Maisauflauf«, sagte sie und deutete auf die Schüsseln, »hausgemachte Butter, Kartoffelbrei, Augenbohnen, gegrillte Maiskolben, Senffrüchte und eingelegte grüne Pfirsiche.«

»Das kann ich unmöglich essen«, wehrte er ab.

Sadie nahm an, dass er damit die Menge der Mahlzeit meinte.
»Die Leute haben nichts zu fressen in diesem Land«, schimpfte sie und übergoss das Fleisch auf seinem Teller mit einem Schöpflöffel voller Buttermilchsauce. »Also werden Sie jeden Bissen davon aufessen.«
Mason griff nach seiner Serviette, die sich als Tischtuch entpuppte, und breitete sie über seinen Schoß. Als Sadie ihm kurz den Rücken zukehrte, hielt er seine Gabel gegen das Licht. Sie war makellos sauber.
Sadie stellte sich neben den Tisch und wartete, bis Mason schließlich zögernd mit der Gabel in Richtung Teller zielte.
»Wollen Sie vielleicht ein Tischgebet sprechen?«, fragte sie abrupt.
Eigentlich wollte er nicht. Kopfschüttelnd verschränkte sie die Hände vor der Schürze und kniff die Augen zusammen. Langsam legte Mason die Gabel auf den Tisch zurück, schloss die Augen und versuchte, sich an irgendein Gebet zu erinnern.
»Haben Sie Ihre Zunge verschluckt?«, fragte Sadie schließlich nach längerem verlegenen Schweigen.
Mason schaute sie hilflos an.
»O Herr«, rief Sadie, so laut, als ob der Allmächtige schwerhörig wäre, »danke für das Essen auf dem Tisch hier. A-men.«
Die Situation nervte Mason gewaltig. Grollend steckte er die Gabel in das Stück Hirschfleisch und hielt die Luft an, als er es in seinen Mund schob. Erst ein kritischer Blick, dann glättete seine Stirn sich allmählich.
»Ich hätte nie gedacht, dass das so gut schmecken würde«, sagte er mit vollem Mund.
»So ist das Leben«, meinte Sadie. »Man weiß immer erst, was Sache ist, wenn man es ausprobiert hat.«

Bis auf den Pokeweed-Salat war Mason sichtbar und hörbar beeindruckt von der Mahlzeit. Er brummte sogar anerkennend.
»Unsere Köchin zu Hause tut aber immer Schnittlauch in den Kartoffelbrei«, sagte er, als er sich einen Nachschlag auf den Teller häufte.
»Mann, wenn Sie ein Mädchen küssen, dann erzählen Sie ihr doch auch nicht, wie gut eine andere küsst, oder? Also, wenn Sie essen, was ich koche, will ich mir nicht die Rezepte einer anderen anhören.«
Als Mason sicher war, keinen Bissen mehr hinunterzubringen, öffnete Sadie die Ofentür und zog einen Obstauflauf heraus. Irgendwie schaffte er es, zwei Schüsseln davon zu essen.
»Das könnte ich jeden Tag verdrücken.« Er seufzte und ließ sich auf seinem Stuhl zurückfallen.
»Keine Angst, daraus wird nichts«, erwiderte sie trocken, während sie ihm eine Tasse Kaffee eingoss.
Jede Köchin hat ihre Achillesferse. Manche Frauen können an einem regnerischen Tag keinen saftigen Kuchen backen. Bei anderen wird das Rindfleisch sogar in der Suppe trocken. Sadies Schwachpunkt waren die Getränke. Die Frau brachte keine anständige Kanne Tee zustande, selbst wenn Mr. Lipton persönlich ihr dabei geholfen hätte. Hartnäckig hielt sich der Glaube, dass ein kräftiger Schluck von Sadie LaRues Limonade, kurz vor dem Ableben genossen, einer Familie die Kosten für das Einbalsamieren ersparte. Sogar die Milch ihrer Mutter hatte nach wilden Zwiebeln geschmeckt. Aus reinem Überlebensinstinkt wandten sich die Männer der Familie LaRue deshalb bereits in einem frühen Alter der Schwarzbrennerei zu.
Wie lange der Kaffee schon auf dem Herd vor sich hinköchelte oder wie oft das Kaffeepulver verwendet worden war,

darüber konnte man nur spekulieren. Der dunkle Schlick in Masons Tasse erinnerte allerdings nicht im mindesten an eine Flüssigkeit. Doch da er von der Mahlzeit angenehm überrascht gewesen war, riskierte Mason einen brühend heißen Schluck, schoss jedoch sofort kerzengerade auf dem Stuhl in die Höhe, als der geschmolzene schwarze Bodensatz seine Zunge mit einem teerartigen Belag überzog.
»Das Zeug hier verätzt ja einen Silberlöffel!«, rief er und fasste sich an den Hals.
»Das macht einen Mann aus Ihnen.«
»Ich bin schon ein Mann«, keuchte er.
»Das«, sagte Sadie, während sie seine Tasse abräumte, »wird sich noch weisen.«

Nach dem Essen kehrte Mason in das Arbeitszimmer zurück und ließ sich – satt und träge – auf dem Ledersofa nieder. Er hatte geplant, noch vor Einbruch der Dunkelheit einen Rundgang durch das Haus zu machen und eine Liste zu erstellen, was alles getan werden musste, um den alten Kasten wieder bewohnbar zu machen. Jetzt schien es ihm eine bessere Idee zu sein, einfach hier zu sitzen und ins Feuer zu starren.
Die Uhr auf dem Kaminsims zeigte kurz nach sechs Uhr an, aber Mason kam es schon viel später vor. Die Schatten in dem Zimmer wurden immer dichter, und allmählich hüllte ihn die Dunkelheit ein wie ein weicher, grauer Schal. Langsam überkam Mason ein warmes, wohliges Gefühl. Er streckte sich genüsslich und seufzte zufrieden. Doch dann rief er sich rasch wieder zur Räson. Den Luxus, zufrieden zu sein, konnte Mason sich nicht erlauben. Ein zufriedener Mann brachte es nie zu etwas.
Umgehend ging er in Gedanken die Liste der Ziele durch, die er sich gesteckt hatte, und bald war seine alte Stimmung wiederhergestellt. Besonders ärgerte ihn, dass Kat Wilde im

Moment nicht rittlings auf ihm saß. Dieser Punkt stand ganz oben auf seiner Liste.

Mason dachte daran, wie sie neben ihm an der Wand lehnte, ihr Gesicht so nah an dem seinen, dass er sie riechen konnte, und er spürte, wie das Adrenalin in ihm hochstieg. Die Vorfreude, Kat zu besitzen – wozu es zweifelsohne kommen würde –, schoss wie Champagner durch seine Adern. Nie fühlte Mason sich lebendiger als während der Eroberung einer Frau. Doch sosehr er auch das prickelnde Gefühl genoss, Kat zu begehren, so wenig gestattete er es sich, sich ganz diesem Verlangen hinzugeben. Die Begierde entstellt die Vernunft, so wie das Licht verzerrt erscheint, wenn es durch ein Prisma fällt. Ein leerer Blick wird dann leicht als kühle Distanziertheit missdeutet, wenn die Hand eines Mannes langsam den Oberschenkel einer Frau hinaufgleitet. Und nach dem dritten Whiskey wird aus jedem schrillen Gekicher ein melodiöses Lachen. Männer, die diesen Umstand vergessen, wachen eines Morgens mit einer überteuerten Neuerwerbung auf, die sie so einfach nicht mehr loswerden.

Mason war nicht der Mann, der sich von Leidenschaft davontragen ließ. Er hatte immer Bodenhaftung, auch wenn der Rest seines Körpers gerade anderweitig beschäftigt war. Um ihn musste seine Mutter sich keine Sorgen machen. Wenn er heiratete, würde er eine passende und profitable Verbindung eingehen. Mason wusste, dass er lieben und dass er heiraten würde – nur eben nicht ein und dieselbe Frau.

Mason machte sich keine Illusionen über Kat Wilde. Er dachte weder mit Liebe noch mit Zuneigung an sie. Sie war eine Fabrikarbeiterin, auf die er ein Auge geworfen hatte. Ihre Liaison würde nicht lange dauern. Mason sah keinen Grund, deswegen Reue zu empfinden. Er hatte die feste Absicht, Kat finanziell bessergestellt zu verlassen, als er sie angetroffen hatte. Ihre Zeit mit ihm würde ihren Marktwert nur erhöhen, wenn er sie an den nächsten Investor weiterreichte.

Das alles ging ihm durch den Kopf, während er ins Feuer starrte und sich vorstellte, wie er Kat das Kleid vom Leib riss und ihre warmen, vollen Brüste in beide Hände nahm.

Er war so tief in sinnliche Gedanken versunken, dass er den Luftzug zuerst nicht bemerkte. Erst als er zu frösteln begann, richtete er sich auf dem Sofa auf. Plötzlich war es eiskalt im Zimmer. Mason drehte sich um und sah Sadie hinter sich stehen, so starr, dass er sich fragte, ob sie die Luft anhielt.

»In dem Zimmer hier zieht es« sagte er, stand auf und trat vor den Kamin.

Sadie verharrte absolut reglos, eine Hand umklammerte das Kreuz. Der Schein des Feuers huschte über ihr Gesicht, und sie hielt den Kopf leicht geneigt.

»In alten Häusern zieht es immer«, murmelte Mason, während er den Rücken dem Feuer zuwandte.

Die kalte Luft, die sich an ihn presste, war so kompakt, dass sie sich wie eine Wand anfühlte. Alle Wärme wurde aus seinem Körper gesogen. Mason rieb sich über die Arme und warf Sadie einen fragenden Blick zu. Es schien weniger ein kalter Luftzug zu sein als etwas, das Wärme suchte.

»Das ist er.«

Sadie deutete mit dem Kopf auf das Porträt von Cyril Rudolph über dem Kamin, und Mason brach unwillkürlich in Gelächter aus. Doch Sadies Miene ernüchterte ihn rasch.

»Ich kann die Ähnlichkeit sehen«, sagte sie.

Mason betrachtete das Porträt seines Großonkels: ein alter Mann, dem das weiße Haar bis auf die Schultern fiel und dessen eisblaue Augen den Betrachter direkt ansahen. Die Haut spannte sich über seinen eingefallenen Wangen. Die zu arthritischen Klauen verzerrten Hände umklammerten eine Bibel auf seinem Schoß.

»Wir haben nicht die geringste Ähnlichkeit miteinander«, widersprach Mason empört.
Sadie kniff die Augen zusammen, und ein harter Zug zeigte sich um ihren Mund.
»Wir reden hier nicht über das Aussehen.«
Ein Schwall kalter Luft wehte durch den Raum. Ein etwas weniger robuster Charakter hätte vielleicht einen Seufzer herausgehört. Nur ein Windhauch, der unter die Fensterbank oder durch den Kamin gefahren war, sagte sich Mason. Doch trotz aller logischen Überlegungen bekam er eine Gänsehaut. Sadie schien ihn und die Kälte nicht wahrzunehmen. Ihre schwarzen Augen waren unverwandt auf das Porträt von Cyril Rudolph gerichtet.
»Die Taten eines Mannes hängen noch lange in der Luft, lange nachdem alles vorbei ist«, verkündete sie düster.
Mason fasste das als persönlichen Vorwurf auf und ärgerte sich über ihren feindseligen Tonfall. Er würde sich nicht für die Sünden seiner Vorväter verantwortlich machen lassen. Sein Großonkel hatte der alten Frau schließlich Arbeit auf Lebenszeit gegeben. Was wollte sie mehr? Mason war drauf und dran, ihr gehörig die Meinung zu sagen, als er bemerkte, dass Sadie ihren Mantel anhatte und ihre Tasche am Arm trug.
»Wo gehen Sie hin?«, wollte er wissen.
»Nach Hause.«
»Nach Hause?«
»Ich arbeite nur für Sie«, erwiderte Sadie und zog den Wollschal unter ihrem Kinn fest. »Ich bin nicht Ihre Sklavin.«
Mason folgte ihr wie ein Hund bis zur Haustür, wobei er sich frierend die Arme rieb.
»Aber was ist, wenn ich etwas brauche?«
Sie warf ihm einen scharfen Blick zu, und er verstummte. Sadie hatte am liebsten mit selbständigen Männern zu tun. Ma-

son war selbständig, solange er Angestellte hatten, die ihm die Steigbügel hielten.

»Auf dem Herd stehen geräucherter Schinken und Brötchen fürs Frühstück, und im Kühlschrank finden Sie einen Teller mit gebratenem Huhn zum Mittagessen«, erklärte sie und öffnete die Haustür. Als sie sich umdrehte, deutete sie mit dem Kopf auf den gelben Lichtschein, der durch die Tür zur Bibliothek fiel. »Stellen Sie ihm einen Schluck Whiskey aufs Klavier. Er beruhigt sich schon wieder.«

Verwirrt und sprachlos folgte Mason ihr zur Tür hinaus. Dabei fiel ihm auf, dass die Luft draußen zwar kalt, aber immer noch wärmer als drinnen war. Sadie verharrte reglos auf der Veranda und starrte in den Himmel. Die Sonne ging blutrot am Horizont unter, während die Dämmerung den Tag verschlang.

»Das ist das Abendleuchten«, sagte sie. »Das heißt, Gott wird heute Nacht über seine Hügel wandern.«

Mit wachen Augen und gespitzten Ohren ließ Sadie aufmerksam den Blick über die Landschaft schweifen. Während sie vorsichtig erst einen Fuß, dann den anderen auf die Stufen setzte, hob sie die Nase, als nähme sie Witterung auf. Unsicher schien sie sich ihren Weg über den Hof zu ertasten, aber als sie zur Weide kam, hatte sie ihren natürlichen Rhythmus wiedergefunden. Jetzt bewegte Sadie sich durch das hohe Gras, als schwebten ihre Füße einen Meter über dem Boden. Masons Blick folgte ihrer schwarzen Silhouette, bis sie der Nebel verschluckte, der vom Fluss heraufzog. Mason war sich nicht mehr sicher, ob Sadie LaRue tatsächlich auf Devil's Eye arbeitete oder dort nur als Geist umging.

In der Stadt ist es nie so dunkel wie auf dem Land. Die Nacht kroch auf Devil's Eye zu. Die Bäume verwandelten sich in schwarze, knochige Hände, die aus der Erde griffen, und das Rascheln der Büsche hörte sich an wie ein Wispern. Mason blieb allein auf der Veranda zurück. Breitbeinig stand er da, unbewusst den ganzen Körper angespannt. Er ertappte sich dabei, dass er zum Fluss hinunterstarrte, doch was er dort suchte, wusste er nicht. Das Herz wurde ihm unerklärlich schwer. Er spürte, wie Sehnsucht in ihm hochstieg, aber wonach, das wusste er nicht. Mason drängte das ungewohnte Gefühl zurück und begann mutig, die Veranda zu umrunden. Dumpf ließ er seine Stiefel auf den Bretterboden knallen, als morse er eine Warnung in die Dunkelheit. Mit zusammengekniffenen Augen suchte er die Wälder jenseits des Hofs ab und versuchte, jeden abzuschrecken, der seinen Blick erwidern könnte.

Nachdem er sein Territorium markiert hatte, kehrte er zum Eingang zurück. Er schloss die schwere Tür hinter sich, sperrte ab und rüttelte am Griff, um sich zu vergewissern, dass sie fest verschlossen war. Mason weigerte sich schlicht, die Möglichkeit in Betracht zu ziehen, dass das, was er auszusperren gedachte, eventuell im Haus war.

In der Bibliothek war die Temperatur wieder normal. Mason wanderte durch den Raum und strich mit beiden Händen über die Fensterrahmen, die Fußleisten und die Kamineinfassung, auf der Suche nach der Ursache für den Luftzug. Er vermutete, dass er aus dem Keller kam, da die Luft leicht modrig roch. Gleich morgen früh würde er hinuntergehen und sich die Heizung ansehen. Er war überzeugt, dass das Geräusch, das er gehört hatte, vom Wind herrührte, der durch einen der Kamine pfiff, oder aber von einem glucksenden Heizkörper. Mason legte zwei weitere dicke Holzscheite in den Kamin und fachte das Feuer an, bis es hoch aufloderte. Er überlegte kurz, zurück nach Nashville in seine Wohnung zu fahren. Allein in einem leeren alten Haus herumzusitzen, war eine verdammt ungute Art, den Samstagabend zu verbringen. Doch mittlerweile war der Nebel so dicht, dass

Mason vom Fenster des Arbeitszimmers aus kaum mehr weiter als bis zur Veranda blicken konnte. Also überflog er die Titel auf den Buchrücken in den Regalen, zog einen Band heraus, goss sich einen Whiskey ein und machte es sich auf der Couch bequem. Bereits auf der ersten Seite schweiften seine Gedanken ab. Er beschloss, zu telefonieren.

»Hallo«, meldete sich Kat.

»Hallo, hier spricht –«

»Ich weiß, wer spricht.«

Mason trank einen kräftigen Schluck Whiskey.

»Ich bin in Devil's Eye eingezogen. Es ist verdammt einsam hier.«

Wenn er sie schon nicht mit Geld, gutem Aussehen oder Charme verführen konnte, würde er nicht zögern, die Mitleidskarte auszuspielen. Als Kat nichts darauf erwiderte, sprach er schnell von sich aus die Sorge um sein Wohlergehen an.

»Meine Haushälterin denkt, dass es in dem alten Kasten spukt.« Er lachte.

Mason fasste Kats Schweigen als positiv auf. Immerhin hatte sie nicht aufgelegt.

»Nein, ich meine es ernst«, fuhr er fort und sah sich in dem Zimmer um. »Sie glaubt allen Ernstes, dass mein Großonkel durch die Gänge wandelt.«

»Natürlich spukt es in Devil's Eye«, meinte Kat trocken. »Was glauben Sie denn, warum dort niemand arbeiten will?«

Mason trank aus und goss sich das Glas erneut voll. Alle Frauen sind verrückt. Die Bereitschaft eines Mannes, sich mit einer Frau abzugeben, ist direkt proportional zu seinem Wunsch, mit ihr zu schlafen.

»Ich glaube, es ist nicht so gut, dass ich hier ganz allein bin«, sagte er mit kindlicher Stimme.

»Dann fahren Sie doch nach Hause.«

Mason machte sich im Geist eine Notiz, dass er ein derartig burschikoses Benehmen in Zukunft nicht tolerieren würde.
»Sie wissen, dass das nicht geht«, erwiderte er bestimmt.
»Dann sollten Sie sich vielleicht einen großen Hund anschaffen.«
Mason hörte das Freizeichen und starrte auf den Hörer in seiner Hand. Er erwog, sofort zurückzurufen, aber seit seiner Ankunft hatte er bereits drei Leute angerufen. Er wollte nicht, dass Annabelle Boyd das Gerücht verbreitete, er sei ein Mann, der den ganzen Tag telefonierte.
Also legte Mason auf, steckte die Hände in die Hosentaschen und fragte sich, was er mit dem Abend anfangen sollte. Er war kaum jemals allein. Hatte er keine Frau, die ihm die Zeit vertrieb, füllte er die Leere mit der Gesellschaft von Schulkameraden oder Freunden aus dem Country Club aus, mit Männern, die er sein Leben lang gekannt hatte, aber nicht unbedingt mochte. Für ein Einzelkind hatte Mason erstaunliche Probleme mit der Einsamkeit. Vielleicht mochte er aber einfach die eigene Gesellschaft nicht.
Mason trat vor das Feuer und betrachtete das Porträt seines Großonkels. Mit Ausnahme der Augen stimmte nichts an dem Gemälde. Der Versuch des Malers, dem Porträtierten eine Aura von Vornehmheit zu verleihen, war kläglich gescheitert. Mason konnte sich jedoch nicht entscheiden, ob es Traurigkeit oder Grausamkeit war, die der Künstler in dessen Augen eingefangen hatte. Egal. Cyril war der Einzige, der ihm hier Gesellschaft leistete. Mason griff nach der Karaffe mit dem Whiskey und goss seinem Onkel einen Fingerbreit davon ein. Als er den Behälter gegen das Licht hielt, stellte er fest, dass nicht mehr als ungefähr sechs Portionen übrig waren. Damit würde er kaum über das Wochenende kommen, und er war nicht gewillt, das edle Getränk an einen Toten zu verschwenden. Nach einigem Suchen fand Mason in der hin-

tersten Ecke der Bar noch eine staubige Flasche mit Schwarzgebranntem, goss davon ein wenig in ein Glas und stellte es auf den Flügel.
»Auf Heilige und Sünder«, sagte er und stieß klirrend mit seinem Whiskeyglas an.
Wenn der Teufel die erste Runde zahlt, ist ein Mann auf ewig dazu verdammt, die nächste zu zahlen. Mason schlief ein, bevor er das dritte Glas ausgetrunken hatte. Am nächsten Morgen wachte er steif, voll angekleidet und mit dem Gesicht im Kissen auf der Couch auf. Der Kamin war erkaltet, und plötzlich roch es bitter und verkohlt im Arbeitszimmer. Mühsam fiel Mason ein, wo er sich befand, und er richtete sich auf, was er jedoch sofort bereute. Billiger Whiskey, dachte er. Sein Kopf pochte, und er hatte einen säuerlichen Geschmack im Mund. Er blieb eine Weile sitzen, massierte sich die Schläfen und versuchte, den Nebel in seinem Hirn zu vertreiben und die Ereignisse des vergangenen Abends zu rekapitulieren. Stöhnend erinnerte er sich an seinen Anruf bei Kat. Ein schlechter Schachzug, strategisch gesehen.
Energisch verbannte Mason jeden Gedanken daran aus seinem Kopf und sah sich im Arbeitszimmer um, um die Lage zu sondieren. Im Licht der Sonne erwies sich der Raum als zwar spartanisch eingerichtet, aber frei von Geistern. Masons Blick wanderte zu dem Schnapsglas auf dem Klavier, dann wieder zurück. Das Glas war noch voll. Schmunzelnd schüttelte Mason den Kopf.
Er wollte gerade vom Sofa aufstehen, als sein Blick auf die Whiskeykaraffe fiel. Er trat an die Bar, hob die Karaffe hoch und hielt sie gegen das Licht: Sie war bis auf den letzten Tropfen leer getrunken. Aber nicht von ihm. Da war Mason sich absolut sicher.

Während des Gottesdienstes am Sonntagmorgen in St. Jerome verhallte die Predigt ungehört. Die Neuigkeit, dass Mason Hughes in Devil's Eye eingezogen war, hatte wie eine Bombe eingeschlagen. Die alte Kirche hallte wider vor Spekulationen, weshalb er in der Stadt war, wie lang er zu bleiben beabsichtigte und was er während seines Aufenthalts zu tun gedachte. Gladys Green ließ alle wissen, dass er sehr »distinguiert« aussah. Doch manche junge Frau, die sich eventuell Hoffnungen gemacht haben mochte, wurde bitter enttäuscht, als es Annabelle Boyd zufällig »herausrutschte«, dass Mason Hughes sich am Abend zuvor mit Kat Wilde habe verbinden lassen. Und dass sie glaube, gehört zu haben, wie er erwähnte, einsam zu sein. Alle blickten in Richtung von Kats leerer Bank. »Wie die Mutter, so die Tochter«, raunte man sich zu.

Draußen auf dem Friedhof hob Hoochie Booth ein Grab aus. Nur ein kleines Grab für ein Baby, eine Totgeburt, zu früh zur Welt gekommen. Bis auf die trauernde Mutter war sein Tod ein Segen für alle. Die Schaufel glitt leicht in die Erde. Der Boden war weich vom Regen. Es würde nicht lange dauern. Hoochie hätte das Grab bereits am Tag zuvor schaufeln sollen, aber er hatte einen draufgemacht und war nicht dazu gekommen.

Als er sah, dass die Türen von St. Jerome aufgingen, legte Hoochie sich ein wenig mehr ins Zeug. Doch keiner bemerkte ihn. Alle diskutierten noch immer heftig den Fall Mason Hughes, während sie aus der Kirche, die Stufen hinunter und über den Rasen strömten.

Es war keine Überraschung für Hoochie, als er hörte, dass einer aus Cyrils Sippe in die Stadt gezogen war. Am Abend zuvor hatte er gesehen, dass oben auf dem Hügel Licht brannte, eine flammende rote Narbe am schwarzen Himmel. Als würde der Teufel ein Auge aufreißen.

13

Roy Lester arbeitete bereits seit zwei Monaten für Pearl, ehe Joy Wind davon bekam.

»Buck sagt, sobald Roy die Bäder einbaut, haben wir genügend Geld, um unsere Lebensmittelrechnung bezahlen zu können«, rutschte es Luella während der Zehn-Uhr-Pause heraus.

Kaum waren ihr die Worte über die Lippen gekommen, wusste sie, dass sie einen elementaren Fehler gemacht hatte. Derjenige, der behauptet hat, man habe nichts zu fürchten als die Furcht selbst, hatte Joy Lester noch nie auf dem falschen Fuß erwischt.

»*Roy* baut die Bäder ein?«

Das schwache Lächeln auf Joys Gesicht verschwand nie. Doch alles Blut wich aus Luella Gesicht, als habe jemand den Stöpsel aus der Wanne gezogen.

»Ich hätte das nicht erzählen dürfen!«, flüsterte Luella voller Panik. »Versprich mir, dass du Roy nicht verraten wirst, dass du es von mir gehört hast.«

»Wie lange weißt du es schon?«, fragte Joy ruhig.

»Oh, nicht so lange.« Luellas Gedanken überschlugen sich, während sie verlegen herumdruckste. »Überhaupt nicht lange.«

Die Luft zwischen den beiden Frauen war merklich abgekühlt. Zum Glück kam in dem Moment Addie Pewitt.

»Du wirst nie erraten, wer seit neuestem für Pearl Wilde arbeitet!«, stieß Addie atemlos hervor. »Maysie McGowan!«
Der Ausdruck auf Joys Gesicht ließ beide Frauen einen großen Schritt zurückweichen.

An diesem Abend hörte Annabelle Boyd vom Haus der Lesters einen derartigen Lärm zu sich herüberdringen, dass sie die Bibel sinken ließ und an das Fenster im Esszimmer trat. Durch die Spitzenvorhänge spähend, verfolgte sie die Ursache des Streits schließlich bis zum Küchenfenster der Lesters zurück. Joy, eine Bratpfanne in beiden Händen, jagte einen sich duckenden, ausweichenden und seiner Frau die Stühle vor die Beine werfenden Roy um den Küchentisch herum.
In einem Anfall verzweifelter Selbsterhaltung griff Roy schließlich auf den Geschirrschrank, packte die Kuchenplatte, die Joy von ihrer irischen Urgroßmutter geerbt hatte, und hielt sie in die Höhe.
»Stell das sofort wieder zurück«, sagte Joy mit gespenstischer Ruhe.
»Wenn du die Pfanne hinstellst«, konterte Roy, während er rückwärts an die Tür zurückwich.
Joy hob die schwarze Eisenpfanne über ihren Kopf und ließ sie mit solcher Kraft auf den Tisch herniedersausen, dass ein Viertellitereinweckglas mit Essiggurken zu Bruch ging.
»Stell sie zurück«, stieß sie zwischen zusammengebissenen Zähnen hervor, während der Essigsud samt Glassplittern zu Boden tropfte.
Roy griff mit einer Hand hinter sich, drehte am Knauf der Küchentür, schob sich rückwärts hindurch und rannte um sein Leben. Die Kuchenplatte nahm er als Geisel mit. Mit einem schrillen Schrei stürzte Joy durch die Tür und setzte ihrem Gatten über den Hof nach. Roy flüchtete sich in den Hühnerstall und verbarrikadierte sich von innen, woraufhin

Joy so lange mit der Bratpfanne auf die Tür einhämmerte, bis die Nägel aus den Angeln getrieben wurden. Die Hühner stoben gackernd in alle Richtungen davon und flatterten gegen das Blechdach des Stalls. Federn flogen aus dem Maschendrahtfenster, als schüttelte jemand ein Kissen aus. Jeder Hund in der Nachbarschaft fing zu heulen an.

Ungefähr zu diesem Zeitpunkt bemerkte Joy, dass Annabelle Boyd am Esszimmerfenster stand und sie beobachtete. Schlagartig beruhigte sie sich und ließ die Pfanne hinter ihrem Rücken verschwinden.

»Wenn die Platte auch nur einen Sprung hat«, zischte sie durch die Tür des Hühnerstalls, »bist du ein toter Mann.«

Dann schob Joy das Kinn vor und marschierte zurück zum Haus. Die Bratpfanne baumelte in ihrer Hand.

In dieser Nacht fiel ein eisig kalter Regen. Joys erste Sorge galt ihren Hühnern.

Joys gusseisernes Herz kannte eigentlich nur eine Schwachstelle, und das waren ihre Rhode Island Reds. Nichts machte Joy mehr Freude, als ihren Hühnern geschrotete Maiskörner vor die Füße zu werfen und den Vögeln dabei zuzusehen, wie sie scharrten und mit den Schnäbeln pickten, während ihre kleinen Köpfe auf und nieder schnellten und ihre zierlichen Füßchen einen Tanz aufführten. Joy konnte ihnen den ganzen Tag dabei zusehen. Sie kannte jedes Huhn beim Namen, und wenn niemand sie beobachtete, setzte sie sich Miss Ruby auf den Schoß, streichelte ihr über das weiche, glänzende, rote Gefieder und sang ihr leise »A frog went a courtin'« vor. Joys Hühner waren das Erste, woran sie morgens dachte, und das Letzte, wenn sie abends das Licht ausknipste. Sie waren das Einzige auf dieser Welt, das sie wirklich liebte.

Der Tag, an dem Roy Miss Ruby mit einem Fußtritt von der hinteren Veranda verjagte, weil er Hühnerscheiße auf dem

Stiefel hatte, markierte wahrscheinlich den Anfang vom Ende ihrer Ehe.
Joy stand im gelben Lichtschein ihres Schlafzimmerfensters und starrte hinaus auf den Hühnerstall. Zwei Jahre hatte sie Roy nun schon bearbeitet, endlich das Blechdach zu reparieren. »Solange es nicht regnet, geht auch nichts durch«, hatte er nur gemeint.
Nun, jetzt regnete es. Es würde nicht einen trockenen Fleck Hühnerscheiße geben, auf die Roy seinen Kopf legen konnte. Bis zum Morgen wäre er bis auf die Knochen durchweicht. Joy stellte sich vor, wie Roy sich auf dem nassen, glitschigen Stroh zusammenrollte, wie er zitterte, wie das Fieber einsetzte und sein Hals anschwoll. Wahrscheinlich bekäme er die Vogelgrippe. Vielleicht würde sogar eine Lungenentzündung daraus werden.
Joy öffnete ihren Kleiderschrank aus Zedernholz und sichtete ihre Garderobe. Dann nahm sie ein schwarzes Trauerkleid heraus und hängte es zum Lüften an die Tür. Schließlich schlug sie ordentlich die Decke zurück, ging ins Bett, streckte den Arm aus, löschte das Licht und zog die Steppdecke bis unters Kinn hoch. Ein seltener, zaghafter Anflug von Freude raubte ihr fast den Atem. Nur wenige Dinge machten sie glücklicher, als sich vorzustellen, Witwe zu sein.
Am nächsten Morgen stand Joy an der Küchenspüle und schaute zum Fenster hinaus. In der Mitte des morastigen Hofs sah sie Roy stehen, der sich auf seiner Axt abstützte. Sein Haar war gespickt mit nassem Stroh, und seine Kleidung war voller weißer Spritzer. Die Klinge der Axt war so stumpf wie die Schneide eines Buttermessers. Seit letztem Herbst war Joy hinter Roy her, dass er sie endlich schärfen sollte. »Solange du sie nicht brauchst, stört das keinen«, hatte er gesagt.
Als Roy entdeckte, dass sie am Küchenfenster stand, legte er die Kuchenplatte ihrer irischen Großmutter auf den Hack-

block. Nach einem kurzen Blick über die Schulter, um sich zu vergewissern, dass Joy auch zusah, hob er die Axt hoch über den Kopf und ließ sie auf den Block heruntersausen. Roy hieb so lange mit der Axt auf den Hackblock ein, bis die Kuchenplatte darauf wieder zu irischem Lehm zerfallen war. Als nur noch Staub davon übrig war, sprang Roy auf den Block, stampfte mit den Füßen, schlug mit den Ellbogen und führte ein irres Tänzchen auf.

Joy sah ihm dabei zu, ohne eine Miene zu verziehen. Ihre Augen waren so trocken wie Talkumpuder.

14

Versteht mich nicht falsch«, sagte Buck, während er eine Flasche Royal Crown aus dem Kasten holte und tatsächlich dafür bezahlte. »Luella ist eine gute Köchin und tüchtige Hausfrau. Aber mir scheint, dass Colonel Cavanagh gar nicht so unrecht hat. Wenn man alles zusammenrechnet, kommt es einen billiger, wenn man sich eine Haushälterin und ein Flittchen ins Haus holt, statt zu heiraten.«

»Noch besser wäre es, wenn man ein Flittchen hätte, das einem auch noch den Haushalt führt«, ließ Bud Mangrum hinter der Ladentheke verlauten.

»Mann«, stieß Woody hervor, »wenn mir ein gutaussehendes Flittchen über den Weg läuft, das auch noch kochen kann, heirate ich sie auf der Stelle.«

Es war Samstagmorgen, und die Jungs saßen friedlich vereint im Haushaltswarengeschäft zusammen. Bud hatte irgendwann begonnen, den Laden auch am Samstag bis mittags aufzusperren, um all den armen Ehemännern, deren Frauen von dem vielen Hämmern, Sägen und Malen oben auf dem Dog Leg Hill auf dumme Gedanken gebracht worden waren, eine Zuflucht bieten zu können. Der Samstag war zum zweitstärksten Verkaufstag der Woche avanciert. Die Kunden erledigten ihre Einkäufe, stellten sich auf einen Marshmallowkeks und eine Royal Crown Cola zu den Jungs und steuerten ungefragt ihre Meinung zu jedem Thema bei. Bud hätte zufriedener nicht sein können. Trotz gelegentlicher Abschweifungen in Richtung Politik und Religion kehrte das Gespräch immer wieder zum Dreh- und Angelpunkt männlicher Interessen zurück – zu Sex und dem Mangel daran. Denkt ein Mann nicht an Sex, sind seine Gedanken quasi heimatlos.

»Die Frau offeriert Standard, verlangt aber einen Premiumpreis dafür. An der Sache ist doch grundlegend was falsch«, sagte Bud nachdenklich, während er mit dem Schraubenzieher in seinem Ohr pulte. »Ein Mann soll einen lebenslangen Vertrag für eine Dienstleistung unterschreiben, die gerade ein Mal in der Woche stattfindet und die von der Frau normalerweise nach halber Laufzeit bereits wieder aufgekündigt wird.«

Die Jungs betrachteten Bud in stummer Bewunderung. Vor ihren Augen verwandelte dieser sich in einen respektablen Geschäftsmann. Und seitdem war seine Gesellschaft auch viel angenehmer. Es war bereits März, und die Männer waren noch immer nicht in den Gemischtwarenladen umgezogen. Wenn Bud jetzt auch noch eine Klimaanlage einbaute, würden sie vielleicht für immer bleiben.

»Mal angenommen, besagter Service stünde überall zu vernünftigen Preisen zur Verfügung, dann würde das die Kosten natürlich gewaltig drücken«, überlegte Bud laut. »Nur eines wäre dann noch besser als eine Frau, die sich pro Stunde bezahlen lässt, nämlich eine Frau, die gar nichts dafür verlangt. Aber selbstverständlich wird es nie so weit kommen.«

»Nie.« Die Jungs waren alle seiner Meinung. Bis auf Eddie McGowan, der noch jung, voller Hoffnung und seinen Trieben wehrlos ausgeliefert war.

Knurrend spuckte Roy Lester in den neuen Messingnapf neben seinem Stuhl. »Ach, zum Teufel! Wer hier im Raum darf denn überhaupt noch ran?«, wollte er wissen.

Eine sehr ungehörige Frage, die Roy da stellte, aber die Jungs verübelten es ihm nicht. Dass er die letzten zwei Wochen im Hühnerstall nächtigen musste, hatte ihm gehörig die Stimmung verhagelt.

»Bist du nicht verheiratet, stirbst du einsam. Heiratest du, wünschst du dir, du wärst tot«, brummte Roy. »Der Herr hält einen Mann ganz schön auf Trab!«

»Roy«, sagte Eddie, »hättest du Joy auch geheiratet, wenn sie dich rangelassen hätte?«

»Teufel noch mal«, höhnte Roy, »sie *hat* mich rangelassen, und ich habe sie trotzdem geheiratet.«

»Muss aber einiges zu bieten gehabt haben«, meinte Woody, die Arme vor der Brust verschränkt, und starrte auf seine Stiefel.

»Sie war damals schon ranzig wie alte Butter«, gab Roy zu.

»Warum hast du sie dann geheiratet?«, fragte Eddie.

Roy beugte sich zur Seite, verzog das Gesicht und spuckte aus.

»Wenn ein Mann am Verdursten ist, trinkt er selbst lauwarme Pisse.«

Plötzlich hatten die Jungs einen üblen Geschmack im Mund. Keiner von ihnen war jemals so durstig gewesen.

»Aber was stimmt nicht mit ihr, Roy?« Eddie wollte es genau wissen.

»Sie ist eine Meachum«, erwiderte Roy schlicht.

Mehr musste er nicht sagen. Alle wussten Bescheid über die Frauen der Meachums. Diese Frauen waren wie Venusfliegenfallen. In jungen Jahren waren sie körperlich durchaus attraktiv. Doch sobald ein Mann in ihrer Falle saß, fingen sie an, ihn bei lebendigem Leib aufzufressen. Roy war nur noch ein Schatten seiner selbst. Es war nur noch eine Frage der Zeit, bis alles, was von ihm übrig blieb, ein Strahl Kautabak wäre, der über den Schaukelstuhl tropfte.

»Jetzt hör mir mal gut zu, Junge«, warnte Roy Eddie eindringlich. »Verlieb dich nie ernsthaft in ein Mädchen, bevor du dir nicht genau ihre Mutter angesehen hast. Schau der alten Frau fest in die Augen, und du wirst sehen, wen du heiratest.«

Bei der Erwähnung von Joy Meachums Mutter verging Eddie jegliche Lust. Miss Meachum war der Stoff, aus dem Alpträume gemacht sind. Das Haar pechschwarz gefärbt, schmierte sie sich blutroten Lippenstift auf die zusammengepressten Lippen, damit es aussah, als hätte sie welche. Elf Kinder hatten sie bis aufs Blut ausgesaugt – ihren Körper, ihren Geist und ihre Seele. Sie hasste die Männer im Allgemeinen und denjenigen, mit dem sie verheiratet war, im Besonderen. Ganz gleich zu welcher Tages- oder Jahreszeit, Mr. Meachum saß auf seinem Schaukelstuhl auf der vorderen Veranda und starrte mit einem verwunderten und verängstigten Gesichtsausdruck vor sich hin. Von seiner Männlichkeit war nicht das Geringste mehr übrig geblieben.

»Vielleicht kommt Joy eines Tages doch noch zur Besinnung«, meinte Eddie freundlich.

Roy schüttelte den Kopf. »Eine Schwarze Witwe legt keine Hühnereier.«

Roys melancholische Stimmung verteilte sich im Raum wie blaue Tinte im Wasser. Schweigend starrten die Jungs auf den Bullerofen.

»Tja, ich schätze, ich geh dann mal ...«

Da ihm keine Ausrede mehr einfiel, erhob Roy sich aus seinem Stuhl und steuerte die Tür an. Dort nahm er seinen Hut vom Haken, schien aber keine Kraft und keinen Willen mehr zu haben, ihn aufzusetzen. Die Männer sahen ihm nach, wie er lustlos an der Auslage vorbeischlurfte. Roy bemerkte nicht einmal die neuen Radioapparate, die Bud dort ausgestellt hatte.

»Ist bestimmt nicht leicht für einen Mann, in einem Hühnerstall zu schlafen.«
»Ist bestimmt kalt, dunkel und feucht.«
»Diese Hühner können einen ziemlichen Radau machen, wenn sie unruhig sind.«
»Aber immer noch besser, als unter einer Brücke zu leben«, überlegte Bud. »Wenigstens hat Roy vier Wände um sich und ein Dach überm Kopf.«
»Die Wände sind immerhin aus Zedernholz und die Eckpfosten mit Eisenbahnschienen verstärkt«, erklärte Buck. »Das dürfte der solideste Hühnerstall sein, den ich je gebaut habe.«
Und in dem Moment hatte Eddie McGowan eine Idee.

Nachdem sie von ihrer Arbeit in der Hemdenfabrik nach Hause zurückgekehrt war, stand Joy Meachum Lester an der Küchenspüle und bereitete sich ein kleines Abendessen zu. Als sie den Wasserhahn aufdrehte, um sich die Hände zu waschen, sah sie es. Joy hielt sich auf dem Weg nach draußen nicht lange damit auf, ihre Strickjacke vom Haken an der Tür zu nehmen. Im Gegenteil. Ihr Schwung war so kraftvoll, dass die Fliegengittertür hinter ihr gleich zwei Mal gegen den Rahmen schlug. Joy bahnte sich einen Weg durch ihre gackernden Hühner, die im ungemähten Gras pickten und scharrten. Vor dem Hühnerstall blieb sie stehen und starrte wortlos darauf. Die verwitterten grauen Bretter waren weiß gestrichen, und ein nagelneues, rotes Blechdach krönte die provisorische Behausung. An der Seite hatte man ein kleines Fenster ausgeschnitten, gerade groß genug, um ein wenig Licht hindurchzulassen. Sogar rote Fensterläden hatte man befestigt. Die Tür war mit einem glänzenden neuen Vorhängeschloss gesichert.
Joy schirmte die Augen mit beiden Händen ab und drückte

ihr Gesicht an das kleine Fenster. Drinnen sah es so romantisch aus wie bei Flitterwöchnern: ein schmiedeeisernes Bett, auf dem eine gestreifte Steppdecke lag, davor ein ovaler Schnurteppich auf einem nagelneuen Kiefernholzboden und daneben ein Schaukelstuhl vor einem kleinen, runden Herd. Und nirgendwo auch nur ein Hauch von Hühnerkacke.

Als Joy aus dem Augenwinkel bemerkte, wie sich die Vorhänge von Annabelle Boyds Esszimmer bewegten, drehte sie sich hoheitsvoll um und kehrte in ihre Küche zurück. Sobald jedoch die Fliegengittertür hinter ihr ins Schloss gefallen war, packte sie das Fleischermesser und stieß es so tief in den Küchentisch, dass die Spitze abbrach, als sie es wieder herauszog.

Die nächsten zwei Wochen brachte Joy mit verschränkten Armen und ausdrucksloser Miene am Küchenfenster zu, während Roy kistenweise alles Mögliche von seinem Laster ablud und in seinen Hühnerstall schleppte, wie eine Ratte, die ihr Nest auspolstert: ein Kalender des *Bauernalmanachs* für die Wand, ein alter Spiegel, den er in Mendelsons Pfandleihe aufgetrieben hatte, ein Wasserkessel und eine gusseiserne Pfanne. Als er gar mit einer Kommode auf der Ladefläche seines Lasters in die Auffahrt einbog, wusste Joy, dass sie ihn niemals loswerden würde.

Das war der Moment, in dem sie beschloss, ihn umzubringen.

Bei manchen Ehefrauen wächst der Hass langsam, mit einer seelischen Verletzung nach der anderen. Bei anderen wiederum explodiert er schlagartig. Joy lag der Hass im Blut. Joy hasste Roy. Sie hasste sein Aussehen. Sie hasste seinen Geruch. Wenn sie ihm beim Essen zusah, verging ihr der Appetit. Beim Klang seiner Stimme presste sie die Fingernägel in ihre Handflächen, bis sie blutige Halbmonde hinterließen. Einzig und allein Joys Wunsch, Mutter zu werden, hatte die beiden zusammengebracht. Sobald diese Option nicht mehr bestand, rastete der biologische Schalter – zuständig dafür, dass Joy vorübergehend kein Gift verspritzte – wieder ein, als hätte man eine Waffe entsichert. Wie eine Bienenkönigin, die im Winter die Drohne aus dem Stock schiebt, oder eine Gottesanbeterin, die während des Akts dem Männchen den Kopf abbeißt, so musste auch Joy nun ihren Roy loswerden.

Es gibt hunderterlei Arten, wie eine Frau ihren Mann umbringen kann. Joy tendierte zu einem schleichenden Vergiftungstod. Eine langsame, unerklärliche Verschlechterung der Gesundheit kommt immer gut an.

Joy war keine dumme Frau. Hätte sie das Gift im Gemischtwarenladen gekauft, wäre kein Sterbenswörtchen über Gladys Greens Lippen gekommen. Witwen halten zusammen. Aber Joy war zu bösartig, um auf die Befriedigung zu verzichten, dass Roy dahinterkam, wer es getan hatte, ehe er abkratzte.

»Wofür brauchst du denn das Rattengift?«, fragte Roy skeptisch. Er saß wie üblich auf seinem Stuhl neben dem Ofen im Haushaltswarengeschäft.

Wie Bälle schossen die Blicke von Bud und den Jungs zwischen Roy und Joy hin und her.

»Ich hab da eine Ratte, die ich nicht loswerde«, erwiderte Joy gleichmütig, während sie das Etikett betrachtete, das ein Künstler gestaltet hatte und das eine auf dem Rücken liegende Ratte mit Lilien in den Pfoten darstellte.

»Seit wann?«

»Seit sie angefangen hat, sich bei mir zu Hause einzunisten.«

»Bei dir zu Hause?« Roy schnaubte empört. »Weib, meine Leute haben hier schon gelebt, bevor deine Leute überhaupt ein Schiff von innen gesehen haben.«

»Sag mal«, sagte Joy, an Bud gewandt, »leidet die Ratte eigentlich sehr?«

»Ich schätze, das ist kein Spaziergang für das Tier«, erwiderte Bud.

Joy öffnete den Schnappverschluss ihrer Geldbörse und nahm das Geld heraus.

In Five Points war es relativ leicht, einen Mann umzubringen und ungeschoren davonzukommen. Es bedurfte nur einiger weniger, sorgfältig ausgewählter Bemerkungen zur rechten Zeit und am rechten Ort.

»Gestern hat Roy sich doch tatsächlich ans Herz gefasst und war plötzlich weiß wie die Wand«, erzählte Joy ihren Kolleginnen während der Vormittagspause. »Er hat mich zu Tode erschreckt.«

»Na, na, du armes Ding«, sagte Addie und tätschelte Joys Hand.

»Das Herz von seinem Vater hat aufgehört zu schlagen, da war er noch keine vierzig Jahre alt«, fuhr Joy fort.

Die Frauen sahen einander an und nickten. Das stimmte. Das Herz von Roys Vater hatte tatsächlich vor dessen vierzigstem Geburtstag aufgehört zu schlagen. Kurz nachdem dieser Baum auf ihn gefallen war.

Joy bereitete den Maiskuchen genauso zu, wie Roy ihn am liebsten hatte. Doch als sie den Löffel mit dem Rattengift über die Schüssel hielt, wurde sie schwach. Es ist eine Sache, für die Todesstrafe zu stimmen, eine andere, derjenige zu sein, der den Schalter umlegt. Letztendlich brachte Joy es nicht über sich, genügend Gift in den Teig zu tun, um Roy zu töten. Und so streute sie nur so viel hinein, um ihm einen Schuss vor den Bug zu versetzen, woraufhin er möglicherweise in ein leichtes Koma fiel.

Der Maiskuchen war noch knusprig und heiß, als sie den Teller über den Hof trug. In der einen Hand hielt Joy mit einem Topflappen den heißen Teller fest, während sie mit der anderen an die frisch gestrichene Tür des Hühnerstalls klopfte.

»Was ist das?«, fragte Roy und roch an dem Teller.
»Wonach sieht es aus?«, erwiderte Joy und hob das Geschirrtuch etwas an.
»Es riecht ein bisschen streng.«
»Und so was sagt ein Mann, der in einem Hühnerstall lebt.«
»Warum?«, wollte er wissen.
»Warum was?«
»Frau, du hast dich seit unserer Hochzeit nicht einen Furz um mich gekümmert.«
»Ich habe zu viel Teig gemacht und wollte ihn nicht wegwerfen«, erklärte sie schulterzuckend.
Roy betrachtete sie skeptisch. Er wusste, dass ihr nicht zu trauen war, aber er war scharf auf sie. Würde man eine Frau unbedingt mögen müssen, um sie haben zu wollen, stünde die menschliche Rasse gefährlich nahe vor dem Aussterben.
»Komm rein«, sagte er heiser und packte sie an der Taille.
»Iss deinen Maiskuchen, solange er noch heiß ist«, nörgelte sie und löste seine Finger von ihrer Taille.
»Nur, wenn du reinkommst«, erwiderte er und zog sie an sich.
»Wenn ich reinkomme, isst du dann deinen Maiskuchen?«
»Ich leck sogar noch den Teller ab«, schwor er.
Eine Stunde später kam Joy wieder aus dem Hühnerstall getorkelt. Das Haar stand ihr in alle Richtungen ab, ihre Kleider waren in Unordnung, und sie sah aus, als hätte man sie in einem Fass den Hügel hinuntergerollt. Ihre Bluse über der Brust zusammenraffend, taumelte sie wie eine Betrunkene durch das Gras. Und die ganze Zeit über stand Annabelle Boyd hinter dem Vorhang und beobachtete sie. Als Joy die Veranda erreichte, schaute sie zurück zum Hühnerstall. Grinsend und kauend, lehnte Roy an der Tür.
Joy ging ins Haus und goss sich ein Glas Pfefferminzschnaps gegen die Übelkeit ein.

Am nächsten Morgen hatte Joy beim Aufwachen Beerdigungsmusik im Ohr. Während sie die Vorhänge im Schlafzimmer zur Seite schob, summte sie leise »In the Garden« vor sich hin. Als ihr Blick aus dem Fenster fiel, stockte ihr der Atem. Der Hof war übersät mit toten Hühnern, die mit glasigen Augen ihre steifen kleinen Füße in die Luft streckten und Maiskuchenkrümel an den geöffneten Schnäbeln hatten. Auf dem Weg zu seinem Laster pfiff Roy fröhlich »Happy Days Are Here Again« über den ganzen Hof. Als sein Blick auf das Fenster fiel, hauchte er Joy einen Luftkuss zu.
Kaum war Roy fort, ließ Joy sich ins nasse Gras sinken und zog den schlaffen Körper von Miss Ruby auf ihren Schoß. Über das weiche, rote Gefieder streichend, wiegte sie das tote Huhn. Tränen liefen ihr über die Wangen, als sie *»A frog went a courtin', he did ride …«* sang. Dann wischte Joy sich entschlossen mit dem Ärmel ihres Nachthemds über die roten Augen und spielte in Gedanken alle möglichen Arten von Unfällen mit tödlichem Ausgang durch.

15

Der ehrenwerte Jack Daniel verschied im Jahre 1911. Es hieß, er sei an Blutvergiftung gestorben. In Wahrheit war es die Prohibition in Tennessee, die Gentleman Jack ins Grab brachte. Zehn Jahre, bevor auch der Rest des Landes sich ins Unvermeidliche fügte, setzte ein im ganzen Bundesstaat geltendes Gesetz zum Alkoholverbot das Veto des Gouverneurs außer Kraft. Von nun an waren Produktion, Verkauf, Transport oder Besitz berauschender Getränke gegen das Gesetz. Nur für medizinische Zwecke wurde eine Ausnahme gemacht. Unnötig, zu erwähnen, dass die Gesundheit der Bürger des Staates Tennessee sich über Nacht rapide verschlechterte. Jeder gesetzestreue Bürger, der nicht die Flagge der Mäßigung schwang, entwickelte plötzlich einen rasselnden Husten, der einzig und allein mittels eines fünfzigprozentigen Hustensaftes kuriert werden konnte – ein schwacher Abklatsch des achtzigprozentigen Tropfens, an den man gewöhnt war.

Den Whiskeyherstellern gab man ein Jahr Zeit, um ihren Betrieb einzustellen. Die meisten Brennereien in Tennessee zeigten sich kooperativ, indem sie die Produktion lediglich über die Staatsgrenze verlagerten und das fertige Endprodukt wieder zurückschafften, wenn das Auge des Gesetzes nicht hinsah.

Colonel Corbett Cavanagh, Besitzer der Cavanagh Whiskey Distillery, wählte einen etwas anderen Weg.

Es dauerte elf Monate und dreißig Tage, um Cavanaghs Brennerei abzubauen, und exakt einen Monat, um den Betrieb jenseits des Flusses in Steamer Holler wieder aufzubauen. Die illegale Anlage war nur noch halb so groß und beschäftigte nur die Hälfte der Belegschaft, erzielte aber fünf Mal so viel Nettogewinn. Über Nacht wurde aus einer der prominentesten und am meisten respektierten Familien des Staates eine Bande von Gesetzlosen. Zum Glück stand den männlichen Mitgliedern der Familie Cavanagh dieser Zustand gut zu Gesicht.

Die Arbeitsteilung in der Schwarzbrennerei der Cavanaghs war klar geregelt. Der Colonel schmierte die richtigen Stellen, damit die Gesetzeshüter ein Auge zudrückten, Devin, der jüngste Sohn des Colonels, führte die Bücher, während Bourne, der älteste Sohn des Colonels, jedem die Knochen brach, der versuchte, sie zu hintergehen.

Illegalen Whiskey zu verkaufen, erforderte kein Marketing. Im Gegenteil, es wurden alle Anstrengungen unternommen, damit nicht allzu viele Informationen durchsickerten. Ein potenzieller Kunde musste schon von sich aus kommen.

»Was darf's denn sein?«, fragte Gladys Green.

»Mach einfach die Tasse voll«, sagte Bourne und setzte sich auf einen Hocker vor dem Verkaufstresen im Gemischtwarenladen.

Der Mann am Fenster, der Kaffee trank und in einem Stück Kuchen stocherte, schien ein solch potenzieller Kunde zu sein. In dem Spiegel über dem Tresen unterzog Bourne ihn einer eingehenden Prüfung. Ein Schwarzbrenner und Schmuggler hat sich mit dreierlei problematischen Personengruppen herumzuschlagen: mit Zollbeamten, anderen Schwarzbrennern und unberechenbaren Kunden. Was die Cavanaghs betraf, waren die meisten Zollbeamten blind. Der Colonel hatte Freunde an höchsten Stellen. Da war es ein-

facher, hin und wieder einen armen Hinterwäldler einzubuchten, der sich mehr schlecht als recht durch den Verkauf von unwesentlichen Mengen Schwarzgebranntem über Wasser hielt. Und außerdem erkannte Bourne einen Zollbeamten sofort, sobald dieser aus seinem Wagen stieg. Entweder hatte er die Ausstrahlung eines Mannes, der sich für unverwundbar hielt, oder er war sich seiner Sterblichkeit voll bewusst und der Ansicht, nicht gut genug bezahlt zu werden, um ein Risiko einzugehen. Und konkurrierende Schwarzhändler waren höflich genug, ihr Kommen in mit Cadillac-Motoren auffrisierten Ford-Limousinen anzukündigen.
Am schwierigsten war der Umgang mit Kunden. So kann es vorkommen, dass einer mit seiner Rechnung ein wenig in Verzug gerät und daraufhin beschließt, dass es ihn billiger kommt, wenn er die zwei Dollar Belohnung dafür einstreicht, dass er seinen Lieferanten anschwärzt. Oder vielleicht macht ein anderer Schwarzbrenner sich an ihn ran und ermutigt ihn auf die eine oder andere Art, den bisherigen Lieferanten zu wechseln. Oder vielleicht hat seine Frau es allmählich satt, dass ihr Mann permanent säuft und nie Geld im Haus ist. Oder vielleicht wird er einfach gierig und kommt auf die Idee, dass ihm auch ein Stück vom Kuchen zusteht – dafür, dass er den Mund hält. Es gibt Dutzende von Möglichkeiten, wie ein Kunde seinem Lieferanten Kummer bereiten kann. Die beste Art, Ärger aus dem Weg zu gehen, war die, einen weiten Bogen um potenzielle Ruhestörer zu machen.
Doch den potenziellen Kunden am Fenster konnte Bourne nicht richtig einordnen. Liquide war er zweifelsohne. Dass er Geld hatte, war ihm ins Gesicht geschrieben. Aber irgendetwas stimmte nicht an ihm. Er war kein Zollbeamter oder Konkurrent, und um als Prohibitionsagent für die Regierung zu arbeiten, war er zu gut angezogen. Und so war Bourne in

höchster Alarmbereitschaft, als Eddie McGowan an den Tresen kam und neben ihm stehen blieb.
»Miss Pearl braucht zehn Kisten von eurer besten Ware«, verkündete Eddie so laut, dass alle Welt es hören konnte.
Eddie war wirklich naiv. Sonst hätte er gewusst, dass der Ausdruck auf Bournes Gesicht nichts anderes bedeutete, als dass er seine Mahlzeiten bald durch einen Strohhalm zu sich nehmen würde. Bourne packte Eddie an der Hemdbrust und hievte sein Hinterteil auf den Hocker neben sich.
»Wieso schreist du nicht noch lauter? Ich glaube nicht, dass der Sheriff im County nebenan dich gehört hat.«
Eddie blieb mucksmäuschenstill sitzen, während Gladys ihm grinsend eine Tasse Kaffee eingoss und zusah, wie der Junge erst mehrere Löffel Zucker in die Tasse rührte und anschließend so viel Milch hineinkippte, dass der Kaffee überfloss und in den Unterteller tropfte. Schließlich blies Eddie auf das süße Gebräu, bis die Flüssigkeit lauwarm war, und trank vorsichtig einen Schluck, ehe er noch mehr Zucker hineintat. Als er endlich zufrieden war, machte er es Bourne nach und beugte sich, die Ellbogen auf dem Tresen, über seine Tasse und kniff böse die Augen zusammen. Gladys verdrehte ihre grünen Augen. Der Junge war eine Witzfigur.
Die beiden Männer saßen eine Weile nebeneinander und tranken schweigend ihren Kaffee, für Eddie ein wahrlich unnatürlicher Zustand. Während Bourne in seine Tasse starrte, bemerkte er die leichten Wellen auf der schwarzen Flüssigkeit. Ein Blick in den Spiegel bestätigte ihm, dass dem potenziellen Kunden heftig die Knie schlotterten.
Als Eddie auffiel, dass Bourne den Mann am Fenster im Spiegel beobachtete, packte er die Gelegenheit beim Schopf.
»Das ist Mason Hughes.«
Bourne neigte den Kopf zu Eddie.
»Krieg ich ein Stück Kuchen?«

»Gib ihm ein Stück Kuchen«, sagte Bourne.
»Mit Eiscreme«, rief Eddie, als Gladys den Deckel von der Kuchenplatte nahm.
Als sein Kuchen vor ihm stand, fuhr Eddie fort: »Mason Hughes von der Hemdenfabrik Rudolph & Hughes«, sagte er mit vollem Mund.
»Was macht er hier in der Stadt?«
»Er ist in Devil's Eye eingezogen.«
»Weswegen?«
»Man munkelt, dass er hinter Kat Wilde her ist.«
Bourne rutschte unbehaglich auf dem Hocker hin und her.
»Er ist reich wie Krösus«, fuhr Eddie fort, »aber es heißt, dass Kat nichts von ihm wissen will. Frauen sind mir wirklich ein Rätsel.«
Mit einem Schluck trank Bourne seine Tasse leer, rutschte vom Hocker und nahm seine Geldklammer aus der Hosentasche.
»Sag deiner Miss Pearl, dass sie selbst kommen muss, wenn sie was von mir haben will«, sagte Bourne und bezahlte die Rechnung von fünfzig Cent mit drei Eindollarscheinen.
Während Bourne den Laden durchquerte, griff Gladys nach dem Geld auf dem Tresen und zählte es, sehnsüchtig beäugt von Eddie.
»Was starrst du so?«, fauchte sie. Eigentlich war Eddie der Ansicht, dass ihm diese drei Dollar zustanden, um sich damit ein weiteres Stück Kuchen kaufen zu können. Aber unter den gegebenen Umständen verzichtete er darauf.
Mason Hughes hörte es nicht, dass Bourne an seinen Tisch trat. Als er aufblickte und ihn vor sich stehen sah, ballte er unwillkürlich die Fäuste.
»Suchen Sie mich?«, fragte Bourne.
»Mr. Cavanagh?«
Bourne setzte sich rittlings auf den Stuhl gegenüber. Mason

hatte noch nie zuvor direkt mit einem Schwarzbrenner verhandelt. Sein Vater hatte dafür einen Mann in Nashville, der alles regelte. Mason hatte jemand völlig anderen erwartet. Dass dieser Bourne nicht aussah, als wäre er gerade aus einer verdreckten Hütte gekrochen, überraschte ihn. Mason ging selbstverständlich davon aus, dass ein Mann, der einer niederen Tätigkeit nachging, auch so aussah. Er und Bourne waren ungefähr im gleichen Alter. Hätten es die politischen Umstände zugelassen, hätten sie als ebenbürtige Partner am Tisch gesessen.

»Wie läuft das jetzt?«, fragte Mason.

»Läuft was?«

»Das Geschäft.«

»Das kommt darauf an, wie groß das Geschäft ausfallen soll.«

»Selbstverständlich.« Mason nickte. »Könnte ich mit einer Kiste Whiskey beginnen?«

Bournes Mundwinkel wanderten leicht nach oben, und Masons Augen funkelten böse. Er schätzte es gar nicht, wenn andere sich über ihn lustig machten.

»Sicher *können* Sie. Aber vielleicht *sollten* Sie erst mal probieren, was Sie da kaufen.«

»Ja, selbstverständlich.«

Bourne nahm Masons Tasse, schüttete den restlichen Kaffee in den Topf mit Frauenzunge auf dem Fensterbrett und trocknete die Tasse mit seinem Taschentuch.

»Das Wort ›Whiskey‹ ist irisch und bedeutet ›Wasser des Lebens‹«, sagte Bourne, als er einen silbernen Flachmann aus der Innentasche seiner Jacke holte und Mason einen Schluck einschenkte. »Ob ein Mann Mut daraus bezieht oder darin ersäuft, hängt allein von ihm ab. So oder so, den Schöpfer sollte man nie dafür verantwortlich machen.«

Mason hob die Tasse an seine Nase, atmete langsam und tief ein und hielt die Luft an. Andächtig wie bei der heiligen

Kommunion folgte sein Blick der bernsteinfarbenen Flüssigkeit, als er sacht die Tasse schwenkte. Schließlich nahm Mason einen Schluck in den Mund und ließ das Elixier kurz auf seiner Zunge verharren, ehe er zum Schlucken ansetzte. Als er es endlich mit einem Seufzer hinunterschluckte, trat ein abwesender Ausdruck in Masons Augen. Es gab Whiskey, und dann war da noch Cavanaghs Whiskey.

Bourne lächelte.

»Sagen wir, zwei Kisten«, erklärte Mason mit sanfter Stimme.

»Sie kaufen keinen Fusel. Das kostet Sie eine Stange.«

Masons Grinsen versicherte Bourne, dass Geld kein Problem war.

Bourne drehte sich zum Fenster um und schaute hinaus auf den grasbewachsenen Platz vor dem Gerichtsgebäude. Er fuhr sich gerade mit den Fingern durchs Haar, als Mason plötzlich auffiel, dass er angespannt das Kinn vorschob. Masons Herz machte einen Satz, und ihm wurde schwindlig. Er zweifelte nicht daran, dass Zollbeamte auf dem Weg zu ihnen waren. Doch stattdessen fiel sein Blick auf Kat Wilde und ihren Höllenhund, die den Gehweg entlang auf sie zukamen. Als Kat Bourne und Mason nebeneinandersitzen sah, blieb sie stehen, drehte sich um und klopfte an ihr Bein, damit Satan ihr folgte.

Langsam drehte Mason sich wieder zu Bourne um. Schlagartig hatte sich seine Stimmung verdüstert.

»Ich nehme an, Sie sind mit der Dame bekannt«, sagte Mason ruhig.

»In Five Points sind alle miteinander bekannt.«

Die Blicke der beiden Männer trafen sich. Bourne war ein Bulle neben Mason. Während Hubert seinem Sohn gezeigt hatte, wie man einen Golfball einputtet, hatte der Colonel seine Söhne Lastwagen beladen lassen. Die Männer in der

Brennerei sahen meistens nicht mehr als ein Paar Beine und darauf einen Fünfundzwanzigkilosack voll Getreide über den Hof wanken und wussten, dass darunter nur die Gebrüder Cavanagh stecken konnten. Bourne hatte Fässer mit Whiskey eine Laderampe hochgehievt, seit er groß genug war, um bis zum Rand zu reichen. In einem fairen Kampf hätte er Mason sogar mit einer Hand niederringen können. Doch jetzt sah er, dass Mason nicht der Mann war, der Fairness höher einschätzte als einen Sieg. Bournes Meinung von Mason Hughes stieg beträchtlich.

»Ich war eigentlich mehr mit ihrer Schwester *bekannt.*«

»Kat hat eine Schwester?«

»Pearl«, erwiderte Bourne und fuhr mit dem Daumen über die Narbe auf seiner Wange.

Langsam begriff Mason die Zusammenhänge. Crockett hatte ihm zwar alles über Pearls im Entstehen begriffenes Etablissement erzählt, aber irgendwie hatte er Pearl und Kat nicht miteinander in Verbindung gebracht. Mason hatte keine Ahnung, wieso er nicht von selbst darauf gekommen war.

»Es ist kaum zu glauben, dass der liebe Gott zwei von dieser Sorte erschaffen hat.«

»Eigentlich drei«, sagte Bourne. »Sie sollten mal ihre Mutter sehen.«

Masons Neugier war geweckt, und er wollte mehr erfahren, aber Bourne fiel ihm ins Wort.

»Wenn die Rechnung kommt«, unterbrach er ihn, »dann bezahlen Sie sie einfach.«

»Aber wann erhalte ich meine Ware?«

»Die haben Sie bereits.«

Mason drehte sich um und folgte Bournes Kopfnicken zu seinem Sportwagen, der weiter unten auf der Straße stand. Ein Mann stand Schmiere auf dem Gehweg, während ein anderer die beiden Kisten in den Wagen lud.

»Das nenne ich Service«, meinte Mason, als er sich wieder umdrehte.
Aber Bourne war bereits gegangen.
»Noch einen Schluck Kaffee?«, fragte Gladys mit der Kanne in der Hand.
»Nur die Rechnung«, erwiderte Mason und griff in seine Jacke, um seine Brieftasche herauszuholen.
Während Gladys im Kopf seine Bestellung zusammenrechnete, beugte Mason sich vor, um einen Blick auf die Straße zu werfen. Gladys wusste genau, nach wem er dort Ausschau hielt und aus welchem Grund.
»Kat Wilde ist wirklich ein hübsches kleines Ding«, sagte sie, den Blick auf seine Brieftasche gerichtet.
Mason zog eine knisternde Banknote heraus und hielt sie in die Höhe, um sie zum Weiterreden zu animieren.
»Sie kommt jeden Montag hierher, um Schinkenknochen für ihren Hund zu holen«, fuhr Gladys mit einem entschlossenen Griff nach der Banknote fort. »Mag sein, dass Kat Wilde einmal in der Hölle schmort, aber bestimmt nicht deswegen, weil sie nicht gut zu Tieren ist.«

16

Colonel Cavanagh hatte sich seinen Rang redlich verdient. Er hatte im Weltkrieg gekämpft und hatte als Beweis dafür genügend Orden, Narben und schlaflose Nächte vorzuweisen. Während er einerseits eine große Liebe zu seinem Land empfand, plagte ihn andererseits ein tiefverwurzeltes Misstrauen den Politikern gegenüber, die dieses Land regierten. Seine innere Zerrissenheit hatte ihm sein Vater vererbt, der erste Cavanagh, der seinen irischen Fuß auf amerikanischen Boden setzte.

Ronan MaCardell Cavanagh war an dem Tag zwanzig Jahre alt, als er das Schiff in Richtung Amerika bestieg. Außer der Familienbibel hatte er nichts, woran er sich hätte festhalten können. Er setzte großes Vertrauen in die Heilige Schrift, vor allem in das Buch der Psalmen, wo sein Vater mit gestochen scharfer Handschrift das geheime Whiskeyrezept der Familie wie ein Gebet an den Rand geschrieben hatte. Die Kartoffeln verrotteten in der Erde, und die hungernden Iren strömten in Scharen in die Neue Welt. Ronan war sicher, dass sie durstig sein würden, wenn sie dort ankamen.

Die Cavanaghs brannten Whiskey, seit es Feuer zum Destillieren gab. Für den Clan war das eher eine Berufung als ein Beruf. Kaum hatte Ronan zu krabbeln angefangen, hatte er schon das erste Mal an einem Fass genippt, und mit sechzehn Jahren verfügte er über die feine Zunge eines erfahrenen

Whiskeymeisters. Wasser ist für einen Hersteller von Whiskey dasselbe wie Öl für einen Texaner: Nur die Reinheit zählt. Keine Verfärbung oder mineralische Beimischung darf sie trüben. Als Ronan das Schiff auf Ellis Island verließ, machte er sich sofort auf die Suche nach dem perfekten Quellwasser und bekam von allen Seiten zu hören: »Tennessee ist der Ort, den du suchst. Die Quellen dort sind so rein und so klar, dass du nicht siehst, wie das Wasser aus dem Boden sprudelt. Du kannst eine Tasse unter eine Quelle halten und wirst erst merken, dass sie voll ist, wenn das Wasser deine Lippen benetzt.«

Als Ronan die Staatsgrenze zu Tennessee überschritt, hegte er keinerlei Zweifel, dass er hier richtig war. Wo immer er hinsah, gab es Wasser. Drei große Flüsse kreuzten den Staat. Der Tennessee River floss eine kurze Strecke nach Alabama hinüber, ehe er es sich anders überlegte und wieder zurückkam. Kleinere Flüsse gruben sich tief in das Plateau des Highland Rims, und die Hügel waren feucht und grün. Der Staat schwamm quasi auf seiner wertvollsten Ressource.

Ronan hatte weniger das Problem, die richtige Quelle zu finden, als vielmehr, sich zu entscheiden, welche er nehmen sollte. Fast hätte er sich in einem engen Bergtal im Osten des Staates niedergelassen, aber die Frauen dort waren wenig ansehnlich und die Männer auch nicht viel angenehmer. In den kühlen Hügeln rund um Nashville fand er schließlich, was er suchte. Aus dem Boden einer Höhle entsprang eine Quelle, das Wasser so rein wie eiskalte Luft. Ronan tauchte seinen emaillierten Becher in das kristallklare Wasser, nahm ihn heraus und führte ihn an seine Lippen. Ein abwesender Ausdruck trat in seine Augen. Er war wieder zu Hause in den grünen Hügeln der Grafschaft Cork.

Ronan importierte drei Jahre lang den Whiskey seines Vaters, während sein eigener in den Fässern heranreifte. Und das Geschäft lief gut. Auch an dem Tag, an dem Unionssoldaten aus dem Norden Nashville einnahmen, belud er einen Wagen für den Transport nach Memphis. Ronan kehrte gerade noch rechtzeitig nach Hause zurück, um zu sehen, wie ein Yankee-Lieutenant eine lodernde Fackel an sein Haus hielt. Seine Bibel war das Einzige, das Ronan retten konnte. Er versuchte, das Feuer mit seinem Hemd auszuschlagen, als zwei Soldaten ihn von hinten packten.

Der Krieg war noch jung und der befehlshabende Lieutenant noch sehr von sich eingenommen. Brüllend stellte er Ronan vor die Wahl: »Entweder trittst du der Unions-Armee bei, oder du kehrst heim zu Jesus.«

Ronan war nicht sonderlich erpicht darauf, vor seinen Schöpfer zu treten, aber die Cavanaghs sind schon aus Prinzip immer dagegen. Sie machen stets genau das Gegenteil von dem, was man sagt.

»Eher sehen wir uns in der Hölle wieder!«, erklärte Ronan und spuckte dem Lieutenant ins Gesicht.

Ein paar Blauröcke fesselten ihn an einen Baum im Hof und lösten sich dabei ab, ihm Schlag für Schlag einzubleuen, was sich im Krieg gehört. Nachdem sie Ronans wenige Habseligkeiten geplündert und seine Hühner über den Hof gejagt hatten, ritten Lieutenant O'Malley und seine Bande davon und schleppten alles mit sich, was sie irgendwie befördern konnten, einschließlich eines Wagens voller Fässer mit zwei Jahre altem Cavanagh-Whiskey.

Der junge Gefreite, den sie zurückgelassen hatten und der Ronan erschießen sollte, ließ sich endlos Zeit, um sein Gewehr zu laden. Der Junge war dürr wie ein Besenstiel und wirkte nur halb so standfest. Nachdem ihm zwei Mal die Bleikugel aus den Fingern geglitten war, beschloss Ronan, sich die Zeit mit einem kleinen Schwatz zu vertreiben.

»Bist wohl neu in der Armee?«, rief Ronan und spuckte einen blutigen Zahn aus.
»Bin noch neu auf dem Kontinent«, gab der Junge zu, während er auf Händen und Knien das Gras nach seiner Munition durchkämmte.
»Dann rekrutieren sie jetzt die Iren schon frisch vom Schiff weg, wie?«
»Rekrutieren würde ich das nicht nennen«, sagte der Junge, der mittlerweile die Kugel gefunden und sich wieder aufgerappelt hatte.
»Und wie lautet der Name des Mannes, der mich töten wird?«
»Edan MaCardell, Sir«, murmelte der Junge undeutlich, mit dem Stöpsel der Pulverbüchse zwischen den Zähnen.
»Doch wohl nicht verwandt mit den MaCardells aus der Grafschaft Cork, wie?«
»Doch, genau mit denselben«, erwiderte Edan und schüttete mindestens ebenso viel Schießpulver auf den Boden wie in den Lauf der Waffe, die er zu laden versuchte.
»Na, so was, meine Mutter war eine MaCardell aus Cork.«
Edan blickte mit großen Augen von seiner Muskete auf. »Nein.«
»So sicher, wie ich hier an diesen Baum gebunden bin.«
»Nein«, wiederholte Edan, der vor Heimweh litt wie ein Hund, Ronan aber nicht ein Wort glaubte.
»Wenn du mir nicht glaubst, dann schau dir mal das an.« Ronan beförderte die Bibel mit einem Fußtritt zu dem Jungen hinüber. »Dort drin steht ihr Name.«
Edan beugte sich über das angekohlte Buch. Sicher, das war eine irische Bibel. Er glaubte sogar die besondere Schwermut zu riechen, die von ihr ausging. Nachdem er den verbrannten Einband mit seinem Bajonett hochgehoben hatte, blätterte er vorsichtig die dünnen, angesengten Seiten durch, bis er end-

lich den Familienstammbaum fand. Mühsam entzifferte er die Buchstaben, mit dem Finger ihrem Verlauf folgend. Plötzlich blickte er mit Tränen in den Augen zu Ronan auf.

»Vetter!«, rief er und schlang seine Arme um Ronan und den Baum.

Noch an dem Tag schlossen Ronan und Edan sich den Konföderierten an. Wofür diese allerdings kämpften, war ihnen nicht ganz klar, aber ein Krieg ist niemals nur schwarz oder weiß, ehe er nicht ein paar Schlachten auf dem Buckel hat. Als sich die Armee der Südstaaten bei Appomattox schließlich ergab, war Ronan durch eine Art natürliche Auslese in den Rang eines Hauptmanns aufgerückt, und Edan konnte mit verbundenen Augen ein Gewehr laden und dabei noch ein irisches Tänzchen aufführen.

Ronan kehrte nach Five Points und ins Whiskeygeschäft zurück. Da Edan zur Familie gehörte, begleitete er ihn. Ronan war nicht nur ein begnadeter Whiskeybrenner, sondern auch ein gewiefter Geschäftsmann. Er rechnete mit dem Besten, war aber auf das Schlimmste vorbereitet. Während der Krieg wütete, reiften die zweihundert Fässer mit Feinbrand, die er in der Höhle in Steamer Holler versteckt hatte, in aller Ruhe vor sich hin. Als Ronan und Edan eines der Fässer entkorkten und einen Schluck probierten, trat ein abwesender Ausdruck in ihre Augen.

»Das ist der beste Whiskey, den ich je getrunken habe«, sagte Edan, demütig wie alle Männer in Gegenwart wahrer Größe.

Feierlich goss Ronan einen Schuss Whiskey in die Quelle und einen Spritzer auf den Boden.

»Für alle Cavanaghs vor mir«, verkündete er und hielt sein Glas in die Höhe, »für alle Cavanaghs nach mir und für uns arme Hurensöhne dazwischen.«

Ab diesem Tag schien die Sonne eine volle Woche lang, nicht

eine Wolke stand am Himmel. Ein Schöpfer schenkte dem anderen ein anerkennendes Nicken.

Während der Süden darum kämpfte, nach dem Bürgerkrieg wieder auf die Beine zu kommen, leisteten auch Ronan und Edan ihren Beitrag, den Schmerz zu lindern. Es war fast zwei Jahre nach dem Krieg, als ein Yankee aus dem Zug in Five Points stieg. Er trug einen stutzerhaften Anzug und war nicht mehr ganz so von sich eingenommen, aber Ronan und Edan erkannten den Mistkerl auf den ersten Blick.

»Hätte nie gedacht, dass du mir mal wieder unter die Augen kommst«, sagte Ronan.

Der Yankee-Lieutenant, der Ronans Erschießung befohlen und Edan zum Instrument seines Ablebens hatte machen wollen, biss das Ende einer Zigarre ab und spuckte es auf den Boden.

»Dass ich *dich* mal wiedersehen würde, habe ich allerdings nie bezweifelt«, erklärte O'Malley und zündete ein Streichholz an. »Ich habe doch diesen armseligen Iren schießen sehen.«

Edan zog einen Colt aus dem Halfter und schoss geschickt das Streichholz aus, das O'Malley zwischen den Fingern hielt.

»Wie ich sehe, hast du geübt«, sagte O'Malley und rieb das aneinander, was von seinen Fingerkuppen noch übrig war.

»Und welchem Umstand verdanke ich die Ehre, dass du hier vor mir stehst?«, fragte Ronan skeptisch.

»Es geht ums Geschäft«, erwiderte O'Malley.

Offensichtlich hatte O'Malley auf seinen Raubzügen durch den Süden seine wahre Berufung gefunden – Beschaffung und Distribution. Er sei jetzt, wie er erklärte, im Vertrieb tätig.

»Und was vertreibst du?«

»Das ist genau der Punkt«, sagte O'Malley und deutete mit

seiner Zigarre auf die beiden, »wo ihr Jungs ins Spiel kommt.«
Wie es schien, war die Wagenladung Whiskey, die O'Malley für die große Sache der Union »konfisziert« hatte, auf mysteriöse Art und Weise in einigen zwielichtigen Etablissements von Chicago gelandet.
»Sagen wir mal so«, erklärte O'Malley, »die Stadt am großen See ist durstig und braucht Nachschub.«
»Wie viel Nachschub?«, fragte Ronan.
»Wie viel hast du?«
Verständlicherweise hatte Ronan einige Bedenken, mit dem Mann Geschäfte zu machen, der Befehl gegeben hatte, ihn zu erschießen.
»Warum sollte ich Geschäfte mit dem Mann machen, der versucht hat, mich ins Grab zu bringen?«
»Damals war Krieg.« O'Malley zuckte die Schultern. »Das war nichts Persönliches.«
»Dagegen ist nichts einzuwenden«, sagte Edan zu seinem Vetter.
Es war im Jahr 1865, als General Robert E. Lee sich im Gerichtsgebäude von Appomattox ergab, aber der wahre Friede wurde erst an dem Tag geschlossen, als drei Gläser mit Tennessee-Whiskey klirrend aneinanderstießen und eine geschäftliche Partnerschaft besiegelten. Der einzige Weg, einen Feind wirklich zu besiegen, ist der, ihn zu seinem Partner zu machen.
Wie diese Geschichte, so wurden auch die Geschäfte vom Vater auf den Sohn weitergegeben. Die O'Malleys sorgten für den Vertrieb von Cavanaghs Whiskey, und beide Familien verdienten damit mehr Geld, als sie auszugeben wussten.
Ronan und Edan starben kurz hintereinander innerhalb weniger Tage und wurden in der Nähe des Eingangs zur

Cavanagh-Höhle bestattet. O'Malley half, die beiden ins Grab hinabzusenken.
Ein Mal im Jahr erbrach Ronans einziger Sohn und Erbe, Colonel Corbett Cavanagh, das wächserne Siegel an der Flasche mit seinem besten Whiskey. Davon goss er ein Glas in die Quelle und je eines auf das Grab seines Vaters und auf das von Edan.
»Für alle Cavanaghs vor mir«, sagte der Colonel und hielt das Glas in die Höhe, »für alle Cavanaghs nach mir und für uns arme Hurensöhne dazwischen.«
Dann trank er einen Schluck, und ein abwesender Ausdruck trat in seine Augen. Zu wissen, dass seine Söhne eines Tages ein Glas auf sein Grab schütten würden, war dem Colonel ein großer Trost. So wollte er es, und nicht anders.

17

An dem Tag, an dem die Prohibition in Tennessee zum Gesetz erklärt wurde, stieg der Preis für Whiskey um über fünfhundert Prozent an – das heißt, wenn es überhaupt welchen gab –, und aus den reichen Cavanaghs wurden steinreiche Cavanaghs. Der Colonel führte seine Schwarzbrennerei genau so, wie er seinen legalen Betrieb geleitet hatte – sechs Tage die Woche, zweiundfünfzig Wochen im Jahr. Am Sonntag ruhte die Arbeit in der Brennerei, das heißt, bis auf die Männer, die Wache standen, und die Hefe, die in der Maische gärte. Es war der Tag des Herrn. Moralvorschriften seitens des Gesetzes hatten damit nichts zu tun.

Die Arbeiter der Brennerei ließen ihre Wagen bei LaRue's Landing stehen und setzten von der Anlegestelle mit der Fähre über den Fluss, wo sie den Rest des Weges auf Pritschenwagen transportiert wurden. Die Werkssirene ertönte um sieben Uhr morgens und um sieben Uhr abends. Wenn die eine Schicht kam, ging die andere.

Jeder, der dort nichts zu suchen hatte, vermied es tunlichst, unangemeldet vorbeizukommen. Für den Fall der Fälle hatte der Colonel Männer eingestellt, die mit Gewehren im Wald patrouillierten – ein Job, für den die LaRue-Boys wie geschaffen waren. Das Wissen, dass ein LaRue durch die Hügel streifte, geneigt, auf alles zu schießen, was sich bewegte, jagte Unbefugten und Zollbeamten eine Heidenangst ein.

Die LaRues waren ein dunkles, wildes Völkchen, maulfaul und wasserscheu. Die Sippe führte ihre Wurzeln auf einen französischen Trapper namens Quenelle LaRue zurück, der sich auf ihrem Marsch in die Reservate einer Gruppe von Cherokee-Indianern angeschlossen hatte. Die LaRues, die darauf folgten, waren ein bunter Gencocktail aus französischen und indianischen Zutaten, mit einem Spritzer schwarzen Sklavenbluts. Manche glaubten sogar einen Hauch von Wolf herauszuschnuppern. »Diese Franzosen«, raunte man sich unter den Einheimischen zu, »die können sich doch für alles erwärmen, was ein Herz hat.«

Sobald ein LaRue laufen konnte, war er in der Lage, mit einer Hand eine Taube vom Himmel zu schießen und mit der anderen den Krug mit Schwarzgebranntem weiterzureichen. Da die LaRues über wenig Phantasie, aber einen ausgeprägten Instinkt verfügten, hielten sie sich an das, was sie kannten: jagen, trinken und sich fortpflanzen. Die Anlegestelle LaRue's Landing lag fünf Meilen außerhalb der Stadt. Fünf Meilen sind ein weiter Weg für eine Frau, und die Männer der LaRues hielten nicht viel vom Reisen. Das Ergebnis war, dass sich irgendwo auf halbem Weg der Clan gespalten hatte. Jedes Jahr im Herbst, wenn Miss Mabel Hilliard die Namenliste der ersten Klasse verlas, stieß sie auf die Namen Quenelle LaRue und LaRue Quenelle, zwei Vettern mit demselben dunklen Teint, die unzertrennlich waren und sich bis hin zu den Kopfläusen in nichts unterschieden.

Und so kam es, dass ein junges, weibliches Mitglied der Familie LaRue – in der Absicht, ihrem Schicksal auf die Sprünge zu helfen – sich an einem Samstagabend mehr schlecht als recht in Schale warf und nach Five Points marschierte. Dort setzte sie sich in einem dünnen Baumwollkleid, das ihr zwei Nummern zu klein war, breitbeinig auf die Steinmauer, die den Friedhof von St. Jerome umgab.

Devin Cavanagh, der jüngste Sohn des Colonels, wusste eigentlich, dass man mit einer LaRue nicht herumspielte. Aber er war zwanzig Jahre alt, und die Frühlingsluft war lau und duftete nach süßem Geißblatt, und das machte ihn noch wilder als sonst. Devin hatte das übliche Bestechungsgeld im Gerichtsgebäude abgeliefert und war auf dem Weg nach Hause, als er ein verwegen aussehendes Mädchen auf der Steinmauer sitzen sah. Er vergewisserte sich mit einem Blick in alle Richtungen, dass niemand sie beobachtete. Doch lange konnte er seinen Blick nicht von ihr lassen. Ihre Haut hatte die Farbe von Ahornsirup, ein dicker, schwarzer Zopf fiel über ihren Rücken, und ihre feuchten, braunen Augen schienen einem Mann das Paradies zu versprechen.

»Wie heißt du?«, fragte Devin.

»Sess-a-lee.«

Es hörte sich an wie der Ruf eines wilden Tiers in der Nacht und fuhr Devin direkt unter die Haut. »Möchtest du eine Tüte Eiscreme?«, fragte er heiser.

Sessalee sprang von der Mauer und nahm seine Hand.

Gladys Green runzelte die Stirn, als sie den jüngsten Sohn des Colonels Hand in Hand mit einer LaRue durch die Tür ihres Gemischtwarengeschäfts treten sah. Verstohlen warf sie einen Blick über die Schulter zurück auf Sessalee, während sie eine Kugel Eiscreme in die Waffel schaufelte.

»Weiß dein Daddy davon?«, fragte sie und reichte Devin die Eistüte, ohne den Blick von Sessalee zu nehmen.

Devin streckte ihr eine Eindollarnote hin. Gladys schnappte sich den Schein, schob ihn in ihren Ausschnitt und versiegelte ihre Lippen.

Sessalee ließ sich das Eis schmecken, während Devin sie hinunter an den Fluss fuhr. Er konnte nur mit Mühe den Wagen auf der Straße halten, da er ihr unbedingt dabei zusehen musste, wie sie das tropfende Eis von der Waffel leckte. Als

sie das letzte Stück der Waffel hinuntergeschluckt und ihre Finger sauber geschleckt hatte, kletterte Sessalee auf die Rückbank des Wagens. Mit einer raschen Bewegung ihrer braunen Knie schob sie ihr Baumwollkleid über ihre Oberschenkel. Ihr Mund war noch kalt, als Devin sie küsste.
Nach diesem Tag wartete Sessalee jeden Samstagabend auf der Mauer auf Devin. Da sie eine LaRue war, konnte Devin sich in der Öffentlichkeit nicht mit ihr blicken lassen. Falls Sessalee das störte, sagte sie nichts. Doch eigentlich redete sie generell nicht viel. Und das, was er in Eis für sie investierte, sparte er an Benzin wieder ein, da er sie weder abholen noch nach Hause fahren musste, wie Devin sich ausrechnete.
»Wonach riechst du so gut?«, fragte er, das Gesicht an ihrem Hals vergraben.
»Nach Haut und Regenwasser«, sagte sie.
»Allmächtiger«, flüsterte Devin.
Hinterher fühlte er sich so leicht im Kopf, dass er sich an die Stoßstange seines Wagens lehnen musste, um seinen Gürtel schließen zu können. Aber mit einer LaRue zu schlafen, das war eine gefährliche Angelegenheit. Devin hatte wirklich keine Ahnung, dass Sessalee erst fünfzehn Jahre alt war, erst als er mitten in der Nacht vom Lauf einer Winchester-Flinte geweckt wurde, die ihm jemand zwischen die Augen hielt.
Ein Blick auf Sessalees Leute, die im gespenstischen Mondschein um sein Bett herumstanden, genügte, und Devin wusste, dass er in Kürze bei lebendigem Leib ausgenommen und gehäutet werden würde. Sessalees Brüder starrten ihn aus denselben emotionslosen schwarzen Augen an wie die Tiere, deren Felle sie an die Bäume nagelten, um ihr Territorium zu markieren.
»Ich will ihn sehen«, befahl eine Frauenstimme von der Tür her.
Die Brüder traten zur Seite, und die Mutter nahm ihren Platz

am Bett ein. Die Frauen der LaRues gibt es in zwei Ausführungen: entweder als dunkel verlockende Variante, die keinen Mann mehr loslässt, oder als angsteinflößende Furie. Ein Holzkreuz um den Hals, das dunkle Gesicht grimmig verzogen wie der Sensenmann persönlich, baute Sessalees Mutter sich vor Devin auf, dem das Blut in den Adern gefror. Sein Herz hämmerte, und er keuchte heftig. Unter dem Geruch nach Holzrauch und gebratenem Speck, der Sadie LaRue umgab, glaubte Devin einen Hauch von Regenwasser zu erschnuppern.

»Ist das dein Haus?«

»Das Haus gehörte meinem Großvater«, sagte Devin heiser und drückte sich an das Kopfende seines Bettes, die Decke bis zum Kinn hochgezogen. Er zweifelte nicht daran, dass Sadie LaRue das wusste. Alle hier in der Gegend wussten, dass dies das kleine Haus war, in dem Ronan Cavanagh gelebt hatte, ehe er das große Haus unten an der Straße erbaut hatte. Alle wussten, wer Devin war. Und alle kannten seinen Vater.

»Wo ist dein Großvater, Junge?«

»Tot und begraben, Ma'am.«

Zum Glück. Hätte Ronan gewusst, dass sein Enkel eine Liebschaft mit einer LaRue hatte, hätte ihn das umgebracht.

Sadie starrte auf Devin hinunter, und der Blick ihrer kalten Augen ging ihm durch Mark und Bein.

»Du bildest dir ziemlich viel ein, wie? Aber du bist ehrlich, das sehe ich.«

Sadie schlug die Steppdecke zurück, und Devin schlug die Hände vor sein Gemächte. Andächtig betrachtete sie das, was zwischen seinen Fingern hervorlugte.

»Der tut es«, sagte sie.

Die LaRue-Boys hielten Wache im Schlafzimmer, während Devin hastig in seine Hose stieg. Ein Bruder hielt ihn mit der

Flinte in Schach, während LeRoy LaRue sein Jagdmesser an seinem Hosenbein säuberte. LeRoy arbeitete für den Colonel, aber Devin wusste, dass ihm das unter diesen Umständen nichts nützen würde. Blut ist dicker als Whiskey.
Devin maß die Brüder mit kurzen Blicken und überdachte die Situation. Sein erster Gedanke war, es mit beiden aufzunehmen. Er scheute nie vor einem Kampf zurück. Meistens zettelte sogar er die Rauferei an. Doch ein Teil von Devin wusste, dass er die Prügel verdiente, die er gleich beziehen würde. Der andere Teil hoffte inständig, noch als vollständiger Mann daraus hervorzugehen. Devin war noch damit beschäftigt, einen Fuß in seinen Stiefel zu zwängen, als sie ihn mit dem Lauf ihrer Gewehre bereits zur Tür hinaus und den Flur entlangschoben.
LaRues brauchen nicht viel Licht. Im Wohnzimmer brannte eine einzelne gelbe Glühbirne. In Erwartung einer Tracht Prügel registrierte Devin mit Verwirrung, dass vor dem Kamin eine Art Priester stand, der eine zerfledderte Bibel umklammert hielt. Die Haut des Priesters war fahl und voller Pockennarben, seine Zähne waren gelblich verfärbt wie Maiskörner, und ein Faden brauner Kautabak troff über sein stoppeliges Kinn. Seinem schwarzen Wollanzug entströmte ein modriger Geruch, und seine Fingernägel waren so schmutzig, dass es aussah, als hätte er sich damit gerade den Weg aus seinem Grab geschaufelt. In seiner Funktion als Friedensrichter von LaRue's Landing war der Priester auch für Hochzeiten und Beerdigungen zuständig.
Barfuß, einen Strauß mit gelbem Frauenschuh in der Hand, den sie im Wald gepflückt hatte, stand Sessalee vor dem Geistlichen. Die Brüder schoben Devin auf den Platz neben ihrer Schwester, und der jüngste LaRue-Boy legte zwischen sie einen alten Besen auf den Boden. Devin warf Sessalee einen kurzen Blick zu und stellte schockiert fest, wie zierlich sie

war. Sie reichte ihm kaum bis zur Schulter. Aber so viel Zeit hatte er im Stehen auch wieder nicht mit ihr verbracht.
Der Priester legte seine Hand auf die Bibel, und die LaRues senkten ihre schwarzen Köpfe.
»Herr, der Mensch ist ein Sünder, und ohne Jesus ist er verdammt zu ewigem Höllenfeuer. A-men.«
»A-men«, lautete das Echo der LaRues.
Der Priester sah Sessalee streng an. »Sessalee LaRue, wirst du für diesen jungen Mann kochen, putzen, ihn lieben und ihm, so Gott will, auch Kinder schenken?«
Sessalees Nicken war so schwach, dass Devin nicht sicher war, ob sich ihr Kopf überhaupt bewegte.
Der Geistliche richtete seinen Blick auf Devin.
»Junge, willst du mit diesem Kind hier in den Stand der Ehe treten?«
Bei dieser Frage dämmerte es Devin endlich, worauf die Sache hinauslief. In der Vorstellung der LaRues war ein Mann mit einem Mädchen verlobt, wenn er ihr ein Eis spendiert hatte und sie nett zu ihm gewesen war. Dabei ging es nicht so sehr um Moral als um einen fairen Handel.
Devin konnte es nicht fassen. Ungläubig schaute er von dem Priester zu Sadie LaRue. Dann sah er Sessalee an. Sogar unter diesen Umständen machte sein Herz bei ihrem Anblick einen Satz. Die Wahrheit war, dass er an nichts anderes mehr als an Sessalee LaRue gedacht hatte, seit er sie an dem ersten Abend auf der Mauer hatte sitzen sehen. Er verzehrte sich unter der Woche nach ihr und lebte nur für den Augenblick, wenn ihre warmen, nackten Beine sich um seine Hüften schlangen und ihre Lippen sich auf seine pressten. Doch die Cavanaghs sind von Natur aus voller Widerspruchsgeist. Sie machen stets genau das Gegenteil von dem, was man sagt, selbst wenn es das ist, was sie machen wollen.
Devin erstarrte und biss die Zähne zusammen.

Feierlich nickte Sadie LaRue ihrem Ältesten zu. LeRoy schob seine Flinte unter Devins Kinn und zwang seinen Kopf, sich langsam auf und ab zu bewegen.

»Hiermit erkläre ich euch zu Mann und Frau!«, verkündete der Priester lautstark. »Was der Herr vereint hat, das soll der Mensch nicht trennen! Amen.«

»A-men«, erklang das Echo der LaRues.

Sessalee stieg über den Besen. Und da begriff Devin, dass er verheiratet war.

Während LeRoy und seine Brüder die Vorräte im Haus plünderten und der Priester alle Schränke nach schwarzgebranntem Whiskey durchsuchte, wühlte Sadie in den Truhen von Devins Großmutter. Schließlich kam sie mit einem Stapel Hüte auf dem Kopf aus dem vorderen Schlafzimmer heraus, einen Haufen Kleider über dem Arm und mit allem Schmuck behangen, den sie tragen konnte. Sie steckte sich zwei Finger in den Mund und stieß einen gellenden Pfiff aus. Aus allen Richtungen kamen die LaRue-Boys angerannt, und der Letzte schnappte sich auf seinem Weg nach draußen den Besen.

Die Brüder warteten auf der Veranda, während Sadie einen letzten Blick auf ihre einzige Tochter warf. Eigentlich hatte Sadie geplant, dass Sessalee eines Tages ihren Platz in Devil's Eye einnehmen sollte. Sie tat ihr Bestes, um in Sessalee das gleiche Pflichtgefühl einzupflanzen, das man ihr eingebleut hatte. Doch es lag nicht in Sessalees Natur, in die Fußstapfen ihrer Mutter zu treten. Devin glaubte, dass der Groll in den Augen der alten Frau daher rührte, dass sie ihre einzige Tochter verlor. Doch in Wahrheit betrauerte Sadie den Verlust.

Von der Tür aus nickte Sadie Sessalee streng zu, dann verschwand der Clan der LaRues in der Nacht wie ein Rudel Wölfe.

Devin und Sessalee blieben allein im Haus zurück.

Eine Weile standen sie verlegen schweigend nebeneinander. Sessalee warf Devin einen auffordernden Blick zu, ehe sie den Kopf in Richtung des vorderen Schlafzimmers wandte. Sie war so süß und willig, dass es Devin die Luft abschnürte. Unzählige Male hatte er sich danach gesehnt, sie in seinem Haus zu haben, sie statt auf dem Rücksitz des väterlichen Wagens langsam in seinem Bett zu nehmen, während ihr dunkles, langes Haar sich über das Federkissen ergoss und ihre olivbraune Haut sich von den kühlen, weißen Laken abhob.
Doch mit Mühe riss er sich von ihrem Anblick los und schnappte sich vom Kaminsims die Schlüssel für seinen Pick-up. Dann stieß er die Haustür so fest auf, dass sie gegen die Wand knallte und der Türknauf sich in den Putz bohrte. Als Sessalee hörte, wie die Reifen den Kies auf der Straße aufspritzen ließen, schloss sie die Tür.
Ihre Brüder hatten ihre Habseligkeiten in eine Ecke des Wohnzimmers gestellt. Sessalee trug die Holzkiste in die Küche und packte sorgfältig die Dinge aus, die ihr die Frauen zum Beginn ihrer Ehe geschenkt hatten. Die Kaffeedose mit dem Küchenkraut darin stellte sie auf das Fensterbrett. Dann faltete sie vorsichtig das feuchte Zeitungspapier auseinander und nahm die Setzlinge mit Minze, Zitronenmelisse, Berghopfen und Dill heraus, die ihre Mutter aus ihrem Garten ausgegraben hatte, legte sie in einen flachen Topf und besprenkelte sie mit Wasser, damit sie nicht eingingen, bis sie sie wieder einpflanzen konnte. Sessalee zögerte kurz, ehe sie die Schüssel mit dem Sauerteig in den Kühlschrank stellte. Bei ihnen an der Anlegestelle besaß keiner eine elektrische Eistruhe, und das bereitete Sessalee ein wenig Sorgen. Denn falls ihr die Sauerteigmutter einging, verhieß das nichts Gutes. Den Tonkrug mit den in Branntwein eingelegten Früchten verstaute sie im Küchenschrank, und dann stellte sie sich auf einen Stuhl und versteckte die Kaffeedose von Maxwell House über

dem Herd. Am Boden der Dose war eine Rolle mit fünf Eindollarscheinen verborgen, die ihre Mutter ihr für Notfälle mitgegeben hatte. »Jede Frau braucht eine solche Kaffeedose«, hatte ihre Mutter ihr erklärt.
Anschließend schleppte Sessalee die schwere, gefütterte Steppdecke, die die Frauen für sie angefertigt hatten, ins Schlafzimmer und breitete sie über das Bett. Ihre zwei Kleider hängte sie in den Schrank, und ihre Bürste und den Kamm legte sie neben Devins Kamm auf die Kommode. Zu guter Letzt nahm Sessalee ihre Stoffpuppe aus der Kiste. Zärtlich fuhr sie mit dem Finger über den mit engen Stichen genähten Mund und die Knopfaugen und strich das Haar aus rotem Garn glatt. Dann schloss sie die Augen, drückte die Puppe an ihr Gesicht und roch daran. Ihre Mutter hatte die Puppe mit Rosmarin gefüllt, um ihr die nächtlichen Träume zu versüßen. Sessalee hob die Matratze an einer Ecke an und versteckte die Puppe darunter. Sie wollte nicht, dass ihr frischgebackener Ehemann dachte, er hätte ein Kind geheiratet.

Nachrichten verbreiteten sich rasch in Five Points. Am nächsten Morgen wusste der Colonel bereits alles über die Zwangsheirat seines jüngsten Sohnes.
»Wie es heißt, bist du jetzt ein verheirateter Mann.«
Devin stand vor dem Schreibtisch des Colonels und blickte zu Boden. Hinter dem Colonel lehnte Bourne an der Wand, die Arme vor der Brust verschränkt, einen Zahnstocher im Mund, und grinste wie der Teufel. Devin warf seinem großen Bruder einen hasserfüllten Blick zu, woraufhin Bourne nur noch breiter grinste.
»Und?«, fragte der Colonel.
Devin hatte kaum den Mutterleib verlassen, da suchte er bereits Streit. Als kleinem Knirps hatte man ihm den Spitznamen »Zahnfee« verpasst, weil er den meisten Gleichaltrigen

in der Stadt die Milchzähne ausgeschlagen hatte. Er war ein zäher Bursche und äußerst reizbar. Der Mann musste erst noch geboren werden, den er nicht gelegentlich seine Faust spüren lassen wollte. Es gab nur einen Mann, vor dem er sich fürchtete. Devin fürchtete sich vor dem Colonel. Er hatte keine Angst, dass er seinen Vater nicht besiegen konnte. Er hatte Angst, dass er ihm nichts recht machen konnte. Und seine Ängste waren begründet.

Es gab ein Problem zwischen Vater und Sohn. Als der Colonel in Devins Alter war, war er bereits verheiratet, Bourne war unterwegs, und er leitete längst das Unternehmen der Familie. Devin hingegen kaute noch immer an seinen Fingernägeln. Doch ihr Streit hatte tiefere Ursachen als Devins mangelnde Reife. Der Colonel misstraute seinem Sohn zutiefst. Wenn er in Bournes Augen sah, erblickte er einen Mann vom selben Schlag. Sah er Devin in die Augen, wich dieser seinem Blick aus. In Gegenwart des Colonels machte Devin den Rücken krumm, zog die Schultern hoch und ließ den Kopf hängen wie ein geprügelter Hund. Der Colonel hatte alles in seiner Macht Stehende getan, um dem Jungen so etwas wie ein Rückgrat einzubleuen. Doch falls tatsächlich etwas von einem Cavanagh in seinem jüngsten Sohn stecken sollte, so hatte der Colonel bisher noch nichts davon bemerkt. Er liebte seinen Sohn, aber sein Anblick machte ihn krank.

»Junge, wenn ich dir eine Frage stelle, dann antworte mir wie ein Mann! Hast du verstanden?«

»Jawohl, Sir«, murmelte Devin.

»Und«, fragte der Colonel, beugte sich vor und verschränkte seine Finger auf der Schreibtischplatte, »ist sie in anderen Umständen?«

Devin trat unbehaglich von einem Bein auf das andere.

»Also?«, fragte der Colonel.

»Ich weiß nicht recht, Sir.«

»Du weißt nicht recht. Was weißt du überhaupt, Junge?«
»Sie redet nicht viel, Sir.«
»Heilige Mutter Gottes!«
Der Colonel lehnte sich auf seinem Stuhl zurück und funkelte Devin wütend an. Hätte der Junge nicht ausgesehen wie er, hätte er geschworen, dass seine Frau es mit einem Schwachkopf getrieben hatte.
»Aber wenn sie in anderen Umständen wäre«, fuhr der Colonel mit donnernder Stimme fort, »wäre es dann ein Cavanagh, den sie erwarten würde?«
Mit gerunzelter Stirn dachte Devin angestrengt nach. Welcher Mann konnte schon absolut sicher sein, dass ein Kind von ihm war? Wer weiß, was eine Frau so treibt, wenn man ihr den Rücken kehrt? Sessalee LaRue war für eine Tüte Eiscreme auf den Rücksitz seines Wagens geklettert. Wie viel andere Tüten Eiscreme hatte es vor ihm gegeben?
»Herr im Himmel!« Der Colonel hieb mit der Faust auf den Tisch. »So sag doch was, Junge, selbst wenn es nicht stimmt!«
»Ja, Sir.«
»Ja, Sir, was?«
Devin wusste, dass der Colonel ihm einen Fluchtweg anbot. Er musste nur das Richtige sagen, und er wäre wieder ein freier Mann. Sessalee LaRue wäre für immer aus seinem Leben verschwunden.
»Ja, Sir.« Langsam hob Devin den Blick, um dem Colonel in die Augen zu sehen. »Falls sie in anderen Umständen ist, dann wäre es ein Cavanagh.«
Und die Art und Weise, wie Devin das sagte, ließ keinen Zweifel daran, dass er jeden Mann, der etwas anderes behauptete, schmerzhaft zurechtweisen würde.
Das war das erste Anzeichen von Courage, das der Colonel jemals an seinem Sohn bemerkt hatte, und das überraschte ihn. Er schaute Devin prüfend an, um sich zu vergewissern,

dass dieses Aufflackern echter Mut gewesen war und keine vorübergehende Laune. Doch unter dem strengen Blick des Colonels zuckte Devin eingeschüchtert zusammen und schaute betreten zu Boden.
Angewidert reckte der Colonel beide Hände in die Luft.
»Geh mir aus den Augen!«

Bourne lehnte bereits mit verschränkten Armen, den unvermeidlichen Zahnstocher im Mund, an Devins Pick-up, als dieser nach draußen kam. Nach seiner Standpauke durch den Colonel hatte Devin zwar so schnell wie möglich das Haus verlassen, aber Bourne war schneller gewesen. So war das seit jeher mit den beiden Brüdern. Ganz gleich, wie sehr Devin sich auch anstrengte, Bourne war immer als Erster da.
Während Devin nervös mit seinen Schlüsseln spielte, starrte sein großer Bruder an ihm vorbei auf die Rassepferde aus Tennessee, die mit zuckenden Schweifen, Blütenpollen im glänzenden Fell, am Hügel grasten. Bourne war zehn Jahre älter als Devin, doch es war nicht das Alter oder die Größe, die ihm einen Vorteil verschafften. Bourne fiel alles ohne Anstrengung in den Schoß – Frauen, Geld und die Achtung seiner Geschlechtsgenossen. Bourne glitt wie auf Schienen durch das Leben, während Devin sich mit hocherhobenen Fäusten einen Weg durch das Dickicht bahnen musste. Selbst wenn man ihm die Tür öffnete, kletterte er lieber durch das Fenster hinein. Devin war das genaue Gegenteil von Bourne, und das war der eigentliche Grund, weshalb er und der Colonel wie Feuer und Wasser waren. Doch Bourne wusste, wie er mit Devin umzugehen hatte, um seinen Bruder in die richtige Richtung zu lenken und ihm sanft zu seinem Glück zu verhelfen.
Bourne betrachtete Devin, die Arme verschränkt. Nicht ein Kratzer oder blauer Fleck war an ihm zu sehen. Bourne

wusste, dass nichts und niemand seinen kleinen Bruder kampflos vor den Altar hätte zerren können – es sei denn, dass Devin ohnehin genau das vorgehabt hatte.

»Kann mir beim besten Willen nicht vorstellen, warum ein Mann heiraten sollte«, sagte Bourne schließlich.

»Tja«, höhnte Devin, »und genau aus dem Grund wirst du allein in deinem Bett sterben.«

Bourne überlegte kurz, darauf hinzuweisen, dass die einsamsten Männer, die er kannte, samt und sonders verheiratet waren, aber er gehörte nicht zu den Leuten, die einem anderen noch Salz in die Wunde streuten, es sei denn, er hatte ihm die Wunde selbst zugefügt. Doch er wusste genau, was Devin quälte. Die Frauen der LaRues waren bekannt für ihren lockeren Lebenswandel, und Devin war nicht einer, der sich mit Ware aus zweiter Hand zufriedengab.

»Trotzdem bin ich der Ansicht«, fuhr Bourne mit seinen Überlegungen fort, »dass ein Mann, wenn er sich schon auf eine einzige Frau beschränken will, wenigstens so klug sein sollte, sich eine auszusuchen, die bereits Erfahrung hat.«

Devin starrte auf seine Autoschlüssel. »Und warum?«

»Nichts hält einen Mann mehr bei der Stange als eine Frau, die ein Geheimnis hat.«

Der sehnsuchtsvolle Unterton in Bournes Stimme war nicht zu überhören. Devin warf ihm einen neugierigen Blick zu.

»Außerdem ist für mich ein Mann, der eine Frau ohne Erfahrung haben will, ein Feigling«, sagte Bourne und zuckte die Schultern. »Der Mann hat wohl Angst, dass er mit seinem Vorgänger nicht mithalten kann.«

Devin verdrehte die Augen und seufzte. »Du hast leicht reden. Schließlich bist du die *Erfahrung*, an der sich die Hälfte aller Männer im County messen muss.«

Es dauerte ein paar Sekunden, bis Devins Verstand seiner vorschnellen Zunge gefolgt war. Er runzelte die Stirn und

starrte Bourne böse an. Warum sollte Bourne ihm wohl sonst diese Predigt halten, wenn er Sessalee nicht als Erster gehabt hatte?
Brüllend und mit fliegenden Fäusten stürzte Devin sich auf seinen Bruder. Zehn Kilo mehr an Körpergewicht und lebenslange Erfahrung im Ringkampf mit seinem kleinen Bruder sprachen eindeutig für Bourne. Mit einem geschickten Ausweichmanöver drängte er Devin an die Seite des Pick-ups, schlang ihm von hinten beide Arme um den Oberkörper und stemmte seinen kleinen Bruder in die Höhe.
»Was, zum Teufel, ist bloß los mit dir?«, wollte Bourne wissen, während Devin in der Luft zappelte und um sich trat.
»Du und Sessalee – das ist los mit mir!«
Bourne schüttelte seinen Bruder, als wollte er ihn zur Räson bringen. »Junge, du verdrehst die Fakten wie ein Winkeladvokat! Ich habe deine kleine Frau noch nie gesehen.«
»Woher weißt du dann, dass sie klein ist?«, stieß Devin hervor.
»Welche ausgewachsene Frau würde schon einen Hänfling wie dich haben wollen?«
Devins Ellbogen traf Bourne im Magen wie der Fußtritt eines Maultiers. Für einen Moment blieb Bourne die Luft weg, und er taumelte zurück. Mit gesenkter Schulter rannte Devin ihn wie eine Dampfwalze über den Haufen, und sie stürzten miteinander zu Boden, wo Devin weiter mit den Fäusten auf seinen Bruder eindrosch.
Ein Gewehrschuss ließ sie beide aufblicken.
»Ein Cavanagh wälzt sich nicht im Staub!«, brüllte der Colonel ihnen von der vorderen Veranda her zu. »Wollt ihr euch umbringen? Dann steht auf und kämpft wie Männer!«
Atemlos und blutig rappelten sich die beiden Brüder auf.
»Eines schönen Tages wird dich dein Jähzorn noch ins Grab bringen«, warnte Bourne seinen Bruder und spuckte Blut auf

den Boden. »Du bist jetzt ein verheirateter Mann. Werde endlich erwachsen!«

Devin schob Bourne zur Seite, stieg in seinen Pick-up und legte den Gang ein.

»Danke für den Rat, großer Bruder!«, rief er und warf ihm, außer sich vor Zorn, einen wilden Blick zu. »Was soll ich denn deiner Meinung nach tun – ihre Schwester vögeln?«

Sessalee verbrachte ihre Hochzeitsnacht allein auf der Schaukel auf der vorderen Veranda, eingehüllt in ihre Patchworkdecke mit den beiden aufgenähten Eheringen, und wartete, dass Devin nach Hause kam. Als sie bei Sonnenaufgang seinen Wagen die Straße heraufkommen hörte, zog sie die gesteppte Decke enger um sich und wappnete sich für die Begegnung. Der Kies spritzte in alle Richtungen davon, als der Pick-up schlitternd vor dem Haus zum Stehen kam. Wortlos stürmte Devin an Sessalee vorbei ins Haus und schlug hinter sich die Tür zu, so fest er konnte. Er hatte seine Hochzeitsnacht damit verbracht, mit sich zu hadern, sich die Haare zu raufen und sich vor Wut in die Knöchel zu beißen. Er hatte den Wagen unten am Fluss abgestellt, aber das hatte ihn nicht im mindesten abgekühlt. Devin war wütend auf den Colonel, wütend auf die Welt und vor allem wütend auf sich selbst. Und schuld an allem war nur Sessalee. Im Wohnzimmer blieb Devin stehen, um ihr mit vorgeschobenem Kinn und geballten Fäusten entgegenzutreten. Er hatte sich die ganze Nacht überlegt, was er zu ihr sagen wollte. Er würde Sessalee klar und deutlich zu verstehen geben, dass er es überhaupt nicht schätzte, zu etwas gezwungen zu werden, vor allem nicht zu einer Ehe. Und dass sie durchaus bis zu seinem Tod miteinander verheiratet sein mochten, aber dass er nie vergeben würde, was sie ihm angetan hatte. Und dass er ihr nie verzeihen würde. Niemals.

Devin öffnete den Mund, um zu seiner Rede anzusetzen, aber Sessalees Anblick, die mit der Steppdecke um die Schultern in der Tür stand, brachte den Strom seiner Gedanken ins Stocken. Als er mit Mühe endlich den Blick von ihr abwenden konnte, fiel ihm auf, dass irgendetwas im Zimmer anders war. Stirnrunzelnd sah er sich um. Alle Zeitungen waren zusammengelegt, seine Bücher im Regal eingeordnet, und der Fußboden war gefegt und gewischt. Es stapelten sich weder Kleidungsstücke auf dem Boden noch dreckiges Geschirr auf dem kleinen Sofatisch.

Einem räudigen Hund nicht unähnlich, dessen Korb gewaschen worden war, konnte Devin sich nicht entscheiden, wie er zu dieser Veränderung stand.

»Was riecht hier so?«, fragte er vorwurfsvoll.

Er folgte Sessalee in die Küche. Der Herd strömte Wärme aus, und Dampf stieg von dem Topf mit Bohnen auf, die vor sich hinköchelten. Auf Händen und Knien hatte Sessalee den Boden geschrubbt und in ihrem Überschwang fast das ganze Emaille von der alten Küchenspüle gerieben. Den Küchenschrank hatte sie sogar mit heißem Essig bearbeitet, um den fettigen Belag zu entfernen. Devin konnte es kaum fassen, dass der Schrank weiß gestrichen war. Sein Leben lang hatte er gedacht, er sei bräunlich gelb wie ausgespuckter Kautabak.

»Warum ist auf dem Hackblock Salz?«, fragte er und deutete mit dem Kopf auf die verkrustete Schicht aus nassem Salz auf dem Block aus Pekanholz.

»Weil man's so sauber kriegt.«

»Wieso?«

Geheimnisvoll wie eine Katze starrte Sessalee ihn an. Sie hatte keine Ahnung, weshalb man Salz auf einen Hackblock streute. Es war ihr nie der Gedanke gekommen, danach zu fragen. Die LaRues waren noch nie brennend daran interes-

siert gewesen, zu erfahren, warum man etwas so und nicht anders machte.
»Man macht doch nicht einfach etwas nur deshalb so, weil es immer so gemacht wurde«, erklärte Devin ihr. »Man überlegt sich, wie man es besser machen könnte.«
Sein Blick schweifte weiter durch das Zimmer und blieb an der rostigen Kaffeedose auf dem Fensterbrett hängen, in der eine Cayennepfefferpflanze wuchs. Sessalee war immer schon schnell von Begriff gewesen. Sie wusste genau, weshalb diese Pflanze auf dem Fensterbrett stand, und beeilte sich, Devin eine Erklärung zu liefern.
»Die Peperoni sind für die Bohnen«, sagte sie und hob den Deckel vom Topf, damit er sich überzeugen konnte.
Auch Devins Großmutter hatte eine Peperonipflanze auf dem Fensterbrett stehen. Wahrscheinlich hielt es die Hälfte aller Frauen in Five Points so. Aber Devin wollte unbedingt etwas finden, worüber er sich aufregen konnte. Da er nichts anderes fand, musste der arme Cayennepfeffer herhalten.
»Ich will keinen Dreck in meiner Küche haben.«
Er schien nichts dagegen zu haben, dass der Fußboden, seine Bettwäsche und sogar seine Fingernägel vor Schmutz starrten, doch Sessalee hielt tunlichst den Mund.
Es ging weniger um die Pflanze als ums Prinzip, weshalb Devin erneut seine Hände zu Fäusten ballte. Es war schließlich sein Haus. Seine Küche. Sessalee breitete sich darin aus wie Unkraut. Er machte gerade Anstalten, die verdammte Kaffeedose zur Tür hinauszubefördern, als sein Blick auf einen Teller mit knusprig braun gebratenem Hähnchen fiel, noch heiß und direkt aus der Pfanne.
Devin hatte keine Erinnerung daran, seine Jacke an den Stuhl gehängt und sich hingesetzt zu haben. Als er die Hand nach einem Stück Fleisch ausstreckte, warf Sessalee einen tadelnden Blick darauf.

»Die sind sauber genug«, sagte er schroff. Verstohlen wischte er sich die Hände an seinem Hemd ab, als Sessalee ihm den Rücken zuwandte.
Dann griff er rasch nach einem Schenkel und biss herzhaft hinein, aber die Knochen schienen ihm für ein Brathähnchen etwas zu klein geraten.
»Was ist das?«, fragte er kauend.
»Kaninchen.«
Devin starrte auf die Überreste der winzigen Brust in seiner Hand.
»Wo sind die Schrotkugeln?«
»Ich hab's in einer Falle gefangen.«
Devin zog die Augenbrauen hoch.
»Wie hast du es so zart bekommen?«
»Hab's in Buttermilch eingelegt.«
Devin fragte sich, wann sie die Zeit gehabt hatte, ein Kaninchen zu fangen, es zuzubereiten und anschließend in die Stadt zu gehen, die Buttermilch zu kaufen und das Fleisch einzulegen. Und er fragte sich, woher sie wusste, dass er Sorghum auf seinem Maisbrot liebte und dass er seinen Tee gern süß wie Sirup trank. Während Sessalee am Herd stand und die Bohnen umrührte, damit sie nicht anbrannten, betrachtete er sie genauer. Es war das erste Mal, dass er sie bei Tageslicht sah. Sie war wirklich klein und zierlich. Das Kleid rutschte ihr über die Schulter, und beim Gehen schlappte sie aus den Schuhen. Ihr dicker, schwarzer Zopf hing ihr wie ein Strick über den Rücken, und ihr Gesicht glänzte, als hätte sie es mit der Bürste geschrubbt. Sie sah aus wie ein kleines Mädchen in den Kleidern ihrer Mutter. Als sie neben ihm stand, um mit einem Löffel Kartoffelbrei auf seinen Teller zu häufen, roch er ihre Haut. Sie duftete nach Regenwasser.
»Gut, das Maisbrot«, sagte er.

Sessalee schnitt ein zweites Stück aus der Pfanne, hob es heraus, strich Butter darauf und legte es auf seinen Teller.

Als sie dicht neben ihm stand, versuchte Devin, einen Blick auf ihren Bauch zu erhaschen, aber das ausgeblichene Baumwollkleid fiel so locker, dass er nicht viel erkennen konnte. Und das gab ihm zu denken. Devin fragte sich, für wie viele andere Männer sie bereits Kaninchenbraten zubereitet und Maisbrot mit Butter bestrichen hatte. Und ob diese Männer besser als er gewesen waren, fragte er sich. In dem Moment blieb ihm beinahe das Essen im Hals stecken. Er schob den Stuhl vom Tisch zurück und packte seine Jacke. Während er durch das Haus und hinaus zur Tür stürmte, folgte Sessalee ihm wie ein Schatten. Auf der Veranda blieb sie stehen und lehnte sich an das Geländer, bis sie den Motor seines Wagens nicht mehr hören konnte. Sich die Arme reibend, kehrte sie langsam in die warme Küche zurück.

Dort trat sie an den Tisch und betrachtete Devins Teller. Ihre weißen Bohnen hatte er nicht angerührt. Sessalee war den ganzen Weg bis zum Haus ihrer Mutter gegangen, um den Bauchspeck zu holen, damit die Bohnen den richtigen Geschmack bekamen. Sie hatte die trockenen Bohnen auf dem Tisch aussortiert, sie die ganze Nacht über in Wasser eingeweicht und sie den ganzen Vormittag über köcheln lassen. Zwei Mal hatte sie Wasser nachgegossen, damit sie nicht einkochten.

Sessalee trug Devins Teller nach draußen und kippte ihr Hochzeitsmahl für den Hund in den Hof.

Es war schon fast dunkel, als Sessalee Devins Wagen in die Auffahrt einbiegen hörte. Auf der Ladefläche des Pick-ups war ein Fass aus der Brennerei festgezurrt. Das Holz war noch grün, und die metallenen Fassbänder glänzten. Devin ließ die Heckklappe herunter und sprang auf die Ladefläche.

Stöhnend kippte er das Fass auf die Seite, rollte es bis zum Rand und ließ es so vorsichtig wie möglich zu Boden gleiten. Dann sprang er herunter und rollte das Fass mit Sessalees Hilfe bis zur hinteren Veranda. Dort entfernte er das Abschlussstück des Fallrohrs und steckte es in das Fass.

»Um Regenwasser für deine Haare zu sammeln«, erklärte er und zuckte gleichgültig die Schultern, wie zur Bestätigung, dass diese Geste nichts zu bedeuten habe.

»Ist das Fass wirklich ganz neu?«, fragte Sessalee. Offensichtlich konnte sie kaum glauben, dass es so etwas tatsächlich gab.

Langsam strich sie mit der Hand über den Metallreifen, als wäre das Fass das Schönste, das sie je gesehen hatte. Dann hob sie den Blick und schaute Devin mit glänzenden Augen an, als hätte er etwas Großartiges vollbracht. Ihr Blick ging ihm durch und durch. Er verzehrte sich danach, weitere Dinge für sie zu tun – irgendetwas –, nur um erneut diesen Blick bei ihr hervorzurufen.

»Das erste Mal, dass ich was bekomme, das nicht schon ein anderer gehabt hat«, sagte sie.

Sie standen so dicht beieinander, dass Devin sein Kinn auf ihren Kopf hätte legen können. Sessalee wandte ihm das Gesicht zu. Es war so weich und willig. Er wusste, dass er sie küssen konnte, wenn er wollte. Er konnte sie küssen, bis es schmerzte. Sie hatte ihm noch nie etwas verweigert. Sein Mund war so nahe an ihrem, dass er ihn fast schmecken konnte. Und für eine Sekunde vergaß er, weshalb er zornig auf sie war.

Zorn ist eine Sucht, die genährt werden muss, um am Leben zu bleiben. Devin dachte an das Gefühl der kalten, harten Flinte unter seinem Kinn. Er überlegte, was alle in der Stadt hinter seinem Rücken über ihn redeten. Er dachte an die erste Nacht mit ihr, und wie leicht es gewesen war.

Doch als er auf Sessalee hinunterschaute, konnte er sich der Erinnerung an die Wärme und Feuchtigkeit ihrer Haut nicht erwehren. Es kostete ihn enorme Überwindung, sich von ihr loszureißen.
Als er in seinen Pick-up stieg, schaute er kurz zurück zu ihr. Das Kleid hing ihr über der Schulter, als könnte es der leichteste Windhauch davonwehen. Devin wartete, dass sie ihn anflehte, zu bleiben. Als sie es nicht tat, kam es ihm plötzlich dumm vor, dass er ging. Aber er hatte es sich geschworen, und er würde standhaft bleiben. Er griff unter den Fahrersitz, holte eine Flasche Whiskey hervor, zog den Korken heraus und genehmigte sich einen großen Schluck. Dann trat er das Gaspedal bis zum Anschlag durch und schlingerte im Zickzack über die Wiese.

Devin erwachte am nächsten Morgen, als die Tür zu seinem Pick-up aufgerissen wurde und er ins nasse Gras fiel. Stöhnend und ächzend hob er die Hand, um seine Augen vor der gleißenden Sonne zu schützen. Die Zähne taten ihm weh, und seine Zunge war so dick, dass sie nicht in seinen Mund passen wollte. Sogar das Blinzeln tat weh.
»Wenn ich es richtig verstehe, dann versuchst du, deiner frischgebackenen Frau dadurch zu imponieren, indem du nicht mit ihr schläfst.« Devin warf sich im Gras auf die Seite und schaute blinzelnd nach oben. Über ihm stand Bourne, und hinter ihm die Sonne, so dass es aussah, als sei sein Kopf von einem Heiligenschein aus Feuer umgeben. Devin stützte sich auf einem Ellbogen ab und versuchte, sich zu orientieren. Walking Horses grasten um seinen Pick-up, und das Haus, in dem er geboren worden war, erhob sich wie eine dreistöckige, mit weißen Säulen bewehrte Hochzeitstorte aus dem Morgennebel. Devin war sternhagelvoll gewesen, aber sein Wagen hatte den Weg nach Hause gefunden wie eine

Brieftaube. Als sein Blick auf den Colonel fiel, schloss Devin laut stöhnend die Augen.

»Noch zwei Meter«, meinte Bourne und trank einen Schluck von seinem Kaffee, »und wir würden jetzt deinen Kadaver aus dem Fluss ziehen.«

Devin rappelte sich auf Hände und Knie hoch und spähte über den Rand des Steilhangs zum Fluss hinunter, der tief unter ihm verlief. Bei dem Anblick wurde ihm schwindlig. Seine Schultern zuckten, und er würgte wie eine Katze, die versucht, ein Haarknäuel auszuspucken. Bourne und der Colonel traten gerade noch rechtzeitig einen Schritt zurück, um ihre Schuhe zu retten.

Als Devin nichts mehr in sich hatte, packten ihn Vater und Bruder je unter einem Arm und stellten ihn auf seine wackligen Beine.

»Ich hätte diesen Welpen ertränken sollen, als ich noch die Gelegenheit dazu hatte«, knurrte der Colonel, während sie seinen jüngsten Sohn in Richtung Haus schleppten.

Mit einem angeschmorten gesteppten Topflappen hob der Colonel die Kaffeemaschine vom Herd und goss einen Schuss kochend heißen Kaffee in seinen Morgenwhiskey. Der Kaffee köchelte jetzt seit halb fünf Uhr morgens vor sich hin und war zu einer dickflüssigen Masse eingedampft. Der Colonel liebte an seinem Kaffee dieselben Eigenschaften wie an seinen Frauen. Was hatte er von beiden, wenn sein Herz nicht schneller schlug?

Der Colonel konnte sich an keine Zeit erinnern, zu der die anderen nicht Führung von ihm erwartet hätten. Selbst sein Haar hatte sich bereits in jungen Jahren silbergrau verfärbt, als wollte es seiner Autorität mehr Nachdruck verleihen. Jetzt, mit beinahe fünfzig Jahren, war der Colonel komplett ergraut, doch sein Körper war noch so stark und kraftvoll wie der seiner Söhne. Und ebenso verhielt es sich mit seinem Lebenshunger.

Colonel Corbett Cavanagh war ein seltenes Exemplar, ein Macho, der die Frauen verehrte. Er liebte es, eine Frau dabei zu beobachten, wie sie einen Raum durchquerte, sich auf einen Stuhl setzte und sich vor dem Ankleidespiegel das Haar bürstete. Stundenlang konnte er die Nackenlinie einer Frau bewundern und sich am Duft ihrer Haut berauschen. Das tiefe, kehlige Lachen einer Frau entfachte ein Feuer in seiner Seele. Der Colonel liebte die Frauen. Leider hatte er nie eine gefunden, die er besonders mochte.

Der Colonel hatte zwei Mal geheiratet. Seine erste Frau, die Mutter seiner Söhne, war eines natürlichen Todes gestorben, seine zweite Frau infolge eines erhörten Gebets. Jeden Tag, an dem er vor Gott und der Welt an diese Schreckschraube gebunden war, schickte der Colonel ein Stoßgebet zum Himmel, dass er ihn von seinem Elend erlösen möge. Zugegeben, er war kein pflegeleichter Ehegatte. Doch jeder in Five Points wusste, dass die zweite Mrs. Cavanagh den Colonel unter Vorspiegelung falscher Tatsachen geheiratet hatte. Sie hatte reichlich Köder ausgelegt, um ihn zur Strecke zu bringen.

Jean Louise Carter stammte aus Birmingham und war die Witwe eines berüchtigten Prozessführers aus Alabama. Hätte dies nicht schon Warnung genug sein müssen, so war sie darüber hinaus noch die Tante von Crazy June Bug Wallace. Jean Louise war noch keinen Monat verwitwet, als sie bei einem Besuch in Five Points ein Auge auf den Colonel warf. Nachdem sie sich gründlich über seine Vermögenswerte informiert hatte, beschloss sie, ihren Aufenthalt zu verlängern.

Keine Frau schien jemals verliebter in einen Mann gewesen zu sein. Sie hing dem Colonel buchstäblich an den Lippen, zündete seine Zigarren für ihn an und kümmerte sich hingebungsvoller als ein Barkeeper darum, dass sein Glas stets gefüllt war. Jean Louise, die einen Spaziergang in einem Rosengarten einer Safari vorzog, ging plötzlich auf die Jagd und zum Fischen. Sie fiel vor Begeisterung fast in Ohnmacht, wenn der Colonel ihr in den Mantel half, und wenn er ihr die Hand küsste, fehlte es gerade noch, dass sie ihm die Füße leckte.

Der Colonel glaubte, die wahre Liebe gefunden zu haben. Seine Hunde wussten es besser.

Tiere spüren, was Menschen aufgrund ihrer Zivilisiertheit leicht übersehen. Ulysses, der Redbone-Jagdhund des Colonels und nach dem Griechen und nicht nach dem Yankee-General benannt, tat beinahe alles – außer Rauchsignale auszusenden –, um sein Herrchen zu warnen. Kam Jean Louise ins Zimmer, bellte er. Streckte sie die Hand, aus, um ihn zu streicheln, knurrte er, zog den Schwanz ein und lief davon. Als sie versuchte, ihn mit Rinderknochen zu bestechen, schlang er diese hastig, aber mit größter Zurückhaltung hinunter.

Jean Louise erwischte den Colonel zu einer Zeit, in der er äußerst verwundbar und unempfänglich für alle Warnungen war. Er hatte sich um sein Geschäft zu kümmern, ein Haus zu führen und musste zwei kleine Jungen allein großziehen. Darüber hinaus hatte er sich seit dem Tod seiner Frau jegliche Form weiblicher Zuneigung versagt. Ein Mann fängt zu halluzinieren an, wenn sein bestes Stück zu lange in Einzelhaft gefangen ist. Noch ehe der Colonel wusste, wie ihm geschah, hatte sein bestes Stück bereits um Jean Louises Hand angehalten.

Jean Louise ließ vom Startschuss weg ihre Maske fallen. In ihrer ersten Woche als zweite Mrs. Cavanagh ersetzte sie den morgendlichen Whiskey des Colonels durch eine Schüssel eingeweichter Pflaumen.

Von da an ging es bergab mit ihrer Ehe.
Der Colonel bekam seine neue Frau einfach nicht in den Griff. Sie wollte ihn nicht aus den Augen lassen, konnte aber seinen Anblick nicht ertragen. Sie beschwerte sich, wenn er spät nach Hause kam, bekam aber einen hysterischen Anfall, wenn er zu früh zu Hause war. Es gefiel ihr nicht, wie er sich kleidete, aber sie weigerte sich, ihn anzuschauen, wenn er nackt war. Er konnte ihr nichts recht machen, und von ihrer Seite kam nicht der geringste Versuch, ihm eine Freude zu bereiten. Im Gegenteil, dieser Zustand schien sie regelrecht aufblühen zu lassen. Der Colonel verstand nicht, wieso sie ihn überhaupt geheiratet hatte.
In Wirklichkeit steckt simple Biologie dahinter. Wenn ein Mann eine Frau erbeutet, die er nicht zu behalten gedenkt, setzt er sie wieder aus. Zieht hingegen eine Frau einen Mann an Land, der ihr nicht schmeckt, schleppt sie ihn zu sich nach Hause, haut ihm die Tatzen um die Ohren, bis er zu schwach ist, um sich zu wehren, und putzt sich für den Nächsten heraus, während sie darauf wartet, dass er stirbt.
Stück für Stück raubte Jean Louise dem Colonel jegliches Vergnügen. Sie erließ die Order, dass an Sonntagen und hohen christlichen Feiertagen nicht gejagt werden dürfe, eine Familientradition, seit der erste Cavanagh seine Zähne in ein Stück Fleisch geschlagen hatte. »Und im Haus wird nicht geraucht!«, befahl sie und trug den Humidor hinaus auf die Veranda. »Das ist nicht gut für die Jungen.« Der Colonel begriff jedoch nicht ganz, wie es den Jungen schaden sollte, wenn im Haus geraucht wurde, nachdem seine Gattin Bourne und Devin in den Hof verbannt hatte.
Als der Colonel Jean Louise dabei erwischte, wie sie seinen geliebten Ulysses mit einem Besen zur Tür hinausjagte, war das der berühmte Tropfen, der das Fass zum Überlaufen brachte.

»Ein Haus ist kein Ort für verlauste Köter!«, erklärte sie dem Colonel grimmig.
Er war voll und ganz ihrer Ansicht und stand kurz davor, der tollwütigen Hündin ihren Koffer in die Hand zu drücken, als das Telegramm eintraf. Der Colonel war aufgerufen, seinem Land zu dienen.
Europa befand sich im Krieg, und Amerika sollte es bald sein. Bourne war zu der Zeit vierzehn Jahre alt, und Devin vier. Der Colonel hasste den Gedanken, sie bei der Schreckschraube zurückzulassen, aber es war immer noch besser, als wenn sie allein geblieben wären. Seine Söhne würden das überleben, daran zweifelte er nicht. Doch was seine Hunde betraf, hatte er ernsthafte Bedenken. Ein Hund braucht Menschlichkeit, etwas, das die zweite Mrs. Cavanagh schmerzlich vermissen ließ.
Nach dieser Ehe erschienen dem Colonel donnernde Kanonen und explodierende Granaten geradezu als Ausdruck himmlischen Friedens. Sogar die Briefe seiner Frau waren ätzender als das gegen sie eingesetzte Giftgas. Seite um Seite füllte sie mit Klagen, welche Unannehmlichkeiten es ihr verursachen würde, würde er erschossen. Seine Finger warfen bereits Blasen, wenn er lediglich den Umschlag aufriss. Der einzige Grund, weshalb er ihr Genörgel überhaupt las, war der Wunsch, Neues über seine Söhne zu erfahren, über die sie aber nur wenig schrieb.
Der Colonel erlebte gerade, wie die deutschen Truppen die Alliierten bis an die Marne zurücktrieben, als sein Bursche ihm ein Telegramm aushändigte.

SIE IST TOT. STOP. AN PFLAUMENKERN ERSTICKT. STOP. HABE KERN IN BRONZE GIESSEN LASSEN. STOP. BOURNE.

Der Colonel gab eine Runde Zigarren aus.
»Aber, Colonel!«, rief sein Bursche schockiert. »Sie war Ihre Frau!«
»Mein Junge«, sagte der Colonel und schlug dem Jungen jovial auf den Rücken, »wenn eine räudige Hündin aus Angst beißt, versucht man, sie mit Milde zu besänftigen. Beißt sie aber aus Bosheit, muss man sie töten. Gott in seiner Güte hat mir gerade diese Mühe erspart.«
Von da an trug der Colonel den Bronzekern in seiner Tasche, um stets an das Elend des Ehestands erinnert zu werden. Er hatte mit zwei Frauen zusammengelebt. Der Verlust seiner ersten Frau hätte ihn fast umgebracht, und das Zusammenleben mit seiner zweiten Frau ebenfalls. Er würde niemals mehr heiraten.
Der Colonel nahm den Zigarrenstumpen, den er auf das Fensterbrett über der Küchenspüle gelegt hatte, öffnete die Tür des Holzherds, hielt ein Stück gefaltetes Zeitungspapier an die Flammen und zündete sich damit den Stumpen an. Ulysses lag neben dem Ofen und bewachte die Kiste mit den schlafenden Welpen, während deren Mutter ihren morgendlichen Lauf absolvierte. Paffend warf der Colonel die Fackel ins Feuer und streichelte dem Hund über den Kopf, während er die Ofentür verriegelte. Seine Haushälterin ließ ihm keine Ruhe damit, dass er sich endlich einen modernen Gasherd anschaffen solle, aber der Colonel blieb hart. Kein Mensch konnte ihn davon überzeugen, dass ein in einem modernen Gasherd gebackenes Milchbrötchen genauso gut schmeckte wie eines aus einem mit Hickoryholz befeuerten Backrohr. Darüber hinaus würde nur ein Narr Geld für Gas ausgeben, wenn fünfzehnhundert Morgen Wald voller Eichen und Hickorybäume sein Haus umgaben.
Man merkte dem Haus der Cavanaghs im Übrigen deutlich an, dass hier schon lange keine Frau mehr lebte. Schmutzige

Stiefel hatten Unmengen von Sand ins Haus getragen und die Eichenböden bis aufs blanke Holz abgerieben, und im Verputz der Wände bis hinauf zu den gelben Zimmerbalken aus Pappelholz hatte sich ein Geruch nach Whiskey, Tabakrauch und Sattelseife festgesetzt. Gewehrständer säumten die Halle, und an den Haken neben der Küchentür hingen Angelwesten. Die meiste Zeit über lag irgendein totes Tier auf dem Hackstock und wartete darauf, ausgenommen zu werden – Tauben, ein wilder Truthahn, auf eine Schnur aufgefädelte Barsche. Der Colonel und Bourne kamen selten mit leeren Händen nach Hause zurück. Ein feiner Filz aus Hundehaaren überzog die Teppiche, und die feine, rötliche Unterwolle der Tiere schwebte beim geringsten Lufthauch durchs Haus. Die Jagdhunde des Colonels hielten sich überall im Haus auf, wie es ihnen gerade passte, schliefen sogar auf dem geliebten Chippendale-Sofa seiner verstorbenen Frau oder rollten sich auf den ungemachten Betten zusammen. Das Haus war eine Junggesellenbude, und jeder Mann, der einen Fuß hineinsetzte, spürte, wie sein Testosteronspiegel anstieg.
Von Zeit zu Zeit versuchte die Haushälterin, dem Ganzen eine feminine Atmosphäre zu verleihen. Dann konnte es passieren, dass der Colonel seinen Arm auf einem nutzlosen, gehäkelten Zierdeckchen abstützte oder auf dem Küchentisch einen Käseauflauf entdeckte, bei dessen Anblick sein Magen streikte und er angewidert den Mund verzog. Des Colonels bevorzugte Kost bestand aus Fleisch und Kartoffeln, und er sah keinerlei Sinn darin, Dinge in einen Topf zu werfen, die nicht zusammenpassten. »Sieht ja aus wie halbverdaut und ausgespuckt«, knurrte er, ehe er den Inhalt der Auflaufform von der hinteren Veranda aus den Hühnern vor die Füße kippte. Kam nicht in Frage, dass seine Hunde diesen Fraß vorgesetzt bekamen.
Apropos Hunde. Der Colonel beugte sich über die Holzkiste

neben dem Ofen und steckte seine Hand in den Wurf dicker, roter Welpen. Einer scheute sofort zurück, einer drückte sich in die Ecke, und einer der jungen Hunde biss ihn aus lauter Bosheit in den Finger, dass es blutete. Diesen merkte sich der Colonel vorsorglich. Wieder ein anderer der Welpen tappte auf seine Hand zu, leckte sie ihm kläffend und tat alles, um seine Aufmerksamkeit zu erregen. Den schob der Colonel zur Seite.

Doch einer aus dem Wurf hielt sich die ganze Zeit über abseits und beobachtete nur. Diesem Welpen streckte der Colonel die Hand vor die Nase, und der junge Hund wich weder zurück noch leckte er ihm die Finger, sondern nahm lediglich seine Witterung auf. Langsam strich ihm der Colonel über den Kopf und den kleinen, stämmigen Körper. Dann legte er ihm einen Finger unter das Kinn, hob den kleinen Kopf und forschte in den hellen Augen nach der seltenen Qualität, die er am meisten an einem Hund schätzte. Die Art, wie ein Mann seine Hunde behandelt, sagt viel über ihn aus. Manche sperren einen jungen Hund so lange in den Zwinger, bis er bereit für die Jagd ist. Andere versuchen, ihm mit der Peitsche Unterwürfigkeit beizubringen. Wieder andere ziehen blinden Gehorsam der Intelligenz vor. Die Qualitäten, die der Colonel am meisten schätzte, waren Herz *und* Verstand. Vorsichtig hob er den Welpen aus der Kiste und steckte ihn in seine Jacke, direkt über seinem Herzen.

In der Hand den Kaffeebecher, die Zigarre im Mundwinkel, ging der Colonel nach draußen.

Dort ließ er sich auf einem Schaukelstuhl nieder und streichelte beruhigend den jungen Hund, ehe er sich zurücklehnte und seine Söhne betrachtete. Bourne hatte ein abgeknicktes Gewehr über dem Arm und inspizierte den Lauf. Devin lehnte am Geländer, einen Becher mit Kaffee in der Hand, und starrte ins Tal hinunter. Sie sahen beide wirklich verdammt gut aus, das musste sogar der Colonel zugeben. Devin schien ständig ein Hauch von Tragik zu umwehen, der die Frauen magisch anzog. Seine Mutter war gestorben, als sie ihn noch stillte. Die Haushälterin hatte ihn mit der Flasche großgezogen, aber Devins Mund schien seitdem unersättlich eine Sehnsucht nach der weiblichen Brust auszudrücken. Ganz gleich, wie alt die Frau war, ihr Blick wanderte stets zu seinen Lippen.

Bourne hingegen hatte so gar nichts Verletzliches an sich. Und wenn, dann hätte er es persönlich ausgemerzt. Bourne war so furchtlos wie Devin nachdenklich. Der Colonel hätte es zwar nie laut ausgesprochen, doch genau das machte aus den beiden ein perfektes Gespann. Sie ergänzten einander auf das Beste.

Sinnierend betrachtete der Colonel seine beiden Söhne, und in dem Moment kam ihm die ganze Fülle seines Lebens zu Bewusstsein.

»Wie Löwen nach dem Schlaf«, zitierte er mit tiefer Stimme, »unüberwindbar in Zahl. Schüttelt ab eure Ketten wie Tau, der auf euch gefallen ...«

Der Colonel deklamierte Shelley in dem eleganten, singenden Tonfall des Südens, dessen irische Wurzeln jedoch nicht zu überhören waren. Bourne und Devin drehten sich zu ihrem Vater um und betrachteten ihn irritiert, als sei er verrückt geworden. Dann tauschten sie einen kurzen Blick und wandten sich wieder ihren eigenen Gedanken zu. Seufzend drückte der Colonel dem jungen Hund einen Kuss auf den Kopf.

Es war nicht die Schuld seiner Söhne, dass in ihrem Leben Gedichte keine Rolle spielten. Doch der Colonel hatte den Krieg mitgemacht und überlebt. Sein Tanz mit dem Tod hatte ihn in einen Philosophen verwandelt. Und die Philosophie, an der er seitdem festhielt, war das Gesetz vom Überleben des Stärkeren. Bei seinen Söhnen hatte er folglich keinerlei

Schwäche zugelassen, und das hatte dazu geführt, dass sie weder die Neigung zu lyrischen Ergüssen oder philosophischen Debatten entwickelt noch die Zeit dafür hatten. Sie waren instinktgesteuerte Männer, auf pures Überleben programmiert. Der Colonel hatte alles dafür getan, dass seine Söhne für das neue Jahrhundert besser gerüstet waren als er, doch der Preis dafür war Einsamkeit. Er liebte seine Söhne. Er hätte für sie getötet und wäre für sie gestorben. Doch der Seele eines Vaters leisteten sie ungefähr so viel Gesellschaft wie die Schwielen an seiner Fußsohle.

Der Colonel sehnte sich nach intellektuellen Gesprächen, danach, den Tag im verbalen Schlagabtausch mit einem ebenbürtigen Partner zu verbringen. Er sehnte sich nach einem Menschen, der seinen Geist schärfte, während der Körper in seiner Kraft nachließ. Ein Mensch, der dem erlöschenden Feuer seines Lebens wieder Nahrung gegeben hätte. Und gegen Enkelkinder hätte er auch nichts einzuwenden gehabt.

»Er will Rechtsanwalt werden«, sagte Bourne in dem Moment und deutete mit dem Kopf auf seinen kleinen Bruder.

Devin verschluckte sich an seinem Kaffee.

»Was?«, polterte der Colonel.

»Du hast mich schon verstanden«, erwiderte Bourne und fuhr fort, den Lauf seines Remington-Gewehrs zu polieren.

»Woher weißt du das?«, fragte Devin spuckend und keuchend.

»Ich habe doch die vielen Gesetzesbücher bei dir zu Hause gesehen.« Bourne zuckte die Schultern. »Und Priester willst du sicher nicht werden, habe ich mir gedacht.«

Der Colonel presste so fest die Zähne aufeinander, dass er fast seine Zigarre durchgebissen hätte. Was hatte der Junge noch alles auf Lager, um ihn zu quälen? Das Einzige, was er sich jemals im Leben für seine Söhne gewünscht hatte, war, dass sie die Familientradition fortsetzten.

»Ich denke, er könnte das Talent dafür haben«, sagte Bourne.
»Er ist derjenige, der Anwalt werden will, verdammt noch mal!«, rief der Colonel. »Also soll er seine Sache auch *selbst* vertreten.«
Devin warf seinem großen Bruder einen verzweifelten Blick zu. Bourne zuckte nur die Schultern und gab ihm zu verstehen, dass er nun auf sich allein gestellt war.
»Eines Tages wird das Land wieder zur Besinnung kommen«, begann Devin und starrte auf seine Stiefelspitzen.
»Junge, schau mir in die Augen, wenn du mit mir sprichst!«
Devin hob den Kopf, und ein Blick aus klaren, blauen Augen traf seinen Vater.
»Die Politiker werden irgendwann zugeben müssen, dass es teurer kommt, den Alkohol zu verbieten, als ihn zu besteuern. Und wenn es so weit ist, werden wir eine Lizenz benötigen. Sie werden nicht jeden Alkohol herstellen lassen. Wir werden einen Anwalt brauchen, um uns gegen deren Anwälte durchzusetzen. Und ich glaube, dass ich der Richtige für diesen Job bin.«
Nachdenklich stieß der Colonel den Zigarrenrauch aus, während er dem Welpen über den Kopf streichelte.
»Ein Mann, der bereit ist, über beide Seiten einer Münze zu diskutieren, ist nur an der Münze interessiert«, sagte er, als bewegte er eine Figur auf einem Schachbrett.
»Der einzige Weg, einen Feind zu besiegen, ist der, ihn zu seinem Partner zu machen«, erwiderte Devin mit fester Stimme.
Der Colonel fixierte seinen Sohn so lange, dass Devin verunsichert zu Bourne hinüberschaute.
»Ich will deine frisch angetraute Frau kennenlernen«, erklärte der Colonel schließlich.
Bourne grinste. Er war sicher, dass Devins Herz in dem Moment einen Schlag ausgesetzt hatte.

Der Colonel nahm seinen Zigarrenstumpen aus dem Mund, betrachtete ihn und warf ihn über das Geländer der Veranda ins nasse Gras.
»Geh und hol mir eine neue Zigarre«, befahl er und scheuchte Devin mit einer Handbewegung wie eine Fliege von der Veranda.
Devin stieß sich vom Geländer ab und warf Bourne auf seinem Weg ins Haus einen bitterbösen Blick zu.
»Wann hattest du eigentlich vor, mir zu erzählen, dass er so etwas wie Rückgrat entwickelt hat?«, fragte der Colonel, als Devin außer Hörweite war.
»Ich dachte mir, dass du vielleicht selbst dahinterkommen wolltest«, entgegnete Bourne, während er mit dem Flanelltuch über den Lauf seines Gewehrs rieb.

Unruhig wie eine Katze von einem Bein auf das andere tretend, wartete Devin zusammen mit Sessalee vor der Tür zur Bibliothek des Colonels. Mehr als ein Mal musterte er seine Frau kritisch von oben bis unten. Sie spürte, dass ihm missfiel, was er sah. Sessalee spähte an sich herab. Das Kleid war sauber, nicht ein Knopf fehlte. Sie konnte sich nicht vorstellen, welches Problem Devin mit ihr hatte.
Als der Colonel endlich die Tür öffnete, dachte Sessalee, dass Devin kurz davorstand, aus der Haut zu fahren. Der Colonel trat zur Seite und deutete ihr mit einem Nicken an, einzutreten, doch als Devin versuchte, ihr zu folgen, knallte er ihm die Tür vor der Nase zu.
Der Colonel wies auf einen Stuhl. Sessalee setzte sich hin, den Rücken gerade, die kleinen Hände auf dem Schoß gefaltet. Sie war wirklich sehr klein und zierlich, sogar für eine LaRue, und ihre Miene war vollkommen ausdruckslos. Ihre Augen waren auf ihn gerichtet, aber der Colonel bezweifelte nicht, dass sie jeden Fluchtweg im Raum kannte.

Er schob seinen Stuhl so nahe an sie heran, dass ihre Knie sich fast berührten. Die meisten Frauen wären zurückgewichen. Sessalee blieb unbeeindruckt.
»Stört dich der Zigarrenrauch?«, fragte der Colonel und entfachte ein Streichholz.
Er fasste ihr Schweigen als ein »Nein« auf.
»Wie hast du meinen Sohn kennengelernt?«, fragte er und wärmte seine Zigarre in der Flamme an.
Selbstverständlich kannte er die Geschichte. Die ganze Stadt kannte sie. Devin hatte seine Braut auf einer Mauer aufgelesen.
»Ich hab ihn im Wald gesehen.«
Der Colonel warf ihr über die Flamme hinweg einen fragenden Blick zu.
»Im Wald?«
»Er hat gejagt.«
»Wo im Wald?«
»Unten in Steamer Holler.«
»Wann war das?«
»Im letzten Winter.«
Der Colonel schüttelte das Zündholz aus und warf es in den Kamin.
»Du hast Devin im Wald gesehen, aber er dich nicht.«
»Der Nebel war dick wie in einer Waschküche. Hat sich bewegt wie ein Vorhang, wenn man durchgegangen ist.«
Der Colonel lehnte sich auf seinem Stuhl zurück und trommelte mit den Fingern auf die Lehne.
»Und du bist Devin gefolgt.«
»Er hat sich ziemlich dumm angestellt«, sagte Sessalee. Als ob das neu für den Colonel gewesen wäre. »Er ist ein paar Mal ausgerutscht und hingefallen. Da hab ich mir gedacht, auf den musst du aufpassen. Ganz dicht wie Moos hab ich mich an einen Baum gedrückt und bin ihm dann den ganzen

Morgen nachgegangen. So nah war ich an ihm dran, dass ich die Hand hätte ausstrecken und ihn anfassen können. Er hat's nicht gemerkt.«

Nachdem sie die Frage beantwortet hatte, verstummte Sessalee.

»Was ist dann passiert?«, ermutigte sie der Colonel, mit der Geschichte fortzufahren.

»Er hat einen Bock entdeckt, einen Zehnender, stolz wie Oskar. Der Wind stand richtig. Der Bock stand einfach da, wie bestellt und nicht abgeholt. Ich hätte ihn ausweiden und häuten können, bis Devin endlich mal sein Gewehr im Anschlag hatte. Ein Blattschuss wäre das geworden. Er hatte den Bock direkt im Visier. Aber er hat nicht abgedrückt, sondern ist einfach dagestanden und hat lange vor sich hingestarrt. Dann hat er das Gewehr sinken lassen, als ob er es eigentlich gar nicht auf den Bock abgesehen hätte, sondern auf Gott weiß was.«

Sessalee schaute den Colonel an, um sich zu vergewissern, ob er sie verstand.

»Und dann hast du dich ihm an die Fersen geheftet.«

»Bis zum Haus von seinem Großvater. Durchs Küchenfenster hab ich zugesehen, wie er Kaffee gemacht hat. Er mag ihn wirklich stark. Dann hat er sich auf die Veranda gesetzt und gelesen. Gott, der ist vielleicht verrückt nach Büchern. Als er mit dem Pick-up weggefahren ist, bin ich ins Haus und hab mir seine Sachen angeschaut. Seine Kleider riechen wirklich gut. Ich hab sie wieder genau so zurückgelegt, wie ich sie gefunden hab.«

Sessalee hielt es nicht für nötig, sich zu rechtfertigen. So war das eben, dort, woher sie kam.

»Wie lange hast du ihn beobachtet?«

»Bis zum Frühjahr.«

Zu der Zeit – der Colonel zweifelte nicht daran – kannte Ses-

salee seinen Sohn bereits besser als Devin sich selbst. Jetzt gab es nur noch eines, das sie herausfinden musste, und zwar, ob Devin sie auf dieselbe Weise wollte wie sie ihn.
»Du wusstest, dass Devin an der Steinmauer vorbeifahren würde«, sagte der Colonel ruhig.
»So sicher wie das Amen in der Kirche«, erwiderte Sessalee.

Devin kauerte zusammengesunken auf einem Sessel draußen vor der Bibliothek und kaute an seinem Daumennagel, als der Colonel, mit Sessalee am Arm, herauskam.
»Pack deine Sachen zusammen«, befahl ihm der Colonel. »Du ziehst wieder hier ein.«
»Was?«, fragte Devin ungläubig.
»Solange du an der Universität Jura studierst, wirst du die Hälfte der Zeit fort sein. Meine Schwiegertochter hat allein da draußen im Wald nichts verloren.«
»O Mann!«, höhnte Devin. »Die kann da draußen im Wald besser auf sich aufpassen als ich!«
Devin hätte genauso gut den Mond anheulen können. Der Colonel war bereits unterwegs, um Sessalee ihr neues Heim zu zeigen, auch wenn der Colonel den Verdacht hatte, dass sie sich dort bereits besser auskannte als er.

18

LeRoy LaRue lehnte an seinem rostigen Pick-up und blinzelte in die Sonne, als Pearl Wilde bei LaRue's Landing von der Fähre stieg. Er hatte den Auftrag erhalten, sie abzuholen und in die Brennerei zu bringen. Man hatte ihn allerdings nicht angewiesen, ihr die Fahrt so angenehm wie möglich zu gestalten. Männer, die mit leeren Händen zur Welt kommen, müssen jede Gelegenheit beim Schopf ergreifen.

Eine Hand in die Hüfte gestemmt, stand Pearl da und taxierte LeRoy von Kopf bis Fuß. In der Zeit ihrer Abwesenheit waren aus Jungen Männer geworden, ihre weichen Lippen waren hart, und der Glanz in ihren Augen war stumpf.

»Bist du Sadie LaRues Junge?«, fragte sie.

LeRoy widersprach nicht, also wusste sie, dass er es war. Geständnisse gehörten nicht zum guten Umgangston bei den LaRues.

Für März war es überraschend kalt geworden. Der Wind, der vom Fluss herüberwehte, pfiff durch LeRoys löchriges Flanellhemd. An den Ellbogen war der Stoff zerschlissen, die Brusttaschen waren ausgerissen, und die ausgefransten Manschetten fielen über LeRoys aufgescheuerte Knöchel. Seine Hose rutschte über seine schmalen Hüften, und der dreckige Saum schleifte über den Boden. Doch was den LaRues an Körpergröße fehlte, machten sie mit ihrem Mut mehr als wett.

»Ich werde Ihnen die Augen verbinden müssen«, sagte er und griff nach dem Tuch in seiner Hosentasche.
Als er mit dem schmutzigen Halstuch auf sie zukam, löste Pearl den weißen Seidenschal von ihrem Hals und hielt ihm den Stoff entgegen. LeRoy nahm den Schal und verband damit ihre Augen.
»Normalerweise bin ich es, die einen Mann in Ketten legt«, sagte sie, als er das Tuch festknotete.
An LeRoy war ihre Ironie verschwendet. Er packte sie am Ellbogen und schob sie auf den Beifahrersitz seines Pick-ups. Nachdem er die Tür mit einem Stück Seil zugebunden hatte, kletterte er auf die Fahrerseite, betätigte den knarrenden Anlasserknopf und trat mehrmals auf das Gaspedal, bis der Gestank nach Abgasen das Wageninnere erfüllte. Dann legte LeRoy den Gang ein und fuhr los.
Eine Zeitlang kurvte er langsam im Kreis herum, damit Pearl sich nicht mehr orientieren konnte, ehe er von der Straße abbog.
Holpernd fuhr der Pick-up einen steilen Hang hinunter. Pearl wurde dabei heftig hin- und hergeschleudert und musste sich am Armaturenbrett festhalten. LeRoy schaltete einen Gang zurück und lenkte den Wagen in das strömende Wasser. Sogar mit verbundenen Augen wusste Pearl, wo sie sich befanden.
»Der Yellow Creek hat um diese Jahreszeit immer verdammt viel Wasser. Man kommt gerade noch durch«, meinte sie, aber in ihrer Stimme lag keine Angst.
Stattdessen hängte sie den Arm aus dem Fenster und ließ ihre Fingerspitzen von der Gischt benetzen. Die Kälte löste eine Erinnerung in ihr aus, und mit Macht kehrte die Vergangenheit zurück. Es war ein brütend heißer Sommertag gewesen. Sie und Kat waren beim Nacktbaden im Yellow Creek. Sie waren den Steilhang bis zu der Stelle hinaufgeklettert, wo

man ins Wasser springen konnte, aber Pearl hatte, wie immer, gezögert.
»Springst du jetzt?«, rief Kat. »Oder willst du hier Wurzeln schlagen?«
Dann rannte Kat lachend an die Kante und sprang in den Fluss, ohne einen Blick nach unten zu werfen.
»Komm rein!«, rief Kat zu ihr hinauf und deutete auf den Fluss. »Das Wasser ist herrlich!«
Aber Pearl brachte es nie über sich, zu springen. Sie hatte ihrer Mutter zu oft dabei zugesehen, wie sie sich Hals über Kopf in alles Mögliche gestürzt hatte. Pearl ging die Dinge lieber langsam an.
LeRoy sah, wie Pearls Gesicht bei der Erinnerung weich wurde. Ihre Wangen röteten sich, und sie zitterte. Aber gleichzeitig überkam sie dabei eine Ruhe, als hätte ihr Herz endlich seinen Rhythmus wiedergefunden. LeRoy spürte, dass Pearl Wilde – trotz ihrer eleganten Kleidung und ihres arroganten Auftretens – immer mehr nach Hause kam, je weiter sie sich von der Stadt entfernten.
Der Pick-up schob sich das morastige Ufer hinauf; Wasser floss in Bächen von der Ladefläche, bis die abgefahrenen Reifen endlich wieder griffen und sie auf die Straße zurückbrachten. Eine Zeitlang kurvten sie über holprige Waldwege, bis Pearl plötzlich spürte, dass der Wagen von der Straße abbog. Ihre Hand fasste an das Armaturenbrett, als der Pick-up mit einem Ruck zum Stehen kam. Sie hörte, wie LeRoy den stotternden Motor abwürgte. Dann war nichts mehr zu hören außer der Stille in den Wäldern. Pearls Herz fing heftig zu klopfen an, als sie bemerkte, dass LeRoy sein Hemd auszog. Mit der einen Hand griff sie nach ihrer Augenbinde, während die andere sich zur Faust ballte. Pearl rechnete damit, LeRoy gleich die Augen auszukratzen, als sie das Flanellhemd auf ihren Füßen spürte.

»Hier drin ist es kalt wie in einem Eiskeller«, sagte LeRoy, während er sein Hemd um ihre Füße wickelte.
Pearl wandte ihr Gesicht in Richtung Fenster. Freundlichkeit war das Einzige, womit sie nie rechnete.
LeRoy startete erneut den Motor, und sie fuhren weiter, bis ein säuerlicher Geruch in der Luft lag. Pearl wusste, dass sie ganz in der Nähe waren. Schwarzbrenner züchten Schweine, um den Geruch der vergorenen Maische zu überdecken. Und um die Anlage des Colonels zu tarnen, bedurfte es jeder Menge Säue. Es war Futterzeit, und Pearl konnte das Quieken hören.
»Den Schweinen geben sie die Maische zu fressen, und uns die Schweine«, erklärte LeRoy, als sie in den Hof einbogen. »Die Schweine haben bis zum Ende ein Grinsen im Gesicht.«
Nachdem er den Pick-up angehalten hatte, kam er auf die andere Seite, um Pearl die Tür zu öffnen. Er fasste sie am Arm, half ihr aus dem Wagen und nahm ihr die Binde ab. Pearl schirmte ihre Augen mit der Hand ab, bis sie sich an das Sonnenlicht gewöhnt hatte. Weißer Dampf stieg von der Brennerei auf und verbarg die Anlage des Colonels unter einer Wolke aus Nebel. Größe und technische Ausstattung der illegalen Brennerei verfehlten nie ihre Wirkung auf die seltenen Besucher. In der engen, kleinen Senke waren ein halbes Dutzend gepflegte, mit Zedernholz verkleidete Gebäude untergebracht, dazu eine kleine Sägemühle, in der das Holz für die Fässer zurechtgeschnitten wurde. Ein schmaler Bach trennte das Sägewerk von dem freien Platz, auf dem die Scheune mit der Holzkohlenfiltrieranlage stand. Ein Wasserrad produzierte Elektrizität. Pearl musste an ein kleines Dorf denken, durch das sie einmal in Deutschland gefahren war. Vielleicht war es aber auch Österreich gewesen.
Eine Gruppe schlaksiger Männer, die Arme vor der Brust

verschränkt, den Mund voller Kautabak, stand im Hof und starrte sie unverblümt an. Es kam nicht oft vor, dass eine Frau sich in die Brennerei verirrte, vor allem keine wie Pearl.

Pearl bückte sich, hob LeRoys Hemd vom Boden des Wagens auf und schüttelte es aus. Die Männer sahen ihr neugierig zu, wie sie es LeRoy LaRue hinhielt, als wäre er ein Gentleman. Eine anständige Frau würde sich nie mit einem LaRue abgeben, doch Pearls ruinierter Ruf hatte ihr eine enorme Freiheit beschert.

Würdevoll steckte LeRoy seine Arme in die ausgefransten Ärmel und hielt brav still, als Pearl die wenigen noch verbliebenen Knöpfe schloss. Mit neidischer Faszination sahen die Männer im Hof zu, wie eine Pearl Wilde im langen, weißen Pelzmantel und mit Perlenkette um den Hals einem LaRue ins Hemd half.

»So«, sagte sie, strich die Vorderseite des Flanellhemds glatt und klappte den zerschlissenen Kragen um.

Normalerweise hätten die Männer bei diesem Anblick ihrer Phantasie freien Lauf gelassen, doch unter den gegebenen Umständen hielten sie es für das Beste, sich gedanklich nicht allzu weit zu entfernen, aus Angst, sie könnten etwas verpassen. Liebend gern hätten sie den Rest des Tages als stumme Zuschauer verbracht. Doch einer von ihnen entdeckte Bourne Cavanagh am Fenster seines Büros und alarmierte durch lautes Räuspern seine Kollegen. Sie schoben die Hände in ihre Hosentaschen und kehrten langsam wieder an ihre Arbeit zurück. Bourne war der Letzte auf dieser Welt, mit dem sie sich anlegen wollten, und nicht nur deswegen, weil er ihnen ihren Lohn auszahlte.

Bournes Büro war im Grunde nicht viel mehr als eine roh zusammengezimmerte Hütte. Viel Papierkram musste Bourne darin auch nicht erledigen. Das Büro verfügte über ein Fenster, zwei Stühle und einen ovalen Schnurteppich, der eine darunterliegende Falltür verbarg. Die Tür führte in einen unterirdischen Tunnel, der, ungefähr siebzig Meter von der Brennerei entfernt, in der Nähe des Flusses endete. Devin erklärte Bourne für verrückt, als er den Tunnel hatte graben lassen.

»Wenn er nicht durch Zufall vom Himmel fällt, findet uns hier nie ein Zollbeamter«, hatte er gemeint.

Doch der Colonel hatte vollstes Verständnis. Bourne war ein Mal mit heruntergelassenen Hosen erwischt worden. Ein zweites Mal würde ihm das nicht passieren.

Pearl ließ sich Zeit, den Hof zu überqueren. Bourne war nicht der einzige Mann, der den Blick nicht von ihr abwenden konnte.

Langsam und gelassen stieg Pearl die wenigen Stufen zu Bournes Büro hinauf. Als sie vor seiner Tür stand, griff sie nach dem Knauf, zog aber sogleich die Hand wieder zurück. Sogar durch das Holz hindurch konnte sie Bournes Präsenz spüren, so real, als würde er sich an sie pressen. Und ihr Körper reagierte sofort – ihr Mund öffnete sich leicht, ihre Brustwarzen wurden steif, sie wurde feucht. Drei Jahre und zehntausend Meilen, und sie konnte noch immer nichts dagegen tun. Das machte sie fuchsteufelswild. Pearl schüttelte sich wie ein nasser Hund und zwang ihre Überlegungen, eine andere Richtung einzuschlagen. In Gedanken hatte sie diesen Moment so oft durchgespielt, dass die Szene sich wie eine hängengebliebene Schellackplatte ständig wiederholte – Bourne, wie er über seine nackte Schulter zu ihr zurückschaute und sagte: »Bitte, Schatz, gib mir nur noch eine Minute.« Mit versteinerter Miene drehte Pearl am Knauf.

Kaum war sie über die Türschwelle getreten, war Bourne bereits neben ihr. Mit einem Fuß stieß er die Tür ins Schloss, während er Pearl an die Wand drückte und sie mit einer Hand

am Hals packte. Sie spürte seinen hämmernden Herzschlag, und sein Mund war so nahe, dass sie den Whiskey in seinem heißen, stoßweise gehenden Atem riechen konnte.
»Wo bist du gewesen, Pearl?«, fragte er kalt.
»Mal hier, mal da.«
»Komisch, du hast vergessen, dich zu verabschieden.«
»Soweit ich mich erinnere«, sagte sie und schaute ihm fest in die Augen, »hast du dich für uns beide verabschiedet.«
Bourne ließ Pearl los und schlug mit der Hand gegen die Tür direkt neben ihrem Gesicht, dass es nur so krachte. Pearl zuckte mit keiner Wimper, aber die Männer, die draußen im Hof herumlungerten, machten einen Satz.
Keuchend wie ein Rennpferd, die Knöchel blutig geschlagen, stand Bourne jetzt dicht vor Pearl. Er war hin- und hergerissen zwischen dem Impuls, sie windelweich zu prügeln oder sie noch an Ort und Stelle zu nehmen. Aber in ihrer Beziehung hatte es stets alles oder nichts geheißen. Pearl lief immer auf Hochtouren. Bei ihr war keinerlei Vorspiel nötig. Bourne konnte austeilen, soviel er wollte, Pearl steckte alles weg. Eine Frau wie sie hatte er nie mehr gefunden, und Gott weiß, wie sehr er danach gesucht hatte. Bourne packte Pearl an ihrem Pelzmantel und drückte sie fest an die Wand. Pearl lächelte nur.
Schließlich schob Bourne das Kinn vor und kehrte zu seinem Schreibtisch zurück. Mit einem Ruck zog er den Stuhl heraus und überlegte kurz, ihn gegen die Wand zu schleudern, ehe er doch lieber seinen schweren Körper darauf fallen ließ. Pearl strich ihren Mantel glatt, brachte ihr Haar in Ordnung und ließ sich elegant auf dem Stuhl gegenüber von Bourne nieder. Dann zündete sie sich eine Zigarette an, schlug die Beine übereinander, lehnte sich zurück und starrte ihn an. Bourne hatte keine Ahnung, was sie dachte. Pearl hatte sich noch nie in die Karten schauen lassen. Nur wenn er mit ihr geschlafen

und sie ihn angefleht hatte, ja nicht aufzuhören, war er sicher gewesen, dass sie nicht bluffte.
Pearl holte einen Zettel aus ihrer Handtasche und schob ihn über den Schreibtisch.
»Für den Anfang werde ich das hier benötigen. Danach müsstest du uns wöchentlich beliefern.«
Bourne konnte sich nicht von ihren Augen losreißen. Langsam spürte er, wie die Hitze in ihm hochstieg. Pearl konnte einem Mann mit den Augen mehr einheizen als die meisten anderen Frauen mit ihrem ganzen Körper.
»Inwieweit kannst du mir entgegenkommen?«, fragte sie.
Bourne knallte die Faust auf den Schreibtisch. Eine Schachtel mit Gewehrmunition wurde hochgeschleudert und fiel wieder auf die Platte zurück.
»Bei zwanzig Prozent Rabatt zahle ich sofort bei Lieferung«, fuhr Pearl seelenruhig fort.
Wieder schlug Bourne mit der Faust auf die Schreibtischplatte, und die Patronen kullerten auf den Fußboden wie die Perlen einer zerrissenen Kette. Schließlich legte er seine große Hand auf Pearls Einkaufsliste und zog den Zettel zu sich heran.
»Fünfzehn«, erwiderte er mit Blick auf ihre Liste.
Pearl lächelte kaum merklich.
»Einverstanden, fünfzehn.«
Er wusste, dass sie auch mit zehn Prozent einverstanden gewesen wäre. Er wusste, dass er ihr zu weit entgegengekommen war. Doch er wusste auch, dass ihm das nicht mehr passieren würde.
»Ich kann dir drei Jahre alten Whiskey anbieten. Das kommt dich billiger«, sagte er und warf ihr über den Rand des Zettels hinweg einen Blick zu. »Den Unterschied wird keiner merken.«
»Die Herren, die bei mir verkehren, kennen den Unterschied.«

Die Muskeln an Bournes Kiefer spannten sich kaum merklich an. Außer Pearl hätte das kein Mensch auf der Welt bemerkt. Jeder Mann hat einen Tick – eine Geste, einen Blick –, mit dem er sich verrät. Entweder man weiß das als Frau oder nicht.

»Außerdem brauche ich zwanzig Flaschen französischen Champagner«, fügte Pearl hinzu.

»Französischen?«

»Wenn dir das nicht möglich ist –«

»Ich habe nicht gesagt, dass ich das nicht besorgen kann. Es wird nur etwas dauern.«

»Ich brauche die Lieferung bis zum nächsten Monatsersten.«

Bourne nickte nicht, schüttelte aber auch nicht den Kopf. »Wir liefern immer dienstags.«

»Besser am Montag. An dem Tag haben die Mädchen frei. Kümmert Devin sich noch immer um das Finanzielle?«

Bourne widersprach nicht, also wusste sie, dass es so war.

»Nun«, sagte Pearl und drückte ihre Zigarette in dem Aschenbecher auf dem Schreibtisch aus, »wenn wir hier fertig sind …«

Sie stand auf und wollte gerade gehen, als Bourne eine Schublade herauszog, eine Flasche herausnahm und sie mit Nachdruck auf den Schreibtisch stellte. Beim Anblick des Whiskeys hielt Pearl gerade mal für eine Sekunde die Luft an, ein kaum merklicher, verräterischer Lapsus, den außer Bourne kein Mensch auf der Welt bemerkt hätte.

»Du kennst die Regeln, Pearl«, sagte er und zog den Korken aus der Flasche. »Verkaufe nie einem Mann Whiskey, der ihn nicht trinken will.« Dabei füllte er zwei Gläser und schob eines über den Schreibtisch vor sie hin. »Oder einer Frau.«

Pearl starrte auf das Glas und überlegte, welche Möglichkeiten sie hatte. Keine, wie ihr klar war. Langsam ließ sie sich wieder auf dem Stuhl nieder.

»Auf das Vergnügen, Geschäfte zu machen«, sagte Bourne und stieß sein Glas gegen das ihre.
»Und auf das Geschäft mit dem Vergnügen«, erwiderte sie und zwang ihn, noch einen kurzen Moment auf seinen Drink zu verzichten.
Doch dann leerte Bourne sein Glas in einem einzigen Zug und knallte das leere Glas auf den Schreibtisch. Wartend lehnte er sich auf seinem Stuhl zurück.
Pearl hatte viele Vorzüge. Einer ihrer größten war der, dass es ihn kaum je etwas gekostet hatte, sie betrunken zu machen. Es reichte, wenn man ihr einen Korken unter die Nase hielt, und schon fing sie an, auf dem Tisch zu tanzen. So etwas gefiel Bourne an einer Frau.
Pearl hob das Glas und betrachtete es. Schließlich überwand sie sich, es an ihre Lippen zu führen, die Augen zu schließen und den Inhalt hinunterzukippen. Sie hielt die Luft beim Trinken an, stöhnte leise beim Schlucken und schüttelte sich heftig, als das flüssige Feuer sich seinen Weg ihre Kehle hinunterbrannte. Als es im Magen aufprallte, entwich Pearls offenem Mund ein rauchiger Seufzer, und ein abwesender Blick trat in ihre Augen.
»Hast dich aber mächtig herausgeputzt für einen Ausflug ins Tal«, meinte Bourne.
»Gefällt es dir nicht?«
Ehrlich gesagt, gefiel sie ihm barfuß und ungeschminkt am besten, im dünnen Baumwollkleid, das sie bis über die Knie hochgeschoben hatte, damit sie besser durch den Fluss waten konnte.
»Ich würde dich nicht von meiner Bettkante stoßen.«
»Treibst du es neuerdings im Bett?«, fragte Pearl trocken.
Bourne füllte erneut ihre Gläser.
Wieder stießen sie an, tranken dieses Mal aber gleichzeitig aus, und Pearl schloss die Augen und schluckte langsam und

genüsslich die bernsteinfarbene Flüssigkeit hinunter. Nur wenn Pearl die Augen geschlossen hatte, kam ein Mann in den Genuss, sie in Ruhe betrachten zu können. Bourne ergriff die Gelegenheit und ließ seinen Blick mal hier, mal dort auf ihr verweilen. Die Zeit hatte es gut mit ihr gemeint, aber Bourne hatte Alkohol und Frauen schon immer in einem reiferen Zustand bevorzugt.

Für einen Mann ist es wichtig, dass der Blick einer Frau nach ihrem zweiten Glas Whiskey als Erstes auf ihn fällt. An diesem Punkt fängt sogar ein Esel an, gut auszusehen. Langsam öffnete Pearl die Augen und blickte in die von Bourne. Ein glasiger Ausdruck trat auf ihr Gesicht.

»Bourne Cavanagh«, hauchte sie und beugte sich über den Schreibtisch, »du bist noch immer so hinterhältig wie eine Schlange.«

»Soweit ich mich entsinne, war es genau das, was du an einem Mann zu schätzen wusstest.«

Pearl leckte mit der Zunge über ihre Lippen wie eine Katze, die Milch aus einem Schälchen schleckt, während Bourne ein drittes Mal ihre Gläser füllte. Pearl ließ sich in betrunkenem Zustand nie zu etwas hinreißen, das sie nicht auch nüchtern getan hätte. Sie machte es nur besser. War sie einmal in Fahrt, wusste man nie, welche Richtung sie einschlagen würde. Die Kunst war es, den genauen Punkt abzupassen, an dem man sie unterbrechen musste.

»Das ist das letzte Glas«, sagte Pearl mit schwerer Zunge.

»Sicher?«, fragte er ruhig.

Er beobachtete über sein Glas hinweg, wie sie den Drink leerte.

»Du musst doch zugeben«, sagte er, »dass wir beide eine schöne Zeit miteinander hatten.«

Pearl stimmte ihm nicht zu, aber sie widersprach auch nicht.

Bourne heftete seinen Blick auf sie, und Pearl verharrte reglos. In ihrem früheren Leben hätte dieser Blick sie vollkommen entwaffnet. Doch zu ihrer Überraschung konnte sie ihm mit gleicher Münze zurückgeben. Langsam kräuselten sich Bournes Mundwinkel, und seine Augen funkelten.

»Du hast dich verändert«, sagte er mit heiserer Stimme.

Pearl warf ihm einen Blick zu, der daran keinen Zweifel ließ. Sie hatte sich in der Tat verändert, und das auf eine Art, von der er nur träumen konnte. Bourne wurde heiß bei der Vorstellung. Pearl erhob sich mühsam und schwankte auf ihren hohen Absätzen unsicher durch den Raum wie ein schlaksiges Fohlen, das laufen lernt.

»Du musst nicht extra aufstehen«, sagte sie auf ihrem Weg zur Tür hinaus.

In dem Moment hätte Bourne auch nicht gekonnt, selbst wenn er gewollt hätte.

Pearl streifte gerade ihre Handschuhe über, als jemand ihren Namen sagte.

»Hallo, Colonel«, meinte sie, ohne aufzusehen.

Der Colonel lehnte am Geländer der Veranda, die Bournes Büro umgab, und setzte gerade den Zigarrenschneider an. Dann steckte er sich die Zigarre zwischen die Lippen und suchte in seiner Tasche nach einem Streichholz. Pearl hatte bereits ihr silbernes Feuerzeug aufgeklappt. Schützend legte der Colonel seine Hand über die ihre, während er die Zigarre in die Flamme hielt. Da er dabei konzentriert nach unten schaute, hatte Pearl Gelegenheit, ihn genauer zu betrachten. Bevor sie Five Points verlassen hatte, hatte sie nicht gewusst, wie selten Männer wie der Colonel waren. Er war der Größte. Ihm konnte keiner das Wasser reichen. Als die Zigarre brannte, nahm Pearl sie ihm aus dem Mund, zog daran und schob sie wieder dorthin zurück, woher sie sie hatte.

»Sagen Sie, Colonel«, sagte sie und stieß den Rauch aus, »warum sind wir eigentlich nie zusammengekommen? Warum nicht Sie statt dieser Mistkerl von Ihrem Sohn?«

Der Colonel brach in schallendes Gelächter aus, und dreißig Jahre fielen von ihm ab. Pearl konnte den Colonel noch immer um den Finger wickeln, aber er wusste, dass er manipuliert wurde. Das war eine große Erleichterung für Pearl, da sie nicht damit aufhören konnte, auch wenn sie es gewollt hätte.

Der Colonel reichte ihr den Arm, und sie ergriff ihn. Dann traten sie von der Veranda und überquerten den Hof der Brennerei, als machten sie einen Sonntagsspaziergang.

Kein Hafen kann es mit dem Arm eines starken Mannes aufnehmen. Pearl drückte sich an den Arm des Colonels und atmete den Geruch nach dunklem Tabak, Wolle und Rasierseife ein.

»Was macht eigentlich deine Mutter zurzeit?«, erkundigte der Colonel sich.

Er spürte, wie Pearls Körper sich bei der Erwähnung von Lorna kaum merklich versteifte. Es sagt eine Menge über eine Familie aus, wenn der Name ihrer Mutter eine Tochter in Verlegenheit bringt, die kurz davorsteht, ein Bordell zu eröffnen.

»Wir haben schon eine Weile nichts mehr von ihr gehört«, erwiderte Pearl. »Aber wo immer Mama auch stecken mag, Sie können sicher sein, dass sie irgendwas im Schilde führt.«

Bei dieser Vorstellung musste der Colonel schmunzeln. Seit Lorna Wilde mit dem Verlobten von Annabelle Boyd durchgebrannt war, war es ziemlich öde in Five Points.

Der Wind drehte sich, und der Gestank von gärender Maische wehte zu ihnen herüber. Pearl vergrub ihr Gesicht im Ärmel des Colonels, aber der Colonel drehte sich um und atmete tief ein.

»Man nennt die Vergärung auch ›die noble Verwesung‹«, erklärte er ihr.
»Halbverweste Adlige hatte ich zuhauf«, konterte Pearl mit einem boshaften Funkeln in den Augen.
»Daran zweifle ich nicht«, antwortete der Colonel lachend und drückte herzlich ihren Arm. Es gab nur wenig, das er mehr genoss als ein freches Weib.
Als sie über den Hof schlenderten, der Colonel mit stolz gereckter Brust, ruhten die Blicke aller auf ihnen. So hatten sie ihn noch nie gesehen.
»Ich nehme an, Sie haben von meiner kleinen Geschäftsidee gehört«, sagte Pearl nach einer Weile.
Der Colonel sah ihr forschend ins Gesicht. Ihre Augen waren hart, aber ihre Wangen brannten wie die eines schuldbewussten Kindes. Selbstverständlich hatte er davon gehört. Und er wusste genau, was sie im Schilde führte. Bourne hatte sie verletzt. Jetzt wollte Pearl es ihm heimzahlen. Sie waren wie zwei Kinder, die austesten wollten, wer von beiden dem anderen am härtesten auf die Zehen treten konnte.
»Du hättest bleiben und um ihn kämpfen sollen«, sagte der Colonel streng.
»Er hätte mich suchen sollen.«
»Ach, Pearl, du weißt genau, dass er das nie getan hätte.«
Pearl schlug die Augen nieder. Drei Jahre hatte sie nichts anderes getan, als sich permanent umzudrehen und über die Schulter zu schauen.
»Pearl, du solltest dir eine Frage stellen. Willst du Genugtuung, oder willst du bekommen, was du dir wirklich wünschst?« Er sah Pearl an, wie sehr sie mit sich zu kämpfen hatte, aber sie war nicht der Typ, der einen Rückzieher machte. Ein Mensch mit Herz *und* Verstand hatte manchmal das Problem, dass er nicht wusste, welcher Eigenschaft er bei welcher Gelegenheit den Vorzug geben sollte.

»Wenn Sie ein gutes Wort für meinen Club einlegen könnten, hätte das großes Gewicht«, sagte Pearl und wechselte das Thema. »Die Männer, die Sie nicht kennen, sind eine Bekanntschaft nicht wert.«

Der Colonel stieß einen langen, tiefen Seufzer aus. Manchmal musste man einfach zulassen, dass ein Hund den falschen Baum anbellte.

»Du kannst dich auf mich verlassen.«

LeRoy wartete im Wagen, der Motor lief. Pearl holte ihren Seidenschal aus der Tasche und reichte ihn dem Colonel. Er wollte ihr gerade damit die Augen verbinden, als er bemerkte, dass Pearl einen raschen Blick über die Schulter zurückwarf. Als sie sich wieder umdrehte, konnte sie dem Colonel nicht in die Augen schauen.

Nachdem er das Tuch verknotet hatte, half er ihr auf den Beifahrersitz und schloss die Tür. Pearl wandte dem Colonel das Gesicht zu. Er berührte ihre Wange mit dem Handrücken, und sie schmiegte ihr Gesicht an seine Hand.

»Weißt du genau, was du da tust, Pearl?«, fragte er sanft.

»Colonel, ich weiß immer, was ich gerade tue. Nur bei dem, was mal war, bin ich mir nicht so sicher.«

Der Colonel warf den Kopf in den Nacken und lachte.

»Schau niemals zurück, Mädchen!«, rief er und schlug als Zeichen für LeRoy, dass er losfahren sollte, auf die Stoßstange. »Schau niemals zurück!«

Jeden Abend drehte Bourne eine komplette Runde durch die Brennerei. Die Männer an den verschiedenen Arbeitsstationen sahen ihm schweigend dabei zu, wie er dieses tägliche Ritual vollzog und dabei jeden einzelnen Schritt der Whiskeyherstellung quasi wie die Perlen eines Rosenkranzes meditierend durch seine Finger gleiten ließ.

In dem Holzschuppen, in dem die Fässer vorbereitet wurden,

umrundete er ein fertiges Fass aus weißer Eiche und strich mit der Hand über den geschwungenen Metallreifen. Dann nahm er ein Maßband von der Wand und vermaß Tiefe und Durchmesser des Fasses. Alle Fässer mussten die gleichen Maße haben, um sich stabil stapeln zu lassen.

»Der Bestand kommt mir ein wenig gering vor«, sagte Bourne und sah sich im Schuppen um.

»Die Woche hatten wir einen Mann weniger«, antwortete der Böttcher.

»Wer hat gefehlt?«

»Billy Lyle. Er musste seinem Vater helfen, die Kälber zum Markt zu bringen.«

Bournes Blick wanderte über die Fässer, die darauf warteten, ausgebrannt zu werden. Der Böttcher sah ihm an, dass er im Kopf die Zahlen überschlug.

»Bis Mittwoch werden wir den Rückstand wieder aufgeholt haben«, versicherte ihm der Fassmacher.

Bourne nickte, und der Böttcher verspürte die beruhigende Befriedigung, dass seine Arbeit und seine Worte von dem Mann respektiert wurden, dem er ebenfalls Respekt entgegenbrachte.

In der Scheune mit der Filtrieranlage hob Bourne einen Scheit Holzkohle auf und fuhr damit über die Bretterwand, um den Grad der Verkohlung festzustellen. In der Mühle stellte er sich breitbeinig und mit verschränkten Armen hin und sah mit ernster Miene zu, wie das Getreide durch den Trichter in das Mahlwerk rieselte. Dann fuhr er mit den Fingern durch den Berg aus feingemahlenem Mais, nahm eine Handvoll Mehl und zerrieb es zwischen den Handflächen.

»Haben wir Schimmel im Mais?«, fragte er und roch an dem Mehl in seiner Hand.

Der Müller schüttelte den Kopf. »Nein, Sir, Mr. Bourne. Eine bessere Qualität gibt es nicht.«

An dem offenen Bottich mit der Maische vergewisserte Bourne sich anhand des Thermometers, ob die Temperatur auch wirklich konstant bei neunundneunzig Grad Celsius lag. »Habt ihr das Thermometer in der letzten Zeit überprüft?«
Der Gärmeister wusste, dass dies keine Frage war. Er holte sofort ein neues Thermometer aus der Schachtel und steckte es in die Maische. Die beiden Thermometer zeigten auf den Grad genau dieselbe Temperatur an.
»Gut«, sagte Bourne und klopfte dem Mann auf die Schulter. »Wir haben einen Ruf zu verteidigen. Wir dürfen uns keine Fehler leisten, sondern müssen von vornherein alle ausschließen.«
Dann folgte Bourne dem Weg des Alkohols weiter vom Gärbottich, der dem Sauermaische-Whiskey aus Tennessee seinen Namen verlieh, bis zum Destillierhaus. Während Bourne beobachtete, wie der Alkohol langsam aus dem Destillierapparat tropfte, beobachtete der Brennmeister ihn. Er hatte Bourne bereits als kleinen Jungen mit aufgeschlagenen Knien gekannt und hatte sich damit gebrüstet, dass er es von Anfang an in dem Jungen gesehen habe. »Ich wusste, dass er in die Fußstapfen des Colonels treten wird«, hatte er gesagt. »Ich wusste, der ist es.« Es kann durchaus beunruhigend sein, für den Sohn des Inhabers zu arbeiten. Nur weil ein Mann ein Geschäft erbt, heißt das noch lange nicht, dass er auch das Zeug dazu hat, es zu führen. Doch mit Ausnahme derer, die sich gern mit Sorgen quälen, konnten die Männer beruhigt schlafen, in dem Wissen, dass Bourne ein wachsames Auge auf die Brennerei und auf ihr Auskommen hatte.
Hatte der Alkohol den Destillierapparat passiert, musste er langsam, Tropfen für Tropfen, über einen drei Meter dicken Stapel aus verkohltem Zuckerahorn laufen. Dieser Schritt, das sogenannte Holzkohlefilterverfahren, unterschied einen Tennessee-Whiskey von einem Bourbon aus Kentucky, auch

wenn die jeweiligen Anhänger der beiden Lager beschwören werden, dass sie noch nie viel gemeinsam hatten. Bourne tauchte ein Weckglas in den Feinbrand, hielt es gegen das Licht und überprüfte Reinheit und Farbe, ehe er daran roch und einen kleinen Schluck davon trank.
»Halten Sie ein Fass von dieser Partie für mich in Reserve«, sagte er.
»Jawohl, Sir, Mr. Bourne.«

Nachdem der Alkohol den Holzkohlefilter durchlaufen hatte, wurde er in die ausgebrannten Eichenfässer abgefüllt und eingelagert. Die Scheune, in der der Whiskey vor sich hinreifte, lag ungefähr zwei Meilen von der Brennerei entfernt. Wer den Weg nicht genau kannte, hätte nie dorthin gefunden. Bourne ließ sich Zeit für die Pilgerfahrt. Es gibt die unterschiedlichsten Wälder, heilige Stätten inmitten der sanften Hügel, wo man nur selten einen Menschen zu Gesicht bekommt, wo keine Vögel singen und keine Insekten herumfliegen. Dunkel wie in einem Schoß ist es dort, und man bezweifelt die Existenz der Sonne, und die Stille ist so tief, dass man Gottes Flüstern zu hören glaubt. Schweigend marschierte Bourne dahin, der modrige Waldboden dämpfte seine Schritte.
Die meisten Männer, sogar seine Feinde, behandelten Bourne mit Respekt. Es gab nur wenige, die ihm ebenbürtig waren. Wenn der Colonel starb, gab es keinen mehr. Den Allmächtigen fürchtete Bourne weder, noch verehrte er ihn. Doch von Zeit zu Zeit fand er stillen Trost in seiner Gegenwart. Er vermutete, dass dieses Gefühl auf Gegenseitigkeit beruhte.
So mancher Mann war an der im Wald versteckten, verwitterten grauen Scheune einfach vorbeigegangen, ohne sie zu bemerken. Im Näherkommen schnitt Bourne einen zarten Ast von einem Sassafrasbaum und schwenkte ihn über seinem

Kopf. Sofort trat ein LaRue, dem die Hose bis auf die Hüften gerutscht war, hinter einem Baum hervor, ein Gewehr über der Schulter. Bourne war sich nicht sicher, welcher Vetter es war. Selbst wenn man direkt vor ihnen stand, konnte man sie nicht auseinanderhalten, geschweige denn aus der Ferne.

Der Colonel glaubte fest an das Prinzip der Risikominimierung, weshalb er nicht alle Fässer in einer Scheune aufbewahrte. Bis auf einen Cavanagh und den LaRue, der sie bewachte, kannte kein Mensch die genaue Lage aller Lagerhäuser. Die LaRues redeten nicht miteinander, und mit Fremden schon gar nicht. Bourne blinzelte, und der Vetter und sein Gewehr waren verschwunden. Bourne blinzelte erneut, und Mann und Waffe waren wieder da, hatten sich überhaupt nicht bewegt. Manche dachten, dass dies an ihrer Farbe lag, an dem dunklen Braun mit dem Ton welker Blätter, andere wiederum waren überzeugt, dass ein LaRue sich durch reine Willenskraft unsichtbar machen konnte. So oder so hatte Bourne nur Mitleid für denjenigen übrig, der versuchte, an ihnen vorbeizukommen.

Im Inneren der Scheune war es kühl und dunkel, und es roch nach gestampfter Erde, ausgebrannten Whiskeyfässern und saurer Maische. Durch die Ritzen und Astlöcher in den Brettern fiel das Licht wie feines Lametta und verwandelte gewöhnlichen Staub in funkelndes Gold. Ruhe überkam Bourne, als er durch die langen, dunklen Reihen voller Fässer schritt, die sich vom Boden bis zu den Dachsparren erhoben und sich so weit erstreckten, wie das Auge reichte. Jeder Mann hat seine Kathedrale, und für jeden Mann kommt eines Tages die Stunde der Wahrheit. Bei Bourne war es der Whiskey, der ringsum in Ruhe heranreifte und ihn auf die eine oder andere Weise eines Tages richten würde.

Bourne setzte sich auf ein Fass und zog sein Messer aus der Tasche. Ein Mann von geringem Verstand hätte angesichts des schlanken Messers mit dem Perlmuttgriff nur höhnisch gelacht. Natürlich nicht sehr lange. Bourne hatte die Kraft, einen Mann am Hemd zu packen und ihn mühelos vom Boden hochzuheben. Wenn seine blauen Augen sich bei diesen seltenen Gelegenheiten grau verdüsterten, konnten ihn sogar drei ausgewachsene Männer nicht mehr bändigen. Nur ein Mann wie Bourne konnte es sich leisten, mit einem so zarten, perlmuttbesetzten Messer herumzulaufen, wie er es gerade in der Hand hielt.

Erst schnitt er die Blätter von dem Sassafraszweig, ehe er die papierdünne Rinde in mehreren, gleichmäßig breiten Streifen abzog. Der Zweig war so jung und zart, dass er ihn mit dem Daumennagel hätte schälen können, aber so gehörte sich das nicht. Manchmal liegt einem Mann mehr an der Herstellung als an der Ware selbst.

Ein Außenstehender wäre überrascht gewesen, Bourne hier in der Scheune sitzen zu sehen, wie er geduldig einen Zahnstocher aus Sassafrasholz schnitzte. Und noch mehr hätte es ihn überrascht, hätte er über dessen abendliches Ritual Bescheid gewusst. Keiner würde es glauben, dass Bourne Cavanagh die Fähigkeit zur Hingabe besaß. Ganz sicher war er bisher keiner anderen Sache in seinem Leben treu geblieben. Pearl Wilde konnte ein Lied davon singen. Doch es gibt Männer, die gehen zur Arbeit, und es gibt andere, die sind ihre Arbeit. Wie zuvor seinem Großvater und seinem Vater lag auch Bourne die Kunst der Whiskeyherstellung im Blut. Er liebte die Brennerei, und er scherte sich einen Dreck darum, wie andere das sahen.

Es ist die Zeit, die einen schwarzgebrannten Branntwein von einem Whiskey unterscheidet. Schwarzgebrannter Alkohol tropft kristallklar aus dem Destillierapparat direkt in den Krug. Whiskey muss reifen und altern. Je älter er ist, desto wertvoller wird er. Die Begegnung mit beiden Sorten

Alkohol lässt einen Mann in die Knie gehen, aber die Erfahrung mit Whiskey ist wesentlich spiritueller. Welche Sorte ein Mann bevorzugt, sagt mehr über ihn aus als über die Spirituose.

Jedes Fass Whiskey ist einzigartig. Keine zwei Fässer sind exakt gleich. Das Getreide kann vom selben Feld, der Zucker aus derselben Tüte, die Ahornscheite für die Holzkohle vom selben Baum stammen. Und dennoch werden sich die einzelnen Partien immer in gewissen Nuancen voneinander unterscheiden: in der Tiefe der Farbe, im Grad der Weichheit, in der Stärke, mit der der Rauchgeschmack von dem ausgebrannten Fass aufgenommen wurde.

Als Bourne Pearl Wilde das erste Mal gesehen hatte, war sie ihm zu Kopf gestiegen wie schwarzgebrannter Schnaps. Nachdem sie weg war, konsumierte er Frauen so beiläufig, als würde er sich an der Bar einen hinter die Binde kippen. Er erwachte öfter in fremden Betten als in seinem eigenen und dachte dabei nur an den nächsten warmen Körper, den er auf die Matratze pressen würde. Doch keine von diesen Frauen stillte seinen Durst. Die meisten Frauen hinterlassen in einem Mann keine Spuren. Bourne verstand nie, was an Pearl anders war. Er versuchte es auch nie. Er ließ sich einfach von ihr berauschen.

Während er mit dem Messer über das weiche, weiße Holz glitt, neigte Bourne den Kopf und lauschte. Ein Fass »atmet«, während der Whiskey heranreift; im Sommer dehnt es sich aus, im Winter zieht es sich zusammen, so dass der Whiskey gezwungen ist, diesem Rhythmus zu folgen und dadurch Farbe und Geschmack aus dem Holz aufzunehmen. Bis zu dreißig Prozent Alkoholgehalt verdunsten, bis der Whiskey reif für die Flasche ist. Der »Schluck für die Engel« wird das von den Whiskeybrennern genannt. Es ist nur ein kleines Opfer für den geistigen Gehalt, der verbleibt.

Eine Frau ist einem Whiskey nicht unähnlich. Enttäuschung und Kummer lassen sie im Lauf der Zeit an Esprit verlieren. Man kann nie vorhersagen, ob die Engel das Beste oder das Schlechteste von ihr bekommen. Erst im Lauf der Zeit wird sich erweisen, ob eine Frau im Alter bitter und mutlos wird oder zu perfekter Reife gelangt.

In gewissen Augenblicken des Lebens erstarrt die Zeit zu Momentaufnahmen alles Guten und Schlechten. Träume und Wünsche verblassen. Am Ende wird ein Leben von einer Handvoll Erinnerungen bestimmt, die im Gedächtnis haften bleiben.

Als der Colonel ihn das erste Mal in diese Scheune mitgenommen hatte, hatte Bourne ihm gerade bis zum Knie gereicht und große Augen gemacht. Der Colonel drückte sein kleines Ohr an ein Fass und flüsterte: »Hör genau hin, mein Sohn, und du wirst die Engel seufzen hören.«

Pearl seufzte jedes Mal, wenn er ihr Vergnügen bereitete. Ihr Körper wölbte sich unter dem seinen, sie warf den Kopf zurück, ihr Atem strömte aus ihr heraus wie das Leben selbst.

Bourne wischte die Messerklinge an seinem Hosenbein ab und dachte daran, wie Pearl ihm gegenüber am Schreibtisch gesessen hatte, ganz in Weiß und Gold, zum Verkauf für den Meistbietenden. Pearl war immer etwas Besonderes gewesen. Jetzt hatte sie eine Tiefe und eine Intensität erreicht, einen dunklen, rauchigen Geschmack, von dem er noch nicht gekostet hatte. In Pearls Augen lag ein Geheimnis. Das erregte ihn und machte ihn neugierig.

Bourne hielt das Perlmuttmesser in die Höhe und drehte die Klinge so ins Licht, dass er die Gravur lesen konnte: FÜR BOURNE. AUF EWIG, PEARL. Er strich mit dem Finger über die Worte, klappte vorsichtig das Messer zusammen und schob es in seine Tasche zurück.

Was brachte ihn nur auf die Idee, er könnte Pearl für sich in der Reserve halten?
Den Sassafraszahnstocher im Mund, verharrte Bourne einen Moment und blickte zurück auf die langen Reihen aus Fässern. Die Sonne verschwand, und mit ihr das Licht. Schatten fielen über die Stapel wie Augen, die sich im Schlaf schlossen. Bourne schaute auf das Fass hinunter, auf dem er gesessen hatte, ein achtjähriger Reserve-Whiskey, den er vom ersten Tag an wie seinen Augapfel gehütet hatte. Er ging in die Knie und fuhr sacht mit der Hand über das Holz. Dann schloss er die Augen, drückte sein Ohr an die bauchige Rundung und lauschte dem Seufzen der Engel.

19

Devin brachte Sessalee an einem Donnerstag in das große Haus. Sie richtete sich in der Küche ein und begann umgehend mit ihrer Arbeit. Da sie in einem Haus voller Brüder aufgewachsen war, wusste sie alles darüber, wie man Männer verhätschelt und verpflegt. Am Sonntagabend hatte sie Bourne und den Colonel so weit, dass sie ihr aus der Hand fraßen, respektive alles aufaßen, was auf den Tisch kam.
Bournes Stiefel standen auf Hochglanz poliert neben seiner Schlafzimmertür bereit. Der Colonel bekam seinen Kaffee nicht nur zubereitet, sondern auch noch von Sessalee serviert, sobald er am Morgen die Küche betrat – und zwar genauso stark, wie er ihn liebte. Ihre Kleidung war gewaschen und gebügelt. Das Haus war sauber, aber so, dass man als Mann noch darin leben konnte. Und was am wichtigsten war, die Hunde liebten Sessalee. Der Colonel musste Ulysses mit Rinderhack bestechen, um ihn für seine Spaziergänge aus ihrer Küche zu locken.
Während der Colonel sein drittes heißes, gebuttertes Milchbrötchen mit Brombeermarmelade aß, fragte er sich, wie sie, um Himmels willen, bisher ohne Sessalee ausgekommen waren. Sie verkörperte alles, was ein Mann sich von einer Schwiegertochter nur wünschen mochte. Sie versüßte sein Leben wie der Zucker seinen Kaffee, ganz im Gegensatz zu Devin, der für ihn immer eine bittere Pille gewesen war.

»Sessalee«, verkündete der Colonel nach dem Frühstück, »du bist das Kind, das ich mir immer gewünscht habe.«

Devin ließ seine Gabel klirrend auf den Teller fallen. Ihm war der Appetit vergangen.

Je mehr Bourne und der Colonel von Sessalee angetan waren, desto mürrischer und ablehnender verhielt Devin sich ihr gegenüber. Sein Leben lang hatte Devin versucht, seinem Vater und Bourne ein wenig Manieren beizubringen. »Könntet ihr bitte eure dreckigen, stinkenden Füße vom Tisch nehmen, während ich esse!«, hatte er sie angebrüllt, was prompt dazu führte, dass Bourne Devin in den Schwitzkasten nahm und ihm eine schmutzige Socke in den Mund stopfte. »Wäre es vielleicht zu viel verlangt, wenn du deine verdammten Mistköter vom Sofa scheuchen könntest?«, schnauzte Devin den Colonel an, woraufhin der ihn am Kragen packte und von der Veranda warf.

Devin hatte alles ausprobiert: Logik, Vernunft und rohe Gewalt. Doch Sessalee hatten eine Kuchenschaufel und eine Rührschüssel genügt, um Bourne und den Colonel abzurichten und das Kommando zu übernehmen. Ein scharfer Blick auf seine schlammverkrusteten Stiefel, und Bourne trat den Rückzug aus der Küche an. Ein Heben ihrer Augenbraue, und der Colonel legte das Hühnerbein, das er gerade an seinen Hund verfüttern wollte, wieder auf den Teller zurück. Sessalee drückte alles, was sie sagen wollte, mit ihren dunklen Augen aus. Ein Wunder, dass Gott sich überhaupt die Mühe gemacht hatte, sie mit einem Mund auszustatten.

Doch sosehr Sessalees Mund nur schmückendes Beiwerk zu sein schien, Devin wusste genau, wozu dieser fähig war. Wann immer sein Blick darauf fiel, spürte er, wie ihre weichen, feuchten Lippen sich ihren Weg über seine Brust ertasteten. Doch jedes Mal, wenn er drauf und dran war, ihr zu verzeihen, fühlte er an seinen Rippen erneut den kalten Lauf der

Flinte, der ihn vor den unheiligen Priester aus LaRue's Landing schob. Und Devin wurde abermals von Wut erfasst.
Sobald Bourne und der Colonel erst mal auf den Geschmack gekommen waren und Sessalees Küche zu schätzen gelernt hatten, scherten sie sich jedoch einen Teufel um Devins Gemütsverfassung. Nicht dass diese jemals von Bedeutung für sie gewesen wäre. Sessalee verwöhnte die beiden Männer nach Strich und Faden, und sie revanchierten sich mit größtem Vergnügen dafür. Bourne, der noch niemals in seinem Leben zu einer romantischen Regung fähig gewesen war, brachte ihr Blumen mit, Apfelblüten, die er im Obstgarten abgeschnitten hatte, und Glockenblumen vom Flussufer neben der Brennerei. Der Colonel schenkte ihr seinen wertvollsten Besitz. »Er ist der Beste aus dem Wurf«, sagte er, als Sessalee den weichen, roten Welpen an ihr Gesicht drückte und ihn wie ein Baby wiegte. Wäre es nach Bourne und dem Colonel gegangen, dann hätte Sessalee nie etwas Schwereres als einen Messbecher getragen oder wäre nie höher hinaufgestiegen als auf einen niedrigen Hocker.
Und währenddessen stapfte Devin jede Nacht zu seinem Pick-up hinaus und rollte sich dort auf dem Vordersitz zusammen, sobald er sicher sein konnte, dass der Colonel und Bourne tief und fest in ihren Betten eingeschlafen waren. Er weigerte sich, unter demselben Dach wie Sessalee zu nächtigen, geschweige denn im selben Bett. War es nachts frostig geworden, wachte er oft unter einer Steppdecke auf, oder falls es zu regnen angefangen hatte, waren die Fenster hochgekurbelt. Sessalee wachte über Devin, auch wenn er nicht wusste, dass sie es tat. Beim Essen bediente sie ihn als Ersten, gab ihm das beste Stück Fleisch und das größte Stück Kuchen. Doch nichts von alledem, was sie tat, konnte sein Herz erweichen. Je mehr Sessalee sich um Devin bemühte, desto schlechter behandelte er sie. Der Colonel wusste aller-

dings nicht genau, ob er sie damit bestrafen oder testen wollte.

»Das ist ein verdammtes Geschirrtuch und keine Serviette!«, fauchte Devin und warf es nach Sessalee. »Hat man dir denn dort oben in den Hügeln gar nichts beigebracht?«

Bourne rutschte mit dem Stuhl zurück und ballte die Hände zu Fäusten, aber der Colonel warf ihm einen warnenden Blick zu. Der Colonel tolerierte es nicht, wenn ein Mann eine Frau herabsetzte, vor allem nicht, wenn es sein eigener Sohn war, aber er wusste, dass Sessalee diesen Kampf ganz allein ausfechten und gewinnen musste.

Die Spannung in der Küche lastete schwer auf den Cavanaghs, bis das Geräusch von Metall auf Stein ihre Aufmerksamkeit erregte. Sie wandten ihre Köpfe dem Hackblock zu. Geschickt führte Sessalee die Klinge eines Jagdmessers immer wieder über einen eingeölten Bimsstein, bis sie so scharf wie ein Rasiermesser war. Dann warf sie die Forelle, die Bourne an diesem Morgen gefangen hatte, auf den Holzblock, köpfte den Fisch, nahm ihn aus und filetierte ihn so schnell, dass die Männer kaum den Bewegungen ihrer kleinen Hände folgen konnten. Schließlich drehte sie das Messer in ihrer Hand ein paar Mal blitzschnell hin und her und trieb die Klinge tief in den Holzblock, ehe sie sich bückte, um das Geschirrtuch vom Boden aufzuheben.

Während sie ihre Hände am Tuch abwischte und von dem Fischblut säuberte, beugte sie sich über Devin.

»Brauchst du noch etwas, mein Schatz?«

Der Colonel grinste breit in seine Kaffeetasse.

20

Da sie ihren letzten Schliff an der Vanderbiltschen Hochschule für Bettgeflüster erhalten hatte, hatte Pearl Wilde nebenbei auch das eine oder andere über das Wirtschaftsleben gelernt. So wusste sie, dass man, wenn man während einer wirtschaftlichen Depression ein Geschäft eröffnen wollte, Kunden brauchte, die nicht im mindesten deprimiert waren.

Der Postamtsvorsteher sortierte langsam die Schachtel mit den Einladungen, die Eddie McGowan vor ihn hingestellt hatte, und las sorgfältig jede einzelne Adresse, die Pearl mit ihrer gestochen scharfen Handschrift geschrieben hatte.

»Das wird eine Weile dauern, die alle abzustempeln«, erklärte er geistesabwesend. »Komm in einer Stunde wieder, und ich sage dir, wie viel das Porto beträgt.«

Eddie war kaum zur Tür hinaus, als der Postamtsvorsteher sich schon von Annabelle mit dem Büro des Bürgermeisters hatte verbinden lassen.

»Hardin«, sagte er, den Rücken dem Fenster zugewandt und eine Hand über der Sprechmuschel, »du kommst besser mal her.«

Bürgermeister Hardin Wallace las in ernstem Schweigen jeden Namen auf jedem Umschlag. Als er das Ende des Stapels erreicht hatte, fing er wieder von vorn an.

»Diese Pearl Wilde hat Mumm. Das muss man ihr lassen«, sagte der Postamtsvorsteher. »Auf die Idee zu kommen, dass ein Senator des Staates Tennessee ein Hurenhaus in Five Points betreten wird. Gott im Himmel.«

Hardin hielt einen Umschlag gegen das Licht und versuchte, mit zusammengekniffenen Augen die Einladung zu entziffern. »Andererseits …«, sagte er und starrte zum Fenster hinaus, »… wenn auch nur einer von diesen Männern sich hier in der Stadt blicken lässt …«

Hardin berief die Sondersitzung des Stadtrats zur üblichen Zeit und am üblichen Ort ein: nach Sonnenuntergang und hinter verschlossenen Türen.

»Aber woher sollen wir das Geld dafür bekommen?«, fragte Frank Merrill, der Apotheker, nun schon zum dritten Mal.

»Ich behaupte ja nicht, dass wir Five Points so herausputzen müssen, dass es hier aussieht wie in New York City«, sagte Hardin, während er ihre Gläser mit achtzigprozentigem Optimismus füllte. »Ich will damit nur sagen, dass wir den Eindruck einer Stadt erwecken müssen, in die ein Mann investieren sollte.«

Die Stadtratsmitglieder warfen einander über ihre Gläser voll Cavanagh-Whiskey hinweg fragende Blicke zu. Hardin hatte den guten Tropfen herausgeholt, also wussten sie, dass es ihm ernst war.

»Aber woher sollen wir das Geld dafür nehmen?«, wollte Frank zum wiederholten Mal wissen.

Der Bürgermeister wischte die Bedenken der Männer weg wie ein Zauberer, der seinen Zauberstab über einem Zylinder schwenkt. Wie alle gewieften Politiker wusste Hardin bestens, wie man lästige Details einfach verschwinden ließ.

An dem Abend, an dem Pearl ihr Etablissement eröffnete, reihten die Scheinwerfer der Wagen sich von der Hauptstraße über die River Road bis nach Five Points wie eine Kette

Weihnachtslichter aneinander. Keiner musste anhalten und nach dem Weg fragen. Man brauchte nur den leuchtenden Rücklichtern zu folgen. Der Colonel hatte seinen Einfluss geltend gemacht und sie alle herbeigeholt. Jetzt musste Pearl nur noch einen Weg finden, sich auch zu halten.

In den nach der Spielkarte Kreuzfünf benannten Privatclub »Five of Clubs« kam man nur auf persönliche Einladung. Und Pearl war sehr wählerisch, wem sie diese Ehre erwies. Ein reicher Mann mag durchaus Wert auf Abwechslung bei der Auswahl der Frauen legen, mit denen er unter der Bettdecke Tuchfühlung sucht, doch er ist äußerst heikel, wenn es um das Publikum geht, mit dem er dabei Umgang hat. Die Mitgliedschaft in Pearls Club kostete einen Mann ein kleines Vermögen. Im Gegenzug dafür erhielt er eine vergoldete, vierundzwanzigkarätige Spielkarte – eben eine Kreuzfünf. Ohne Karte kein Einlass. Pearl betraute Eddie mit der Aufgabe, am Tor die willkommenen Gäste zu begrüßen und die unliebsamen zu verscheuchen.

»Das ist aber eine Menge Verantwortung für den Jungen.«

Maysie stand mit verschränkten Armen vor Pearls Schlafzimmertür.

»Er bewacht ja nicht die Kronjuwelen«, erwiderte Pearl, die an ihrem Frisiertisch saß und ihr Armband anlegte.

Als Eddie in dem Smoking, den Pearl ihm gekauft hatte, die Treppe hinunterschritt, konnte man sich kaum vorstellen, dass er jemals etwas anderes getragen hatte. Sogar Pearls Mädchen, denen nichts fremd war, verstummten und bekamen feuchte Augen, als sie ihm nachsahen.

»Und denk daran«, ermahnte Pearl ihn, während sie eine weiße Rosenknospe an seinem Revers befestigte, »reiche Männer werden lieber beneidet als geachtet.«

Eddie sah sie verständnislos an. Er hatte keine Ahnung, was sie damit meinte.

»Vergiss es«, sagte sie und schob ihn zur Tür. »Tu einfach so, als ob du ein Filmstar wärst.«
Pearl und Maysie standen am Fenster und sahen zu, wie Eddie langsam die Auffahrt hinunterging. Als er den am Tor auf ihn wartenden Woody erreichte, war seine Verwandlung vollkommen. Seine Haltung war tadellos und sein Gang wiegend und stolz. Alles, was an den alten Eddie erinnerte, war verschwunden. Pearl lächelte. Eddie im Smoking war genau der erste Eindruck, den sie ihren Gästen vermitteln wollte.
»Bist du sicher, dass er das hinkriegt?«, fragte Maysie voller Sorge.
Herumzustehen und gut auszusehen, das konnte Eddie. Wenn es etwas gab, an dem Pearl nicht zweifelte, dann war es das.
Maysie starrte durch das Fenster auf ihren wunderschönen Sohn. Die widerspenstige Locke, die sie ihm so oft aus der Stirn gekämmt hatte, verlieh ihm ein verwegenes und abenteuerliches Aussehen, und die Haltung und die Manieren, die sie ihm mühsam beigebracht hatte, hatten sich in eine unangestrengte Eleganz verwandelt.
»Ich kenne ihn kaum wieder«, sagte Maysie benommen.
Pearl hatte den Verdacht, dass sie ihn nie gekannt hatte.
Pearl entfernte sich leise und ließ Maysie allein am Fenster zurück. Maysie sah, wie Eddie die Manschetten seines Hemds zurechtzupfte, als hätte er das bereits tausend Mal zuvor getan. Sie konnte es nicht fassen, wie ungezwungen er sich in den schwarzen, glänzenden Lackschuhen und mit dem seidenen Kummerbund bewegte. Ungezwungener, als sie ihn jemals gesehen hatte. Wie konnte ihr nur das entgangen sein, was alle anderen so deutlich gesehen hatten? Eddie war nur auf der Durchreise.
Maysie beugte sich vor und legte die Finger an die Fensterscheibe, als wollte sie ihn ein letztes Mal berühren.

Der Sportwagen bog ein wenig zu schnell in die Auffahrt ein, als wäre sein Tank mit Testosteron gefüllt. Eine Alkoholfahne wehte Woody und Eddie entgegen, als der Fahrer das Fenster herunterkurbelte.

»Guten Abend«, sagte Eddie und beugte sich zu dem Wagenfenster hinunter. »Dürfte ich vielleicht Ihre Einladung oder Ihre Mitgliedskarte sehen?«

Als der junge Mann seine Einladung vorzeigte, drehte er das Handgelenk so, dass Woody und Eddie auch deutlich seine mit Diamanten besetzten Manschettenknöpfe bewundern konnten. Die Frau auf dem Beifahrersitz ließ ihren Blick gleichgültig über Eddie schweifen. Doch dann sah sie ein zweites Mal hin.

»Du meine Güte«, sagte sie und fuhr mit der Zunge über ihren glänzenden Lippenstift. »Hat Ihnen schon mal jemand gesagt, dass Sie aussehen wie Errol Flynn?«

»Ich dachte eher, wie John Barrymore«, erwiderte Eddie.

Die Frau lachte fröhlich. Sie hatte keine Ahnung, dass er es ernst meinte.

»Nein«, widersprach sie und beugte sich über ihren verärgerten Begleiter, »Sie sind definitiv der böse Junge.«

»Errol Flynn hat dunkles Haar und einen Schnurrbart«, blaffte ihr Begleiter. »Der Typ hier ist blond und blauäugig.«

»Deswegen sehen Sie ja auch *viel* besser aus«, säuselte die Frau.

Erbost trat der Mann aufs Gaspedal. Gutes Aussehen hatte seine Diamanten ausgestochen. Als der Wagen durch das Tor brauste, lehnte sich die Frau aus dem Fenster und warf Eddie eine Kusshand zu.

Woody wusste nicht so recht, was er von der Szene halten sollte. Auch er trug einen Smoking, hatte jedoch bei weitem nicht dieselbe Wirkung damit erzielt.

»Was ist los?«, fragte Eddie und sah nach, ob vielleicht sein Hosenschlitz offen stand.

»Was redest du eigentlich so geschwollen daher? Du hörst dich an wie ein verfluchter Yankee.«

Woody hatte Eddie sein Leben lang gekannt. Dass Eddie gut aussah, war nie etwas Besonderes gewesen. Doch was Woody bis zu diesem Augenblick nicht begriffen hatte, war die Tatsache, dass Schönheit eine Währung war, so wertvoll wie Gold. Und Eddie hatte die Taschen voll damit.

»In dem Smoking siehst du aus wie ein belemmerter Buntspecht«, erklärte Woody, packte Eddie am Hals und klopfte ihm mit seinen beinharten Knöcheln auf den Kopf, bis Eddie vor Schmerz die Tränen in die Augen schossen. Sogar jetzt noch war er schön.

Die Gäste, die nicht mit dem eigenen Wagen kamen, wurden mit dem Taxi vom Bahnhof abgeholt. Pearl bezahlte Inky Mott fünfzig Cent pro Fuhre, und Bürgermeister Hardin steckte ihm noch ein Fünfcentstück extra zu, damit er seine Passagiere durch die Stadt und über den Stadtplatz fuhr. Passten sie beim ersten Mal nicht richtig auf, umrundete Inky den Platz eben ein zweites Mal.

Eingeborene Five Pointer hätten ihren eigenen Stadtplatz nicht mehr wiedererkannt. Man hatte die verwitterten Sperrholzbretter vor den leeren Schaufenstern entfernt, die Auslagen geputzt und mit frischer Ware aufgefüllt, als boomte die Wirtschaft in der Stadt. Der Hutladen, der seit zwei Jahren geschlossen war, präsentierte jetzt den neuesten Schrei aus June Bug Wallaces Kleiderschrank. Da Mr. Mendelson den Schlüssel zu seinem Zeitungs- und Tabakskiosk verloren hatte, brach er kurzerhand das Vorhängeschloss auf und bestückte den Verkaufsstand mit überregionalen Tageszeitungen aus New York und Chicago und mit echten kubanischen Zigarren. Dann stellte er Bucky Darnell als Verkäufer

hinein. Bucky identifizierte sich so sehr mit seinem neuen Job, dass er die Zeitung schwenkte und laut rufend die Schlagzeilen verkündete, wie er es im Kino gesehen hatte.
Die Woche vor dem denkwürdigen Ereignis brachten Dickie und die Jungs damit zu, eimerweise heißes Wasser auf die Gehwege zu kippen und sie mit Bürsten abzuschrubben. Sie stellten sogar Sägeböcke auf, damit die Leute nicht darauf traten, bis sie wieder trocken waren. Beim ersten Regenguss fingen die Bürgersteige zu schäumen an, und Seifenblasen trieben durch die Luft, als würde die Stadt ein Schaumbad nehmen.
Aus den Vorgärten aller Witwen in der Stadt hatte man sich Töpfe mit roten Geranien und Petunien »ausgeliehen« und damit die Gehwege geschmückt. Die Gaslaternen glänzten, und die Neonreklame des Roxy-Filmtheaters erstrahlte in leuchtendem Rot. An der Kasse saß Frank Merrills Tochter, eine frühere Miss Houston County, und verkaufte die Eintrittskarten für die Vorstellungen von *Shanghai Express*. Dank einer Nacht- und Nebelaktion der Jungs stand draußen vor den Flügeltüren eine lebensgroße Pappfigur von Marlene Dietrich, die aus dem Capitol in Bingham stammte. Die Leute standen Schlange, um sich neben Marlene fotografieren zu lassen.
Dickie Deason und ein paar der Jungs hatten sich draußen vor dem Gerichtsgebäude auf dem Rasen postiert und spielten ein paar Hillbilly-Nummern. Sie hatten schon seit einer geraumen Weile nicht mehr miteinander Musik gemacht und waren selbst überrascht, wie gut sie sich anhörten. Stadtratsmitglieder mitsamt ihren Familien und ein paar andere zwangsverpflichtete Bürger schlenderten Eis schleckend die Gehwege entlang oder hatten sich auf Steppdecken und mit Picknickkörben auf der freien Fläche vor dem Gerichtsgebäude niedergelassen. Gladys stellte einige Tische vor ihren

Gemischtwarenladen, wo sich ihre Kunden die vom Stadtrat spendierten Flaschen mit Royal Crown Cola schmecken ließen. Five Points erweckte ganz den Anschein einer warmen, gastfreundlichen und sogar florierenden Kleinstadt. Und irgendwann im Lauf des Abends vergaßen seine Bewohner die Tatsache, dass dem nicht so war, und fingen an, sich tatsächlich zu amüsieren und nicht nur so zu tun.

Normalerweise fuhren die stündlich den Umsteigebahnhof von Five Points passierenden Züge immer durch, ohne anzuhalten, da nie jemand ein- oder ausstieg und die Lokführer sich nicht die Mühe machten, extra anzuhalten. An diesem Abend hielten sie jede Stunde. Inky pendelte mit seinem Taxi ununterbrochen zwischen Bahnhof und Club hin und her. Er war überrascht, wie viele Männer sich weibliche Begleitung mitbrachten, wunderschöne Frauen in schimmernder Abendgarderobe und mit funkelnden Juwelen. Einige der Männer brachten sogar ihre Ehefrauen mit, was Inky am meisten schockierte. Und diese Frauen waren die wildesten von allen. Ihre Rolle als Damen der Gesellschaft wirkte sich offenbar sonst so hemmend auf sie aus, dass sie bei der erstbesten sich bietenden Gelegenheit losgingen wie ein Champagnerkorken und sogar auf dem Rücksitz seines Taxis kichernd über ihre Ehemänner herfielen. Manchmal waren die Szenen so intim, dass Inky das Radio lauter und den Rückspiegel zur Seite drehen musste.

Seine letzte Fuhre des Abends war ein reichlich lebloses Paar, jedoch eindeutig sehr wohlhabend und persönliche Freunde des Colonels. Der Mann trug den Hut tief ins Gesicht gedrückt und hatte den Mantelkragen hochgeklappt, und die Frau hatte ihr Gesicht hinter einem Schleier verborgen. Trotzdem erkannte Inky sie von den Fotos in der Zeitung. Zwei Mal kutschierte er den Senator des Staates Tennessee und seine Frau um den Stadtplatz. Beim zweiten

Mal intonierten Dickie und die Jungs gerade »When the Moon Comes Over the Mountain«, und die Frau hob den Kopf.

»Oh, Liebling!«, rief sie und kurbelte das Fenster des Taxis herunter. »Das ist unser Lied!«

Der Senator legte seine Hand auf Inkys Schulter, aber der hatte bereits abgebremst und fuhr im Schritttempo weiter. Belustigt beobachtete der Senator, wie seine Frau sich im Rhythmus der Musik hin und her wiegte. Sie amüsierte sich so sehr, dass er den Blick nicht von ihr abwenden konnte.

»Oh, Liebling!«, sagte sie und drehte sich zu ihm um. »Ist das nicht eine süße kleine Stadt!«

Der Senator warf einen Blick aus dem Fenster. »Nicht übel«, erwiderte er zerstreut. »Gar nicht so übel.«

Bourne saß auf seinem Stammplatz an der Verkaufstheke des Gemischtwarenladens und hatte die Hände um eine Tasse Kaffee gelegt. Er schien nicht im mindesten an dem Theater interessiert zu sein, das um ihn herum veranstaltet wurde, doch mehr als ein Mal ertappte Gladys ihn bei einem Blick in den Spiegel.

»Sicher, dass du keine Royal Crown Cola willst?«, fragte sie. »Hast sie ja schließlich von deinen Steuern bezahlt.«

Bourne deutete auf seine Kaffeetasse, und sie füllte nach. Nachdem sie sich selbst eine Royal Crown genommen hatte, stützte Gladys sich mit beiden Ellbogen auf dem Tresen ab und schlüpfte aus einem Schuh. Mit dem Fuß strich sie ihre Wade auf und ab, während sie durch das Fenster auf all die teuren Automobile sah, die draußen vorbeifuhren. Bisher hatte sie Zulassungsnummern aus drei Bundesstaaten entdeckt. Sie rechnete sehr damit, dass der eine oder andere dieser Wagen auf der Heimfahrt auf einen Kaffee und Zigaretten bei ihr haltmachte.

»Sieht so aus, als hätte es sich aus-ge-Pearl-t für dich«, meinte Gladys und setzte die Flasche an.
Bourne warf ihr einen scharfen Blick zu. Grinsend ließ Gladys das Medaillon mit ihrem toten Ehemann wie den Propeller einer DC-3 vor ihrem Busen kreisen. Bourne fasste das durchaus richtig als Einladung zu einem tröstenden Gratisfick auf. Er musste nur das Zauberwort sagen, und schon hätte er bei ihr landen können.
»Ich weiß das Angebot durchaus zu schätzen, Gladys«, sagte Bourne, rutschte vom Hocker und warf einen Extraschein auf den Tresen, »aber mein Herz wäre nicht dabei.«
»Klar doch, Schätzchen«, erwiderte sie augenzwinkernd und schnalzte mit der Zunge.
Als sich die Tür hinter ihm schloss, war Gladys' Lächeln wie weggewischt. Auf Bournes Herz hatte sie es noch nie abgesehen.

Reine Mundpropaganda hatte dem »Five of Clubs« über Nacht zum Erfolg verholfen. Ein Mann mag als Prophet in der eigenen Heimatstadt nichts gelten, aber eine Frau kann sich einen gewissen Ruf erwerben, ohne einen Finger dafür zu rühren.
Von außen betrachtet, hätte niemand vermutet, was in dem Haus auf dem Dog Leg Hill vor sich ging. Das elegante alte Gebäude spähte in gespielter Schüchternheit hinter dichten Magnolienbäumen hervor wie eine Geisha, die ihr Gesicht hinter einem Fächer verbirgt. Tagsüber kümmerten sich diskret Gärtner um das Grundstück, während Dienstmädchen in schwarzen Uniformen mit weißen, gestärkten Schürzen ein Meer aus blütenweißen Bettlaken ausschüttelten und auf Wäscheleinen drapierten.
Doch sobald die Sonne unterging, hob das alte Haus seinen Rock. Und wieder setzte ein endloser Strom an Scheinwer-

fern an, den Dog Leg Hill hinauf und durch Pearls Tor zu fahren. Perlendes Gelächter und Jazzmusik drangen durch die warme Nacht und zogen Voyeure an wie eine Müllkippe Katzen. Hinter den Hortensienbüschen verborgen, pressten Bucky Darnell und seine Freunde ihre Gesichter an den schmiedeeisernen Zaun und starrten hinauf zu den Fenstern im ersten Stock.

Jahre später – da waren die Jungs bereits alte Männer – würde Bucky die Geschichte erzählen, als er eines Nachts eines von Pearls Mädchen dabei beobachtete, wie sie langsam einen bis zum Ellbogen reichenden Handschuh auszog – einen Finger nach dem anderen. Er würde den dunklen Lippenstift auf ihren vollen Lippen beschreiben, die schwarze Spitze an ihrem Seidenhöschen und ihr kupferrotes Haar. Lebhaft würde er sich an den Schönheitsfleck in ihrem Mundwinkel und an die dünne Goldkette erinnern, die zwischen ihren cremeweißen Brüsten baumelte.

Woran er sich allerdings nicht erinnerte, war die Tatsache, dass oben im ersten Stock des Hauses auf dem Dog Leg Hill die Jalousien stets geschlossen blieben. Das ist das Geheimnis der Verführung. Die Wirklichkeit hat damit nichts zu tun.

21

Im Gegensatz zur landläufigen Meinung war Olivia Rudolph Hughes keine törichte Frau. Sie war lediglich eine Frau, die zu viel Zeit hatte. Die Ehefrau eines Mannes, der mit seiner Arbeit verheiratet ist, weist alle Symptome einer Geliebten auf.

»Hallo, Mrs. Hughes.«

Olivia warf einen Blick auf das Namensschild von Huberts Sekretärin, das auf dem Schreibtisch stand, während sie ihre Handschuhe auszog. Die junge Frau war seit ihrem Abschluss an der Sekretärinnenschule bei Hubert, aber Olivia mochte sich noch so sehr anstrengen, der Name der jungen Frau wollte ihr einfach nie einfallen.

»Hallo … Diane. Bitte geben Sie ihm Bescheid, dass ich hier bin.«

Die Sekretärin lächelte Olivia zu, als sie Huberts Nummer wählte. Während sie leise ins Telefon sprach, kramte Olivia in ihrer Handtasche. Vor berufstätigen Frauen verspürte Olivia stets das Bedürfnis, den Eindruck zu erwecken, sie sei beschäftigt, sogar in Gegenwart von Frauen, deren Arbeit sie für belanglos hielt.

Als die Sekretärin Olivia über den Hörer hinweg einen Blick zuwarf, spürte sie, wie ihr Magen sich zusammenzog. Sie wusste, was jetzt kam. Olivia hatte den größten Teil ihres Lebens mit Warten auf Hubert verbracht, mit Warten darauf, dass er sie überhaupt bemerkte, dass er ihr einen Antrag machte, dass er nach Hause kam, dass er ins Bett ging …

»Es tut mir so leid, Mrs. Hughes«, sagte Diane und legte den Hörer auf die Gabel. »Mr. Hughes bittet mich, Ihnen auszurichten, dass etwas dazwischengekommen ist. Es ist ihm leider nicht möglich, heute mit Ihnen zu Mittag zu essen.«

Olivias Blick wanderte zu der geschlossenen Tür von Huberts Büro, als wollte sie ihn mit Willenskraft zwingen, seinen Kopf herauszustrecken. Sie erwartete nicht von ihm, dass er vorgab, es würde ihm leidtun, aber sehr wohl, dass er wenigstens die Höflichkeit besaß, sich kurz blicken zu lassen. Doch das wäre in Huberts Augen vergeudete Zeit gewesen.

Die Sekretärin wirkte verlegen, was wiederum Olivia in Verlegenheit brachte.

»Nun, das ist wirklich eine Erleichterung für mich«, sagte Olivia in einem Tonfall, der Diane versichern sollte, dass sie ebenso wenig Zeit für Hubert hatte wie er für sie. »Ich habe heute so viel zu erledigen, dass ich beim besten Willen nicht weiß, wie ich das alles unter einen Hut bringen soll!«

Diane öffnete den Mund, um sich zu verabschieden, aber Olivia hatte sich bereits zur Tür umgedreht und winkte nur flüchtig über die Schulter zurück, als hätte sie nicht einmal die Zeit für einen kleinen Plausch. Als die Tür sich hinter ihr schloss, blieb Olivia mit klopfendem Herzen auf dem Gang stehen. Sie schaute erst nach rechts, dann nach links, ehe sie es sich gestattete, dass eine leichte Röte ihr Gesicht überzog. Nichts verletzte sie mehr, als wenn Hubert sie in der Öffentlichkeit in Verlegenheit brachte. Es war eine Sache, dass er sie privat ignorierte, doch es war etwas völlig anderes, wenn er sie in Gegenwart von Angestellten brüskierte.

Olivias Leben drehte sich nicht einfach nur um Hubert, es war gefangen in einem Schwebezustand. Olivia war permanent auf Abruf bereit, um auf einen Anruf, einen Blick, ein freundliches Wort von ihm zu reagieren. Sie war stets verfügbar und füllte ihren Tag mit belanglosen Aktivitäten, die sie jederzeit absagen oder ändern konnte, falls Hubert das Bedürfnis nach ihr verspüren sollte. Olivia hetzte von ihrem morgendlichen Termin beim Friseur zum nachmittäglichen Dinner im Country Club und weiter zu ihren Tennisstunden. Dienstags war sie im Bridgeclub, mittwochs im Buchclub, und am Donnerstag war die Orchideengesellschaft an der Reihe. Wenn Olivia keine Verabredung hatte, kaufte sie ein und suchte nach Garderobe für ihre nächste gesellschaftliche Verpflichtung. In Olivias Terminkalender war jede Sekunde penibel mit Bleistift eingetragen, in der Hoffnung, es möge keinem auffallen, dass sie, obwohl sie ständig in Bewegung war, kein Ziel hatte.

Olivias Ehrgeiz im Leben galt nur einer Person: Hubert. Er war ihr Beruf und ihre Berufung. Hubert hingegen hatte Olivia längst zu den Akten gelegt. Bereits vor ihren Flitterwochen hatte er sich wichtigeren Dingen zugewandt.

Huberts größte Leidenschaft war es, Geld zu machen. Warum das so war, sollte sich Olivia nie erschließen. Hubert wünschte sich weder größere Schiffe noch größere Häuser. Trotzdem kaufte er sie. Doch sie bedeuteten ihm nichts. Olivia glaubte allen Ernstes, dass Hubert glücklich und zufrieden damit wäre, sich von Mortadella zu ernähren und abgelegte Anzüge aus zweiter Hand zu tragen, wenn sie sich nicht seiner annähme. Es war nicht das Geld, das Hubert motivierte, es war die Strategie, es zu verdienen. Er sammelte Reichtum an, wie ein Waschbär Fetzen schimmernden Stanniolpapiers anhäuft.

Für Olivia verhielt Hubert sich wie die Schwerkraft: Die Wirkung konnte sie sehen, doch sie begriff die physikalischen Gesetze nicht, die dahintersteckten. Jahrelang versuchte sie, ihn zu verführen und von seiner Arbeit wegzulocken. Sie

hätte sich genauso gut in den Kopf setzen können, die Sonne in eine Umlaufbahn um den Mond zu zwingen.
»Komm ins Bett, Schatz«, flüsterte sie ihm ins Ohr.
»Ja, ja«, pflegte er daraufhin zu antworten, um sie bei Laune zu halten, während er gleichzeitig ihre Arme von seinem Hals löste und seinen Kopf ihren Küssen entzog.
Und dann tätschelte er Olivia, ohne von dem Bericht aufzusehen, den er gerade las, als würde er dem Hund, der ihn winselnd um einen Spaziergang anflehte, über den Kopf streichen.
Olivia ließ sich davon nicht entmutigen, sondern klammerte umso mehr.
In einer Kabine der Damentoilette auf dem Gang vor Huberts Büro sitzend, fragte Olivia sich, was sie mit dem restlichen Nachmittag anfangen sollte, als sie die beiden Frauen hereinkommen hörte.
»... er hat sich wieder vor dem Mittagessen mit ihr gedrückt.«
Olivia verharrte reglos, als sie die Stimme von Huberts Sekretärin erkannte, und spähte durch den Spalt in der Tür. Diane stand vor dem Spiegel und fuhr gerade mit einem billigen Lippenstift über ihre Lippen.
»Er gibt mir jedes Mal fünf Cent, wenn ich ihre Anrufe abwimmle.« Sie presste die Lippen aufeinander und reichte den Stift an die andere Frau weiter. »Ich schwör's dir, die ruft bestimmt zehn Mal am Tag an.«
»Wie jämmerlich«, sagte die andere Frau, während sie die rote Farbe auf ihren gespitzten Lippen verteilte.
»Hubert Hughes wird sie erst dann wieder beachten, wenn sie anfängt, Inhaberschuldverschreibungen zu kotzen.«
»Wie stehen deine Chancen?«
Diane zuckte die Schultern. »Ihr gehört die Hälfte von allem. Es wäre eine sehr teure Scheidung.«

Die andere Sekretärin schraubte den Stift zu und gab ihn zurück.
»Eine echte Frau findet immer Mittel und Wege, dass ein Mann sie beachtet«, meinte sie, fasste sich in das blondierte Haar und schob es nach oben.
»Immer«, stimmte Diane ihr zu und ließ den Lippenstift in ihr Täschchen fallen.
Dann beugte Diane sich nach vorn und schüttelte ihre festen, jungen Brüste in ihrem Büstenhalter. Als sie sich wieder aufrichtete, zeichneten sie sich wie zwei Torpedos unter ihrer weißen Baumwollbluse ab.
Olivia konnte die Frauen noch immer lachen hören, als sie draußen den Korridor entlanggingen.
Sie blieb noch lange, nachdem die beiden gegangen waren, in der Kabine sitzen. Schließlich öffnete sie die Tür, ging zum Spiegel und nahm ihren eigenen Lippenstift heraus. Während sie sich sorgfältig die Lippen nachzog, überdachte Olivia ihre Situation. Sie war mit einem Mann verheiratet, der seiner Sekretärin fünf Cent dafür bezahlte, dass sie ihre Anrufe abwimmelte. Hubert machte dabei noch ein gutes Geschäft. Sie bezahlte ihrem Butler mehr dafür, dass er den Hund spazieren führte.
Olivia tupfte sich die Lippen mit einem mit Monogramm bestickten Taschentuch aus irischem Leinen ab und starrte auf ihr Spiegelbild. Die Beleuchtung in der weißgekachelten Toilette war ausgezeichnet und warf einen kalten, sterilen Schein auf die Entscheidung, die sie zu treffen hatte.
Manche Frauen wären verletzt gewesen, manche rasend vor Zorn, andere hätten geweint oder gegen ihren Ehemann gewütet. Sie hätten die Ungerechtigkeit betrauert oder sich vorgenommen, den Betrug zu bestrafen. Manche Frauen hätten seine Habseligkeiten auf den Rasen vor dem Haus geworfen. Andere hätten sofort die Scheidung eingereicht. Manche hät-

ten alles darangesetzt, an sein Geld zu kommen und ihn dort zu treffen, wo es wirklich weh tut.
Diese Frauen würden nie bekommen, was sie sich im Leben wirklich wünschten.

Als die Standuhr – ein Erbstück der Rudolphs – zu schlagen begann, blickte Hubert von seinem Schreibtisch im Arbeitszimmer auf, spähte über den Rand seiner Brillengläser und runzelte die Stirn. Es war neun Uhr abends, und er hatte noch nicht zu Abend gegessen. Er griff zur Glocke und schellte so lange, bis das Dienstmädchen in sein Büro gelaufen kam.
»Was ist mit meinem Abendessen?«, wollte er wissen.
»Mrs. Hughes hat angeordnet, keines vorzubereiten.« Außer Atem und mit hochroten Wangen stand das Dienstmädchen vor seinem Schreibtisch, die Hände über der Schürze gefaltet. »Sie sah ein wenig mitgenommen aus, als sie nach Hause kam. Ich glaube, ihr geht es nicht sehr gut.«
Hubert runzelte die Stirn. Sosehr er sich auch bemühte, eine Verbindung zwischen der Unpässlichkeit seiner Frau und seinem Abendessen herzustellen, es gelang ihm nicht.
»Ich verstehe«, sagte er, auch wenn er es nicht tat. »Nun, dann bringen Sie mir …«
Hubert wusste nicht mehr weiter. Er hatte keine Ahnung, was er eigentlich wollte.
»… etwas.«
»Etwas?«
»Zu essen.«
»Ja, Sir«, sagte das Dienstmädchen und verließ das Zimmer.
Hubert versuchte, sich wieder seiner Arbeit zuzuwenden, aber es gelang ihm nicht. Er war nicht der Typ von Mann, der etwas auf die lange Bank schob. Die jeglicher Effizienz zuwiderlaufende Unannehmlichkeit der Situation hatte seinen Gedankenfluss komplett unterbrochen. Es musste sofort ein

Plan in die Tat umgesetzt werden, um zu verhindern, dass er jemals wieder der Gefahr ausgesetzt war, Hunger zu leiden.

Er fand Olivia in der Badewanne, wo sie ihre Hand träge durch das schaumige Wasser gleiten ließ.

»Ich hatte kein Abendessen«, verkündete er bereits an der Badezimmertür.

»Abendessen?«, wiederholte sie, als könnte sie das Wort nicht genau einordnen.

Hubert wollte gerade zu seiner Schimpftirade ansetzen, wie wenig er doch von ihr erwarte, als Olivia den Blick hob und ihn ansah. Und in dem Moment wusste Hubert Bescheid. Hunderte Male zuvor hatte er gesehen, was er jetzt in den Augen seiner Frau erblickte. So schaute ein Klient, der drauf und dran war, von einem Geschäft zurückzutreten.

Hubert war in erster Linie und vor allem Kapitalist. Nichts motivierte ihn mehr als Konkurrenz.

Er bückte sich, packte Olivia am Arm und zog sie, voller Schaum und tropfnass, aus der Wanne. Er krallte seine Finger in ihr nasses Haar und bog ihren Kopf nach hinten. Einen Augenblick lang befürchtete sie, dass er sie schlagen würde. Stattdessen küsste Hubert sie leidenschaftlich. Olivia bekam davon so weiche Knie, dass sie sich kaum auf den Beinen halten konnte.

»Wer ist es?«, fragte Hubert.

Sechsundzwanzig Jahre lang hatte Olivia sich danach gesehnt, dass Hubert sie auf diese Art und Weise küsste. Hätte sie gewusst, dass sie ihn nur in dem Glauben lassen musste, sie habe eine Affäre, hätte sie noch in den Flitterwochen angefangen, mit anderen Männern zu flirten.

»Kenne ich ihn?«

Ihr halbes Leben lang hatte Olivia auf Hubert gewartet. Sie hatte ihm jeden Wunsch von den Augen abgelesen und ihn nach allen Regeln der Kunst verwöhnt. Sie hatte sich nach seinem Geschmack gekleidet und seine Interessen zu den ihren gemacht. Sie tat Dinge, von denen sie niemals angenommen hatte, dass eine Frau sie tun müsste, damit ein Mann sie beachtet. An dem Tag, an dem sie Hubert geheiratet hatte, hatte Olivia sich selbst auf dem Altar ihrer Ehe verbrannt.

»Wie lange geht das schon?«, wollte er wissen und verstärkte den Griff um ihren Arm.

Olivia hatte sich Hubert mit Körper, Geist und Seele vollständig hingegeben. Aber erst, als sie wieder zu sich selbst gefunden hatte, nahm er sie überhaupt wahr.

»Liebst du ihn?«, fragte er.

Sie löste sich aus seinem Griff und wickelte ein Handtuch um ihren nassen Körper.

»Ich habe mich noch nicht entschieden«, sagte sie und huschte aus dem Badezimmer.

22

Willst du mir damit sagen, dass ein Mann einer Frau Geld dafür gibt, dass sie ihn badet?«, fragte Addie Pewitt skeptisch.

In der Fabrik trafen jeden Tag weitere Neuigkeiten aus dem »Five of Clubs« ein, und die Frauen konnten gar nicht genug davon bekommen. Pearls vulgäres Geschäft brachte sie richtig auf Trab. Keuchend und schaudernd redeten sie sich in Rage und riefen »Nein!«, bis sie rot im Gesicht und vollkommen erschöpft waren. Die Grenze zwischen Entrüstung und Erregung ist messerscharf, und Neid hockt breitbeinig auf dieser Linie wie eine Zwei-Dollar-Hure.

»Es gibt acht Badewannen in dem Haus«, informierte Betty ihre Kolleginnen mit großen Augen. »Acht! Und dabei habe ich Pearls privates Bad noch gar nicht mitgezählt.«

Stille legte sich über die Nähmaschinenreihen. Die Hälfte aller Arbeiterinnen hatte nicht einmal fließendes Wasser im Haus. Sie wuschen sich mit dem Schwamm in der Küche, nachdem die Kinder im Bett lagen. Wie es sich wohl anfühlen mochte, in der eigenen Badewanne zu liegen, umgeben von heißem Dampf, der aus dem nach Rosen duftenden Wasser emporstieg?

Doch wie sie mit Erleichterung zur Kenntnis nahmen, verfügten alle Frauen über das Nötige, um das zu tun, was Pearls Mädchen taten. Einen Mann baden, das konnte doch jede,

oder? Trotzdem wurden sie den Verdacht nicht los, dass Pearls Mädchen doch den einen oder anderen Trick kannten, den sie nicht verrieten.
»Das ist alles?«, fragte Luella und blinzelte zu Betty hinüber. »Sie schrubben sie einfach nur ab?«
»Pst!«, zischte Joy Lester. »Du forderst den Teufel heraus!«
Joys Leuten sagte man nach, dass sie einem gewissen Teufelsglauben nicht abgeneigt waren. Obwohl die meisten Meachums aus den Hügeln herunter in die Stadt gezogen und bei evangelikalen Gruppen untergekrochen waren, hielten sich bei ihnen noch immer hartnäckig die alten Vorstellungen. Joy beschwor den Satan an jeder Ecke herauf und war fähig, jedem Angst und Schrecken einzujagen, wenn sie es darauf anlegte.
Doch Kat Wilde war nicht so leicht zu erschrecken.
»Satan wird sich hüten, sich in einem Raum voller Frauen mit Scheren blicken zu lassen«, scherzte sie und machte mit zwei Fingern eine eindeutige Geste. »Schnipp – schnapp.«
Die Mädchen lachten, und Joys Augen funkelten wütend. Joy hatte keine Freude in sich, und dass andere Freude empfanden, konnte sie nicht tolerieren.
»Macht euch nicht lustig über das Böse«, warnte sie.
»Luella ist doch nur neugierig«, sagte Kat und warf ein fertiges Hemd auf den Stapel.
»Die Neugier hat schon manchen umgebracht«, erwiderte Joy, und es hörte sich an, als wünschte sie sich, es würde wahr werden.

Als Buck Luella seinen Namen rufen hörte, war sein erster Impuls, sich aus dem Staub zu machen.
»Buck!«, rief Luella erneut. »Buck, hörst du mich?«
Er zögerte gerade lang genug, um sie wissen zu lassen, dass er unabkömmlich war.

»Was?«, brüllte er schließlich zurück.

»Komm her!«

Leise fluchend, stemmte Buck sich von der Couch hoch. Es gab nur zwei Gründe, weshalb Luella ihn nach Einbruch der Dunkelheit noch sehen wollte: entweder, um ihm zu sagen, dass etwas kaputt war, oder um an ihm herumzunörgeln, weil er das noch immer nicht repariert hatte, worum sie ihn das letzte Mal gebeten hatte. Sich gegen eine Gardinenpredigt wappnend, trottete er den Gang entlang und stöhnte entsetzt auf, als er Wasser laufen hörte. Noch so ein verfluchter Rohrbruch. Kein Mann repariert gern Wasserleitungen. Sogar Roy Lester hasste seinen Beruf, wenn er ehrlich gewesen wäre. Leise fluchend, stieß Buck die Badezimmertür auf.

Luella kniete neben der Badewanne und rührte mit der Hand in dem dampfenden, schäumenden Wasser. Neben ihr auf dem Boden stand eine Flasche mit Geschirrspülmittel.

»Wieso spülst du das Geschirr in der Badewanne?«

»Ich spüle nicht ab!«, fauchte Luella ihn gereizt an. »Ich werde dich baden!«

Buck wäre fast nach hinten gekippt. Er hatte erst am Samstag gebadet. Er hob einen Arm und roch an sich. Es war nicht schlimmer als üblich.

»Zieh dich aus!«, befahl Luella.

»Wieso?«, fragte er misstrauisch.

»Jetzt hock dich in die verdammte Badewanne«, befahl sie erneut. Sie war bereits vollkommen fertig.

In dem Moment dämmerte es Buck. Sie hatte von den acht Badewannen in Pearls Haus erfahren. Luella war so eifersüchtig wie der Tennessee River breit. Er wollte sich gerade über sie und ihre Flasche Geschirrspülmittel lustig machen, als sein Blick an ihren Hüften hängen blieb, während sie sich über die Badewanne beugte, um den Wasserhahn zuzudrehen.

Buck löste seinen Gürtel.
»Aber schau nicht her!«, herrschte er sie an und drehte ihr den Rücken zu.
Sie waren seit zwölf Jahren verheiratet, hatten drei Kinder miteinander, und er wollte nicht, dass sie ihm dabei zusah, wie er aus seiner Hose schlüpfte. Seufzend hielt Luella sich die Hand vor die Augen.
Als alle seine Sachen in einem Haufen auf dem Boden lagen, stieg Buck in die Wanne und ließ seinen Körper langsam in das kochend heiße, schäumende Wasser sinken. Luella nahm erst die Hand von den Augen, als sie kein Plätschern mehr hörte. Die Knie bis an die Brust hochgezogen, kauerte Buck in der Wanne. Luella seifte einen Waschlappen ein und fing zu schrubben an. Während sie Bucks Rücken bearbeitete, dachte sie an all die Dinge, die noch erledigt werden mussten. An den Korb mit Kleidern, die gewaschen, an die Socken, die gestopft, an die Hemden, die gebügelt werden mussten …
»Mal langsam, Frau!« Buck zuckte heftig zusammen. »Du schmirgelst mir ja die Haut ab!«
Blinzelnd fiel Luella wieder ein, wo sie war und was sie gerade tat. Ihr Blick fiel auf die gerötete Haut von Bucks Rücken. Buck hatte den Körper eines Schreiners, hager und hart. Früher einmal hatte Luella einen meilenweiten Umweg gemacht, um ihm mit nacktem Oberkörper beim Arbeiten zuzusehen. Sein Anblick, wie er mit vor Schweiß glänzendem Rücken in der Sonne stand, die Arme braungebrannt und muskulös, ließ sie ihren Glauben vergessen. Es war einmal vor langer, langer Zeit, da war Buck Darnell alles gewesen, was Luella sich in ihrem Leben gewünscht hatte. Sie hatte allen Ernstes geglaubt, sterben zu müssen, wenn er sie nicht heiratete.
»Woher hast du die Narbe?«
Luella strich mit dem Finger über einen gezackten weißen Streifen an seiner Schulter.

»Welche?« Buck reckte den Hals, um über seine Schulter zu spähen. »Oh, das weißt du doch. Die habe ich mir im letzten Herbst geholt, beim Bau von Toms Scheune. Ein Stück Blech ist vom Dach gerutscht und hat mir fast den Arm abgeschnitten.«

Luella konnte sich nicht erinnern. Sie erinnerte sich daran, dass beide Jungen die Masern gehabt hatten und dass das Baby gezahnt und die ganze Zeit über geschrien hatte. Sie erinnerte sich daran, dass das Geld so knapp gewesen war, dass sie die Hühnerknochen von den Tellern eingesammelt hatte, um eine Suppe daraus zu kochen. Aber sie erinnerte sich nicht daran, dass ihr Mann fast seinen Arm verloren hätte.

Sie beugte sich über ihn und küsste die Narbe. Buck wurde plötzlich ganz ruhig und bewegte sich nicht. Sanft fuhr Luella mit ihren seifigen Fingern über seine nasse Haut und massierte dabei jeden Muskel, bis er vollkommen locker war. Langsam lehnte Buck sich in der Wanne zurück. Aus halbgeschlossenen Augen beobachtete er seine Frau, wie sie ihn badete.

Am nächsten Abend schleppte Luella sich so müde aus der Fabrik nach Hause, dass sie kaum mehr denken konnte. Sie hängte ihre Strickjacke an den Haken neben der Tür und ging in die Küche, um zu kochen anzufangen. Sie bückte sich und griff wie immer in die Holzkiste, und wie immer war die Kiste leer. Fluchend streckte sie die Hand nach dem Griff am Herd aus, um die Asche auszuleeren, aber da war kein Griff mehr. Stirnrunzelnd trat sie einen Schritt zurück. An der Stelle, an der der alte, gusseiserne Holzofen gestanden hatte, befand sich jetzt ein Gasherd mit Knöpfen, die man ein- und ausschalten konnte.

»Gefällt er dir?«, fragte Buck, der im Türrahmen zur Küche lehnte.

Luella strich mit den Fingern über die Knöpfe. Der Herd besaß sogar eine Temperaturanzeige. Wenn sie wollte, konnte sie sich jetzt zu Tode backen oder braten.

»Er ist nicht neu«, sagte Buck. »Mendelson hat ihn von einer Versteigerung drüben in Lyle. Ich habe ihm dafür ein paar neue Vitrinen gegeben.«

Als Luella sich zu ihm umdrehte, bedachte sie ihn mit einem Blick, den Buck seit Jahren nicht mehr an ihr gesehen hatte. Sie nahm seine Hand und zog ihn in Richtung Bad. Buck machte keine Anstalten, sich zu wehren. Er fühlte sich doch tatsächlich ein wenig schmutzig.

Einer der Männer an der Laderampe bemerkte es als Erster.

»Mann, hat die Frau Lippen«, sagte er und beugte sich über das Geländer, um die Frauen zu begaffen, die zur Arbeit strömten.

Aus dem eintönigen Meer aus verwaschener Baumwolle und trübsinnigen Gesichtern stach ein Paar glänzender roter Lippen heraus, die sich tanzend auf die Fabrik zubewegten. Luella Darnell hatte roten Lippenstift aufgetragen. Der Reaktion der Männer an der Rampe nach zu schließen, hätte man meinen können, das sei alles, was sie trug.

»Du siehst aus wie ein Flittchen«, keifte Joy Lester, als sie ihre Karte in die Stechuhr schob.

Joys Worte fielen auf taube Ohren. Luella kniff die Augen zusammen und starrte auf die verschwommenen Umrisse ihrer roten Lippen in dem glänzenden Chrom ihrer Nähmaschine. Ein verstohlenes Lächeln trat auf ihr Gesicht, was die anderen Frauen veranlasste, einander fragende Blicke zuzuwerfen.

Die Arme vor der Brust verschränkt, starrte Crockett von seinem Büro aus auf Luellas schimmernde rote Lippen hinunter, wie ein Förster, der ein winziges Buschfeuer entdeckt

hat. Er war gerade auf dem Weg, es auszutreten, bevor es sich weiter ausbreitete, als er den Laufburschen bemerkte, der die fertigen Hemden abholte und hinauf in die Abteilung brachte, wo die Knöpfe angenäht wurden. Normalerweise musste Crockett dem Jungen einen Spiegel unter die Nase halten, um sich zu vergewissern, dass er noch atmete. Doch plötzlich schien der junge Mann nicht mehr zu wissen, wohin mit seiner Energie. Er lud sich von jeder Nähmaschine eine Ladung fertiger Hemden auf die Arme, warf sie auf seinen Handwagen und rannte damit durch die Schwingtüren. Er schaffte es, sie oben in der Knopfabteilung abzuliefern und wieder in die Nähabteilung zurückzukehren, noch ehe die Pendeltüren zur Ruhe kamen. Dann lehnte er sich mit verschränkten Armen an die Wand und starrte Luella unverwandt an, bis die Stapel mit fertiger Ware hoch genug waren, um sie erneut einzusammeln.
Trotz der Tatsache, dass Luella den größten Teil des Vormittags damit verbrachte, ihr Spiegelbild zu bewundern, lag sie weit über ihrem Pensum, als die Werkssirene ertönte. Seit Kat Luellas Arbeitsplatz neu eingerichtet hatte, produzierte sie fast genauso schnell fertige Hemden wie Kat.
Als sie draußen in der Sonne an der Laderampe stand, holte Luella einen kleinen Spiegel aus der Tasche und zog sorgfältig ihre Lippen nach.
Die Arme vor der Brust verschränkt, ließ Crockett seinen Blick von Luella zu den Männern wandern. Normalerweise entluden sie einen Eisenbahnwaggon mit dem Elan von Gefangenen, die Fußfesseln oder Eisenkugeln hinter sich herzogen. Doch in Gegenwart von Luella, die ihre Lippen nachzog, und von Kat, die Rauchkringel in die Luft blies, ließen die Männer ihre Muskeln spielen und erledigten ihre Arbeit quasi wie im Flug.
Am Ende des Tages saß Crockett an seinem Schreibtisch

und überschlug die Tagesproduktion. Als er von dem Bericht aufschaute, zog er es ernsthaft in Betracht, jeder Frau zu ihrem Lohn auch noch einen Lippenstift auszuhändigen.

23

Der Colonel verbrachte fast den ganzen Nachmittag bei Sessalee in der Küche, tief in Gedanken versunken. Mehr als ein Mal jedoch blickte Sessalee von ihrem Kuchenteig auf und ertappte ihn dabei, dass er sie beobachtete, die Hände vor der Brust gefaltet.

»Brauchen Sie etwas, Colonel?«

»Nein, danke, Sessalee, im Moment nicht.«

Nachdem er seinen nachmittäglichen Kaffee und Kuchen verdaut hatte, nahm der Colonel seinen Hut von der Ablage und öffnete die Küchentür.

»Ich bin zum Abendessen wieder zurück«, erklärte er. Auf seinen scharfen Pfiff hin rappelten Ulysses und die Welpen sich auf und wimmelten um die Beine ihres Herrn herum wie ein Schwarm kupferfarbener Elritzen.

Das Schulhaus befand sich eine halbe Meile Fußmarsch vom großen Haus entfernt, lag aber immer noch auf dem Grund und Boden der Cavanaghs. Der Vater des Colonels hatte die Zwergschule erbauen lassen, und der Colonel sorgte für ihr Fortbestehen. Um alles andere kümmerte sich Miss Mabel.

Miss Mabel legte die Kreide beiseite, als sie ihn in der Tür stehen sah, und wischte sich den Kalkstaub von den Händen.

»Colonel.«

»Miss Mabel.«

Der Colonel nahm seinen Hut ab und schlenderte durch das Klassenzimmer, wobei er so tat, als würde er sich für die Landkarten an der Wand und für die Wörter interessieren, die Miss Mabel gerade, als er kam, in großen Buchstaben an die Tafel schrieb. Neben der Tür standen niedrige Bänke, und es waren Haken für diejenigen Kinder angebracht, die Mäntel zum Aufhängen und Überschuhe zum Anziehen besaßen. Über der Tafel hing ein vergilbtes Spruchband mit dem Alphabet, und an der Wand hinter dem Lehrerpult prangten ein Kalender und eine gerahmte Kopie der Verfassung. Miss Mabel glaubte fest an den Nutzen der Vermittlung von Grundlagenwissen. Sie hielt sich an die Eckpfeiler, die sich bereits bewährt hatten und sich im weiteren Leben bewähren würden: Lesen, Schreiben, Rechnen und die Liebe zum Vaterland. Wenn sie ein Kind acht Jahre bei sich behalten konnte, bevor es heiratete oder Schlimmeres tat, konnte sie sich glücklich schätzen. Für Theoretisches und anderen Unfug blieb da wenig Zeit.

Als der Colonel seinen Rundgang beendet hatte, deutete Miss Mabel auf ihren Stuhl und forderte ihn auf, Platz zu nehmen.

»Welchem Umstand verdanke ich die Ehre Ihres Besuchs?«

Der Colonel lehnte sich auf dem Stuhl zurück und legte seinen Hut auf die Knie.

»Mein Jüngster, Devin, hat es sich in den Kopf gesetzt, Anwalt zu werden.«

Das war nichts Neues für Miss Mabel. Eine gute Lehrerin weiß, in welche Richtung ihre Kinder tendieren.

»Devin ist ein Kämpfer«, sagte Miss Mabel. »Besser ein Gerichtssaal als eine dunkle Gasse.«

Der Colonel nickte.

»Sie haben bestimmt schon gehört, dass ich eine neue Schwiegertochter habe.«

»Sessalee LaRue.«

»Ein feines Mädchen.«

Miss Mabel enthielt sich jeglichen Kommentars. Ihre Definition von »fein« beinhaltete nicht, dass man Männer an einer Steinmauer auflas und sie mit vorgehaltener Flinte zum Heiraten zwang.

»Sessalee hat einen scharfen Verstand«, fuhr der Colonel fort.

»Sie hat gelernt, was es zu lernen gab, als ich sie in der Klasse hatte«, erwiderte Miss Mabel.

Der Colonel trommelte mit den Fingern auf ihren Schreibtisch. »Eine Frau, die mit ihrem Mann nicht Schritt halten kann, hat das Nachsehen.«

Wieder enthielt Miss Mabel sich jeglichen Kommentars. Ihrer Meinung nach hatte jede verheiratete Frau das Nachsehen.

Der Colonel stand auf und trat an das schmale Bücherregal unter dem Fenster, das als Bibliothek diente.

»Ich sehe hier keine Gedichte«, meinte er und fuhr mit dem Finger über die Buchrücken.

»Diese Kinder werden weder die Zeit noch das Bedürfnis haben, Gedichte zu lesen.«

Kommentarlos überging der Colonel ihre Bemerkung. Seiner Ansicht nach hatte eine Frau ohne Poesie keine Leidenschaft. Sessalee trug die Poesie der sanften Hügelketten in sich, doch diese würde Miss Mabel nie hören.

Er sah sich in dem Klassenzimmer um. Er hatte einen Fehler gemacht. Bei näherem Hinsehen kann es vorkommen, dass selbst der beste Plan bei weitem nicht mehr so gut erscheint. Der Colonel war gekommen, um einen Weg zu finden, wie er Sessalee zum erforderlichen Rüstzeug verhelfen konnte. Aber Gelehrsamkeit war nicht die Waffe, die sie benötigte, um sich Devin gegenüber zu behaupten.

»Miss Mabel«, sagte er und setzte seinen Hut auf. »Ich überlasse Sie wieder Ihrer Arbeit.«
Sie begleitete ihn an die Tür. Sein Besuch irritierte sie, und noch mehr sein überstürzter Aufbruch. Draußen im Hof sprangen seine Hunde hin und her und konnten es kaum erwarten, wieder loszustürmen.
»Einen schönen Tag noch, Colonel«, rief die Lehrerin ihm von der Tür aus zu.
»Ihnen auch einen schönen Tag, Miss Mabel«, rief er zurück, während er seine Schritte bereits in Richtung Dog Leg Hill lenkte.

Devin saß auf der Veranda von Greens Gemischtwarenhandlung und spuckte große Töne, während Sessalee ihre Einkäufe erledigte. Plötzlich fiel ihm auf, dass Inky Mott kein Wort von dem mitbekam, was er gerade zu ihm sagte. Inky hatte die Augen halb geschlossen, und sein knochiger Brustkorb hob und senkte sich im Rhythmus seines Atems. Er sah aus wie ein hungriger Kojote, der Witterung aufgenommen hatte. Devin vermutete, dass Gladys Green wieder einmal auf der Leiter stand, und drehte sich um, um ebenfalls einen Blick unter ihren Rock zu werfen. Doch es war nicht die Witwe, die Inky das Wasser im Mund zusammenlaufen ließ. Es war Sessalee.
Devin hatte seine Frau ignoriert, um sie zu bestrafen. In seiner Ignoranz waren ihm die Veränderungen nicht aufgefallen, die in letzter Zeit mit Sessalee vor sich gegangen waren. Da war er der Einzige.
»Was gaffst du so?«, schnauzte er Inky an.
Inky schob die Hände in seine Taschen, ließ den Blick von der Veranda schweifen und fing zu pfeifen an.
Während Devin die Einkäufe hinten auf seinem Pick-up verstaute, sah er sich Sessalee genauer an. Ihr schwarzer Zopf,

der ihr normalerweise über den Rücken hing, war oben auf dem Kopf festgesteckt, was ihren schlanken Hals bestens zur Geltung brachte. An ihren zarten Ohrläppchen baumelten winzige, tränenförmige Perlenohrringe.

»Du trägst dein Haar aufgesteckt«, sagte er.

Sie strich sich mit ihrer kleinen Hand über den nackten Hals.

»Ich will nicht, dass du es abschneidest«, befahl er mit der ganzen Autorität eines Ehemanns.

Während der Pick-up dahinholperte, wandte Devin hin und wieder den Blick von der Straße ab und schaute rasch zu Sessalee hinüber. Sie wirkte noch immer so frisch wie Quellwasser, doch langsam schimmerte ein Hauch von Kultiviertheit bei ihr durch. Es war irgendwie beunruhigend.

»Ist das Kleid neu?«

Sie nickte.

»Woher hast du es?«

»Miss Pearl hat es für mich ausgesucht.«

Devin kniff die Augen zusammen, und seine Hände umklammerten das Steuer, bis die Knöchel weiß hervortraten.

»Was hattest du bei Pearl zu suchen?«

»Der Colonel hat mich zu ihr mitgenommen.«

Devin errötete.

»Ich will nicht, dass du dieses Kleid zum Einkaufen trägst!«, befahl er. »Es ist viel zu elegant!«

»Das ist aber für die Stadt«, erklärte sie geduldig, so wie man es ihr erklärt hatte. »Das richtig Elegante hängt daheim im Schrank.«

Sessalee saß gelassen auf dem Beifahrersitz und schaute nach vorn, die kleinen Hände auf dem Schoß gefaltet. Devins Blick sprang zwischen ihr und der Straße hin und her. In der Hierarchie der Körperteile, denen ein Mann Beachtung schenkt, wenn er eine Frau ansieht, rangieren die Hände nur knapp vor den Ellbogen. Aber es waren nicht Sessalees Hände, denen Devins Aufmerksamkeit galt. Es war ihr Ehering. Um die Wahrheit zu sagen, war ihm bisher nie der Gedanke gekommen, sie könnte einen tragen. Darüber hinaus kam ihm etwas an diesem Ring merkwürdig vor. Er beugte sich vor, um ihn besser zu sehen. Als er sich wieder aufrichtete, starrte er Sessalee empört und mit offenem Mund an.

»Aber das ist ja eine Messingmutter!«, stieß er hervor, als hätte sie ihren Brüdern nicht oft genug bei ihrer Arbeit an alten Automotoren und mechanischen Wäscheschleudern geholfen, um eine Messingmutter zu erkennen, wenn sie eine am Finger trug.

Devin ging rasch alle ihre Stationen an diesem Tag durch und notierte sich in Gedanken, wer alles gesehen hatte, dass seine Frau eine stumpfe, knappe zwei Zentimeter breite Messingmutter als Ehering trug. Ein Gefühl der Demütigung erfasste ihn.

»Nimm das Ding ab«, befahl er.

Entschlossen schüttelte Sessalee den Kopf. Es war das erste Mal, dass sie ihm offen widersprach, und das brachte ihn vollkommen aus dem Konzept.

»Gib sie mir!«

Der Pick-up scherte aus, als Devin nach Sessalees Hand griff, aber sie entriss sie ihm und schob sie hinter ihren Rücken.

»Das ist doch kein anständiger Ehering!«, brüllte er und schlug mit der Faust auf das Lenkrad.

»Vielleicht nicht für dich!«, erwiderte sie ebenso laut.

Unversöhnlich starrten sie einander an. Die LaRues waren zwar filigran wie Draht, hatten dafür aber einen gusseisernen Willen. Devin sah seiner Frau an, dass sie ihre Meinung nicht ändern würde und dass er absolut nichts dagegen ausrichten konnte.

Schwungvoll trat er auf die Bremse, und der Pick-up schleu-

derte in die Mitte der Straße, ehe er schwankend zum Stehen kam.
»Sture Hinterwäldlerin!«, rief Devin und knallte die Autotür zu.
Dann stapfte er zur Vorderseite des Wagens, wo er hektisch hin und her lief, mit der Faust auf die Motorhaube einschlug und mit den Stiefelspitzen Dreck in die Höhe schleuderte. Nach einer Reihe weiterer Flüche beruhigte Devin sich allmählich und fügte sich in das Unvermeidliche, jedoch nicht, ohne vorher noch seine Kappe erbost zu Boden geworfen zu haben.
In Five Points kam einzig und allein Mendelsons Pfandleihe einem Juwelier am nächsten. Mit verschränkten Fingern stand Sessalee auf Zehenspitzen über die Glasvitrine gebeugt und studierte aufmerksam das Tablett mit den Diamantringen, die in der Pfandleihe versetzt worden waren. Schließlich deutete sie auf einen Ring, und Mendelson griff in die Vitrine, nahm das Schmuckstück heraus und überreichte es ihr.
Mendelsons Herz gehörte nicht seiner Arbeit. Er hatte zwar das Geschäft von seinem Vater geerbt, aber nicht dessen Leidenschaft, sich am Scheitern anderer zu bereichern und damit seinen Lebensunterhalt zu verdienen. Für Mendelson stellten die meisten Kunden nur eine traurige Unterbrechung seines Tagesablaufs dar. Nichts verdüsterte sein Gemüt mehr als der Klang der Türglocke, die ihn bei der Lektüre eines guten Buches störte, in das er gerade versunken war. Die Leute in der Stadt hatten ihn als ungesellig abgestempelt. In Wahrheit war Mendelson nur sentimental. Er war zutiefst gerührt von den großen Liebesgeschichten bei Shakespeare und Tolstoi. Vor allem junge Liebespaare hatten es ihm angetan. Als einziger Pfandleiher der Stadt hatte er noch nicht viel mit alten Liebespaaren zu tun gehabt.

Sessalee drehte und wendete den Ring und betrachtete ihn von allen Seiten, ehe sie ihn zurückgab. Dann beugte sie sich über das Tablett und deutete auf einen anderen.
»Also?«, fragte Devin ungeduldig, nachdem sie sorgfältig jeden Ring in der Vitrine einer eingehenden Prüfung unterzogen hatte.
Sessalee schüttelte den Kopf.
»Was, zum Teufel, stimmt mit den Klunkern nicht?«
Devin konnte keinen Unterschied zwischen den Diamantringen auf dem Tablett erkennen. Doch Mendelson begriff.
»Zu viel Geschichte«, sagte Mendelson voller Verständnis.
»Gütiger Herr im Himmel«, murmelte Devin.
Als einziger Jude im County hatte Mendelson den Gott der Christen eher nicht als gütig erlebt. An guten Tagen wurde er behandelt wie Luft. Mendelson hatte fast sein ganzes Leben in Five Points verbracht, und der einzige Mann, der ihn jemals zum Essen eingeladen hatte, war der Vater des Mannes, der jetzt vor ihm stand.
Mendelson verschwand hinter einem Vorhang im Hinterzimmer und kehrte mit einer kleinen Samtschachtel wieder zurück.
»Diesen Ring hier hatte noch nie eine andere Frau am Finger«, versicherte er Sessalee.
»Wie sind Sie daran gekommen?«, fragte Devin.
»Ein Mann hat ihn in Auftrag gegeben«, erklärte Mendelson schulterzuckend, »hatte aber nie Bedarf dafür.«
Dann klappte er den Deckel auf und hielt die Schachtel etwas schräg, damit Sessalee besser sehen konnte. »Oh«, war alles, was sie herausbrachte. Devin wusste, dass es um sie geschehen war.
»Wie viel?«
Mendelson hielt vier Finger in die Luft. Devin schätzte, dass der Ring doppelt so viel wert war, akzeptierte aber wortlos.

Als Sohn des Colonels war er an eine Sonderbehandlung gewöhnt. Er ging zu seinem Pick-up hinaus, um den Whiskey zu holen, schleppte jedoch fünf statt der vier Kisten in Mendelsons Lager. Als Sohn des Colonels hatte Devin auch gelernt, nie jemanden zu übervorteilen und ein Geschenk stets zu würdigen. Als er zurückkam, starrte Sessalee mit tränenfeuchten Augen auf ihre ausgestreckte Hand. Sie hatte den Diamantring vor der Messingmutter auf ihren Finger gesteckt, und Devin musste zugeben, dass es gar nicht so schlecht aussah.

»Grüßen Sie Ihren Vater von mir, Devin«, sagte Mendelson.

Devin tippte an seine Mütze und führte Sessalee aus dem Laden. Den ganzen Weg bis zum Wagen löste sie den Blick nicht von ihrer Hand. Devin musste sie am Ellbogen festhalten, damit sie nicht in die anderen Leute hineinlief und vom Gehsteig stolperte. Nachdem er ihr auf den Beifahrersitz geholfen hatte, ging er um den Wagen herum und stieg neben ihr ein. Ungeduldig trommelte er mit den Fingern auf das Lenkrad und schaute zu ihr hinüber.

»Willst du ein Eis?«, fragte er schließlich.

Sessalee blickte zu ihm hoch und lächelte.

24

Colonel Cavanagh hatte diverse Gesetze des Staates Tennessee und der Vereinigten Staaten gebrochen, hatte seinen Söhnen kriminelle Machenschaften und Korruption gelehrt und hatte mit seinem Whiskey zum moralischen Verfall vieler Männer beigetragen. Abgesehen davon, war er ein grundsolider Bürger und Gentleman.

Die meisten waren überrascht, wenn sie Schulter an Schulter neben dem Colonel standen. Es war nicht seine körperliche Größe, die einen Mann in den Schatten des Colonels zwang. Betrat er einen Raum, räumten ihm alle bereitwillig ihren Platz, ganz gleich, wer diesen für sich beanspruchte oder welcher pompöse Titel seinem Namen vorangestellt war. Den Gesetzen der Schwerkraft folgend, fiel die Macht dem Colonel zu wie ein Apfel vom Baum, doch er spielte diesen Umstand herunter, so gut er konnte. Der Colonel war ein Führer, der keinen Wunsch verspürte, zu führen. So lebte er in friedlicher Koexistenz mit den meisten Politikern. Während des Krieges hatte er zur Genüge erlebt, was es heißt, eine Schar Männer anzuführen. An diesem Punkt seines Lebens wollte er nichts weiter, als seine Hunde spazieren zu führen, seine Bücher zu lesen und hin und wieder die Gesellschaft einer Frau zu genießen.

Nichts wirkt anziehender auf eine Frau als gottgegebene Macht. Sie ist das ultimative Aphrodisiakum, und der Colonel verströmte mehr als genug davon. In einem Raum voller Männer, die reicher waren und besser aussahen als er, war es der Colonel, dem die Frauen zulächelten. Doch der Colonel glaubte an die aussterbende Kunst der Ritterlichkeit. Er ließ sich weder auf verheiratete Frauen ein, noch gaukelte er ledigen Frauen vor, sie heiraten zu wollen. Nicht ein einziges Mal hatte er sich durch die Hintertür eines fremden Heims geschlichen oder hatte seinen Wagen durch ein Maisfeld gelenkt, während die Frau eines anderen sich im Fußraum versteckte. Nie hatte eine Frau ohne männliche Begleitung einen Fuß in sein Haus gesetzt – nur seine Haushälterin, und die hätte eine Mücke dafür bezahlen müssen, damit sie sie stach.

Die Ehefrauen in Five Points vermuteten, dass er deswegen alle ihre Einladungen ausschlug, weil er enthaltsam lebte, und zwar auf allen Gebieten. Frauen glauben, was sie glauben wollen. Männer, die wissen, was gut für sie ist, lassen sie in dem Glauben.

Drei Dinge sind es, ohne die ein heißblütiger Junggeselle nicht leben kann oder nicht leben sollte: eine gute Mahlzeit, ein Dach über dem Kopf und ein guter Fick. Niemand macht einem Mann einen Vorwurf, wenn er sich ein Haus kauft oder zum Essen ins Restaurant geht. Deshalb sah der Colonel keinen Grund, weshalb man ihm einen Strick daraus drehen sollte, wenn er auch das letzte lebensnotwendige Gut auf der Liste käuflich erwarb. Er wünschte sich nicht mehr und nicht weniger, als dass eine Frau, die ihr Handwerk verstand und sein Fahrgestell kannte, regelmäßig sein Getriebe wartete. Deswegen bestand noch lange kein Anlass, den Mechaniker zu heiraten.

Und so machte der Colonel sich jeden Samstagabend auf den Weg zu Miss Mays Bordell in Bingham. Er hätte ihr Etablissement auch zwei Mal in der Woche besucht, hätte die Fahrt dorthin nicht länger als der eigentliche Akt gedauert. In Five

Points gab es genügend Frauen, die ihm bereitwillig die Mühe erspart hätten, aber er lehnte höflich ab. Der Colonel war ein Gentleman alter Südstaatenschule. Er glaubte fest daran, dass ein Gentleman für erbrachte Dienstleistungen bezahlen sollte. Darüber hinaus hatte er die Erfahrung gemacht, dass die versteckten Nebenkosten bei einer ihm noch so großzügig entgegenkommenden Frau einfach zu hoch waren.

Ein Besuch bei Miss May hielt ihn ungefähr drei Tage bei Laune. Doch am Mittwochmorgen erwachte er bereits ruhelos und reizbar, und am Freitag riss er jedem den Kopf ab, der ihn nur schief ansah.

Am Samstagnachmittag badete der Colonel und rasierte sich. Es schüttete wie aus Kübeln, als er in seinen Cadillac stieg und in Richtung Bingham aufbrach. Als er an seiner Rinderherde vorbeifuhr, verlangsamte er die Fahrt und hielt schließlich an. Der Lick Creek war über seine Ufer getreten und hatte die untere Weide überflutet. Die Kühe drängten sich am Zaun und wussten nicht, wohin. An jedem anderen Tag hätte er sie persönlich auf die obere Weide getrieben. Doch der Colonel hatte es eilig. Auch er stand kurz davor, über die Ufer zu treten.

Schweren Herzens bog er von der Straße ab und fuhr in Richtung der Hauptscheune, wo es am wahrscheinlichsten war, dass er seinen Vorarbeiter antraf. Sie kamen sich auf halbem Weg entgegen. Die jungen Burschen, die hinten auf dem Pickup hockten, waren durchnässt bis auf die Knochen; die Hemden klebten ihnen an der Haut, und von den Filzhüten tropfte es auf ihre Gesichter. »Bin schon unterwegs«, rief ihm der Vorarbeiter von seinem Wagen aus zu. »Wir hätten die Tiere schon längst auf die Nordweide gebracht, aber die Brücke ist überspült. Die Jungs und ich, wir mussten erst Tom Merrills Ford aus dem Fluss ziehen. Wir sind nur noch mal zurück, um die Straßensperren aufzustellen.«

Bei der Nachricht, dass die Brücke unpassierbar war, biss der Colonel seine Zigarre in der Mitte entzwei. Das bedeutete, dass er die zehn Meilen Umweg bis zu Stewart's Landing in Kauf nehmen und mit der Fähre übersetzen musste, was die Fahrzeit um jeweils eine Stunde verlängerte. Er würde kaum einen Fuß in Miss Mays Etablissement setzen können, ehe er schon wieder umkehren müsste, um die letzte Fähre nach Hause zu erreichen. Gewisse Dinge erledigt ein Mann jedoch lieber nicht unter Zeitdruck. Außerdem war Lonnie Stewart, der Fährmann, nicht unbedingt der Zuverlässigste. Einmal, als er seine wöchentliche Lieferung Schwarzgebrannten bekommen hatte, war er über eine Meile vom Kurs abgewichen. Der Colonel verspürte wenig Lust, auf der falschen Seite des Flusses zu stranden. Das würde aber bedeuten, die Nacht bei Miss May zu verbringen, etwas, das er grundsätzlich vermied. Nach ungezählten Nächten auf Armeepritschen schlief der Colonel nur ungern in fremden Betten, mochte die darin liegende Fremde noch so anziehend sein.
Angesichts der Situation beschloss er, dass es an der Zeit war, dem »Five of Clubs« einen Besuch abzustatten.
Es versetzte dem Colonel einen ziemlichen Schock, als er sich am Tor Eddie McGowan im Smoking gegenübersah. Offensichtlich hatte der Junge mit dem Klemmbrett unter dem Arm endlich eine Beschäftigung gefunden.
»Guten Abend, Sir«, sagte Eddie, als hätte er den Colonel noch nie im Leben gesehen. »Dürfte ich vielleicht Ihre Mitgliedskarte sehen?«
»Meine Mitgliedskarte?«
Eddie deutete auf die Messingplakette am Tor.

FIVE OF CLUBS
PRIVATCLUB
NUR FÜR MITGLIEDER

Unter normalen Umständen hätte der Colonel sich aus seinem Wagen bequemt und Eddie gezeigt, was man sonst noch alles mit einem Klemmbrett anstellen konnte. Aber es wurde allmählich spät und er quengelig wie ein kleines Kind.

»Eddie McGowan, ich kenne dich jetzt, seit du ein kleiner Rotzlöffel warst und deiner Mutter an der Latzhose hingst!«

»Ich mache nur meine Arbeit, Colonel«, erwiderte Eddie ruhig und professionell, ehe er seinen Finger entlang der Liste auf dem Klemmbrett gleiten ließ, schließlich den Namen des Colonels darauf fand und mit einem schwungvollen Haken abzeichnete.

»Hier sind Sie ja, Sir. Sie sind als Ehrenmitglied aufgeführt.«

Das traf den Colonel an einer empfindlichen Stelle. Er mochte keine Ehrenmitgliedschaften. Entweder verdiente er sich seinen Status oder bezahlte dafür. Doch hinter ihm stauten sich allmählich die Karossen, und der Auslöser einer Szene zu sein, mochte der Colonel ebenso wenig.

»Jetzt mach schon das verdammte Tor auf!«, knurrte er.

Eddie hob die Hand und deutete Woody an, das Tor zu öffnen.

»Ich wünsche Ihnen einen schönen Abend, Sir.« Eddie salutierte zackig, als der Colonel an ihm vorbeifuhr. »Wir entschuldigen uns für die Verzögerung.«

Der Colonel war noch immer aufgebracht, als er dem Pagen seinen Autoschlüssel in die Hand drückte. Doch als er die Stufen zu Pearls Club hinaufstieg, wurde ihm das Herz schwer. Auf seine Art war der Colonel ein treuer Mensch. Mit Ausnahme der Zeit, als er während des Kriegs in Frankreich stationiert war, hatte er sich nie außerhalb von Miss Mays Etablissement amüsiert. Heute würde er ein Mal eine Ausnahme machen, aber dabei würde es bleiben, sagte er sich. Noch in der Minute, in der das Dienstmädchen ihm die Tür öffnete, wusste er, dass das eine Lüge war.

Etliche Herren hoben ihre Gläser und forderten den Colonel auf, sich zu ihnen zu gesellen, als er den vorderen Salon betrat. Aber der Colonel war nicht in der Stimmung für ein geselliges Vorspiel. Das Dienstmädchen führte ihn den Gang entlang in den hinteren Salon. »Einen schönen Abend, Sir«, wünschte sie ihm, als sie die Tür hinter ihm schloss. An der Bar entdeckte er ein Mädchen mit kupferfarbenem Haar, lebhaften Augen und einer frechen Ausstrahlung, die durch den spärlich beleuchteten Raum sogar bis zu ihm herüberdrang. Er steuerte umgehend auf sie zu und flüsterte ihr etwas ins Ohr, woraufhin sie sich rasch handelseinig wurden.

Das Mädchen ergriff seinen Arm und führte ihn zur hinteren Treppe. Am Treppenabsatz hatte der Colonel sein Gesicht bereits in Sophies Haar vergraben, als er das Summen hörte. Er versuchte, es zu ignorieren, aber die Vertrautheit des Lieds und seine Unfähigkeit, sich an den Titel zu erinnern, ließen ihm keine Ruhe. Er hob den Kopf und lauschte. Das Summen war tief, rauh und sehr verlockend. Der Colonel trat einen Schritt zurück, bückte sich und spähte in die Küche hinunter, aus der ein warmer, gelber Lichtschein drang. Die summende Frau hatte ihm den Rücken zugewandt und war gerade dabei, Teig auszurollen.

»Wer ist das?«, fragte er.

»Unsere Köchin.« Sophies warmer Atem streifte sein Ohr, während sie langsam sein Hemd aufknöpfte. »Maysie McGowan.«

Maysie war gekleidet wie immer, aber in der Küche war es so heiß und feucht von dem vielen Kochen, Braten und Backen, dass sie ihr Hemd ausgezogen hatte. Unter der Latzhose trug sie eines von Eddies ärmellosen Unterhemden. Ihre nackten Arme waren voller Mehl, und ihr Haar kringelte sich in feuchten Locken um ihr Gesicht. Es dauerte eine Minute, bis

der Colonel es fassen konnte. Er hatte ja keine Ahnung, dass die Witwe ein so knackiges Figürchen hatte.
»Maysie McGowan«, rief er in die Küche hinunter.
Maysie drehte sich um, strich mit dem Unterarm das Haar zurück und schaute hoch. Kunstvoll drapiert wie ein Seidenschal, hing Sophie an der Schulter des Colonels und zwirbelte mit ihrem lackierten Fingernagel die ergrauten Brusthaare des Colonels zu sanften Locken.
»Colonel«, sagte Maysie.
»Was ist das für ein Lied, das Sie da singen?«
»Nur eine alte Ballade.«
»Meine Mutter hat mir das immer vorgesungen.«
»Hat sie das?«
Er spürte Maysies Blick auf seinem offenen Hemd, und seine Brust schwoll an wie ein Segel. Amüsiert kräuselten sich Maysies Mundwinkel, was den Colonel maßlos ärgerte.
»Na, dann …«, meinte er mit rauher Stimme.
»Na, dann …«
Maysie wandte sich wieder ihrem Teig zu, und der Colonel und Sophie setzten ihren Weg die Treppe hinauf fort. Den Rest der Nacht empfand der Colonel eine ungewohnte Ruhelosigkeit und Unersättlichkeit. Jedes Mal, wenn er glaubte, mit Sophie fertig zu sein, erregte ihn von neuem die Erinnerung an Maysie McGowan, wie sie grinsend in diesem engen, kurzen T-Shirt vor ihm stand. Sogar als er Pearls Haus längst verlassen hatte, wollte ihm diese verflixte Melodie, die sie gesummt hatte, nicht mehr aus dem Kopf gehen und quälte ihn, wie das bei sentimentalen Balladen oft der Fall ist.

Von da an war der Colonel jeden zweiten Abend Gast in Pearls Club, und bald war der knurrige alte Rüde nicht mehr wiederzuerkennen. Seine Gesichtszüge glätteten sich, seine Reizbarkeit verschwand, und er strahlte die Energie und

Ausgelassenheit eines jungen Hundes aus. Die Haushälterin war gar der Ansicht, dass man einen Arzt rufen sollte.

»Er ist krank, sag ich dir«, beharrte sie, während sie und Sessalee dem Colonel dabei zusahen, wie er draußen im Hof herumtanzte und seiner preisgekrönten Hündin einen Knochen entwand.

Sessalee lächelte nur.

Wie auch bei seinen Gästen verbarg sich hinter der prüden Fassade des »Five of Clubs« ein aufgeklärtes Innenleben. Im vorderen Salon zierten geschmeidige nackte Art-déco-Schönheiten antike Kaminsimse aus Mahagoniholz. Französischer Champagner perlte in silbernen Eiskübeln neben braunen Tonkrügen voller Schwarzgebranntem, der in Einweckgläsern serviert wurde, doch das mit Abstand beliebteste Getränk war Cavanagh-Whiskey. Ein ebenholzschwarzer Klavierspieler im weißen Smoking saß an einem weißlackierten Flügel, der mit Rosenblüten bestreut war. Er konnte auf Zuruf jedes Lied spielen, und falls man den Titel vergessen hatte, genügte es, wenn man es ihm vorsummte. Sollte sich der männliche Gast in einer eher meditativen Stimmung befinden, lagen die wichtigsten Tageszeitungen und alle regelmäßig erscheinenden Zeitschriften auf den kleinen Beistelltischen in der Bibliothek für ihn bereit, während in Leder gebundene Bücher die Regale füllten. Eines von Pearls Mädchen sorgte dafür, dass das Glas des Gastes nie leer war und seine Zigarre ständig brannte. Im Speisezimmer bekam er zu jeder Tages- und Nachtzeit so ziemlich alles zu essen, was sein Herz begehrte, und im hinteren Salon fand er die anderen Dinge, auf die er Appetit haben mochte.

Während im vorderen Teil des Hauses anspruchsvolles mit weniger anspruchsvollem Dekor liebäugelte, kam man im hinteren Teil ohne Umschweife zum Geschäft. Schwere Samtvorhänge verhüllten die Fenster von der Decke bis zum Bo-

den, und das gedämpfte Licht fransenbehangener Tiffany-Lampen tauchte die Akteure in gnädiges Halbdunkel. Der Geruch teurer Zigarren vermengte sich mit dem Duft kostspieligen Parfüms. Und ewig lockte das Weib.
Der »Five of Clubs« sprach buchstäblich alle Sinne eines Mannes an, sogar diejenigen, die bereits zu verkümmern drohten. Außer, um in seinem eigenen Bett zu schlafen, sah der Colonel keinen Grund, weshalb ein Mann dieses Etablissement jemals wieder verlassen sollte.
In Pearls Club rauchte der Colonel gute Zigarren, diskutierte mit anderen Männern ein wenig übers Geschäft, lauschte guter Musik und speiste wie ein König. Und von Zeit zu Zeit machte er einen kleinen Ausflug in das obere Stockwerk.
»Ihre Schönheit war Musik im Mund, heißt es«, rezitierte er für Sophie auf ihrem Weg die hintere Treppe hinauf. »Männer, die sie erblickten, schauten tief ins Glas und blieben stumm …«
»… und, oh, sie war der Sonntag einer jeden Woche …« Die letzte Strophe drang leise aus der Küche zu ihm nach oben.
Der Colonel senkte den Kopf, und sein Blick fiel auf den Hackstock. Maysie McGowan schaute nicht auf, sondern fuhr fort, einen Apfel zu schälen, dessen grüne Schale sich in eine einzige, immer länger werdende Locke verwandelte.

Nach einem Ausflug in das obere Stockwerk hatte der Colonel jedes Mal einen Bärenhunger. Maysie sorgte dafür, dass das Büfett immer frisch und reichlich bestückt war. Der Vorrat an Schinken, Brathähnchen, Rinderfilet, geräucherter Forelle und ähnlichen Köstlichkeiten versiegte nie. Doch als im Brotkorb statt der normalen Milchbrötchen plötzlich Hefebrötchen lagen, verlor der Colonel schlagartig jegliches Interesse auch an allem anderen. Im Mittelpunkt seiner kulinarischen und sonstigen Gelüste hatten Maysies Milch-

brötchen gestanden. Was es dazu als Beilagen gab, war unerheblich.
»Im Zimmer nebenan steht ein Tisch voller Essen«, sagte Maysie, die gerade einen Topf trockenrieb und über den Hackstock hängte.
»Ich bin eigentlich eher in der Stimmung für ein Frühstück«, sagte der Colonel, zog seine Jacke aus, hängte sie über einen Stuhl und machte es sich am Küchentisch bequem.
Maysie stellte die Temperatur des Backofens auf zweihundertdreißig Grad und holte zwei Eisenpfannen heraus.
»Ich hoffe, es stört Sie nicht, wenn ich in Ihrer Küche rauche«, sagte er.
Er fasste ihr Schweigen als Zustimmung auf.
»Wie wollen Sie Ihre Spiegeleier?«
»Auf beiden Seiten leicht gebraten.«
Maysie füllte einen Topf mit Wasser für den Haferbrei und stellte ihn zum Erhitzen auf den Herd. Der Colonel lehnte sich auf seinem Stuhl zurück und sah Maysie beim Kochen zu. Eine geschickt in ihrer Küche hantierende Frau ist ein himmlischer Anblick. Schinkenspeck brutzelte in der Pfanne, Kaffee stieg blubbernd in der Kaffeemaschine nach oben, der Haferbrei dickte langsam ein, und Maysie machte Brötchen. Milchbrötchen sind die simpelste Variante aller Brotsorten. Nur Milch, Mehl, Soda und Butter. Wie manche Frauen es schafften, daran zu scheitern, war dem Colonel unbegreiflich, doch sie schafften es. Manche Frauen hatten es zu eilig und stellten die Temperatur am Anfang zu hoch ein, so dass die Brötchen außen verbrannt und innen noch teigig waren. Manche backten sie zu lange, so dass sie trocken wie Kräcker aus dem Ofen kamen. Manche Frauen übertönten ihren Eigengeschmack mit ausgefallenen Zutaten, in der Hoffnung, damit ihre Unfähigkeit zu kaschieren, den Basisteig zu perfektionieren.

»Was macht Ihre Brötchen so leicht, Maysie?«
»Dicke Sahne«, erwiderte sie ohne Zögern.
Maysie war nicht der Typ von Frau, der eine Zutat zu einem Rezept verschwieg, damit andere Frauen eine Bauchlandung erlitten. Summend rollte sie den weichen, weißen Teig auf dem Brett aus, die Finger leicht auf dem Nudelholz abgestützt, eine Schicht weißes Mehl auf den schlanken Armen.
»Wahrscheinlich halten Sie mich für einen Mann ohne Moral.«
»Ist es denn wichtig für Sie, was ich denke?«
»Ich würde sagen, ja«, erwiderte der Colonel und starrte auf die brennende Spitze seiner Zigarre.
»Dann sage ich es Ihnen.« Mit Hilfe einer leeren Tomatenbüchse formte Maysie aus dem Teig ein Brötchen nach dem anderen, wendete es in geschmolzener Butter und legte es in die Eisenpfanne. »Ich mag es, wenn ein Mann einen gesunden Appetit hat.«
Der Colonel blickte von seiner Zigarre auf.
Maysie öffnete die Ofentür, bückte sich und schob die Brötchen auf die mittlere Schiene. Die meisten Männer mustern eine Frau verstohlen wie ein Dieb, der Colonel hingegen starrte sie offen und unverblümt an. Fühlte die Frau sich dadurch belästigt, konnte sie davon ausgehen, dass er kein zweites Mal mehr hinschauen würde. Er betrachtete Maysie noch immer ausgiebig, als sie sich umdrehte. Ihr Körper wurde warm und nachgiebig. Als ihre Blicke sich trafen, sah Maysie ihn erwartungsvoll an.
Ein Geräusch an der Hintertür riss sie aus ihrer Versunkenheit. Maysie wischte sich die Hände an der Schürze ab und öffnete. Ulysses kam in die Küche getrottet und blieb keuchend neben einer großen Schüssel auf dem Boden stehen, als wäre er schon einmal hier gewesen.

»Ich hoffe, Sie haben nichts gegen Hunde in der Küche«, sagte Maysie, während sie die Überreste gebratener Steaks in die Schüssel kippte.
Sie fasste das Schweigen des Colonels als Zustimmung auf.

An den meisten Abenden war Pearl am Pokertisch anzutreffen. Manche Spieler beherrschen die Karten, Pearl beherrschte die Spieler. Sie kannte jeden Zug im Voraus, lange bevor der Einsatz auf dem Tisch lag. Sie wusste, wann sie das Ego eines Mannes streicheln und wann sie ihn links liegenlassen musste, damit er mehr Geld einsetzte, um sie zu beeindrucken. Ob im oberen oder im unteren Stockwerk, so unterschiedlich waren die erforderlichen Talente nicht.
Lief es gut am Kartentisch, konnte Pearl an einem Abend die Einnahmen des Hauses verdoppeln. Lief es nicht, zog sie sich in ihre privaten Räume zurück. Wie alle Puffmütter war auch Pearl der Ansicht, dass ein klein wenig Geheimnis nie schaden konnte.
»Wie läuft das Geschäft?«, fragte der Colonel.
»Ich mache so viel Geld, dass ich nicht weiß, wohin damit«, antwortete Pearl, klappte ihr Feuerzeug auf und hielt es unter seine Zigarre.
Der Colonel schmunzelte hinter seiner Rauchwolke. Es war stadtbekannt, dass Pearl sehr wohl wusste, wohin mit ihrem Geld. Ihre Meinung in Geldangelegenheiten war so fundiert wie die eines jeden Mannes. Von ihrer Mutter hatte sie das mit Sicherheit nicht geerbt. Lorna Wilde zerrann das Geld zwischen den Fingern wie Wasser.
Das Leben ist wie ein Pokerspiel. Manche Spieler verspielen alles, obwohl sie ein siegreiches Blatt in der Hand halten, andere gewinnen mit nichts weiter als einem Paar Luschen. Es kommt nicht auf das Blatt an, das man im Leben ausgeteilt bekommt, sondern auf die Hände, welche die Karten halten.

Pearl Wilde hatte in mehr als einer Hinsicht ein geschicktes Händchen. Und das hatte sie von ihrer Mutter geerbt.

»Ich vermute mal, dass du nicht beabsichtigst, lange in diesem Geschäft zu bleiben«, sagte der Colonel, während sie ihm einen Drink eingoss.

»Ich habe bereits einen Käufer.«

»Ohne dich ist das nur irgendeine Immobilie.«

»Es ist eine Sie. Aber das wissen Sie ja bereits. Ich glaube sogar, dass Sie es waren, der Sophie auf die Idee gebracht hat.«

Der Colonel grinste. »Sophie hat einen guten Kopf auf ihren Schultern.«

»Und sehr gute Schultern«, fügte Pearl hinzu und ließ sich auf der Chaiselongue ihm gegenüber nieder.

Der Colonel betrachtete eingehend die Spitze seiner Zigarre, und Pearl sah ihm an, dass der Small Talk beendet und dass der Colonel so weit war, auf den eigentlichen Grund seines Besuchs zu sprechen zu kommen.

»Also, was kann ich tun für Sie, Colonel?«

Gegen Ende eines langen Abends brachte Maysie Pearl immer ein Glas mit eiskalter Milch, damit sie besser einschlafen konnte. Normalerweise traf sie Pearl am Pokertisch an, wo sie allein gegen sich selbst Karten spielte. Im Hintergrund erklang auf dem Grammophon Bessies heisere Stimme und sang »Follow the deal on down«, während Pearl die Karten mischte.

Maysie beobachtete Pearl, wie sie mit flinken Handbewegungen sechs Mal einen Satz Karten verteilte. Pearl spielte gern sechs Blatt auf einmal, um sich geistig fit zu halten.

»Wenn du im Leben deine Karten genauso geschickt eingesetzt hättest wie beim Pokern …«, meinte Maysie.

»Tja«, sagte Pearl, drehte die Hand um und legte ein Full House auf den Tisch, »das werden wir wohl nie erfahren.«

Maysie sammelte die schmutzigen Gläser im Raum ein und stellte sie auf ein Tablett.
»Der Colonel hat mich heute Abend besucht«, sagte Pearl beiläufig, während sie die Karten einsammelte und neu mischte.
»Hat er das?«
»Tja, er scheint die Nacht mit einem meiner Mädchen verbringen zu wollen.«
»Der Colonel bleibt doch nie die ganze Nacht«, erwiderte Maysie, leerte die Aschenbecher aus und rieb sie mit einem feuchten Lappen sauber.
»Ich habe ihm gesagt, dass ihn das hundert Dollar kosten wird.«
Maysie zog eine Augenbraue hoch. Einhundert Dollar waren eine stolze Summe.
»Ich vermute, damit war die Sache gegessen.«
»Er hat mit keiner Wimper gezuckt.«
»Die meisten wollen was ganz Spezielles.«
»Er auch.« Pearl trank einen Schluck von der kalten Milch. »Er will dich.«
Maysie brach in schallendes Gelächter aus. Als sie bemerkte, dass Pearl es ernst meinte, wurde sie nachdenklich.
»Lass dir genügend Zeit, um deine Entscheidung zu treffen«, sagte Pearl, hob die Karten ab und mischte erneut.
»Ja«, antwortete Maysie, ohne auch nur einen Moment zu zögern.
Pearl hob den Blick und schaute Maysie in die Augen.
»Ja, was?«
»Sag dem Colonel, ja.«
Pearl studierte eindringlich Maysies Gesicht, um sich zu vergewissern, dass sie es tatsächlich ernst meinte.
»Das Haus nimmt die Hälfte«, sagte sie schließlich und teilte für die nächste Runde aus.

Am Tag ihrer Verabredung mit dem Colonel wurde Maysie von den Mädchen gebadet und angekleidet. Sie legten sich ungemein ins Zeug, schrubbten ihr die Füße und Ellbogen mit Zitronensaft, polierten ihre Nägel und rasierten ihr die Beine. Maysie verharrte reglos, während die Mädchen Mandelöl in ihre Haut massierten und Teile ihres Körpers puderten, von denen sie schon lange nicht mehr wusste, dass es sie gab. Während eines der Mädchen Maysies Haar bürstete und zu einer weichen Rolle hochkämmte, kümmerte ein anderes sich um ihr Make-up. »Nicht zu viel«, warnte Sophie und schaute Maysie, die vor dem Spiegel stand, über die Schulter. »Eine Rose braucht kein Rouge.«
Pearl schenkte Maysie ein taubenblaues Seidenkleid, das genau zur Farbe ihrer Augen passte und sich an den richtigen Stellen an ihren Körper schmiegte. »Das hing noch bei mir im Schrank herum«, sagte Pearl, während Sophie am Rücken das Preisschild entfernte.
Als die Mädchen ihr Werk vollendet hatten, schoben sie Maysie vor den Spiegel, damit sie sich darin bewundern konnte. Es wurde still im Zimmer, als Maysie den Kopf von einer Seite zur anderen bewegte und ihr Spiegelbild dabei hin und her huschte. Sophie reichte ihr einen Handspiegel, und Maysie hielt ihn feierlich in die Höhe, um sich von hinten zu betrachten. Maysie musste kurz nachrechnen, damit ihr ihr Alter wieder einfiel. Sie konnte es nicht glauben, dass sie schon beinahe fünfundvierzig Jahre alt war. Sie fühlte sich nicht anders als mit zwanzig Jahren.
»Das alte Mädchen hat zwar ein paar graue Haare mehr«, sagte Maysie schließlich und gab Sophie den Spiegel zurück, »aber sonst ist sie noch gut in Schuss.«
Inky Mott lehnte mit verschränkten Armen an seinem Taxi und wartete auf Maysie. Seiner Meinung nach hatte der Colonel den Verstand verloren, einhundert Dollar für die Witwe

springen zu lassen. Doch als er Maysie durch die Vordertür kommen sah, nahm er automatisch seine Mütze ab. Er hatte ja keine Ahnung, dass sie ein so knackiges Figürchen hatte.

»Äh, Miss Maysie … Sie sehen …«

Mehr brachte Inky nicht heraus, aber wie er es sagte, das sprach Bände.

Um Maysies Ruf nicht zu gefährden, hielt der Colonel es für das Beste, die Nacht in Nashville zu verbringen. Und so zahlte er Inky eine schöne Stange Geld, damit er sie bis in das Hermitage Hotel fuhr. Und damit er den Mund hielt.

»Das ist aber ein mächtig luxuriöses Hotel«, sagte Inky, während er ihr die Autotür aufhielt. »Muss den Colonel ganz schön was gekostet haben.«

Maysie war in ihrem Leben bisher erst ein Mal in einem Hotel gewesen. Doch das war nichts im Vergleich zu diesem hier. Der Portier des Hermitage trug einen schwarzen Satinzylinder und weiße, geknöpfte Handschuhe und verbeugte sich leicht, als sie an ihm vorbeiging. Als sie die mit Marmor ausgelegte Hotelhalle durchquerte, fielen ihr beim Anblick der exotischen Topfpflanzen, der glänzenden Messingwandleuchter und der quastenbehangenen Samtmöbel mit den Löwenklauenfüßen fast die Augen aus dem Kopf, und sie fragte sich, was der Colonel im Schilde führte. Er musste sie nicht beeindrucken. Für einhundert Dollar hätte er sie auch in der nächsten Tierfutter- und Saatguthandlung haben können.

»Colonel«, sagte sie, als er die Tür öffnete.

»Miss Maysie«, erwiderte er und nahm ihr die Tasche ab.

Während sie sich in der Suite umsah, schaute er sich Maysie an. Um die Wahrheit zu sagen, in ihrem kleinen T-Shirt und mit den Latzhosen war sie ihm lieber gewesen, aber er würde sie so auch nicht von der Bettkante stoßen.

»Ich dachte, wir werden erst eine Kleinigkeit essen und dann –«

»Wenn es Ihnen recht ist, Colonel«, sagte Maysie und drehte sich zu ihm um, »würde ich gern sofort zum Geschäft kommen.«

Das war zwar nicht das, was er geplant hatte, aber er disponierte rasch um.

Der Colonel hatte Bedenken gehabt, dass Maysie, wenn es hart auf hart käme, sich als ängstlich erweisen würde. Er hatte keine Geduld, weder mit ängstlichen Hunden noch mit ängstlichen Frauen. Um die Wahrheit zu sagen, fand er sie langweilig. Doch als Maysie seinen Gürtel löste, seine Hosen bis auf die Knöchel hinunterschob und ihn auf das Bett stieß, war er es plötzlich, den sein Mut im Stich ließ.

Am Fuß des Betts stehend, ließ Maysie langsam, sehr langsam den Blick über ihn wandern.

»Colonel«, sagte sie schließlich, »Sie sind ein Prachtexemplar von Mann.«

Maysies Hände hatten Kühe gemolken und Brotteig geknetet. Sie hatte Kälber aus dem Leib ihrer Mütter gezogen und Heuballen auf Lastwagen geworfen. Mit einer Berührung, so leicht wie eine Feder, hatte sie dem zahnenden kleinen Eddie das geschwollene Zahnfleisch mit Nelkenöl eingerieben und mit einem Faden, so fein wie Engelshaar, Spitzendeckchen gehäkelt. Der Körper eines Mannes stellte kaum eine Herausforderung für sie dar. Als ihre Finger wie heißer Atem über seine Haut strichen, flüsterte der Colonel heiser: »Oh, Herr im Himmel«, und fasste wieder Mut.

»Colonel«, sagte Maysie und zog die Nadeln aus ihrem Haar, »ich werde Dinge mit Ihnen machen, die noch keine Frau zuvor getan hat.«

Auch Maysie hatte sie noch nicht getan, aber sie hatte schon immer gut improvisieren können.

Der Rest der Nacht glich einer Schlacht, und bald verlor der Colonel im Kampfgetümmel den Überblick. Nachdem der

Pulverdampf sich verzogen hatte, wusste er nicht, welche Partei gewonnen hatte. Als Maysie sich endlich auf ihre Bettseite zurückzog, legte er sich flach auf den Rücken und starrte hinauf zum Kronleuchter.
»Offen gestanden, Madame«, sagte er, »komme ich mir etwas abgenutzt vor.«
»Colonel«, erwiderte Maysie und seufzte zutiefst befriedigt, »das waren Sie schon, als ich Sie bekommen habe.«

Wie es so üblich ist bei den Männern, fiel der Colonel danach sofort in Tiefschlaf. Kurz vor Tagesanbruch erwachte er und streckte und kratzte sich. Und dann fiel ihm wieder ein, wo er war. In der Nacht zuvor hatte Maysie ihn überrumpelt. Jetzt war er bereit für sie. Er drehte sich um und streckte den Arm nach ihr aus, aber ihre Bettseite war kalt. Er richtete sich auf und knipste die Lampe auf dem Nachttisch an. Maysies Tasche war weg.
Und sie ebenfalls.
Wütend schlug der Colonel die Bettdecke zurück. Die Abmachung hatte die ganze Nacht umfasst. Der Colonel packte den Telefonhörer, um Pearl einen Vortrag über Geschäftsethik zu halten, als er den Umschlag bemerkte, der an der Lampe auf dem Nachttisch lehnte. Er erbrach das Siegel und riss den Zettel heraus.

Danke, Colonel, für einen wunderbaren Abend.
Mit freundlichen Grüßen,
Maysie McGowan

Im Umschlag lag zusammengefaltet eine Hundertdollarnote.

Es war noch fast dunkel, als Inky das Taxi vor der Steinmauer an der Kirche St. Jerome parkte.

»Warte hier«, bat Maysie und beugte sich in das Wagenfenster. »Es dauert nicht lange.«
Nebel lag über dem Friedhof. Taufeuchte Spinnweben markierten die Gräber derer, die vergessen waren, und auf den Steinplatten vereinigten sich die silbrigen Kriechspuren der Schnecken zu einem verschlungenen Muster. Als Maysie das Eisentor aufstieß, flatterte ein Schwarm Tauben in den frühen Morgenhimmel hinauf. Maysie marschierte quer über den Friedhof, ohne darauf zu achten, auf wessen Grab sie dabei trat.
Manche Frauen heiraten aus Liebe, manche wegen des Geldes. Maysie hatte Morris McGowan geheiratet, weil er sie gefragt hatte. Alle hielten Morris für einen guten Fang. Und in ihren jungen Jahren hatte Maysie viel auf das gegeben, was andere Leute dachten. Morris war zwanzig Jahre älter als sie und hatte nie geheiratet. Er hatte bis zu deren Tod mit seiner Mutter zusammengelebt und eine schuldenfreie Tabakfarm übernommen. Was konnte sich eine alte, unscheinbare Jungfer von fünfundzwanzig Jahren wie Maysie schon mehr erhoffen?
»Lieber eines alten Mannes Schatz als eines jungen Mannes Magd«, hatte ihre Mutter ihr zugeflüstert, als sie Maysie nach der Kirche in Richtung Morris schob.
In der Zeit, in der er um sie warb, machte Morris nicht ein einziges Mal Anstalten, ihre Hand zu halten. »Er respektiert dich eben«, erklärte ihre Mutter bestimmt. Der Wunsch nach Kindern brachte Maysies Blut allmählich in Wallung. Als sie endlich ihr Ehegelübde ablegte, war sie so aufgeheizt, dass sie bereits zitterte, wenn sie nur mit ihren eigenen Fingern ihre Lippen berührte. Doch als Morris am Altar ihren Schleier hob und ihr mit seinen dünnen, verkniffenen Lippen einen flüchtigen Kuss auf die Wange hauchte, wusste Maysie, dass der Mann nicht genügend Leidenschaft in sich hatte, um einen Hemdkragen zum Stehen zu bringen.

Als sie hinauf in die Hügel fuhren, trug Maysie ein neues Kleid aus blassblauem Organdy mit passenden Knöpfen und Spitzenbesatz an Hals und Ärmeln. Morris warf einen einzigen Blick auf sie, und sein Gesicht verdüsterte sich.

»Frau, bedeck dich!«

Es war August. Die Luft, die durch die offenen Wagenfenster hereinwehte, war heiß, als käme sie aus einem Backofen. Das Kleid und Maysies Hoffnung welkten dahin wie Kopfsalat. Aber sie knöpfte ihre Strickjacke bis unters Kinn zu.

In ihrer Hochzeitsnacht ließ Morris sie neben das Bett hinknien, während er aus der Bibel vorlas. Als sie nebeneinanderlagen, griff Maysie nach seiner Hand.

»Ein anständiger Mann mag keine vorschnelle Frau«, sagte er und entzog ihr seine Hand, als hätte sie vergessen, sich zu waschen.

Maysies Ansicht nach hatte sie es ihr Leben lang immer zu langsam angehen lassen und sich aufgespart wie ein Weihnachtsgeschenk. Aber, bei Gott, jetzt war sie mehr als bereit, sich auspacken zu lassen.

Als sie in der zweiten Nacht erneut versuchte, ihren Mann zu berühren, drehte Morris ihr den Rücken zu.

»Mache ich was falsch?«, flüsterte sie in der Dunkelheit.

Morris rührte sich nicht und tat so, als würde er schlafen. Aber sein Atem verriet ihr, dass er sie hörte.

»Bitte«, flüsterte sie und schob ihre Hand in seine Pyjamajacke.

Morris wirbelte herum und schlug sie so fest, dass sie Blut schmeckte.

»Kein anständiger Mann mag eine Frau, die sich wie eine Hure benimmt!«

Die Worte schmerzten mehr als seine Hand. Der Schnitt war tief, so tief, dass ein Teil von Maysie dabei abstarb.

Während ihrer Flitterwochen regnete es jeden Tag. Der Nebel

hing wie bleicher Rauch über den Hügeln, und weiße Schaumkronen kochten in den Flüssen. Maysie beobachtete das alles vom Hotelfenster aus. Als sie vorschlug, einen Spaziergang zu machen, gab ihr Morris' Schweigen zu verstehen, dass sie in ihrer Ehe nichts zu sagen hatte.
Er verbrachte den Tag auf dem Bett liegend, wo er die Zeitung las und hin und wieder ein Nickerchen machte. Er sah auch keine Notwendigkeit darin, das Geld für ein Restaurant auszugeben. Sie aßen das, was Maysie in einem Picknickkorb mitgebracht hatte. Morris ließ sich von ihr den Teller mit gebratenem Hähnchen und gefüllten Eiern ans Bett bringen. Ein kleiner Vorgeschmack auf das, was es hieß, eines alten Mannes Schatz zu sein.
»Ich glaube, ich gehe mal in die Hotelhalle hinunter und kaufe eine Postkarte«, sagte sie und griff nach ihrer Handtasche.
»Es schickt sich nicht für eine verheiratete Frau, allein auszugehen«, erklärte Morris ihr streng.
»Wieso hast du mich eigentlich geheiratet?«
»Sei nicht so undankbar. Ich hätte eine bessere Partie machen können.«
Langsam setzte Maysie sich wieder.
Morris hatte zu lange allein mit seiner Mutter gelebt. Ihre Schürzenbänder saßen noch immer stramm. Er erwartete von Maysie, dass sie in die Schuhe seiner Mama schlüpfte, ihn bediente und verhätschelte. Doch die Schuhe seiner Mutter wären immer zu groß für sie. Nichts, was Maysie tat, wäre jemals gut genug. Und das, was sie ihm geben konnte, stieß er zurück. Morris war verdorben durch die Liebe einer Frau. Dafür hatte seine Mutter gesorgt. Sogar im Tod würde die alte Frau ihn niemals mehr loslassen.
Während Morris im Zimmer nebenan schnarchte, saß Maysie auf dem Rand der Badewanne, und langsam wurde ihr mit Schrecken die kalte Realität ihrer Situation bewusst. Maysie,

eine Frau, die nie ein Kilo Äpfel kaufte, ohne vorher einen zu kosten, die sich weigerte, ein Kleid aus dem Katalog zu bestellen, weil sie es nicht anprobieren konnte, die nie ein Paar Schuhe gekauft hatte, ohne damit mindestens zwei Mal durch den Laden zu laufen, um sicherzugehen, dass sie nicht drückten, diese Frau hatte geschworen, den Rest ihres Lebens mit einem Mann zu schlafen, den sie noch nicht einmal geküsst hatte.

Maysie umklammerte mit beiden Händen das Waschbecken und übergab sich.

Am letzten Abend ihrer Flitterwochen bereitete Maysie einen Aufguss für Morris zu.

»Was ist das?«, fragte er und roch an der Tasse.

»Das schützt dich davor, eine Grippe zu bekommen«, sagte sie.

Da Morris ein Mann war, der sich gegen alles schützte, trank er die Tasse leer. Maysie hatte einen Entschluss gefasst. Wenn sie schon keinen Ehemann haben konnte, wollte sie wenigstens ein Kind bekommen. In seinem Rasierbeutel hatte sie Schlafpulver gefunden. Es dauerte nur ein paar Minuten, ehe Morris zu wanken begann. Als seine Augäpfel nach hinten rollten, setzte Maysie sich neben ihn auf das Bett. Sofort rutschte Morris weg von ihr, doch nicht so weit wie üblich. Maysie drückte ihm eine zweite Tasse Aufguss in die Hand und führte sie an seine schlaffen Lippen. Als Morris endlich nicht mehr fähig war, Widerstand zu leisten, nahm Maysie die Angelegenheit selbst in die Hand. Sie stammte von einer Farm und kannte sich mit solchen Dingen aus – doch bei Morris versagten alle ihre Bemühungen.

Als er schließlich vollkommen wegsackte, brach Maysie auf dem Boden zusammen. »Bitte, lieber Gott«, rief sie und faltete die Hände so fest, dass ihre Knöchel weiß hervortraten, »bitte, lass das nicht mein Leben sein.«

Es war noch dunkel, als sie mit tränennassem Gesicht auf dem Fußboden erwachte. Die Badezimmertür stand einen Spalt offen, und ein schmutzig gelber Lichtschein fiel auf sie. Durch den Spalt konnte sie Morris' nackte Füße sehen. Es waren hässliche Füße, weiß wie ein toter Fischbauch, die Nägel gelblich verfärbt und verkrümmt. Maysie kroch zur Tür und schob sie leise ein Stück weiter auf. Morris stand am Waschbecken. Er war nackt und bearbeitete sein bestes Stück. »Jesus, Jesus«, stieß er zwischen zusammengebissenen Zähnen hervor, während seine Hand auf und ab zuckte.

Zugegeben, ein Mann, der beinahe fünfzig Jahre seines Lebens alles in die eigenen Hände genommen hatte, wird Mühe haben, die Kontrolle abzugeben, aber teilen hätte er wenigstens können. Morris näherte sich gerade seinem Höhepunkt, als er Maysie im Spiegel erblickte. Die Augen weit aufgerissen und versteinert vor Scham, wich er vor ihr zurück.

Um die Wahrheit zu sagen, war an allem er allein schuld. Hätte er eine freie Hand gehabt, hätte er sich leicht abfangen können. Doch so stolperte er rückwärts gegen die Badewanne und schlug mit dem Kopf so fest gegen den Wasserhahn, dass die Armaturen aus der Wand gerissen wurden. Am Fuß der Hügel herrscht ein ausgezeichneter Wasserdruck. Das warme Wasser rauschte aus dem abgebrochenen Wasserhahn und spritzte in den Raum wie aus einem Feuerwehrschlauch. Während Maysie keuchend Wasser spuckte und versuchte, Morris' Finger von seinem noch immer perfekt erigierten Glied zu lösen, starrte dieser mit offenem Mund und glasigen Augen durch den Dampf zu ihr hoch. Als sie endlich seine Hand zur Seite geschoben hatte, stieg Maysie aus ihren Unterhosen, lüpfte ihr Baumwollnachthemd und hockte sich rittlings auf ihn.

Erst als das Wasser in den darunterliegenden Raum strömte, ließ der Hotelmanager die Tür zum Zimmer der Flitterwöchner aufbrechen. Er fand Morris tot im Badezimmer und Maysie auf dem Bett sitzend vor, wo sie sich die Augen aus dem Kopf heulte. Er dachte, sie würde den Verlust ihres frisch angetrauten Ehemannes betrauern, aber Maysie weinte aus Erleichterung. Ihr Gebet war erhört worden. Sie wusste nur nicht, ob sie sich dafür bedanken oder ob sie um Vergebung bitten sollte.

Mrs. Maysie McGowan kehrte als Witwe und schwanger aus den Flitterwochen nach Hause zurück. Nach der Beisetzung wischte sie sich das Make-up aus dem Gesicht, packte ihre Kleider in eine Truhe und begrub ihre Sehnsucht. Dann schlüpfte sie in eine alte Latzhose von Morris, zog ein Paar seiner Stiefel an und versteckte ihre Haare unter einer Traktor-Kappe von John Deere. Sie verpachtete seine fünfhundert Morgen große Farm und seinen Anteil am Tabakanbau, vermietete das große Haus und zog in eines seiner kleinen Häuser in der Stadt. Eine normale Frau hätte von diesen Einnahmen bequem leben können. Für Maysie war es der reinste Luxus.

Zuerst dachten die Leute, sie sei verrückt vor Kummer. Irgendwann hielten sie sie nur für verrückt. Nach einer Weile ging sie ihnen bloß noch auf die Nerven. Die Menschen sind selten freundlich zu einer Frau, die aus der Rolle fällt. Und Frauen reagieren geradezu bösartig. Keiner veranstaltete bei Eddies Geburt eine Party für sie und brachte ihr Geschenke. Als sie mit einer Grippe im Bett lag, während sie ihr neugeborenes Baby noch stillte, kam keiner vorbei, um nach den beiden zu sehen. Da sie auf alle gesellschaftlichen Konventionen pfiff, musste Maysie feststellen, dass die Gesellschaft auf sie pfiff.

Allein an ihrem Küchentisch sitzend, trank sie ihren Kaffee, aber nach einer Weile wollte sie nicht mehr tauschen. Niemals mehr würde sie sich um das kümmern, was andere Leu-

te dachten. Niemals mehr würde sie auf etwas anderes hören als auf ihre eigene Intuition. Die Unabhängigkeit ist ein einsamer Ort, aber sobald Maysie sich darin eingewöhnt hatte, wollte sie nirgendwo anders mehr leben.
Maysie starrte auf das Grab von Morris. Für manche Frauen stellt ein Mann aus Fleisch und Blut nicht annähernd eine solche Bedrohung dar wie die Erinnerung an einen Verstorbenen. Diese Erinnerung hängt in der Luft wie eine gesprungene Schallplatte, die immer wieder denselben Abschnitt spielt und bei der es weder vorwärts noch rückwärts geht. Es war fast zwanzig Jahre her, seit sie Morris' Leichnam in das Grab gesenkt hatten, aber der tiefe Schnitt, den er ihr zugefügt hatte, blutete noch immer.
Die Arme wie Flügel über ihrem Kopf ausbreitend, drehte Maysie sich auf ihren hohen Absätzen und in dem tief ausgeschnittenen, taubenblauen Seidenkleid langsam um die eigene Achse. Sie wollte, dass Morris sie sich gut ansah. Dann kniete sie sich hin, strich mit den Händen über seinen geschwungenen Namenszug und empfand eine ungeheure Befriedigung bei dem Gedanken, dass er ihr nicht mehr entkommen konnte. Sie beugte sich vor, drückte ihre Wange an den kalten, grauen Granit, als wollte sie Morris etwas ins Ohr flüstern.
»Wie gefällt dir deine schnelle Frau jetzt, du verdammter Mistkerl?«

25

»Versuchen Sie es noch mal.«

Hubert Hughes stand an seinem Bürofenster und schaute auf den Fluss hinunter.

»Ich habe den ganzen Vormittag über versucht, sie zu erreichen«, verteidigte seine Sekretärin sich. »Ihr Dienstmädchen schwört, dass sie keine Ahnung hat, wohin Mrs. Hughes gegangen ist.«

Als Olivia praktisch über Nacht aufgehört hatte, mindestens ein Dutzend Mal täglich im Büro anzurufen, wusste Diane, dass die Ehe der Hughes' auf der Kippe stand. Sofort verstärkte sie ihre Anstrengungen, sich Hubert zu schnappen. Sie hatte alles versucht, um eine freundliche Übernahme einzuleiten; fast hätte es noch gefehlt, dass sie sich rote Brustwarzen vorn auf ihren Büstenhalter malte und Seidenstrümpfe über Huberts Schreibtischlampe hängte. Doch zum ersten Mal in seinem Leben galt Huberts Interesse einzig und allein Olivia.

»Haben Sie es auch bei ihrer Hexe versucht?« Er schnalzte mit den Fingern, um seinem Gedächtnis auf die Sprünge zu helfen. »Lady Laetitia. Haben Sie bei Lady Laetitia angerufen?«

»*Sicher*«, erwiderte Diane und zischte das »S« wie eine Schlange.

»Und?«

»Ich habe sie gefragt, ob sie Mrs. Hughes gesehen hat.«
»Und?«
»Sie hat gesagt, ›nicht in Fleisch und Blut‹.«
Hubert war schon immer ein hochmütiger Mensch gewesen. Weshalb Olivia ihn vergötterte, war ein Rätsel, sogar für Hubert. Aber sie hatte ihn angebetet, und mit der Zeit hatte er das nicht nur von ihr erwartet, sondern war auch abhängig davon geworden. Es war unverzeihlich, dass sie ihm plötzlich und ohne Vorwarnung ihre Aufmerksamkeit und ihre Zuneigung entzogen hatte.
Dass Hubert nicht wusste, wo Olivia sich aufhielt oder bei wem sie war, hatte ihn völlig aus dem Konzept gebracht. Er konnte sich nicht mehr konzentrieren. Er konnte keinen klaren Gedanken mehr fassen. Hubert, der ein Geschäftsimperium mit unerschütterlicher Gewissheit lenkte, konnte sich nicht entscheiden, was er zum Mittagessen haben wollte. Verwirrt starrte er auf die Speisekarte. Die anderen männlichen Gäste in seinem Club zogen die Augenbrauen hoch und warfen einander wissende Blicke zu. Hubert Hughes, einst ein Titan unter Titanen, war dabei, seinen Biss zu verlieren.
Olivias Verehrung war Hubert stets lästig gewesen. Er wusste diese nicht nur nicht zu schätzen, sondern machte sich deswegen auch noch lustig über seine Frau. Hubert Hughes lebte in dem Glauben, ein Selfmademan zu sein. Er hatte nie in Betracht gezogen, dass Olivias Glaube an ihn der Treibstoff für *seinen* Glauben an sich selbst war.
Hubert ließ sich auf seinen Stuhl sinken und vergrub das Gesicht in den Händen, um nachzudenken. Dianes Blick ruhte auf dem grauen, schütter werdenden Haar auf seinem Hinterhaupt. Ihr Interesse an Hubert kühlte merklich ab. Ohne seinen Dünkel war er nur einer unter vielen Männern in mittleren Jahren, denen langsam die Kraft ausging.

»Haben Sie es schon mal bei Ihrem Anwalt probiert?«, schlug Diane vor.
Hubert blickte hoch. »Bei Lawson?«
»Falls Mrs. Hughes sich scheiden lassen will, wird er sicher davon wissen.«
»Scheidung?« Bedeutungsschwer hing das Wort in der Luft. Hubert packte seine Jacke und stürmte aus dem Büro.
Diane blickte ihm lächelnd nach. Olivia hatte ihr einen Wochenlohn bezahlt, damit sie ihr Hubert vom Leib hielt. Die Ironie dieses Umstands entging Diane nicht. Olivia ebenfalls nicht, wie sie vermutete.
Nachdem sie das Büro ganz für sich allein hatte, ließ Diane sich in Huberts ledernen Schreibtischstuhl fallen, drehte sich zum Fenster um und schaute hinaus auf die Skyline von Nashville. Sie hatte fünf Jahre für Hubert gearbeitet, und wohin hatte sie das gebracht? Einer anderen Frau den reichen Ehemann wegzunehmen, war harte Arbeit und konnte unter Umständen lange dauern. Sie würde anfangen müssen, sich ernsthafte Gedanken darüber zu machen, wie sie selbst an Geld kam.

26

Jeden Tag während der Zehn-Uhr-Pause von Kat lenkte Mason seinen Sportwagen auf den für den Inhaber reservierten Parkplatz. Die Männer an der Laderampe konnten die Uhr danach stellen. Selbstverständlich hatte Mason keine Absicht, ernsthaft zu arbeiten. Er verbrachte ein paar Stunden an seinem Schreibtisch, die Füße auf der Schreibtischplatte, und tat so, als würde er die Produktionsberichte studieren, während er in Wirklichkeit Kat an ihrer Nähmaschine beobachtete.

Doch eines Tages kamen Mason aus Versehen doch einmal die Produktionszahlen zu Gesicht.

»Stimmen die wirklich?«, fragte er Crockett zweifelnd.

»Nein«, antwortete Crockett und nahm ihm den Bericht aus der Hand. »Die sind eine Woche alt.«

Er gab Mason den aktuellen Bericht. Mason drehte sich zum Schreibtisch um, tippte die Zahlen in die Rechenmaschine ein und ließ sich auf den Stuhl zurücksinken. Er konnte es nicht glauben. Die Gewinnspanne der Hemdenfabrik lag höher als bei jedem anderen Unternehmen des Hughesschen Imperiums. Zugegeben, es war nur ein Taschengeld, aber mit etwas Aufmerksamkeit und liebevoller Fürsorge …

Nachdem er sich einige Tage intensiv mit der Materie befasst hatte, kam Mason der Gedanken, eine zweite Schicht einzuführen. Es war absurd, die Maschinen sechzehn Stunden am

Tag unbenutzt herumstehen zu lassen. Arbeitskräfte waren zu haben. Ach was, zwei Drittel von Five Points waren zu haben. Alles, was Mason dafür benötigte, war ein weiterer guter Vertrag. Sobald die zweite Schicht eingeführt war und lief, würde er auch Abnehmer für die Produktion einer dritten Schicht finden.

Und plötzlich hatte es ihn gepackt, einfach so.

Mason Hughes tat alles, damit es nicht so aussah, als sei es einfach, reich zu sein. Er war der Erste, der morgens in der Fabrik eintraf, und der Letzte, der abends ging. Manchmal ging er überhaupt nicht nach Hause. Dann kam Crockett am Morgen zur Arbeit und traf Mason immer noch an seinem Schreibtisch an, wo er mit gelockerter Krawatte und aufgekrempelten Hemdsärmeln über den Zahlen brütete.

Nach und nach nahm die ganze Stadt Notiz davon. Wenn Gladys morgens in ihrem Gemischtwarenladen eintraf, lehnte Mason bereits am Geländer und wartete, dass sie die Kaffeemaschine anwarf. Sein Sportwagen stand gewöhnlich sogar am Samstag auf dem Inhaberparkplatz. Und Mittwochabend nach der Kirche brannte in seinem Bürofenster noch lange Licht.

Dass Mason so lange und so hart arbeitete, versetzte die Männer in Five Points in helle Panik. Nachdem sie sich ein Leben lang eingeredet hatten, dass Reichtum Glückssache sei, befürchteten sie nun, dass ihnen keiner mehr ihre Ausrede abnehmen würde. »Du kannst sicher sein, dass Mason Hughes nicht den ganzen Tag herumhockt, Tabak kaut und am Krug hängt!« Das bekamen sie von ihren Frauen immer öfter zu hören. »Wenn Mason Hughes sechs Tage die Woche arbeiten kann, kannst du bestimmt Arbeit für einen Tag auftreiben!« Die Männer konterten, so gut es ging. »Ich würde mir auch den Arsch aufreißen, wenn ich reich wäre!«, höhnten sie. Sie hatten ganze Karrieren darauf aufgebaut, Ausreden zu erfinden. Und sie hatten es lieben gelernt, keine Arbeit zu haben. Ernüchtert, wenn auch nicht nüchtern, starrten sie zu Masons Büro hinauf, wo bis tief in die Nacht hinein Licht brannte, und sie begriffen, dass all diese Energie und dieser Unternehmergeist nichts Gutes für sie verhießen. Die Männer spürten, dass ihnen ihr Leben des Müßiggangs zu entgleiten drohte.

Wenn Mason zu Fuß vom Gemischtwarenladen zur Fabrik und wieder zurückging, kam er auch am Bahnhof vorbei und konnte dabei beobachten, wie viele Güterwaggons die Stadt passierten, wohin sie fuhren und was sie transportierten. Dann stellte er sich an den Fluss, rauchte eine Zigarette, überschlug im Kopf die Quadratmeterzahl der leerstehenden Lagerhäuser und berechnete die für Bingham bestimmte Fracht. Auf seinem Weg zurück zur Fabrik addierte er alles zusammen, und im Sekundentakt kamen ihm neue Ideen. Kat Wilde hatte er darüber natürlich nicht vergessen, nur zeigte er ihr das nicht mehr.

Wie Lawson Mitchell vorhergesagt hatte, einigten sich Mason und Mrs. Sadie LaRue auf einen Waffenstillstand, ohne jedoch ganz auf gelegentliche Scharmützel zu verzichten. Mason, der passenderweise vergaß, dass er Lawson angewiesen hatte, sie zu feuern, wurde zu seinem Leidwesen immer abhängiger von der alten Frau. Mrs. LaRue kümmerte sich um Devil's Eye, als gehörte ihr das Anwesen. Und sie kümmerte sich um Masons Bedürfnisse und hielt ihm den Rücken frei, so dass er seine ganze Energie in die Fabrik stecken konnte. Zu seiner größten Verwunderung bewies sie ein überraschendes Gespür, wenn es ums Geschäft ging. Sie wusste alles über die Fabriken und Läden in Five Points, die geschlossen hatten, was zu ihrem Niedergang geführt hatte, und darüber, wie viele Männer deshalb ihre Arbeit verloren hatten. Mason gewöhnte es sich sogar an, seine Ideen mit Mrs. LaRue zu besprechen.

»Was Sie bräuchten, das wäre ein Vertrag mit dem Militär«, meinte sie, als er ihr beim Essen von seinen Plänen erzählte, eine zweite Schicht einzuführen. »Uniformen, das wär's.« Der Vorschlag war so naheliegend, dass Mason sich schämte, nicht selbst daran gedacht zu haben.

»Ich kann direkt Ihre Mama in Ihnen sehen«, sagte Sadie, hielt den Kopf schief und betrachtete ihn.

Mason schnaubte verächtlich, während er das Tischtuch über seinen Schoß breitete.

»Ich habe *nichts* mit Olivia gemeinsam.«

»Doch, und das ist auch das Einzige in Ihnen, das es wert ist, erhalten zu bleiben«, erklärte Sadie ihm trocken.

Jede Wertschätzung von Mason für Mrs. LaRues Geschäftssinn wurde stets wieder zunichtegemacht durch ihre lästigen Äußerungen über seinen Charakter.

»Sie sollten mit dem Colonel reden.«

»Der Colonel?«

»Colonel Cavanagh«, sagte sie und füllte seine Kaffeetasse mit dem Gebräu, das ihn die Nacht über beim Arbeiten wach halten würde. »Die Männer, die der Colonel nicht kennt, sind eine Bekanntschaft nicht wert.«

Mason bezweifelte, dass irgendwer in Five Points ähnliche Verbindungen haben konnte wie sein Vater, aber er wollte diese Sache allein durchziehen, ohne Hubert. Außerdem hatte Mrs. LaRue etwas an sich, das ihn aufhorchen ließ. Was die Hemdenfabrik betraf, verfügte sie über eine bemerkenswerte Intuition. Oft sah sie sogar voraus, welche Richtung Masons Gedanken einschlugen, und kam ihm zuvor. Es hatte fast den Anschein, als sei sie die geborene Geschäftsfrau. Vorsichtshalber merkte Mason sich Colonel Cavanaghs Namen.

Reiche Leute geben, und arme Leute erwarten, dass sie geben. So ist das nun mal. Als Annabelle Boyd Mason davon erzählte, dass sie Geld für die Reparatur der Orgel von St. Jerome benötige, schrieb Mason ihr einen Scheck aus. Und als der Bürgermeister erwähnte, dass das Gerichtsgebäude einen neuen Anstrich brauchen könne, schrieb Mason einen zweiten Scheck aus. Dafür stieg er beträchtlich in der Achtung der Stadt. Die Jungs im Gemischtwarenladen duldeten ihn auf einen Schwatz, bei Gladys durfte er anschreiben lassen, und für zehn Cent wusch und polierte Bucky Darnell seinen Wagen.

Und plötzlich hatte es ihn gepackt, einfach so.

Mason blühte regelrecht auf und konnte sich kaum mehr an das Leben vor seinem Umzug nach Five Points erinnern. Im Rückblick erschien es ihm wie eine einzige verschwommene, monotone Seifenblase. Mit seinen Tagen als sorgloser Playboy konnte er nicht viel Staat machen. Aber in Five Points war nicht eine Minute vergeudet. In Nashville war und würde Mason immer der Sohn von Hubert Hughes sein. In Five Points spürte er, wie er allmählich Fuß fasste.

Und deshalb zog es ihm auch beinahe den Boden unter den Füßen weg, als er von seinem Schreibtisch in Devil's Eye aufblickte und die Limousine seiner Mutter die baumgesäumte Auffahrt heraufkommen sah.

»Was machst du denn hier?«, wollte er wissen und beobachtete argwöhnisch, wie Olivias Fahrer einen Berg an Koffern aus dem Wagen lud.

»Ich habe deinen Vater verlassen«, erklärte Olivia, während sie die Stufen zur vorderen Veranda hochstieg.

»Aber was habe ich damit zu tun?«, fragte Mason verwirrt.

»Liebling, du wirst nicht einmal merken, dass ich da bin!«

Im Vorübergehen streichelte Olivia mit dem Handschuh über seine Wange. Hinter ihr mühte sich der Fahrer mit ihrem Gepäck ab, gefolgt von ihrem Dienstmädchen, das einen Stapel Hutschachteln balancierte, einem kläffenden Zwergspitz und ihrer Hellseherin.

Sadie begrüßte die Eindringlinge, als hätte sie sie erwartet, und wies den Fahrer und das Dienstmädchen an, das Gepäck und die Hutschachteln nach oben zu bringen. Sie brauchte nur ein Mal in die Hände zu klatschen, und schon spitzte Olivias Staubwedel von einem Hund die Ohren und machte brav Platz.

Lady Laetitia war die Letzte, die das Haus betrat. Sie schwebte an Mason vorbei, ehe sie plötzlich in der Mitte der Halle stehen blieb und den Kopf mit dem Seidenturban leicht zur Seite neigte.

»Dieses Haus ist ... wie sagen Sie ... be-wohnt?«

Mason starrte sie verärgert und leicht irritiert an.

»Wunderbar!«, erklärte Lady Laetitia, während sie die Treppe hinauf und in ihr Zimmer rauschte.

Das Weite zu suchen, war für Mason die einzige Möglichkeit, zu vermeiden, von dem Chaos aufgesogen zu werden, das seine Mutter stets umgab. Und so packte er seine Autoschlüssel und fuhr in die Fabrik. Als er den Wagen auf seinen Parkplatz lenkte, stellte er mit Überraschung fest, dass Kat Wilde an der Laderampe stand.

»Ich habe meine Pausenbox vergessen«, erklärte sie, als Mason die Seitentür aufsperrte.

Die Pausenbox zu vergessen, war kein kleines Vergehen in der Fabrik. Im Brevier des Hausmeisters war es als eine der sieben Todsünden aufgeführt, ebenso wie Tabak auf den Gehweg zu spucken, Zigaretten in den Pflanzentöpfen auszudrücken und auf der Männertoilette neben das Urinal zu pinkeln. Charlie war ein pingeliger Mensch, der nichts tolerierte, was ihm zusätzliche Arbeit machte. Eine vergessene Pausenbox lockte Mäuse an. Mäuse bedeuteten, dass man Mausefallen aufstellen musste. Mausefallen brachten es mit sich, dass man die steifen kleinen Kadaver entsorgen musste.

Und die konnte man nicht einfach in den Abfall werfen. Sie hätten noch größeres Ungeziefer angezogen: Ratten, Katzen und Opossums. Eine vergessene Pausenbox brachte von Anfang bis Ende nichts als Ärger mit sich. Charlie hatte irgendwann entdeckt, dass er mit der Quelle des Problems auch das Problem selbst eliminierte. Was die Qualitätssicherung betraf, war er auf seine Art seiner Zeit weit voraus.
Schwarze Blechbüchsen säumten die Regale des Hausmeisterzimmers im Keller. Wollte eine der Arbeiterinnen ihre Pausenbox zurückhaben, musste sie fünf Cent berappen. Die meisten Mädchen waren dazu übergegangen, alles in Papiertüten zu verstauen, die mindestens ein paar Wochen hielten, falls sie nicht nass wurden.
»Guten Abend, Charlie«, sagte Mason, als sie an ihm vorbeikamen.
Charlie blickte von seinem Wischmopp nicht auf.
»Sie haben gestern Abend schon wieder vergessen, das Licht auszuschalten«, schimpfte Charlie ungehalten, während er den schweren, nassen Mopp hin- und herschob.
»Danke, Charlie. Ich werde es mir merken.«
»Es ist nicht so leicht, diese Glühbirnen zu wechseln«, erklärte Charlie. »Erst muss ich die vier Meter hohe Leiter die Treppe hinaufschleppen. Und außerdem kosten die neuen Glühbirnen eine Stange Geld.«
Kat war überzeugt, dass der alte Troll dabei war, sich eine Möglichkeit auszudenken, wie er die Lampen von der Decke nehmen und sie unten im Keller horten konnte.
Die Glühbirnen veranlassten Mason, darüber nachzudenken, wie dunkel es an den Arbeitsplätzen war, und er fragte sich, ob eine bessere Beleuchtung nicht die Produktion erhöhen würde. In Gedanken versunken, ging er so schnell, dass Kat zu laufen anfangen musste, um mit ihm Schritt zu halten.

Während sie so neben ihm herlief, redete Kat sich mehr und mehr in Rage. Noch vor wenigen Wochen war Mason ihr vollkommen verfallen gewesen. Jetzt hatte sie das Gefühl, überhaupt nicht mehr für ihn zu existieren. Zugegeben, sie hatte ihm erklärt, dass er keine Chance bei ihr habe. Doch so schnell hatte noch kein Mann das Interesse an ihr verloren. Und das ärgerte sie halb zu Tode.

Kat dankte ihrem Glücksstern, dass sie sich nicht zu Mason Hughes ins Auto gesetzt hatte und mit ihm weggefahren war. Sie konnte es nicht ausstehen, wenn ein Mann keine Grundsätze hatte, selbst wenn diese Grundsätze dazu führten, dass sie auf dem Rücksitz seines Wagens landete.

Doch als sie ihm jetzt von der Seite einen hasserfüllten Blick zuwarf, musste sie zugeben, dass Luella recht hatte. Mit zerzaustem Haar, hochgekrempelten Ärmeln und diesem entschlossenen Ausdruck im Gesicht ließ Mason Hughes das Herz einer jeden Frau höherschlagen.

Es bedarf schon innerer Stärke, um einen gutaussehenden Mann zu hassen. Also muss man sich auf seine Mängel konzentrieren. Doch in diesem Moment wollte es Kat nicht gelingen, auch nur einen einzigen Makel an ihm zu finden, und so sah sie sich gezwungen, ihn genauer unter die Lupe zu nehmen.

»Woher haben Sie die Narbe?«, fragte sie, während sie ihn prüfend musterte.

»Vom Football«, erwiderte er und fasste sich abwesend an die Wange.

»Sie wirken zu klein, um Football zu spielen.«

»Bin ich auch.«

»Warum haben Sie es dann gespielt?«

»Um zu beweisen, dass ich nicht zu klein bin.«

Kat hatte sich noch nie zu Männern hingezogen gefühlt, deren Schlachtfeld Torpfosten hatte. Es war ihr ein Rätsel, was

man damit erreichen wollte, wenn man um einen Ball kämpfte. Schweiß und heftiges Atmen sollten Kats Überzeugung nach für sinnvollere Körperkontakte aufgespart werden.
»Ich mag Football nicht«, erklärte sie ihm.
»Ehrlich gesagt«, gestand Mason, »ich auch nicht.«
Mason hielt ihr die Pendeltür zum Nähmaschinenraum auf, und Kat ging zu ihrem Arbeitsplatz, wo sie ihre Pausenbox nahm und wieder zurück zur Tür hastete. In ihrer Eile, von ihm fortzukommen, fiel ihr die Pausenbox aus der Hand. Der Lärm riss Mason endlich aus seiner Trance. Er blickte auf Kat hinunter, die alles wieder in die Blechbüchse zurückstopfte, und platzte mit der erstbesten Bemerkung heraus, die ihm einfiel.
»Wie geht es Ihrem Hund?«
»Der ist froh und munter«, erwiderte sie, während sie sich wieder aufrichtete. »Wie geht es Ihrem Gespenst?«
»Wir haben jetzt schon seit ein paar Tagen keine klirrenden Whiskeyflaschen mehr gehört. Offensichtlich hat Onkel Cyril ein schlechtes Gedächtnis.«
»Offensichtlich«, meinte Kat trocken auf ihrem Weg zur Tür hinaus, »liegt das in Ihrer Familie.«

Nachdem Kat gegangen war, fiel es Mason schwer, sich zu konzentrieren. Er saß an seinem Schreibtisch und versuchte, seine Gedanken zu sammeln, aber es wollte ihm nicht gelingen. Schließlich gab er auf und nahm seine Jacke. Aber auf dem Weg zur Tür hinaus dachte er daran, das Licht auszuschalten.
Mason umrundete gerade den Stadtplatz, als er Bournes Lieferwagen vor dem Gemischtwarenladen stehen sah. Er parkte seinen Sportwagen davor und ging hinein.
»Was dagegen, wenn ich mich zu Ihnen setze?«, fragte Mason und schwang sich auf einen der Hocker am Tresen.

Bourne saß am Tresen und betastete ein kleines Messer, dessen Griff mit Perlmutt besetzt war. Seine entspannte Haltung täuschte. Er schien zwar gleichmütig in seine Tasse zu starren, während Gladys Masons Tasse füllte, doch in Wahrheit galt seine ganze Aufmerksamkeit dem, was er in dem Spiegel über dem Tresen erblickte. Es war kein Zufall, dass er dort den ganzen Stadtplatz einsehen konnte. Bourne spähte mit einem Auge immer über seine Schulter. Mason hingegen konzentrierte sich ganz auf das, was vor ihm lag.

»Sie kennen nicht zufälligerweise einen Colonel Cavanagh?«, fragte Mason und trank einen Schluck von seinem Kaffee.

»Das ist mein Vater.«

Das hatte Mason sich schon gedacht.

»Meine Haushälterin ist der Meinung, dass Ihr Vater und ich uns kennenlernen sollten.«

»Und warum?«

Mason erzählte Bourne von seinem Vorhaben, für die Hemdenfabrik einen Vertrag mit der Armee abzuschließen, und Bourne wusste sofort, worauf hinaus er wollte. Die Männer, die der Colonel nicht kannte, waren eine Bekanntschaft nicht wert.

»Sie können ihn fast jeden Abend in Pearls Club antreffen«, erklärte Bourne.

Mason war kein sensibler Mensch. Jemand konnte tot auf dem Bürgersteig umfallen, und es würde ihm erst auffallen, wenn er über ihn steigen musste. Doch in dem Moment, als Pearls Name fiel, nahm er eine leichte Veränderung in Bournes Verhalten wahr.

»Wenn Pearl auch nur im mindesten ihrer Schwester ähnelt, muss sie ein wahres Teufelsweib sein.«

»Pearl und Kat sind zwar so verschieden wie Whiskey und Schwarzgebrannter«, knurrte Bourne säuerlich in seine Tasse, »machen aber genauso süchtig.«

Die Vertrautheit, mit der Bourne das sagte, raubte Mason fast den Atem. Er hatte Bourne gefragt, ob er mit Kat bekannt sei. Vielleicht hatte er nicht die richtige Frage gestellt.

»Haben Sie und Kat je ...«

»Five Points ist eine kleine Stadt«, erwiderte Bourne und schob das Messer auf dem Tresen hin und her.

Mason ging auf wie ein Hefeteig. Er konnte sich nicht länger beherrschen und merkte deshalb nicht, wie unlogisch es war, eifersüchtig auf eine Frau zu sein, auf die er keinen Anspruch hatte, geschweige denn auf ihre Vergangenheit. Erbost zerrte er eine Eindollarnote aus seiner Tasche und warf sie auf den Tresen. Er wollte gerade aufstehen, als Bourne ihn am Arm festhielt. Früher oder später würde Mason ohnehin davon hören. Da konnte er es ebenso gut direkt aus dem Mund des beteiligten Esels erfahren.

»Pearl Wilde und ich, wir waren« – Bourne mahlte mit den Kiefern, als wollte er die Wahrheit aus sich herauslocken –, »also, man könnte sagen, wir waren damals verlobt.«

Langsam ließ Mason sich wieder auf dem Hocker nieder.

Bournes Blick huschte kurz zu Gladys hinüber, die auf der Leiter stand und so tat, als würde sie die Dosen abstauben. Er schüttelte den Kopf. Es war schließlich nicht so, als würde nicht bereits die ganze Stadt die Geschichte kennen.

»Wir waren die ganze Nacht in Jackson unterwegs. In Centerville haben wir zu saufen angefangen, und in Dickson war ich so besoffen, dass ich nicht mehr nach Hause fahren konnte. Die Jungs haben mich in der Wild Lane abgesetzt.«

Mason beobachtete Bournes Gesicht im Spiegel. Er war noch immer wütend, aber noch größer war seine Neugier.

»Der Tag war brütend heiß. Sogar der Wind war heiß. Pearl war nicht im Haus. Also dachte ich mir, dass sie im Vorratskeller ist und sich dort abkühlt.«

Bourne klappte das Messer mit dem Perlmuttgriff auf und

strich mit dem Daumen langsam über die Klinge, bis Mason sicher war, dass er den Finger tief in die Wunde legen würde. »Ich weiß noch, dass ich in das Vorratshaus gegangen bin … und dann erinnere ich mich wieder daran, auf allen vieren herausgekrochen zu sein. Aber ich schwöre bei meinem Leben, dass ich mich nicht mehr daran erinnere, was sonst noch passiert ist.« Stirnrunzelnd versuchte er, seinem Gedächtnis auf die Sprünge zu helfen, doch dann schüttelte er den Kopf. »Vielleicht haben wir es getan, vielleicht auch nicht. So oder so hat es mir nichts bedeutet. Aber Pearl hat es ganz und gar nicht kaltgelassen.«

»Pearl hat Sie sozusagen ertappt, als Sie zugange waren?«

»Oder auch nicht zugange«, fiel Bourne ihm ins Wort.

Das musste Mason erst verdauen.

»Sie sagen, dass Sie nicht mit Kat schlafen wollten?«

»Nein, das habe ich nie gesagt«, korrigierte Bourne ihn rasch. »Jeder Mann, der Ihnen erklärt, dass er nicht mit Kat in die Falle hüpfen will, ist entweder schwul oder ein ausgemachter Lügner.«

Mason konnte ihm nicht widersprechen.

»Würden Sie jetzt mit ihr in die Falle hüpfen?«, fragte Mason und schaute Bourne direkt in die Augen.

»Seit dem Tag habe ich sie nicht mehr angerührt.«

»Das habe ich Sie nicht gefragt.«

Mason hatte seine Lektion gelernt. Bei den Cavanaghs musste man genau nachhaken.

»Ich vergreife mich nicht am Eigentum eines anderen Mannes«, erklärte Bourne feierlich.

Einen Moment saßen die beiden Männer schweigend am Tresen.

»Aber sagen Sie mir eines«, sagte Bourne nach einer Weile, »wenn Sie Kat bekommen, was machen Sie dann mit ihr?«

Mason starrte in seinen Kaffee, ohne eine Antwort zu geben.

»Sadie, erzähl mir den neuesten Klatsch.«
Olivia goss zwei Gläser Milch ein, während Sadie am Küchentisch sitzen blieb. Olivia hatte alle Sommer ihrer Kindheit auf Devil's Eye verbracht, als Sadies Mutter dort Haushälterin gewesen war. Als Mädchen hatten Sadie und sie zusammen gespielt, hatten an verregneten Tagen auf dem Dachboden Papierpuppen aus dem Versandhauskatalog ausgeschnitten und waren im Bach beim Schwimmen gewesen. Der vertraute Umgang war ihnen geblieben.
»Tja, wir haben ein neues Haus von zweifelhaftem Ruf in der Stadt.«
Olivia nickte, während sie die Kuchenschaufel unter das warme Teegebäck schob, den Keks aus der Pfanne hob und auf einen Teller mit blauem Weidenmuster legte. Natürlich hatte sie bereits vom »Five of Clubs« gehört. Jede Frau in ihren Kreisen wusste Bescheid.
»Und dein Junge hat sich in den Heiligen von Five Points verwandelt«, fuhr Sadie fort und tauchte den Keks in ihre Milch.
»Mason?«
»Jeder kriegt Geld von ihm. Dem Bürgermeister gibt er Geld, damit er das Gerichtsgebäude richtet ... die Kirche bekommt was für die Orgel ... Miss Mabel kriegt was für die Schulbücher ...«
»Mein Mason?« Olivia brach in schallendes Gelächter aus. »Warum das denn?«
»Er versucht, Kat Wilde zu beeindrucken, würde ich sagen«, meinte Sadie kauend.
»Und, beeindruckt er sie?«
»Eine Wilde steht nicht unbedingt auf Heilige.«
»Tja«, sagte Olivia trocken, »das haben ich und diese Miss Kat Wilde wohl gemeinsam.«

27

Alles an Olivia Hughes stank nach altem Geld. Die Art, wie sie auf einem Stuhl saß. Wie sie ihre Tasse hielt. Sie strahlte die Art entspannter Selbstsicherheit aus, die einzig und allein eine über Generationen vererbte finanzielle Unabhängigkeit verleiht. Die Wechselfälle der Mode tangierten Olivia nicht im mindesten. Die Garderobe in ihrem Schrank war immer aktuell. Qualität und Kultiviertheit, das waren die Konstanten in Olivias Leben. Sie hatte es nicht nötig, mit ihrer Abstammung zu prahlen. Schließlich konnte sie ihren Familienstammbaum bis auf das Samenkorn zurückverfolgen.

Und deshalb wäre es wahrscheinlich ein Schock für die meisten Menschen gewesen, hätten sie gesehen, wie ausgesprochen wohl sie sich in einem Hurenhaus beim Teetrinken mit einer Puffmutter und einem ihrer Mädchen fühlte. Es sprach für Olivias gute Erziehung, dass sie nicht das geringste Bedürfnis verspürte, ihre Überlegenheit zu demonstrieren. Sie war so sicher in den obersten Rängen der Gesellschaft verankert, dass sie nichts dabei zu gewinnen hatte, wenn sie auf andere herabsah.

»Sie fragen sich bestimmt, weshalb ich hier bin«, begann sie. Nachdem sie einen Schluck Tee getrunken hatte, stellte Olivia die Tasse auf die Untertasse.

»Als ich Hubert das erste Mal sah, stockte mir der Atem. Jede Frau im Raum verschlang ihn mit den Augen. Nicht weil er der am besten aussehende Mann gewesen wäre – was er übrigens war –, sondern weil er der Unternehmungslustigste von allen war. Das konnte man durch den ganzen Raum spüren. Es war vollkommen klar, dass Hubert Hughes etwas aus sich machen würde.«

Olivia lächelte in ihre Tasse wie eine Frau, die eine gute Investition entdeckt und einen enormen Profit daraus geschlagen hatte.

»Als Hubert mich bat, ihn zu heiraten, geschah das nicht aus Liebe.«

Olivia hielt es nicht für nötig, dies näher zu erklären. Pearl und Sophie verstanden sie auch so perfekt. Liebe können sich nur arme Leute leisten.

»Wir sind jetzt seit sechsundzwanzig Jahren verheiratet. Und noch immer klopft mein Herz schneller, wenn ich meinen Mann anschaue. Hubert gilt mein erster Gedanke, wenn ich morgens die Augen aufschlage, und er ist das Letzte, woran ich abends denke, wenn ich sie schließe.«

Olivia schilderte dies mit nüchternen Worten, als würde sie ihrem Arzt die Symptome ihrer Krankheit beschreiben. Pearl und Sophie hörten ihr mit professioneller Objektivität zu.

»Ich liebe Hubert. Aber er liebt mich nicht. Und er hat mich nie geliebt.«

Olivia hatte die beste und teuerste Erziehung genossen, die für eine junge, vermögende Frau zu bekommen war. Sie hatte Latein und Platon studiert und alle Klassiker gelesen. Sie konnte Chopin auf dem Klavier spielen, ein Pferd reiten, und sie beherrschte alle Standardtänze. Doch für eine Frau, deren oberstes Ziel im Leben eine glückliche Ehe mit einem Mann wie Hubert war, war sie sträflich schlecht vorbereitet in die Welt entlassen worden. Olivia konnte eine festliche Tafel decken, hatte aber absolut keine Ahnung, wie man einen Mann erregte. Und wie sie erst kürzlich erfahren musste, zog eine

falsch plazierte Gabel nicht annähernd dieselben Konsequenzen nach sich wie ein unbefriedigter Ehemann.
Olivia neigte den Kopf und legte sich sorgfältig ihre nächsten Worte zurecht.
»Ich bin nicht meinetwegen hier. Es geht nicht darum, was mir fehlt. Es geht um das, was Hubert vermisst. Ich habe das Gefühl, als hätte ich ihn während unserer Ehe gewisser Dinge beraubt. Ich glaube, dass ich ihm etwas schuldig bin.«
Eine andere Frau hätte dieses Geständnis vielleicht in Verlegenheit gebracht. Olivia jedoch war fest entschlossen. Sie hatte nicht die geringste Absicht, Hubert kampflos einer anderen zu überlassen. Und dafür würde sie alles tun, was nötig war.
In Olivias Welt war es normal, dass man sich der Bemühungen eines Experten bediente, wenn man eine professionelle Leistung erwartete. Hatte Olivia eine Einladung zu einem offiziellen Mittagessen zu organisieren, beauftragte sie einen Catering-Service. Wollte sie Tennisspielen lernen, nahm sie sich einen Lehrer aus ihrem Club. Deshalb erschien es ihr nur allzu logisch, zur selben Lösung zu greifen, wenn eine Frau lernen wollte, wie sie den eigenen Ehemann auf Touren brachte.
»Ich will Dinge lernen … ich will Dinge tun können … Ich will, dass Sie mir alles beibringen«, stammelte Olivia. »Ich will, dass Hubert die Luft wegbleibt. Und die Kosten spielen dabei absolut keine Rolle.«
Nachdem sie ihre Situation ausreichend erklärt hatte, faltete Olivia die Hände auf dem Schoß und wartete, dass Pearl sich ihr Anliegen durch den Kopf gehen ließ.
Pearl zündete sich eine Zigarette an und lehnte sich auf der Couch zurück. Ihr Blick wanderte kritisch über Olivia, als führte sie ein Einstellungsgespräch mit einem neuen Mädchen. An Olivia war alles dran, was sie brauchte, und man

konnte ihr beibringen, dies am vorteilhaftesten einzusetzen, aber nur, weil man zehn Finger und ein Klavier hat, heißt das noch lange nicht, dass man auch einen Blues spielen kann.

»Eine Frau kann alles tun, was ein Mann sich wünscht oder glaubt, sich zu wünschen«, sagte Pearl schließlich, »sie muss deswegen aber noch lange nicht das sein, wonach er sich sehnt.«

Olivia nickte. Sie verstand, was sie damit meinte. Pearl garantierte für nichts.

»Nun dann.« Pearl drückte ihre Zigarette aus, entschuldigte sich und ließ die beiden Frauen allein.

Alles an Sophie strahlte Sinnlichkeit aus. Die Art, wie sie hingegossen auf der Couch saß und ihre Tasse streichelte. Wie ein Vorhang fiel ihr das rostrote Haar ins Gesicht, und ihre vollen Lippen waren stets leicht geöffnet. Ihre langen, weißen, elegant übereinandergeschlagenen Beine erinnerten an eine Seidenschleife, die um eine Schachtel von Tiffany's gebunden war und nur darauf wartete, geöffnet zu werden. Bei jedem Atemzug hoben sich ihre festen Brüste, und ihre Lider senkten sich, als wäre die Luft eine Droge, die sie in einen permanenten Erregungszustand versetzte. Sie strahlte die Art entspannter Selbstsicherheit aus, die von dem Wissen um ihre Macht herrührte, die sie zudem genau einzusetzen wusste. Sophie konnte einen Mann dazu bringen, sich auf allen vieren niederzulassen, wie ein Hund zu betteln und auch noch dafür zu bezahlen, dies tun zu dürfen.

»Wie schmeckt Ihnen der Tee?«, fragte Sophie.

Olivia sah sie verständnislos an. Sosehr sie sich auch bemühte, es wollte ihr nicht gelingen, eine Verbindung zwischen einer Tasse Tee und dem Unterricht im ältesten Gewerbe der Welt herzustellen.

»Er ist köstlich«, antwortete Olivia zögernd. »Ich habe, glaube ich, noch nie etwas Ähnliches getrunken.«

»Da ist eine Prise Pfeffer drin.«
»Tatsächlich?«
Olivia spähte in ihre Tasse. Sie konnte sich nicht recht vorstellen, Pfeffer in den Tee zu tun.
»Es ist das Unerwartete, das das Normale in etwas Besonderes verwandelt«, sagte Sophie, während sie die zarte chinesische Teekanne nahm, um Olivias Tasse nachzufüllen.
Beim Eingießen hob sie den Kopf und schaute Olivia direkt in die Augen. Sophies Blick verschlug Olivia den Atem.
»Du meine Güte«, flüsterte sie, während ihr ein leichter Schauer über den Rücken lief.
Und das war der Beginn von Olivias Unterricht.

Draußen war es bereits dunkel, als Olivia endlich die Hintertreppe von Pearls Club herunterkam. Sie durchquerte gerade den Salon, als sie eine vertraute Stimme hörte.
»Lawson?«, fragte sie.
Lawson Mitchell blickte überrascht von dem roten Samtdiwan auf, ehe er vor Scham fast in den Boden versank.
»Olivia? Guter Gott!« Seine Hand zuckte von dem Schenkel der Frau zurück, die er gerade streichelte, und seine Augen huschten umher, um zu sehen, wer ihn sonst noch in flagranti ertappt haben könnte. Und dann blieb sein Blick an Olivia hängen, und er musste gleich zwei Mal hinschauen.
Sie sah nicht viel anders aus als das letzte Mal, als er sie gesehen hatte, und fast genauso wie an dem Abend, an dem er vorgehabt hatte, um ihre Hand anzuhalten – kultiviert und makellos gekleidet wie immer. Doch irgendetwas war anders. Er konnte nur nicht den Finger darauflegen.
»Was, um alles in der Welt, machst du hier?«, wollte er wissen.
Olivia lachte tief und herzhaft, und diesem Lachen fehlte jegliche Vornehmheit. Lawson fühlte sich dadurch mehr an eine

Bardame als an die damalige Ballschönheit erinnert. Und das stieß ihn gleichzeitig ab und erregte ihn.
Der Blick, mit dem Olivia Lawson bedachte und in dem sowohl Vertrautheit als auch Staunen lagen, war der einer Frau, die ihre einstige Liebe wiedersieht. Hätte sie Lawson damals geheiratet, er hätte sie auf Händen getragen. Er hätte sie mit Geschenken überrascht, ihr jeden Wunsch von den Augen abgelesen und wäre unter ihren Küssen erbebt. Bereitwillig wäre er ihr überallhin gefolgt, hätte getan, was immer sie von ihm verlangte. Wenn Olivia Lawson geheiratet hätte, hätte sie einen zweiten Schoßhund bekommen.
»Ich werde Hubert nichts verraten«, beeilte Lawson sich, ihr zu versichern, selbstverständlich davon ausgehend, sie würde ihm denselben Gefallen tun.
»Ach« – Olivia lächelte wie eine Sphinx, während sie ihren Handschuh anzog –, »er kann es ruhig erfahren.«

Als Eddie ihr ins Ohr flüsterte, dass ein potenzielles neues Clubmitglied sie sprechen wolle, entschuldigte Pearl sich am Pokertisch und ging in ihren privaten Salon hinüber. Als sie das Zimmer betrat, stockte sie kurz.
»Miss Wilde«, sagte Mason und stand auf, »mein Name ist –«
»Ich weiß, wer Sie sind.«
Pearl starrte Mason an. Sie verschlang ihn geradezu mit ihren Blicken. Sie hatte ihn an dem Tag bei Kat nur aus der Ferne gesehen. Aus der Nähe betrachtet, war nicht zu übersehen, dass Mason Hughes mehr als einen guten Namen und eine gute Erziehung zu bieten hatte. In ihm lauerte ein dunkles, wenn auch sorgfältig gebändigtes Temperament, das jedes noch so gute Blatt eines anderen Mannes ausstechen würde. Wahrscheinlich würde er nie auf dieses letzte Mittel zurückgreifen müssen. Allein das Vorhandensein dieser unter-

schwelligen Kraft hielt bereits die meisten Männer in Schach und die meisten Frauen in Wartestellung. Pearls Blick, mit dem sie Mason musterte, war so direkt, dass er sich mit den Fingern durchs Haar fuhr und lachte, aber nicht aus Nervosität.

Pearl schloss die Schiebetüren hinter sich.

»Was kann ich für Sie tun, Mr. Hughes?«

Nach einigen Recherchen hatte Mason herausgefunden, dass Colonel Cavanagh in der Tat über gute Verbindungen verfügte, so wie auch viele andere Mitglieder des »Five of Clubs«. Skrupellose Kapitalisten und Gouverneure, Richter, Anwälte und Kongressabgeordnete, alle trafen sich hier und knüpften Beziehungen. Tabakeinkäufer aus Europa, die kein Wort Englisch sprachen, antworteten auf die Frage, was sie während ihres Aufenthalts im Süden am liebsten sehen würden, in untadeligem Englisch: »Den Club ›Five of Clubs‹.« Bei all den Geschäften, die in dem Haus auf dem Dog Leg Hill abgeschlossen wurden, war es ein Wunder, dass Präsident Roosevelt den Club nicht bereits zum Bestandteil seines New Deals erklärt hatte.

Während Pearl für Mason einen Drink mixte, verglich er sie mit Kat. Pearl und Kat waren so verschieden wie Whiskey und Schwarzgebrannter, wie Bourne gesagt hatte. Doch Mason begriff durchaus, dass ein Mann Geschmack an beidem finden konnte.

»Soweit ich informiert bin, benötigt man Referenzen oder eine Einladung, um Mitglied zu werden.« Mason griff in seine Jackentasche und holte seine Brieftasche heraus. »Ich kann Ihnen jede Empfehlung bringen, die Sie brauchen.«

»Das wird nicht nötig sein.«

Pearl nahm ihm die Brieftasche aus der Hand, als sie ihm seinen Drink reichte. »Ihre Mitgliedschaft, Mr. Hughes, geht aufs Haus.«

Ein Anflug von Lächeln trat auf Pearls Gesicht, als sie die Brieftasche in seine Jackentasche zurückschob und dabei flüchtig ihre Hand auf seine Brust legte.

28

Noch im selben Moment, in dem Hubert sich bei Lawson Mitchell nach Olivia erkundigte, wusste er, dass er ihm etwas verschwieg.

»Olivia hat dich also nicht angerufen?«, wiederholte er seine Frage.

»Wie ich schon sagte«, erwiderte Lawson, während er Hubert einen Drink aus dem Barschrank in seinem Büro eingoss, »Olivia hat mich nicht angerufen.«

»Hast du sie dann gesehen?«

»Wir sind uns zufällig über den Weg gelaufen.«

»Zufällig?«

»Völlig zufällig.«

Hubert starrte Lawson unverwandt in die Augen, woraufhin dieser in ein nervöses Lachen ausbrach. Da schlug Hubert ihm ins Gesicht.

»Triffst du dich mit meiner Frau?«, wollte Hubert wissen und hob die Hand, um erneut zuzuschlagen.

»Um Himmels willen, Hubert!«

Lawson hielt sich beide Hände vor die Nase; er wankte vor Schmerz. Blut schoss zwischen seinen Fingern hervor und spritzte auf sein gestärktes weißes Hemd.

»Schläfst du mit Olivia?«

»Hast du den Verstand verloren?«

»Schläfst du mit ihr?«, brüllte Hubert.

»Ich habe sie im ›Five of Clubs‹ getroffen!«
Lawson zog ein Taschentuch aus der Jacke und drückte es vorsichtig an seine Nasenlöcher, um die Blutung zu stoppen.
»Sie hat mir selbst gesagt, dass ich dir sagen soll, dass ich sie dort gesehen habe.«
Lawson machte eine Pause, um sich zu vergewissern, dass er jetzt Huberts volle Aufmerksamkeit hatte. Es war sechsundzwanzig Jahre her, dass Hubert ihm Olivia weggenommen hatte. Lawson hatte es wie ein Gentleman hingenommen. Sechsundzwanzig Jahre lang hatte er sich gewünscht, er hätte es nicht getan.
»Sie ist über die Hintertreppe heruntergekommen.«
Der fassungslose Ausdruck auf Huberts Gesicht war eine weitaus größere Genugtuung für Lawson, als es jeder Fausthieb gewesen wäre.

29

Nachdem Devin Sessalee in Mendelsons Pfandleihe einen richtigen Ehering gekauft hatte, spürte der Colonel, dass in der Ehe der beiden eine Veränderung vor sich ging. Offensichtlich dämmerte es Devin allmählich, dass er sich mit seiner Ablehnung von Sessalees ehelicher Zuneigung weit mehr bestrafte als sie. Er war zwar wegen der Zwangsheirat noch immer fuchsteufelswild, schmollte und schlich beleidigt durch das Haus, ohne Sessalee auch nur eines Blicks zu würdigen, aber nachts trieben sie es wie die Kaninchen.

»Du siehst aus wie eine Leiche«, sagte Bourne zu seinem kleinen Bruder.

Devin hatte keine Kraft mehr, mit ihm zu streiten. Nachdem Sessalee ihn eine Woche lang hart rangenommen und buchstäblich vollkommen ausgesaugt hatte, hatte er nicht einmal mehr genügend Spucke im Mund.

Bourne und Devin standen Wache, während LeRoy LaRue und ein paar seiner düster aussehenden Vettern Kisten voller Alkohol von einem Laster abluden und in den »Five of Clubs« schleppten. Pearls wöchentliche Bestellung hatte Ausmaße angenommen, dass Bourne befürchtete, unterwegs entführt und ausgeraubt zu werden. Jetzt, da Devin und die LaRues quasi verwandt waren, machte er sich etwas weniger Sorgen. Während alle anderen in der Stadt sich noch das Maul darüber zerrissen, dass Bournes kleiner Bruder nur deshalb eine LaRue geheiratet hatte, damit diese sein bestes Stück bei Laune hielt, erfasste Bourne sofort, welche geschäftlichen Möglichkeiten in dieser Verbindung lagen. Sobald Devin seine Zulassung als Anwalt in der Tasche hatte, würde er sich um alle legalen Probleme und seine angeheiratete Verwandtschaft sich um die illegalen Probleme kümmern. Jeder, der einem LaRue etwas wegnahm, endete skalpiert, gehäutet und an einen Baum genagelt.

Als die LaRues alle Kisten abgeladen hatten, scheuchte Maysie sie ins Esszimmer.

»Jetzt bedient euch und esst das Frühstück auf. Die Mädchen lassen immer die Hälfte stehen«, befahl sie und deutete auf die Buttermilchbrötchen, die Rühreier, den Haferbrei und die Bratkartoffeln mit Zwiebeln.

Müde und schläfrig saßen Pearls Mädchen um den Tisch herum. Das Make-up um ihre glasigen, verträumten Augen war verschmiert, und das Haar hing ihnen ins Gesicht wie unter Wasser wehender Seetang. Sie gähnten, dehnten und streckten sich, wackelten mit den lackierten Zehen und starrten mit leerem Blick in den Morgen. Maysie drückte Devin auf einen Stuhl. Er machte sich gut inmitten der Mädchen. LeRoy nahm gegenüber von seinem neuen Schwager Platz, um ihn im Auge zu behalten. Das war völlig unnötig. Hätte Pearl angeboten, ihre wöchentliche Bestellung mit Naturalien zu bezahlen, hätte Devin zu einem späteren Zeitpunkt darauf zurückkommen müssen.

Die LaRue-Vettern mussten nicht erst ermutigt werden, zuzugreifen. Sie schnappten sich schnell die leeren Stühle, als spielten sie »Reise nach Jerusalem«. Die Morgenmäntel der Mädchen, die ihnen über die cremig weißen Schultern hingen, waren aus durchsichtigem Chiffon und überließen nichts der Phantasie. Zum Glück, denn die Vettern hatten keine. Wie hungrige Wölfe starrten die LaRue-Boys auf die Mäd-

chen, bis Maysie eine Platte mit Schinken vor sie hinstellte, woraufhin sich ihre Prioritäten sofort verschoben.
»Pass auf, dass sie sich anständig aufführen«, sagte Bourne zu Maysie.
Mit verschränkten Armen hielt Maysie Wache am Kopf des Tisches.
Bourne folgte währenddessen dem Klang des Grammophons und Bessies Gesang, der durch das leere Haus hallte. Die Tür zu Pearls Salon stand offen. Als Bourne das Zimmer durchquerte, erregte ein auf dem Kaminsims liegender Bilderrahmen seine Aufmerksamkeit. Als er ihn umdrehte, blickte er auf Lorna Wilde, die Mutter der beiden Wildkatzen. Kat und Pearl sahen aus wie ihre Mutter: schwarze Haare, blaue Augen, ein für die Sünde geschaffener Körper. Aber dem Original konnten sie nicht das Wasser reichen, so heiß war die Frau. Ein Wunder, dass Bourne sich nicht die Finger an Lornas Foto verbrannte.
Die Tür zu Pearls Schlafzimmer war nur angelehnt. Bourne öffnete sie, ohne zu klopfen.
»Dein Geld liegt auf der Kommode«, sagte Pearl, ohne aufzuschauen.
Pearl stand vor einem Hocker und hatte ein Bein darauf abgestützt. Sie stülpte gerade einen aufgerollten Seidenstrumpf über den Fuß und zog ihn langsam die Wade hinauf. Bourne ließ seinen Blick kurz auf ihr verweilen, ehe er sich in dem Zimmer umsah. Das Bett war ungemacht, die Laken zerwühlt, aber nur ein Kopfkissen war benutzt.
»Konntest du mehr Champagner besorgen?«, fragte Pearl und warf einen Blick über ihre Schulter.
»Vier Kisten.«
Bourne ließ sich auf einen Stuhl fallen, lehnte sich zurück und steckte sich einen Zahnstocher aus Sassafrasholz in den Mund.

»Ich habe nicht gesagt, dass du dich setzen sollst.«
»Ich habe nicht gefragt.«
Pearls Miene blieb eisig. Sie öffnete ihren Morgenmantel und befestigte den Strumpf am Strapsgürtel. Bournes Blick wanderte von ihrem Oberschenkel bis zu ihrer Hüfte hinauf. Er konnte ein Grinsen nicht unterdrücken. Sie trug keine Unterwäsche. Es war gut, zu wissen, dass manche Dinge sich nie änderten.
»Normalerweise lasse ich einen Mann dafür bezahlen«, sagte sie, schlang den Morgenmantel um sich und verknotete die Schärpe.
»Oh, du hast einen Mann immer zahlen lassen«, erwiderte Bourne und ließ den Zahnstocher von einem Mundwinkel zum anderen wandern. »Nur damals hast du eine andere Währung dafür genommen.«
Er duckte sich in letzter Sekunde, als die silberne Haarbürste auf ihn zugeflogen kam und nur Zentimeter neben seinem Kopf gegen die Wand prallte. Für eine Frau hatte Pearl schon immer einen starken Wurfarm gehabt.
»Zu schade, dass du deinen Sinn für Humor verloren hast, Pearl. Das war immer eine deiner angenehmsten Eigenschaften.«
Bourne wusste genau, welche Knöpfe er bei Pearl drücken musste. Blind vor Zorn, Demütigung und dem in drei Jahren aufgestauten Schmerz, kam sie mit fliegendem Morgenmantel auf ihn zu, einen Parfüm-Flakon aus Bleikristall über dem Kopf schwenkend. Bourne packte sie am Handgelenk und drehte es herum, bis sie vor Schmerz aufschrie. Mit entschlossenem Griff zerrte er an der Schärpe, öffnete ihren Morgenmantel und fasste mit seiner freien Hand zwischen ihre Beine. Pearl war so feucht, dass ein Mann darin ertrinken konnte. Sie mit einer Hand in Schach haltend, zerrte Bourne mit der anderen an seinem Gürtel und lockerte ihn. Pearl er-

wischte ihn zwar mit der linken Hand im Gesicht, aber das feuerte ihn nur umso mehr an. Doch mit dem zweiten Schlag riss Pearl seine Wange bis fast auf den Knochen auf.

»Verflucht, Weib!«, schrie er und stieß sie von sich weg auf das Bett.

Bourne fasste sich ins Gesicht; er hatte Blut am Finger. Dann sah er Pearl an. Die Grenze zwischen Liebe und Hass ist fein wie eines Messers Schneide. In dem Moment sah Bourne alles doppelt. Auf seinem Weg zur Tür nahm er das Geld von der Kommode an sich und drehte sich nur deshalb flüchtig um, weil er sehen wollte, was sein Gesicht aufgerissen hatte. Doch dann sah er genauer hin.

Pearl trug ihren Verlobungsring am Finger.

»Du wirst irgendwann kein Gesicht mehr haben, wenn du es dir weiterhin mit ihr verdirbst«, meinte Maysie und bog seinen Kopf zurück, um die klaffende Wunde zu säubern.

»Erzähl mir von dem Ring«, erwiderte Bourne ruhig.

»Sie trägt ihn immer im Bett«, erklärte Maysie, während sie Jod auf die Wunde träufelte. »Sogar wenn sie arbeitet.«

30

Als er hörte, wie Sessalee aus dem Bett schlüpfte, stellte Devin sich schlafend. Reglos blieb er liegen, während sie in ihrem Flanellnachthemd barfuß durch das Zimmer tappte und sich in ihre gesteppte Decke wickelte. Von der Badezimmertür aus warf sie ihm einen kurzen Blick zu, und er schloss schnell wieder die Augen und versuchte, gleichmäßiger zu atmen.

Devin wartete, bis er das Knarren am Ende der Treppe hörte, ehe er seine Hose anzog und ihr folgte. Sessalee verschwand zwischen den Bäumen wie eine Eule. Normalerweise war Devin unfähig, bei helllichtem Tag, ohne zu stolpern, eine gemähte Wiese zu überqueren. Doch er war fest entschlossen, Sessalee zu folgen, ohne dass sie etwas bemerkte. Sich von Baum zu Baum tastend, blieb er ihr hartnäckig auf den Fersen und biss sich auf die Zunge, bis es blutete, wenn ihm ein Ast ins Gesicht schlug oder ein Dorngestrüpp das Bein aufriss. Als ihm klarwurde, wohin Sessalee ging, spürte er den Schmerz doppelt. Jetzt wusste er, was sie vorhatte. Devin hatte akzeptiert, dass es vor ihm andere Männer gegeben hatte, aber mit dem hier konnte er nicht leben.

Während er sich flach an die Mauer neben der Veranda am Haus seines Großvaters presste, blinzelte er mehrmals, um die Tränen zurückzuhalten. Als im Schlafzimmer die Kerosinlampe aufleuchtete, trat er die Tür ein. Sessalee fuhr erschrocken zusammen.

»Bist du mir bis hierher gefolgt? Und ich hab nichts gemerkt?«

Devin riss die Schranktüren auf und zerrte alle Kleider von den Bügeln, während er den Schrank durchsuchte.

»Aber ich hab dich gar nicht gehört!«

Devins verbesserte Fähigkeiten als Fährtensucher schienen Sessalee mehr zu schockieren als die Tatsache, dass er sie ertappt hatte.

»Wo ist er?« Devin legte sich auf den Boden und schaute unter das Bett.

»Er wer?«

»Der Mann, mit dem du dich hier triffst und der gleich tot sein wird!«

Sessalee starrte ihn verständnislos an.

»Es gibt keinen anderen Mann, Devin.«

»Warum hast du dich dann mitten in der Nacht aus dem Haus gestohlen?«

Sessalee presste die Lippen aufeinander und wich an die Wand zurück. Devin zweifelte nicht daran, dass sie etwas vor ihm verbarg. Er stand auf und stellte sich mit geballten Fäusten und wutverzerrtem Gesicht neben sie. Sessalee schaute zu ihm auf, und ihr Blick streichelte ihn wie eine warme, liebevolle Hand. Doch die Eifersucht hatte Devin blind werden lassen, und er verhärtete sein Herz ihr gegenüber.

Langsam ging sein Atem regelmäßiger, und sein Gesicht erstarrte zu einer ausdruckslosen Maske.

»Ich glaube dir kein Wort«, flüsterte er mit tödlicher Ruhe. »Nicht ein Wort von dem, was du sagst.«

Manche Männer schlagen mit ihren Fäusten zu. Devin war wesentlich gefährlicher. Seine Verachtung traf Sessalee an Stellen, die man nicht sehen konnte, und ging so tief, dass ihre Seele langsam verblutete. Sie kannte sie gut, diese Frauen, die von ihren Männer gleichsam ausgewaidet worden waren, Frauen mit toten, leeren Blicken, aus denen jede Hoffnung gewichen war.

»Du hättest wohl jeden und alles gefickt, nur um von dieser räudigen Hundehütte wegzukommen, die du dein Zuhause genannt hast«, sagte er ruhig.

Vielleicht hätte er es dabei belassen, wenn Sessalee etwas gesagt hätte. Aber Devin konnte nicht sehen, dass sie blutete, und so machte er sich daran, ihr den Todesstoß zu versetzen.

»Wer hat dir beigebracht, so zu ficken, Sessalee? Wer? War es dein Bruder? Hat er dir gezeigt, wie man sich einen Ehemann wie ein Kaninchen in der Falle fängt?«

Sessalee schwankte kaum merklich, als hätte man ihre Knochen, die sie aufrecht hielten, zerschmettert. Devin wollte gerade weiterreden, als er etwas erspähte, das sie hinter ihrem Rücken versteckte. Er packte ihren Arm und drehte ihn herum. Als er ihr das entriss, was sie in der Hand hielt, hörte er den Stoff reißen. Devin machte die Hand auf und starrte auf eine Stoffpuppe mit Haaren aus rotem Garn und zwei unterschiedlichen Knopfaugen, während ihm die Lavendelfüllung durch die Finger rieselte.

Sessalee sackte auf die Knie und sammelte sorgfältig den Lavendel in ihr Nachthemd ein. Devin starrte auf ihren Kopf. Leblos baumelten seine Arme an ihm, als hätte jemand die Fäden durchgeschnitten, die ihn bewegten.

»Ich mach sie wieder ganz, Sessalee«, versuchte er zu sagen, aber die Worte blieben ihm im Hals stecken.

In dem Moment fluteten mit Macht all die grausamen Dinge, die er zu ihr gesagt oder ihr angetan hatte, in sein Bewusstsein zurück. Er kniff die Augen zusammen, um die Bilder zu verdrängen, aber sie brannten sogar durch seine Augenlider.

»Ich schwör's dir, Sessalee, ich mach sie wieder ganz.«
Langsam wandte Sessalee ihm das Gesicht zu. Mit Schmerz oder Hass in ihrem Blick hätte er umgehen können. Aber was er sah, raubte ihm den Atem. In ihren Augen war kein Ausdruck mehr. Sie hatte keine Gefühle mehr für ihn in sich, nichts mehr.
Sessalee nahm den Ehering vom Finger und drückte ihn Devin in die Hand.
»Du bist frei, kannst gehen. Das bist du immer gewesen.«
Eine so eisige Kälte hüllte Devin plötzlich ein, dass er wie betäubt dastand. Schwarzes Wasser schlug über ihm zusammen. Er konnte nicht mehr atmen. Er konnte nicht mehr kämpfen. Er hatte nie etwas getan, um Sessalees Liebe zu verdienen, und wusste deshalb nicht, wie er sie wiedergewinnen sollte. Seine Beine gaben nach, und er sank vor ihr auf die Knie. Sein Mund öffnete sich, aber es kamen keine Worte heraus. Er wusste genau, was er getan hatte, und auch, dass keine Worte dies ungeschehen machen konnten.
Das mächtigste Gebet ist das, für das man keine Worte findet. Devin ließ den Kopf hängen und schloss die Augen. Sessalee blickte unendlich lange auf ihn hinunter. Sie versuchte, ein Zeichen dafür zu finden, dass seine Reue echt war. Aber dem Augenschein nach kann man nicht beurteilen, welcher Mann seine Taten bereuen und welcher Mann sie wiederholen wird. Letztendlich muss man vertrauen, wenn man vergibt, und die Chancen stehen fifty-fifty, dass man dabei auf die Nase fällt. Doch Sessalee fiel eine Szene wieder ein: Devin im Wald, mit dem kapitalen Bock im Visier. Er hatte ein Auge zugekniffen, den Finger am Abzug. Eine bessere Schussposition hätte kein Mann sich wünschen können. Doch dann ließ er das Gewehr sinken. Devin würde sich nie nehmen, was er nicht brauchte, und mehr als die Bewunderung eines Menschen brauchte er nicht.

»Sag mir, was ich tun soll, Sessalee. Sag es mir.«
In diesem Jungen steckte ein Mann, der ihrer Liebe wert war. Aber nur eine Frau konnte ihm den Weg heraus zeigen.
»Verzeih mir«, erwiderte Sessalee.
Devin weinte, seine Schultern bebten, und sein Gesicht war nass wie das eines heulenden Kindes. Er konnte kaum mehr etwas sehen, als er Sessalees kleine Hand nahm und ihr den Ring zurück an den Finger steckte. Er hielt ihre Hände so fest, dass ihre Finger miteinander verschmolzen.
»Wag es ja nicht, dich noch einmal ohne mich in der Dunkelheit herumzutreiben!«, sagte er trotzig und wischte mit dem Ärmel über sein Gesicht. »Hörst du mich?«
Es gibt Frauen, die hätten Devin für das bezahlen lassen, was er getan hatte.
»Nie mehr«, versprach Sessalee ihm.
Devin zog sie an sich und umarmte sie heftig. Als er Anstalten machte, sich von ihr zu lösen, hielt Sessalee ihn noch ein wenig länger fest.
»Gehen wir nach Hause«, flüsterte er heiser in ihr Haar.
Sessalee drehte den Docht der Kerosinlampe herunter und tauchte das Zimmer in tiefschwarze Nacht. Devin machte einen Schritt, stolperte gegen das Fußteil des Bettes und stieß gegen die Türkante.
Sessalee nahm ihn an der Hand und führte ihn nach Hause.

Sessalee wartete, bis Devin tief und gleichmäßig atmete. Dann stützte sie sich auf den Ellbogen ab und betrachtete im Mondlicht den Mann in ihrem Bett. Es war die einzige Zeit, zu der ihr das möglich war. Devin war ein Wunder für sie. Sie beugte sich über ihn und beschnupperte ihn – den bittersüßen Duft seiner Ohren, den salzigen Geruch seines Nackens. Vorsichtig strich sie mit den Fingern über seine Wangenknochen, seine Lippen, die rauhen Stoppeln an seinem Kinn. Langsam

wanderten ihre Fingerspitzen weiter zu dem seidigen Haar auf seiner Brust, zu seinem flachen Magen und noch ein Stück weiter hinunter. Sessalee nahm Devins Hand und drückte ihre Lippen auf seine Handfläche. Er reagierte kaum.
Sessalee fragte sich nicht, weshalb sie diesen Mann liebte. Manche Dinge sind einfach so, wie sie sind.
»Ich liebe dich mehr als mein Leben«, flüsterte sie ihm ins Ohr, damit er davon träumte.
Im Schlaf zog er sie näher zu sich heran. Sie schmiegte sich an ihn, legte den Kopf auf seine Brust und lauschte seinem Herzschlag. Dann schloss Sessalee die Augen und dankte Gott für diesen besonderen Moment in ihrem Leben.

31

Am Ersten eines jeden Monats holte Crockett den hölzernen Kasten mit den Verbesserungsvorschlägen aus dem Vorraum, trug ihn hinauf in sein Büro und kippte den Inhalt in seinen großen, graugrünen Metallabfalleimer.

»Was ist das?«, fragte Mason und zögerte, als er an Crocketts Tür vorbeikam.

»Unser Kummerkasten.«

»Wir haben einen Kummerkasten? Wozu das denn?«

»Das Ding nervt mich gewaltig«, sagte Crockett und warf den letzten Zettel in den Abfalleimer.

Mason ging weiter zu seinem Büro, bis schließlich doch die Neugier die Oberhand gewann.

Crockett war ein Mann mit vielfältigen Interessen, die zu Hause auszuüben seine Frau ihm nicht erlaubte. Sein eigentlicher Wohnort war folglich sein Büro, wohin er Mrs. Crockett noch nie eingeladen hatte. Schaukästen mit indianischen Pfeilspitzen aus Feuerstein bedeckten die Wände, und auf dem Fensterbrett stand eine Apothekerflasche mit grünem und bernsteinfarbenem Inhalt neben der anderen. Auf dem Boden lagen Kanonenkugeln der Unionsarmee, die er aus dem Fluss geholt hatte, unter der Couch stapelten sich Schachteln mit Messinguniformknöpfen aus dem Bürgerkrieg, und vom Aktenschrank grinste ein ausgestopfter Rotluchs herunter. Crocketts Liebe gehörte sicher nicht seiner

Arbeit. Doch solange er sie erledigte, war es Mason egal, wann Crocketts Herz höherschlug.

Mason klemmte sich den Abfalleimer zwischen die Knie und zog einen Zettel heraus.

»Es sollten Radioapparate an den Fertigungsstationen installiert werden«, las er laut vor.

Crockett schnaubte in seinen fleckigen Kaffeebecher. »Das fehlt uns gerade noch, dass die Weiber von der Arbeit abgelenkt werden. Klatsch, verletzte Gefühle und ihre Monatsbeschwerden reichen mir vollkommen. Man kommt sich vor, als müsste man eine Horde dreibeiniger Katzen beisammenhalten.«

Die beiden Männer brachen einträchtig in meckerndes Gelächter aus, und Mason holte einen weiteren Vorschlag aus dem Eimer und las vor.

»Mütter sollten ihre Babys mit zur Arbeit bringen können. Sie könnten sie in den Pausen stillen.«

Die beiden Männer grölten so laut, dass die Arbeiterinnen von ihren Nähmaschinen aufblickten und zu dem Bürofenster hinaufschauten. Sie hatten noch nie erlebt, dass Crockett gelacht hätte, und das war mehr als irritierend. Mason knöpfte seine Manschetten auf, rollte den Ärmel nach oben und steckte seinen Arm tief in den Abfalleimer.

»Es sollte Bonuszahlungen geben, wenn man das Pensum überschritten hat.«

Mason blickte von dem Zettel auf. Crockett wischte sich noch immer die Tränen aus den Augen.

»Was passiert jetzt, wenn ein Mädchen ihr Pensum überschritten hat?«

»Normalerweise legt sie die Beine hoch und starrt an die Decke«, antwortete Crockett, legte die Beine auf seinen Schreibtisch und starrte an die Decke.

Nachdenklich betrachtete Mason den Zettel, ehe er ihn auf

einer Ecke von Crocketts Schreibtisch ablegte. Dann griff er wieder in den Eimer und zog den nächsten heraus. Auf dem Blatt Papier war sorgfältig der Weg der Produktion in der Fabrik nachgezeichnet. Detailliert war der Zug an der Laderampe dargestellt, dazu die Grundrisse aller drei Stockwerke, mit Pfeilen, die auf jeden Arbeitsschritt hinwiesen. An der Laderampe wurden die Stoffballen entladen, dann ins Erdgeschoss geschafft, wo der Stoff ausgerollt, mit Schneiderkreide mit den Schnittmustern der Hemden versehen und zugeschnitten wurde. Die einzelnen Fertigungsteile wurden dann auf Handwagen mit dem Lastenaufzug in den ersten Stock hinaufbefördert und zusammengenäht. Die fertigen Hemden wurden anschließend in den zweiten Stock hinaufgetragen, wo die Knöpfe angenäht wurden. Von dort wurden die Hemden zum Bügeln, Zusammenlegen und Verpacken wieder ins Erdgeschoss zurückgeschafft.
Der Vorschlag war simpel: Die Knopfabteilung sollte an eine Fertigungsstation neben die Nähmaschinen im ersten Stock verlegt werden.
Mason betrachtete das Diagramm genauer. Die Vorteile lagen auf der Hand. Über ein Fließband könnten die fertiggestellten Hemden direkt von den Näherinnen zu den Knopfdamen geschafft werden, ohne dass ein Laufbursche sie erst in den zweiten Stock hinaufschleppen musste, um sie anschließend wieder zum Bügeln ins Erdgeschoss zurückzubringen.
Mason warf durch Crocketts Fenster einen Blick hinunter in die Nähabteilung. Für eine Umstrukturierung war mehr als genügend Platz vorhanden.
»Wieso sind die Knopfdamen eigentlich im zweiten Stock?«, erkundigte Mason sich nach einem weiteren Blick auf das Schaubild.
Crockett überlegte eine Weile und zuckte dann die Schultern.

»Das ist schon so, seit ich hier bin.«
Um die Wahrheit zu sagen, hatte Mason dem zweiten Stock der Fabrik bisher nur wenig Beachtung geschenkt, und das aus gutem Grund. Es gab nämlich keinen zweiten Stock, nur einen Dachboden. Der Lastenaufzug fuhr nur bis in den ersten Stock hinauf.
»Wessen Idee war es, diesen Kummerkasten aufzustellen?«, fragte Mason, als er und Crockett die dunklen Stufen hinaufstiegen.
»Die von Mrs. Hughes.«
Mason hielt mitten in der Bewegung inne und warf einen fragenden Blick über die Schulter.
»Mrs. Hughes? Meine Mutter?«
Falls es noch eine weitere Inhaberin namens Mrs. Hughes geben sollte, so hatte Crockett bisher noch nicht ihre Bekanntschaft gemacht.
»Meine Mutter kommt hierher?«, fragte Mason ungläubig.
»Von Zeit zu Zeit.«
»Wozu denn?«
»Um mich zu nerven«, erwiderte Crockett schulterzuckend. Wenn ein Inhaber keine Ahnung hat, was der andere Inhaber im Schilde führt, ist es das Beste, neutral zu bleiben.
Während Mason auf Crockett hinunterschaute, stellte er sich die Frage, wie die Laufburschen es schafften, die Handwagen voller Hemden die steile, enge Treppe hinaufzuschaffen.
»Sie müssen die Hemden stapelweise auf den Armen hochtragen«, erklärte Crockett ihm.
Am Ende der Treppe musste Mason sich vor einem niedrigen Stützbalken bücken, und sein Blick schweifte über den höhlenartigen Speicher. Durch kleine Mansardenfenster drang diffuses Licht herein. Stapel von uralten Stechkarten und Kartons voller Hauptbücher türmten sich zu einer Wand auf, so weit das Auge reichte. Irgendwo in der Ferne gurrten Tau-

ben. Sogar bei geöffneten Fenstern war es auf dem Dachboden stickig und roch nach Mäusen.
Die Knopfannäherinnen arbeiteten an einem langen Holztisch, in dessen Mitte fein säuberlich große Fadenrollen, Schachteln voller Knöpfe und Nadelkissen angeordnet waren. Mit gebeugtem Rücken arbeiteten die Frauen schweigend vor sich hin. Als sie Masons Schritte auf dem Bretterboden hörten, schauten sie überrascht und mit großen Augen auf.
»Meine Damen, ich bin –«
»Wir wissen, wer Sie sind, Mr. Hughes.«
Die Sprecherin der Gruppe sah zu alt aus, um überhaupt noch am Leben zu sein, geschweige denn, noch immer im Akkord zu arbeiten. Ihre Finger hatten so lange eine Nadel gehalten, dass der Zeigefinger gekrümmt war und der Daumen die Form des Fingerhuts angenommen hatte. Ein kurzes, scharfes Kopfnicken von ihrer Seite veranlasste die anderen Frauen, sich wieder über ihre Arbeit zu beugen, und die Fingerhüte und Nadeln zuckten auf und ab, als klimperten sie auf einem Hackbrett.
»Uns wurde der Vorschlag unterbreitet –«
»Die Knopfabteilung in den ersten Stock zu verlegen«, beendete die Frau seinen Satz.
Die in der Fabrik hergestellten Hemden hatten vierzehn Perlmuttknöpfe, sieben vorn an der Knopfleiste, zwei am Button-Down-Kragen, zwei an jeder Manschette und einen Reserveknopf innen am Saum. Jeder Knopf wurde einzeln und mit der Hand angenäht. Ein Blinder konnte sehen, dass sich in der Knopfabteilung die Produktion wie in einem Flaschenhals staute.
Mason blätterte die Zettel in seiner Hand durch, bis er den Vorschlag gefunden hatte, der ihm zuvor aufgefallen war: »Modernisierung der Fabrik durch Knopfannähmaschinen.«

Mason wusste nicht, wie er die nächste Frage stellen sollte, ohne dabei wie ein Idiot dazustehen.

»Sie wundern sich sicher, warum wir hier oben auf dem Dachboden sind«, sagte die alte Frau, steckte die Nadel durch den Knopf und zog sie von unten wieder heraus. »Früher waren wir im ersten Stock. Dann haben sie uns hierherauf verlegt, weil sie den Flaschenzug in der Decke installiert haben, um die Stoffballen von der Laderampe zu den Zuschneiderinnen zu transportieren. Irgendwie haben sie es nie geschafft, uns wieder zurückzuverlegen.«

»Wann war das?«

»Wann haben sie uns hier rauf verlegt, Mae?«

»Das war in dem Jahr, in dem Mr. Cyril gestorben ist.«

»Das war vor über zwanzig Jahren«, meinte Mason stirnrunzelnd.

»Zwanzig Jahre.« Die Frau schüttelte den Kopf.

Während sie den Faden durchbiss, fischte sie gleichzeitig einen neuen Knopf aus der Schachtel, die vor ihr stand.

»Ihr Onkel ist an gebrochenem Herzen gestorben, wissen Sie«, sagte sie und nahm an der Knopfleiste Maß für den Knopf. »Nachdem Fidela nicht mehr war, hat er einfach seinen Lebenswillen verloren.«

»Fidela?«

Mason war sicher, dass sein Onkel niemals geheiratet hatte.

»Es ist Fidelas Enkeltochter, die ständig all diese Vorschläge in den Kasten wirft.« Die Frau deutete mit dem Kopf auf den Zettel in Masons Hand, während ihre Nadel weiter regelmäßig auf und ab glitt. »Was meinst du, Mae? Wie lange steckt sie die jetzt schon in den Kasten?«

»Das dürften jetzt vier Jahre sein«, sagte Mae.

»Ist schon ironisch, dass jemand aus Fidelas Sippschaft hier arbeitet.«

Mae nickte.

Mason blätterte die Vorschläge durch, die er aus dem Abfall geholt hatte. Keiner davon war unterschrieben, aber alle trugen die gleiche Handschrift. Auf jedem Blatt war unter den Gründen, weshalb die Fabrik die Empfehlung in die Tat umsetzen sollte, großspurig geschrieben: »Zur Erhöhung der Effizienz.«
»Wie hieß Fidela mit Familiennamen?«, fragte Mason.
»Sie war vier Mal verheiratet, hat aber immer den Namen von ihrem ersten Mann behalten. Der hat zu ihr gepasst. Nicht wahr, Mae?«
»Ja, sie war schon eine Wilde«, stimmte Mae ihr zu.
»Wilde«, sagte die alte Frau schließlich, »Fidela Wilde.«

Mason brachte die halbe Nacht damit zu, sich mit Kats Vorschlägen auseinanderzusetzen. Dass er nicht selbst darauf gekommen war, war das Einzige, das er daran auszusetzen hatte.
Er fragte sich, ob es das gewesen war, was Kat an dem Nachmittag, als er sie in ihrer Hütte besuchte, so dringend zu erledigen gehabt hatte. Er sah sie wieder vor sich, wie sie mit wehendem Haar, das Hemd in der Taille geknotet, am Fluss stand. Und wieder durchlief ihn das alte feurige Verlangen nach ihr, ehe es abrupt abkühlte. Sobald ein Mann entdeckt, dass er sich nicht nur zum Körper, sondern auch zum Kopf einer Frau hingezogen fühlt, kompliziert das die Angelegenheit erheblich.

»Kat Wilde!«, rief Crockett, über das Geländer gebeugt, nach unten.
Kat blickte von ihrer Nähmaschine auf.
»Mr. Hughes will dich in seinem Büro sprechen!«
Ein ängstliches Raunen lief durch die Reihen der Mädchen, und sie plusterten sich auf wie Hennen in einem Hühner-

haus, wenn eine von ihnen, gackernd und mit flatternden Schwingen, herausgezogen wird. Es lag in ihrer Natur, das Schlimmste zu befürchten. Keine Frau, die in das Büro des Chefs beordert wurde, war je zurückgekehrt. Sie warfen Kat verstohlene Blicke zu, gleichzeitig beschämt und erleichtert, dass sie auf den Hackblock geschickt wurde und nicht sie selbst.

Kat zog den Stofffetzen von ihrem Kopf, als sie die Treppe hinaufstieg. Sie warf einen Blick zurück auf Luella, die ihr mit einer Geste zu verstehen gab: »Hab ich's dir nicht gesagt.« Kat hatte nicht nur Mason Hughes zurückgewiesen, sondern ihn auch noch beleidigt. Luella wusste es – alle Frauen wussten es –, dass es nur eine Frage der Zeit war.

»Kommen Sie herein«, sagte Mason, als sie klopfte.

Er saß an seinem Schreibtisch und studierte einige Unterlagen; die Papierspirale aus der Rechenmaschine reichte bis weit auf den Boden. Kat neigte den Kopf und konnte gerade genug erkennen, um zu begreifen, dass er an der Gewinn-und-Verlust-Rechnung arbeitete.

»Ich werde Ihren Vorschlag berücksichtigen und die Knopfabteilung in den ersten Stock zurückverlegen«, sagte Mason und blickte zu ihr auf.

Nichts demütigt einen akademisch gebildeten Mann mehr, als von einem natürlichen Talent ausgestochen zu werden. Kats ausgeprägter Geschäftssinn kam direkt aus ihrem Bauch, doch als sie jetzt vor seinem Schreibtisch stand, konzentrierte Mason sich auf einen Teil ihrer Anatomie, der etwas oberhalb davon lag.

»Warum?«

»Um die Effizienz zu erhöhen«, erwiderte er trocken und reichte ihr den Stapel mit ihren Vorschlägen. Langsam griff Kat danach.

»Erstellen Sie eine Kosten-Nutzen-Analyse Ihrer anderen Vorschläge für die Fabrik, und ich werde sie ebenfalls in Betracht ziehen.«
Kat verschränkte die Arme vor der Brust. Sie hatte keine Ahnung, was eine Kosten-Nutzen-Analyse war, und noch weniger, wie sie das berechnen sollte.
»Sie wissen verdammt genau, dass ich nicht weiß, wie ich das machen soll.«
»Irgendwie werden Sie das schon herausfinden, Miss Wilde«, sagte Mason kühl und wandte seine Aufmerksamkeit wieder seiner Arbeit zu.

Kat wandte sich als Erstes an Miss Mabel um Hilfe. Doch als sie die altjüngferliche Lehrerin fragte, wie man eine »Kosten-Nutzen-Analyse« berechnete, schob Miss Mabel lediglich ihr behaartes Kinn vor und informierte Kat, dass sie nicht die leiseste Ahnung habe.
Und so wandte Kat sich an den stadtbekannten Experten, der alles über offene Rechnungen wusste.
»Bei geschäftlichen Kosten-Nutzen-Rechnungen ist es dasselbe wie im richtigen Leben«, erklärte Bourne ihr. »Es geht immer darum, auf seine Kosten zu kommen.«
Für ihre erste Lektion trafen sie sich bei Gladys im Gemischtwarenladen. Kat hatte einen Block und einen Bleistift mitgebracht und beugte sich eifrig über den Tisch, um alles genau mitzubekommen.
»Das auszurechnen, ist einfach. Du musst dich nur fragen, ob der Einsatz den Preis wert ist.«
Bourne schaute aus dem Fenster und deutete mit dem Kopf auf den Bahnhof.
»Nehmen wir mal an, ein Mann fährt jeden Tag mit dem Zug nach Nashville in die Arbeit, überlegt sich aber dann, sich lieber einen Wagen zu kaufen. Jetzt kann er aber nicht einfach

die Kosten für den Wagen mit den Kosten für die Zugtickets vergleichen. Er muss auch noch den Preis für das Benzin, für das Öl und für die Abnutzung der Reifen in Rechnung stellen. Wie viel ist seine Zeit wert? Ist er schneller mit dem Zug oder mit dem Wagen am Ziel? Wie wirkt es sich aus, wenn er im Zug arbeiten kann, im Wagen aber nicht?«

Kat nickte, während sie eifrig alles mitschrieb.

»Wofür willst du eigentlich eine Kosten-Nutzen-Analyse erstellen?«, fragte Bourne.

»Es geht um eine Knopfannähmaschine für die Fabrik. In der Mantelfabrik in Bingham haben sie eine. Die können einen Mantel schneller produzieren, als du mit den Fingern schnippen kannst.«

Bourne nahm seinen Zahnstocher aus dem Mund.

»Du weißt aber schon, dass dann Arbeiterinnen entlassen werden, wenn die Knöpfe in der Fabrik maschinell angenäht werden.«

Kat blickte von ihrem Block nicht auf. Sie wusste genau, welche Frauen ihre Arbeit verlieren würden. Sie konnte ihre Gesichter vor sich sehen.

»Vergiss nicht, mit einzukalkulieren, dass manche Leute versuchen werden, ihr eigenes Süppchen zu kochen.« Bourne steckte den Zahnstocher wieder zurück in seinen Mund. »Bei geschäftlichen Kosten-Nutzen-Rechnungen ist es dasselbe wie im richtigen Leben. Das Ausrechnen ist einfach. Es ist die Durchführung, die alles so kompliziert macht.«

32

Joy Lester war eine Frau, die zuerst hasste und sich dann eine Begründung dafür zurechtlegte. »Richte nicht, auf dass du nicht gerichtet werdest« lautet ein Bibelspruch, den sie zu selten beherzigte.

»Was ist mit deinem Hals passiert?«, fragte Bud und deutete auf den blutunterlaufenen roten Strich um Roys Hals.

»Joy hat in der Nacht die Wäscheleine an eine andere Stelle gespannt«, erklärte Roy krächzend und zupfte eine Wäscheklammer von seinem Hemd. »Das Luder hat mich mit dem Draht fast geköpft.«

Seit Joy es sich in den Kopf gesetzt hatte, Witwe zu werden, glich Roy mehr und mehr einem überfahrenen Kater. Sein Gesicht war noch immer grün und blau, nachdem Joy vom Schlafzimmerfenster aus den Hammer auf ihn hatte fallen lassen. Dem Hammer hatte er noch ausweichen können, doch er war dabei auf eine Hacke gestiegen, deren Stiel ihn mitten im Gesicht getroffen hatte. Und seit er auf die Nägel getreten war, die Joy durch das Fenster seines Hühnerhauses auf den Boden gestreut hatte, humpelte Roy wie ein alter Mann. Das Haar an seinem Hinterkopf war versengt, da Joy seine Anmachhölzer mit Feuerzeugbenzin getränkt hatte, und seinen Rücken hatte er sich verrenkt, als er aus seinem umgestürzten Laster gekrochen war, nachdem Joy die Schrauben unter den Radkappen gelockert und der Wagen ein Hinterrad verloren hatte.

Hätte Joy Roy mit derselben Inbrunst geliebt, wie sie ihn hasste, was hätte aus diesem Mann werden können. Stattdessen glich sein Leben einem Minenfeld. Joy hatte die Bremsflüssigkeit aus seinem Traktor abgelassen, hatte die Drähte an seinem Lötkolben durchgescheuert und zerstoßenes Glas unter seinen Kautabak gemischt. Da er nicht wusste, wann sie als Nächstes zuschlagen würde, war Roy schreckhaft geworden. Wie ein spastisches Huhn zuckte er permanent zusammen und entwickelte alle möglichen Ticks. Hatte ein Wagen eine Fehlzündung, verdrehte Roy die Augen und warf sich auf den Boden.

Allmählich machten die Jungs sich Sorgen um ihn.

»Vielleicht solltest du eine Weile in mein Hinterzimmer ziehen«, schlug Bud vor und deutete in Richtung seines Lagerraums.

Roy schüttelte den Kopf, soweit sein Stützkorsett dies zuließ.

»Ich bin in diesem Haus geboren und werde dort auch sterben!«, krächzte er.

Darauf hätten die Jungs jederzeit gewettet, hätten sie einen Dummen gefunden, der dagegengehalten hätte.

33

Kat nähte weiter an ihrem Hemd, während die anderen Frauen durch die Pendeltüren hinaus an die Stechuhr eilten.

»Kommst du?«, fragte Luella und ließ den Verschluss ihrer Lunchbox zuschnappen. »Oder hast du vor, hier einzuziehen?«

»Du kannst ruhig gehen«, sagte Kat. »Ich will für morgen schon mal vorarbeiten.«

Normalerweise hätte dies Luellas Verdacht erregt. Doch es war Mittwochabend, und sie musste den Jungen, bevor sie in die Kirche gingen, noch etwas zu essen kochen.

»Dann bis morgen«, rief sie ihr von der Tür aus zu.

Als Kat endlich allein war, öffnete sie ihre Lunchbox und holte mehrere zusammengerollte Blätter Papier heraus.

Masons Büro war der Arbeitsplatz eines Mannes, der nur eines im Sinn hatte. Sein Schreibtisch war übersät mit Mustern von Baumwollstoffen, fehlerhaften Hemden, die begutachtet werden mussten, und Schachteln mit einer großen Auswahl unterschiedlicher Knöpfe. Auf dem Fensterbrett stapelten sich alle möglichen Unterlagen und versperrten die Aussicht auf den Fluss. Aber Mason nahm sich ohnehin nie die Zeit, einen Blick aus dem Fenster zu werfen.

Kat stand vor seinem Schreibtisch und reichte ihm die zusammengerollten Papiere.

Nachdem er die einzelnen Blätter auf dem Schreibtisch glatt gestrichen hatte, konzentrierte Mason sich auf die Zahlen. Er verschränkte die Finger, stützte das Kinn auf den Daumen ab und rührte sich nicht mehr. Nur seine Augen, die über die Seite huschten, waren in Bewegung.

»Woher haben Sie die Arbeitskosten?«, fragte er, ohne aufzusehen.

»Crockett hat sie mir gegeben.«

»Und woher wissen Sie, was die Maschine kostet?«

»Ich habe die Firma angerufen, die sie herstellt.«

»Die haben Ihnen einfach so am Telefon Auskunft gegeben?«, fragte er zweifelnd.

»Ich habe der Sekretärin erklärt, was ich vorhabe. Sie ist schließlich mit dem Preis herausgerückt, den der Verkäufer auch Ihnen genannt hat.«

Mason starrte Kat ausdruckslos an, dann beugte er den Kopf wieder über das Papier.

»Ihr Investitionsgewinn fällt etwas höher aus als der, den ich berechnet habe«, sagte er schließlich, ließ sich auf den Stuhl zurückfallen und sah sie an.

»Aber Ihre Berechnung stimmt. Ich habe die Produktionsausfälle nicht mitberechnet, wenn es krankheitsbedingte Fehlzeiten bei den Knopfannäherinnen gibt.«

Unter Kats Triumph mischte sich ein Gefühl des Verlustes. Masons Arroganz war verschwunden. Und irgendwie fehlte ihr das.

»Gute Arbeit«, sagte er.

Und damit war sie offensichtlich entlassen. Mason beugte den Kopf erneut über die Papiere auf seinem Schreibtisch. Er war in Gedanken bereits wieder woanders, als er hörte, dass das Schloss an seiner Bürotür zuschnappte. Er blickte genau in dem Moment auf, als Kat die Jalousien vor dem Fenster herabließ.

Hat ein Mann Lust, steuert er zielstrebig auf das Objekt seiner Begierde zu. Gefällt ihm, was er sieht, nimmt er es sich. Gefällt es ihm nicht, passiert es nicht selten, dass er die Augen schließt und es sich trotzdem nimmt. Bei einer Frau hingegen gleicht die Angelegenheit eher einem Tontaubenschießen. Die Hälfte der Zeit weiß sie nicht einmal, worauf sie zielt.
»Das hier hat nichts zu bedeuten«, sagte Kat, während sie auf seinen Schreibtisch zuging. »Das ist dir hoffentlich klar, oder?«
In Kats Augen war Mason Hughes ein arroganter, verwöhnter, eitler reicher Schnösel. Wochenlang hatte er sie ignoriert und links liegenlassen, dann hatte er ihr eine Aufgabe gestellt, an der sie eigentlich nur scheitern konnte. Nie zuvor im Leben hatte Kat einen Mann mehr begehrt.
Bis sie um den Schreibtisch herumgegangen war, war Masons bestes Stück bereits in Habtachtstellung. Kat öffnete seinen Gürtel und schob ihm die Hose über die Hüften, als er Anstalten machte, sie zu küssen.
»Versuch ja nicht, hier mitzumischen«, befahl sie ihm und stieß ihn auf den Stuhl zurück. »Du verdirbst bloß alles.«
Mit einer Hand hob sie ihren Rock und setzte sich rittlings auf Mason und den Stuhl. Der Vorwurf an Mason, er habe versucht, in Kat Wildes Höschen zu kommen, entbehrte jeder Grundlage. Sie trug nämlich keine Unterwäsche. Kat steckte sich zwei Finger in den Mund und befeuchtete ihren Schoß. Dann leckte sie über ihre andere Hand und verteilte den Speichel auf seinem Glied. Während sie sich langsam auf ihn hinabließ, schaute Mason ihr unverwandt in die Augen. Als sie halb auf ihm saß, hielt sie erstaunt die Luft an. Für diesen Sport war Mason eindeutig gut gebaut. Der überraschte Ausdruck auf ihrem Gesicht veranlasste Mason, tiefer zuzustoßen. Kat schrie kurz auf, und er zog sich rasch zurück.
»Tue ich dir weh?«, flüsterte er.

Seine Zärtlichkeit brachte sie beide in Verlegenheit. Kat hielt entschlossen die Luft an und setzte sich voll auf ihn.
»Tue ich *dir* weh?«
Um die Wahrheit zu sagen – sie brachte ihn fast um.
Dann stützte Kat sich mit den Händen auf den Stuhllehnen ab und bewegte ihr Becken betont langsam auf und ab, bis Mason kaum mehr an sich halten konnte. Als sie die Erregung auf seinem Gesicht sah, bremste sie ihn. »Noch nicht«, sagte sie. »Ich bin noch nicht fertig mit dir.« Mason umklammerte den Stuhlsitz so fest, bis er ein Knacken hörte. Er war sich nicht sicher, ob es vom Holz oder von seinen Knöcheln herrührte, da er nicht wagte, die Augen von dieser Frau zu nehmen, die ihn mit Haut und Haaren verschlang.
Als sie wusste, dass er sich nicht länger zurückhalten konnte, beendete sie das grausame Spiel. »Jetzt!«, rief sie. »Jetzt!«
Mason packte sie an den Hüften und stieß unbeherrscht zu. Kats Körper bäumte sich über ihm auf wie der Blitzschlag vor dem Donner, bevor ihr Schrei ertönte und in der leeren Fabrik widerhallte, während er sich in ihr ergoss und eine Million strahlender Kometen tief in ihr explodierten. Der Raum schwankte, Mason verdrehte die Augen, und die Zeit stand still.
Normalerweise war Mason derjenige, der nach dem Akt die Beine in die Hand nahm und sich aus dem Staub machte. Doch er war kaum wieder zu Atem gekommen, als er bemerkte, dass Kat von ihm herunterstieg. Er streckte den Arm nach ihr aus, aber seine Hand griff ins Leere. »Warte«, versuchte er zu sagen, aber seine Kehle war ausgetrocknet und Kat bereits durch die Tür. Mit gespreizten Beinen, die Hose um seine Knöchel geschlungen, sackte Mason saft- und kraftlos auf dem Stuhl zusammen. Irgendwie kam ihm dabei das Wort »Effizienz« in den Sinn.

Kat saß vor ihrer Hütte auf der Veranda und beobachtete die Glühwürmchen, die in der tiefschwarzen Nacht leuchteten. Weiter unten strömte der kleine Fluss dahin, und die Geräusche der Eulen, Frösche und Laubheuschrecken vereinten sich zu einer Symphonie. Satan hatte es sich neben ihr auf der Schaukel bequem gemacht, sein großer, vernarbter Kopf lag schwer auf ihrem Schoß. Abwesend streichelte Kat seine zerbissenen Ohren, während ihre Gedanken bei Mason Hughes waren.

Die Leute täuschten sich, was Kat Wilde betraf. Sie mochte zwar Männer konsumieren wie Geleebonbons, aber sonst war sie völlig anders als ihre Mutter. Dafür hatte Lorna gesorgt.

Lorna Wilde war unfähig, allein in einem leeren Bett zu schlafen, und hatte genommen, was sich eben so ergeben hatte. Es war bestimmt nicht ihre Absicht gewesen, aber damit hatte Lorna ihrer Tochter das perfekte Beispiel für das geliefert, was Kat absolut nicht wollte, auch wenn keine von beiden dies wusste.

Kat dachte an Mason, wie er an seinem Schreibtisch saß und ihre Zahlen überprüfte. Er war ein Klugscheißer, aber das mochte sie an einem Mann. Und er war so scharf, dass sie sich anstrengen musste, um mit ihm Schritt halten zu können.

Alles, was Lorna von einem Mann wollte, war sein warmer Körper. Kat erwartete sich einen größeren Gewinn von ihrer Investition.

Mason stand am Fenster in seinem Büro, hatte die Hände in die Taschen geschoben und starrte hinunter auf die Lichter eines auf dem Fluss vorbeifahrenden Schleppers. Abwesend registrierte er die Fracht und die Anzahl der Frachtkähne und versuchte, ihr Fahrtziel zu erraten, während er in Gedanken bei Kat Wilde war.

Die Leute täuschten sich, was Mason Hughes betraf. Bei ihm

drehte sich zwar auch alles ums Geld, aber er war völlig anders als sein Vater. Dafür hatte Hubert gesorgt.
Hubert Hughes hatte eine standesgemäße Ehefrau gewollt und sich deswegen mit einer Frau zufriedengegeben, die ihn weder erregte noch herausforderte. Es war bestimmt nicht seine Absicht gewesen, aber damit hatte Hubert seinem Sohn ein perfektes Beispiel für das geliefert, was Mason absolut nicht wollte, auch wenn keiner von beiden dies wusste.
Mason dachte an Kats Vorschläge und ihre sorgfältig ausgeführten Zeichnungen. Sie war ungeschliffen, aber das mochte er an einer Frau. Und sie war so kreativ und clever, dass er sich anstrengen musste, um mit ihr Schritt halten zu können.
Alles, was Hubert von einer Frau wollte, war ihre Funktion als Mutter seines Sohnes. Mason erwartete sich einen größeren Gewinn von seiner Investition.
Mason war all das, was Kat sein wollte, und Kat hatte alles, was Mason an sich vermisste. Zusammen wären sie ein unschlagbares Gespann.
Und dann war da natürlich noch der Sex.

34

Die Jungs saßen auf ihren üblichen Plätzen im Haushaltswarenladen, die Beine von sich gestreckt, ihre Flaschen mit Royal Crown in der Hand, und starrten auf den Bullerofen. Es war zu warm, um ein Feuer anzumachen, aber sie starrten trotzdem auf den kalten Ofen.

Es war eine Weile her, seit sie sich das letzte Mal hier versammelt hatten, und man spürte eine gewisse Befangenheit. Roy rutschte nervös auf seinem Stuhl hin und her und konnte nicht still sitzen. Schließlich zog er das Kissen unter sich hervor und schleuderte es quer durch den Raum. Die Dinge hatten sich verändert, und er kam damit überhaupt nicht klar.

Das Gerücht, dass die Hemdenfabrik eine zweite Schicht einführen wolle, hatte bei den Leuten kräftig für Optimismus gesorgt. Bud hatte jetzt im Laden so viel zu tun, dass er keine Zeit mehr hatte, sich länger zu ihnen zu setzen. Die Glocke an der Ladentür bimmelte ständig. Es wanderten zwar meistens nur kleine Beträge in die Kasse, aber das genügte, um Dickie fest anstellen zu können. Das Geschäft im Haushaltswarenladen lief sogar so gut, dass Inky das Taxi tagsüber Woody überlassen musste. Buck ließ sich fast gar nicht mehr blicken. Und es war nicht nur seine Arbeit als Schreiner, die ihn auf Trab hielt. Er und Luella waren mittlerweile wie siamesische Zwillinge: unzertrennlich. Für Roy war und blieb es ein Rätsel, weshalb ein Mann die Gesellschaft seiner Frau der seiner Freunde vorziehen sollte.

»Pearl Wilde hat ein paar Fotos von mir gemacht«, sagte Eddie und brach damit endlich das Schweigen.

»Wozu das denn?«, fragte Woody.

»Sie hat sie an jemanden geschickt, den sie kennt.«

»Was denn für Fotos?«

»Fotos eben.« Eddie zuckte die Schultern.

»Hast du darauf einen Smoking getragen?«

Es hörte sich eher nach einem Vorwurf als nach einer Frage an.

Eddie widersprach nicht, und so wusste Woody Bescheid. Es war eine Sache, einfach so Schwein zu haben, eine andere, dem Glück auf die Sprünge zu helfen.

»Er will, dass ich nach Hollywood komme und Probeaufnahmen für einen Film mache, den er dort dreht.«

Die Jungs verstummten. Buck leerte seine Royal Crown Cola, und Dickie aß eine Handvoll Erdnüsse. Keiner war überrascht. Irgendwie hatten es immer alle gewusst, dass Eddie nur auf der Durchreise war. So als hätte ihn der Storch über der falschen Stadt fallen lassen.

»Es ist nichts Besonderes«, murmelte Eddie und starrte auf den Boden, »nur eine Statistenrolle.«

Wahrscheinlich hätte es die Sache erleichtert, hätten sie gewusst, was eine Statistenrolle ist.

»Was hat denn deine Mama dazu gesagt?«, fragte Woody.

»Sie hat nur gesagt, dass ich nie vergessen soll, woher ich komme«, erwiderte Eddie.

Jetzt wussten die Jungs, dass seine Abreise beschlossene Sache war. Maysie hatte endlich die Nabelschnur durchtrennt.

»Wann gehst du?«, wollte Woody wissen.

»Ich nehme den nächsten Zug.«

Woodys Blick wanderte zu der Uhr an der Wand.

»Brauchst du Geld?«, fragte Inky.
Eddie schüttelte den Kopf. »Mendelson hat mir einen guten Preis für die goldene Taschenuhr von meiner Mama gemacht. Obwohl was eingraviert ist.«
Bud vermutete, dass es eher eine Spende war.
Die Verabschiedung fiel kurz und barsch aus. Mehr als ein kurzes Heben des Kinns oder ein knappes Winken im Sitzen war nicht drin. Bud schob Eddie einen Zwanziger in die Tasche, als er ihm auf den Rücken klopfte und ihn ermahnte, sie alle stolz auf ihn zu machen, ehe er sich um einen neuen Kunden kümmerte. Woody blieb mit vor der Brust verschränkten Armen sitzen und starrte auf seine Stiefelspitzen.
Auf dem Weg zur Tür warf Eddie einen Schuldschein in die Büchse. Um der alten Zeiten willen. Sie wussten, dass er nie zurückkommen würde, um ihn zu bezahlen.

35

Hubert lehnte sich auf seinem Stuhl zurück und schlug die Zeitung auf. Zum ersten Mal in seinem Eheleben herrschte Frieden in seinem Arbeitszimmer. Kein kläffender Hund … keine nörgelnde Ehefrau. Das Abendessen hatte man ihm auf die Sekunde genau serviert, sein Humidor war reich bestückt, der Eiswürfelbehälter gefüllt. Alle seine Bedürfnisse waren befriedigt, und seine Welt war in Ordnung. Die Dienstboten staunten, wie leicht er sich seit Mrs. Hughes' Weggang mit der neuen Situation zurechtgefunden hatte. Es war ihm nicht anzumerken, ob ihm überhaupt aufgefallen war, dass sie fort war.

Als Olivias grässliche Großvateruhr begann, die Stunde zu schlagen, spähte Hubert über seine Brillengläser hinweg auf das Zifferblatt.

Dann fiel sein Blick auf eine Fotografie auf seinem Schreibtisch: Olivia im Silberrahmen – bemüht lächelnd und lästig wie immer. Seelenruhig öffnete Hubert die unterste Schublade, nahm seinen Revolver heraus und zielte sorgfältig. Er feuerte die Waffe ab, bis die Trommel leer war. Pulverrauch hing in der Luft, Glasscherben, gesplittertes Holz und das in seine Messingeinzelteile zerlegte Innenleben der Uhr schossen durch den Raum, während das verbogene Pendel rachitisch hin- und herschwang.

Nach einem Augenblick der Stille konnte Hubert hören, wie

das deutsche Laufwerk der Uhr sich ächzend und knarrend wieder in Bewegung setzte.
Hubert lud seinen Revolver nach und zielte erneut.

»Was darf's denn sein?«, fragte Gladys und stieg von der Leiter.
»Kaffee.«
»Einen Kaffee für den Herrn«, sagte sie und griff nach der Kanne.
Hubert konnte sich nicht daran erinnern, nach Five Points gefahren zu sein. Er war so wütend auf Olivia, dass sie ihn einen ganzen Tag seines Lebens kostete. Er verfluchte sie noch immer innerlich, als er sich auf einen der Hocker vor dem Tresen im Gemischtwarenladen schwang.
Hubert war sich nicht sicher, warum er gekommen war oder was er zu tun beabsichtigte, jetzt, da er hier war. Olivia war seit zwei Wochen fort. Und er hatte sie nicht vermisst, im Gegenteil, er hatte seine Einsamkeit genossen. Das Hauspersonal füllte übergangslos die Lücke, die sie im Haus hinterlassen hatte. Und was den Sex betraf, na ja, da hatte er schon Besseres erlebt.
Olivias Liebeskünste waren ungefähr so anregend wie der Auftritt einer Gruppe von Cheerleadern, mit viel Gehopse und akrobatischen Übungen. Doch nachdem das Gestöhne verstummt war, ging es eigentlich nie richtig zur Sache. Sie waren sechsundzwanzig Jahre verheiratet gewesen, und Olivia hatte noch immer keine Ahnung, wie sie ihn verführen sollte. In ihrem Bemühen, Hubert Vergnügen zu bereiten, vernachlässigte Olivia es, sich selbst zu vergnügen. Sie hatte nie verstanden – oder war nie willens gewesen, etwas daran zu ändern –, dass Hubert am meisten Gefallen daran fand, wenn eine Frau Spaß am Sex hatte. Nichts erregte ihn mehr oder verschaffte ihm größere Entspannung als eine Frau, die

warm und willig unter ihm lag und ihn atemlos und verzweifelt anflehte: »Hör nicht auf! Bitte, hör nicht auf!« Huberts Lust war es, die Quelle von Lust zu sein. Er war nicht ein Mann, der gab. Hubert liebte die Kontrolle. Er liebte die Macht. Wenn das egoistisch war, na und?

Huberts wenig keusche Gedanken schwappten über die Ladentheke und penetrierten die willige Witwe. Instinktiv verstärkte Gladys ihren Hüftschwung und lächelte Hubert provozierend an, während sie seine Tasse füllte und ihre Witwenaugen ihm »freie Fahrt« signalisierten. Doch Hubert, dem im Augenblick alle Frauen gestohlen bleiben konnten, ließ sie mit einem stoischen Blick an sich abprallen.

»Was bringt Sie nach Five Points?«, fragte der Mann, der am Ende des Tresens saß.

»Meine Frau treibt sich hier in der Gegend herum«, knurrte Hubert in seine Kaffeetasse.

»Soweit ich weiß, ist es nicht so einfach, streunende Katzen wieder einzufangen.«

»Das habe ich gemerkt.«

Die beiden Männer boten einander Zigarren und Whiskey an, ehe sie sich wieder in ihr Schweigen zurückzogen. Wenn schon nicht in den eigenen Gedanken, so fanden sie doch Trost in der Gesellschaft des anderen. Bei Männern ist es das Schweigen, das verbindet.

»Ich habe meine Frau nur geheiratet, damit ein anderer sie nicht bekommt«, höhnte Hubert voll bitterem Sarkasmus.

»Und wie haben sich die Dinge entwickelt?«

»Schlecht, wie es aussieht.«

Hubert brauchte Olivia nicht. Er hatte sie nie gebraucht. Ohne sie wäre er ebenso erfolgreich gewesen, und es wäre kein Problem, sie zu ersetzen. Die Welt war voller williger Frauen. Er warf Gladys einen Blick zu. Sie erwiderte ihn. In mancherlei Hinsicht wäre sein Leben um vieles einfacher.

»Der Whiskey ist ausgezeichnet«, sagte Hubert und trank einen Schluck. »Ich hätte Interesse an ein paar Kisten.«
»Das kann arrangiert werden. Ich bin gut bekannt mit dem Mann, der ihn herstellt.«
Der Colonel zog an seiner Zigarre und starrte nachdenklich auf die brennende Spitze.
»Wann haben Sie denn festgestellt, dass Sie sie lieben?«
Hubert vermisste Olivia nicht. Was er jedoch vermisste, war der Mann, der er in ihrer Gegenwart war. Ohne sie war er ungeschliffen, seine Kritik war zu ätzend. Ohne Olivia konnte Hubert sich selbst kaum ausstehen.
»In dem Moment, in dem sie mich verlassen hat.«

36

Hoochie Booth, der mit seinen blutunterlaufenen Augen und dem Dauerkater im Gesicht einundfünfzig Sonntage zuvor nicht einen Fuß über die rote Schwelle der Kirche St. Jerome gesetzt hatte, trottete feierlich die Steinstufen zum Ostergottesdienst hinauf. Hoochie gehörte jenem ökumenischen Orden an, dessen Mitbrüder ihren Glauben am liebsten à la carte und als Instantkaffee genießen. Für sie ist das Christentum die Religion der Wahl, da sie ihrem Anhänger die Möglichkeit bietet, dreihundertvierundsechzig Tage im Jahr bedenkenlos zu sündigen, um sich am Ostersonntag die Fahrkarte in den Himmel abzuholen.

Hoochie stolperte in das dunkle Gotteshaus und umarmte das marmorne Taufbecken, bis der Raum sich zu drehen aufhörte. Die Mischung aus verstaubten Gesangsbüchern, abgewetzten Kirchenbänken, seinem eigenen abgestandenen Atem und dem süßlichen, übelkeiterregenden Duft der österlichen Lilien schlug sich ihm auf den Magen. Hoochie tauchte seine Finger in das Becken und spritzte sich ein wenig Weihwasser ins Gesicht.

Gestiftet und erbaut von reichen schottisch-irischen Plantagenbesitzern, konnte St. Jerome sich einst des höchsten Kirchturms von Five Points rühmen. Doch nach dem Bürgerkrieg wurde dem Streben seiner Bewohner nach Höherem dramatisch ein Ende bereitet. Man versetzte das Dach ein

Stück tiefer und verwendete die handgeformten Backsteine aus dem Sklavenbalkon zum Bau des angrenzenden Pfarrhauses. Das stutzte die hochmütige kleine Kirche auf das rechte Maß zurecht. Jetzt wölbten sich die Dachsparren dicht über den Köpfen der Gemeindemitglieder wie der fein säuberlich abgenagte Brustkorb eines Kadavers.

Hoochie leckte sich über seine rissigen Lippen und kam zu dem Schluss, dass er sich jetzt genügend angestrengt hatte, damit für dieses Jahr sein Sündenregister gelöscht war. Er schlug das Kreuzzeichen, da er beabsichtigte, den Rückzug anzutreten, als eine leichte Brise über die Bartstoppeln an seinem Kinn strich und seine Aufmerksamkeit auf den Altar lenkte. Das Ewige Licht flackerte in der roten Glaskugel, und ein einzelner schräger Sonnenstrahl schnitt durch das azurblaue Auge des Heilands aus farbigem Glas und wies den Weg. Hoochie riss seine blutunterlaufenen Augen weit auf, sein verschwommener Blick klärte sich, und er war auf einen Schlag nüchtern.

Strahlend hell wie Engel und in fließendem weißen Satin knieten dort Pearl Wilde und alle ihre Mädchen, die seidigen Köpfe gebeugt und die zarten Hände vor der Brust gefaltet. Ein paar der Engel kauten Kaugummi.

Hoochie glaubte Zeuge eines Wunders zu sein. Der Rest der Gemeinde war weniger beeindruckt.

Man hätte meinen können, Pearl und ihre Mädchen hatten die Pest. Keiner hatte sich neben sie gesetzt, nicht einmal in ihre Nähe. Mit Ausnahme ihrer wenigen treuen Anhänger – Maysie, Inky, Woody, Roy, Buck, Luella und ihre Söhne – saß kein einziges Gemeindemitglied auf Pearls Seite der Kirche. Als Bud durch die Türen kam, hörte er sofort den Hahn krähen und huschte auf Zehenspitzen wieder hinaus.

Die Bankreihen auf der rechten Seite der Kirche waren also gähnend leer, während die auf der linken Seite unter der Last

des Gewichts stöhnten. Obwohl viele im Raum direkt oder indirekt Pearl den österlichen Sonntagsstaat auf ihrem Leib verdankten, drängten sie sich auf der linken Seite des Gotteshauses und hockten so dicht beieinander, dass ihre Schenkel sich aneinanderpressten wie Sardinen in der Büchse. Buck konnte als Schreiner seine Augen nicht von den knarrenden Balken nehmen. Er befürchtete, dass die alte Kirche auf ihrem steinernen Fundament ins Kippen geraten würde, sollte sich auch nur noch ein Kirchgänger gegen Pearl entscheiden. Mit verkniffenem Mund, den Kopf so rot wie das Ewige Licht, hatte Joy Lester vom Chorgestühl aus ihren Blick auf Roy geheftet. Wenn Blicke töten könnten, hätte sie Roy damit ans Kreuz geschlagen.
Milde blickten die Heiligen von den bunten Glasfenstern auf die Schäfchen herab, und im Gotteshaus war es so still wie in einer Gruft. Während der Chor nervös auf seinen Einsatz wartete, saß Annabelle Boyd reglos, mit geschürzten Lippen und verschränkten Armen, an der Orgel und weigerte sich, zu spielen. Der Priester, ein überzeugter Anhänger eines harmonischen Miteinanders, rang die Hände und lief hin und her in Erwartung eines himmlischen Zeichens.
Und so drehten alle wie aufs Stichwort die Köpfe, als hinter ihren Rücken die Doppeltüren aufschwangen. Es war Kat Wilde, die auf der Schwelle stand. Den Frauen fiel sofort auf, dass sie dasselbe Kleid trug wie bereits in den vergangenen beiden Jahren.
Kats Blick wanderte von den zornigen Gesichtern zu Pearl und ihren Mädchen, und sie erfasste sofort die Situation. Sie war schon immer schnell von Begriff gewesen. Selbstgefällig wandten sich die Köpfe der Gemeindemitglieder von Kat zu Pearl. Und deshalb war es ein Schock für die meisten, als Kat den Mittelgang hinunterging, sich bekreuzigte und neben Pearl niederkniete.

»Hallo, Pearl«, sagte Kat, faltete die Hände und blickte geradeaus auf den mit Lilien geschmückten Altar.

Pearl schaute zu ihrer wunderschönen kleinen Schwester hinüber, die in einen goldenen Hof aus österlichem Morgenlicht getaucht war, und ehe sie sichs versah, stieg eine Welle der Zuneigung in ihr hoch. Erinnerungsfetzen, auf verschwommene Emotionen reduziert, setzten ihren Verstand außer Kraft. Es wollte ihr einfach nicht gelingen, jene winzigen, tief in ihr vergrabenen Perlen der Vergangenheit aus ihrem Herzen zu reißen. Pearl fragte sich, ob die Schwester, die sie einst geliebt hatte, noch irgendwo in der Feindin präsent war, die neben ihr kniete. Und Pearls kaltes Herz begann zu schmelzen.

Doch dann verschob sich der Splitter vom Spiegel des Teufels in Pearls Auge, und Kats Anblick, wie sie mit gespreizten Beinen, nackt und sich windend unter Bourne lag, kristallisierte sich heraus und ließ Pearls Herz wieder erkalten.

»Na, was ist uns denn da zugelaufen«, schnurrte Pearl, und ihre Worte schienen über Kats Gesicht zu streicheln wie eine Raubtierpfote.

Doch Pearls Tonfall ließ Kat kalt. Ihre Augen glänzten, ihre Haut schimmerte, und sie umklammerte die Kirchenbank, als suchte sie dort Halt. Endlich wandte Kat Pearl das Gesicht zu, und ihre heitere Miene verriet das Geheimnis, das ihr auf der Zunge brannte. Es war drei Jahre her, aber Pearl konnte noch immer in ihrer Schwester lesen wie in einem Buch. Kat war verliebt.

Als hätte ein Richter sie für schuldig befunden, errötete Kat über das ganze Gesicht, und ein kleines, wie Champagner perlendes Lachen entwich ihrem Mund. Es stimmte. Sie war verliebt, so sehr verliebt, dass sie wie auf Wolken schwebte. Liebe gleicht einer Taufe: Alles, was zuvor war, ist weggewaschen und vergessen. Kat strahlte Freude aus und guten

Willen. Pearl konnte sich kaum zurückhalten, ihr nicht ins Gesicht zu schlagen. Kat war ihr zuvorgekommen.

»Pearl«, flüsterte Kat atemlos und mit leuchtenden Augen, »es tut mir leid.«

Man hätte einen Penny auf den Kollektenteller fallen hören. Die Aufmerksamkeit eines jeden Gemeindemitglieds war auf die Schwestern Wilde gerichtet.

Pearl starrte ihre Schwester ungläubig an. Dachte Kat allen Ernstes, dass es so leicht wäre? Dass sie nur um Verzeihung bitten musste und alles vergeben und vergessen war?

»Pearl«, bat Kat, »ich würde dir verzeihen.«

Bei diesen Worten erstarrte Pearl vollends zu Eis.

»Selbstverständlich würdest du das. Du wüsstest doch schon keine Viertelstunde später mehr, warum du wütend auf mich warst.«

Die Menschen, die uns am besten kennen, wissen, wie sie uns am schmerzlichsten treffen können.

»Du warst doch noch nie einer Sache treu«, fuhr Pearl fort. »Verdammt, du würdest dich doch selbst bescheißen, wenn du wüsstest, wie.«

Kats Augen verengten sich zu schmalen Schlitzen, und ein leises Fauchen entwich ihren Lippen.

»Was bildest du dir ein, du scheinheilige Nutte …«

»Wage es ja nicht, mich eine Nutte zu nennen, du kleine Schlampe!«, zischte Pearl.

Mit gesenktem Kopf, die Schultern hochgezogen, die Finger zu Klauen verzerrt, saßen die beiden Frauen nebeneinander und waren drauf und dran, sich gegenseitig die Augen auszukratzen, als eine vertraute Stimme durch die Kirche drang.

»Da brat mir einer 'nen Storch! Wenn Jesus nicht auferstanden wäre, würde er sich im Grab umdrehen!«

Alle Anwesenden drehten sich zur Tür um.

»Mama?«, fragten Kat und Pearl in erstauntem Gleichklang.

In der Tür stand Lorna Wilde. Obwohl ihr Gesicht unter einem breitkrempigen schwarzen Hut halb verborgen war, war nicht zu übersehen, dass die Femme fatale in ihr noch immer höchst lebendig war. Lorna ließ ihren feurigen Blick über das Gotteshaus schweifen. Keinem Mann stand es zu, über Lorna Wilde zu richten, und sie würde nicht zulassen, dass irgendjemand über ihre Töchter richtete. Wem auch immer sie ihre Aufmerksamkeit zuwandte, der schlug die Augen nieder und errötete heftig. Nicht wenige der anwesenden Männer hatten sich bei Lorna vergnügt, und wenn ihre Frauen das erfahren hätten, hätten diese Kerle sicher sein können, dass ihr letztes Stündlein geschlagen hatte. Lorna trug das Kinn sehr hoch, als sie stolz ihren Weg den Mittelgang entlang fortsetzte und jede Bankreihe samt den darin sitzenden, dümmlich dreinschauenden Kirchgängern mit einem Blick unter hochgezogenen Augenbrauen bedachte, bis deren Herablassung wie Eis in der Sonne schmolz.
Vor Bürgermeister Hardin Wallace' Bankreihe blieb sie stehen. Lorna beugte sich zu ihm vor und flüsterte ihm etwas ins Ohr. Hardin wurde weiß wie die Wand, als seine politische Zukunft vor seinem geistigen Auge Revue passierte. Schließlich nahm Lorna in der Reihe vor Kat und Pearl Platz, öffnete ihr Gebetbuch und schlug die millionenträchtigen Beine übereinander.
Bis zu diesem Augenblick hatte niemand den Mann in ihrem Schlepptau bemerkt. Doch als sich Lornas neuer Ehemann neben sie setzte, klappte jedem der Unterkiefer herunter.
Ganz oben auf der Liste der Dinge, die sich die Frauen hinter Lorna Wildes Rücken zugeraunt hatten, hatten neidvolle Bemerkungen über ihre zum Sterben gut aussehenden Liebhaber gestanden. »Er mag ja ein Lügner, Dieb und ehrloser Wurm sein«, hieß es, »aber er ist ein Anblick für die Götter.« Und deshalb war Lornas neuer Ehemann ein Schock für alle.

Schwarze Haare bedeckten seine Handrücken, wucherten an den Seiten seines dunklen, affenähnlichen Gesichts und sprossen wie Ackerschachtelhalm unter seinem gestärkten weißen Kragen hervor. Alle stellten sich vor, wie unter seinem Maßanzug überall auf seinem klobigen Körper diese Haare wuchsen. Seine Zähne mit den breiten Lücken dazwischen waren gelb wie Maiskörner, und seine platte Boxernase zwang ihn, röchelnd durch den Mund zu atmen. Für keinen konnte ein Zweifel daran bestehen, dass er reicher als Krösus sein musste.

Nachdem ihr neuer Ehemann sich an ihrer Seite niedergelassen hatte, drehte Lorna sich um und warf dem Bürgermeister einen scharfen Blick zu. Manche Männer sind zum Führen geboren, und manche Führer sind dazu geboren, erpresst zu werden. Hardin sprang aus seiner Bankreihe wie ein Springteufel aus der Schachtel. Das Gesangsbuch in der Hand, begann er wie ein Kanarienvogel das Eröffnungslied zu schmettern. Langsam und mit scharrenden Füßen erhoben sich die anderen und stimmten mit ein, ohne Rücksicht auf Rhythmus oder Melodie. Annabelle, die es nicht mehr länger aushielt, war gezwungen, sie auf der Orgel zu begleiten.

Da es Ostern war, dauerte der Gottesdienst eine Ewigkeit. Als der Priester endlich sagte: »Und gehet hin in Frieden und dienet dem Herrn«, stürmten Kat und Pearl, die kurzzeitig ihren Zwist vergaßen, durch die Doppeltüren hinaus zu ihrer Mutter.

»Wir haben letzte Woche geheiratet.«

Lorna schenkte ihrem neuen Ehemann quer über den Kirchhof ein strahlendes Lächeln. Der Bürgermeister und etliche der Stadtratsmitglieder umringten ihn bereits katzbuckelnd.

»Roscoe ist wirklich keine Schönheit, aber im Bett ist er ein Tier.«

»Was ist aus deinem letzten Mann geworden?«, wollte Kat wissen.
»Ach, vorbei und vergessen«, meinte Lorna mit einer wegwerfenden Handbewegung, dass die Diamanten an ihren Fingern nur so blitzten.
Normalerweise eilten die Gottesdienstbesucher sofort nach der Kirche an den heimischen Esstisch, doch an dem Tag blieben sie, um ja nichts von dem Spektakel zu verpassen. Die Wilde-Ladys verzauberten den ganzen Kirchhof. Während der Bürgermeister auf ihn einredete, starrte Roscoe lüstern und stolz zu seiner Frau hinüber. Man hätte die drei Frauen für Schwestern halten können. Doch von den dreien war es Lorna, die die meisten Blicke auf sich zog. Ein paar Lachfältchen und einige wenige graue Haare taten ihrer Schönheit keinen Abbruch, im Gegenteil. Unter ihrem Schneiderkostüm, dem teuren Schmuck und der bauschigen Krempe ihres italienischen Hutes war Lorna Wilde noch immer eine verführerische Sirene. Und genau aus dem Grund hatte Roscoe sie geheiratet.
»Aber was machst du hier?«, fragte Pearl.
»Wir wollen uns hier niederlassen!«, verkündete Lorna voll Überschwang und streckte die Hände in die Höhe, als stiege sie aus einer Torte – und genau so hatte sie ihren dritten Ehemann auch kennengelernt. »Roscoe macht in Leinwand. Ihr wisst schon … Zelte und so. Er hat einen Riesenvertrag mit der Armee abgeschlossen, und ich habe ihn überzeugt, hier in Five Points eine neue Fabrik zu eröffnen. Glaubt mir, auch ihr würdet nach dem Tag der Arbeit im September nicht nördlich der Mason-Dixie-Linie leben wollen. Da ist es kalt wie in einem Eiskeller.«
Ein Frösteln überlief Lorna, und ihre Brüste wackelten wie Götterspeise.
Kat und Pearl erlagen dem Charme ihrer Mutter ebenso wie

der Rest der Menge. Es war nicht schwierig, zu erkennen, weshalb kein Mann ihr je hatte widerstehen können. Welche Fehler Lorna auch haben mochte, sobald man neben ihr stand, fühlte jeder Mensch sich lebendiger.

»Guter Gott.« Lorna kniff die Augen zusammen und blinzelte in Richtung Gehweg. »Ist das Annabelle Boyd? Sie sieht aus, als wäre sie einem afrikanischen Pygmäenstamm in die Hände gefallen.«

Lornas alte Todfeindin starrte düster und mit verkniffenem Mund über den schmiedeeisernen Zaun zu ihr herüber.

»Mädchen, schaut sie euch gut an und lernt daraus«, sagte Lorna wissend und schlüpfte in einen Handschuh. »Nichts bringt mehr Falten als ewiger Groll.«

Bei diesen Worten warf Lorna Pearl einen anklagenden Blick zu.

»Aber du hast Annabelle den Verlobten weggeschnappt, Mama«, konterte Pearl.

»Verflucht, ich war so besoffen, dass ich nicht mehr wusste, was los war«, erwiderte Lorna und tat den Zwischenfall mit einem Schulterzucken ab, als hätte sie absolut nichts damit zu tun. Es war schließlich nicht ihre Schuld, wenn sie dazu geschaffen war, anderen Frauen auf die Zehen zu treten. »Außerdem sollte Annabelle mir dankbar dafür sein. Der Kerl war ein Neandertaler.«

Pearls und Kats Blick wanderte über den Kirchhof zu Roscoe hinüber. Sie wussten nicht zu sagen, ob er mit dem Palmkätzchenzweig in seinen Zähnen herumstocherte oder ob er daran knabberte. Lorna nahm natürlich an, dass sie die Ursache für den irritierten Ausdruck auf ihren Gesichtern war.

»Mädchen, ich sage euch, dieses Mal ist es für immer«, erklärte sie feierlich und griff nach ihren Händen. »Ich habe seinen Namen angenommen.«

Sprachlos starrten Kat und Pearl sie an. Eine Wilde nahm nie den Namen ihres Ehemannes an. Das war eine Frage des Prinzips und überflüssigen Papierkrams.

»Oh, meine Babys«, fuhr Lorna schwärmerisch fort und drückte ihre Hände, »er ist so klug und betet mich an. Und wenn ihr einmal mein ... das *Stadium* im Leben erreicht habt, in dem ich mich jetzt befinde, dann fühlt es sich einfach gut an, auf ein Podest gestellt zu werden.«

Lorna schenkte Roscoe über den Kirchhof hinweg ein provozierendes Lächeln.

»Vor allem, wenn das Podest aus vierundzwanzigkarätigem Gold ist.«

Roscoe erwiderte das Lächeln seiner Frau, und die Schwestern bekamen einen Hauch von Ahnung davon, was ihre Mutter in ihrem neuen Ehemann sah. Roscoe war ein grober Klotz, aber im besten Sinn des Wortes. Roscoes Schwerpunkt lag ziemlich tief. Ganz gleich, wie sehr Lorna sich auch anstrengte – und sie würde zweifellos ihr Bestes geben –, es würde ihr nie gelingen, Roscoe aus dem Gleichgewicht zu bringen oder ihn herumzustoßen. Lorna hatte ihren Meister gefunden.

Abrupt drehte Lorna sich zu ihren Töchtern um.

»Und jetzt, da Roscoe und ich in diese Stadt ziehen«, erklärte sie bestimmt, »will ich, dass wir eine Familie sind, eine richtige Familie mit Mittagessen am Sonntag und ... und allem Drum und Dran, was richtige Familien eben so machen. Dieser Streit geht schon viel zu lange. Ich will, dass ihr Mädchen euch versöhnt und dass Gras über die Sache wächst.«

Kat sah Pearl hoffnungsvoll an.

»Vergebe, und dir wird vergeben, Pearl«, sagte Lorna.

Langsam breitete Pearl die Arme aus, und Kat ließ sich hineinfallen – wie ein Kaninchen, das in den Topf hüpft.

37

Nach dem Gottesdienst am Ostersonntag kehrte Maysie McGowan in ein leeres Haus zurück. Eddie war fort. Sie stand am Spülbecken in der Küche und schaute durch das Fenster auf die schwarzblaue Krähe hinaus, die mit gesträubtem Gefieder und gesenktem Kopf auf der Wäscheleine hockte, die Krallen fest um den Draht geklammert. Die schwarzen Knopfaugen des Vogels starrten sie unverwandt an. Tod oder Veränderung lag in der Luft. Für Maysie war es ein und dasselbe.

Sie spülte ihr Glas unter dem Wasserhahn aus, drehte es um und stellte es neben Eddies Glas in die Spüle. Sie brachte es nicht über sich, es wegzuräumen. Die beiden Gläser hatten nebeneinandergestanden, seit Eddie das erste Mal nicht mehr an ihrer Brust, sondern aus etwas anderem getrunken hatte.

Maysie hatte für sich nie eine andere Aufgabe im Leben gesehen, als Mutter zu sein. Das war auch der einzige Grund gewesen, weshalb sie geheiratet hatte. Sie hatte sich mit Körper, Geist und Seele diesem Job verschrieben. Und nie wäre ihr in den Sinn gekommen, dass diese Lebensaufgabe in ihr das Gefühl zurücklassen würde, verbraucht, leer und einsam zu sein.

Sie hatte Eddie zwanzig Jahre ihres Lebens geschenkt, und er war so schnell gegangen, dass seine Lippen beim Abschiedskuss ihre Wange verfehlten. Wenn ein Sohn flügge wird, könnte man daraus schließen, dass die Mutter gute Arbeit geleistet hat, aber Maysie fühlte sich einfach nur noch überflüssig.

Das Klopfen an der Fliegengittertür ließ sie hochschrecken. Sie drehte sich rasch um und hielt den Atem an, in der Erwartung, Eddie wäre wieder nach Hause gekommen. Er hätte seine Meinung geändert, und sein Weggang wäre nur ein dummer Fehler gewesen. Doch der Besucher, der auf ihrer hinteren Veranda stand, überraschte sie noch mehr. Maysie schob ein paar widerspenstige Haarsträhnen unter die Haarnadeln, warf einen Blick auf ihre Latzhose und seufzte.

»Was kann ich für Sie tun, Colonel?«, fragte sie durch die Fliegengittertür.

»Ich wollte das hier zurückgeben.«

Maysie starrte auf die Hundertdollarnote in seiner Hand.

»Behalten Sie es«, sagte sie und verschränkte die Arme. »Sie haben es sich verdient.«

Eigentlich hatte der Colonel gehofft, dass *sie* es sich dieses Mal verdienen würde. Doch er spürte, dass dies nicht der geeignete Moment für seinen Vorschlag war.

»Ich wollte gerade ein Huhn braten«, sagte Maysie und stieß die Fliegengittertür auf.

»Eigentlich war ich eher in der Stimmung für ein Frühstück«, erwiderte der Colonel, als er an ihr vorbeiging.

Der Colonel klopfte an seinen Oberschenkel, und Ulysses kam hinter ihm hergetrottet. Vor dem Herd drehte sich der Hund ein paar Mal um die eigene Achse, ehe er sich auf dem Boden zusammenrollte und den Kopf auf die Pfoten legte. Der Colonel hängte seine Jacke über die Lehne eines Stuhls und ließ sich an Maysies Küchentisch nieder. Dann holte er eine Zigarre heraus. Maysie stellte einen Aschenbecher vor ihn hin, und nachdem der Colonel die Zigarre angezündet hatte, lehnte er sich auf dem Stuhl zurück und sah sich lang-

sam in der Küche um. Eine Küche sagt viel über die jeweilige Frau aus. Maysies Küche war sauber und sparsam eingerichtet. Zwischen Herd und Spüle war der Holzboden zu einer Art Trampelpfad abgetreten. An den Wänden hingen keine nutzlosen Kinkerlitzchen, keine rüschenbesetzten Topflappen oder verschnörkelten Untersetzer aus Gusseisen. Alles in Maysies Küche war von Nutzen und wurde benutzt.
Der Colonel nahm ein Buch vom Tisch, in dem an einer Stelle ein Lesezeichen steckte, und betrachtete den Buchrücken.
»Sie lesen Joyce?«
»Ich versuche gerade, mich durchzubeißen«, sagte sie, während sie nebenbei für den Haferbrei Wasser in einen Topf laufen ließ.
»Ich habe es nie versucht«, erwiderte er und befeuchtete einen Finger, um umzublättern.
»Schade. Dann könnten Sie es mir erklären.«
Seine Hand verharrte in der Luft. Es war eine simple Bitte, vielleicht die unbedeutendste, die ihm je eine Frau gestellt hatte, und doch wurde dem Colonel dabei warm ums Herz. Beide seiner Ehefrauen hatten mit Literatur nie etwas im Sinn gehabt. Nie hatte eine Frau sein Interesse allein durch Worte geweckt. Und nie hatte er mit so wenig Aufwand Anklang bei einer Frau gefunden. Diese Herausforderung reizte den Colonel.
Maysie stellte den Topf auf den Herd, öffnete den Schrank und holte die Schweinefettdose heraus, in der sie ihr Mehl aufbewahrte. Mit der Hand nahm sie die Menge heraus, drückte mit der Faust eine Mulde in den Mehlhaufen und füllte sie mit dicker Sahne.
»Mein jüngster Sohn geht dieses Jahr im Herbst an die Universität, um Jura zu studieren, und hat beschlossen, seine junge Frau mitzunehmen.«
»Werden die zwei es schaffen? Was meinen Sie?«, fragte May-

sie und drehte mit einer Hand die Schüssel, während sie mit der anderen den Teig bearbeitete.
»Wenn nicht, dann liegt es sicher nicht an Sessalee. Sie findet immer ihren Weg.« Der Colonel ließ den Kopf zurücksinken und stieß den Rauch an die Zimmerdecke. »Am liebsten würde ich meine Schwiegertochter behalten. Auf den Sohn könnte ich verzichten.«
Maysie spürte, wie ihre Gesichtszüge weicher wurden. Sie wusste, dass der Colonel jedem das Herz aus dem Leib reißen würde, der versuchte, seinen Söhnen etwas anzutun. Er war ein Mann, der beschützte, was er liebte, so oder so. Sie wusste es deshalb, weil sie die Narben gesehen hatte. Manche Frauen wären abgestoßen von der Gewalt, zu der er sich hatte hinreißen lassen und zu der er fähig war. Maysie empfand dies als seltsam tröstlich. Ihr Leben lang hatte sie für sich selbst gesorgt und war stolz darauf. Doch mit dem Colonel an ihrem Tisch löste sich die jahrzehntelange Spannung in ihr ein wenig.
»Es wird ziemlich einsam sein in dem alten Haus.«
Maysie nickte, während sie Mehl auf dem Teigbrett verteilte.
»Vermutlich haben Sie gehört, dass mein Junge nach Kalifornien gegangen ist.«
»Eddie wird bestens zurechtkommen. Er hat Ihren Mut.«
Die Art, wie der Colonel das sagte, ließ keine Zweifel zu. Und in dem Moment löste sich ein stummer Schrei in Maysie. Sie stützte sich mit mehlbestäubten Händen auf dem Tisch ab und beugte den Kopf über die Schüssel. Eddies Abschied hatte Schmerz und auch Angst um ihn in ihr ausgelöst. Aber Eddie hatte tatsächlich ihren Mut geerbt. Und deswegen würde das Wissen sie am Leben erhalten, dass er wenigstens diesen kleinen Teil von ihr in sich trug. Maysie holte tief Luft, um sich wieder zu beruhigen. Dann richtete sie sich auf und rollte den Teig auf dem Tisch aus. Als sie das Nudelholz

mit Mehl bestäubte, trafen sich ihre Blicke. Bei manchen Frauen dämpft Trauer die Leidenschaft. Bei manchen ist es genau umgekehrt. Der Colonel entdeckte Zuneigung und Verlangen in Maysies tränenfeuchten Augen. Er schloss die Hand um den Bronzekern in seiner Tasche und drückte zu, bis es schmerzte.

»Maysie, ich werde dich nie heiraten.«

Maysies Hand zögerte und verharrte einen Moment über der Schüssel. Dann fuhr sie fort, den Teig auszurollen, als wäre nichts geschehen.

Ist eine Frau denn nichts anderes als ein fruchtbarer Topf voll Erde, in den ein Mann seinen Samen pflanzt? Maysie hatte sich zwei Mal vollkommen auf einen Mann eingelassen. Das hatte sie fast um ihr Leben gebracht. Und was hatte sie vorzuweisen? Sie hatte nicht die geringste Absicht, zuzulassen, dass ein weiterer Mann ihr Leben beherrschte. Dennoch war es eine Sache, sich aus freien Stücken gegen eine Ehe zu entscheiden, und eine vollkommen andere, wenn ein Mann einem erklärte, dass dies für ihn nicht in Frage kam.

»Lehnen Sie die Ehe generell ab, Colonel, oder nur mich im Besonderen?«

»Du kennst die Antwort darauf.«

Maysies Augen blieben weiter auf das Teigbrett fixiert.

»Colonel, liebst du mich?«

Er starrte auf die brennende Spitze seiner Zigarre. Die Wahrheit war, dass er, als er zu Pearl gesagt hatte, er wolle Maysie haben, keine Ahnung gehabt hatte, was er von ihr wollte.

»Ich glaube schon.«

»Wie lange hast du vor, mich zu lieben, Colonel?«

Der Colonel betrachtete Maysie in ihrer Latzhose und dem engen, kleinen Unterhemd. Die meisten Männer hätten ihr ewige Liebe versprochen. Doch die meisten Männer versprechen Dinge, die sie nicht halten können oder wollen.

»Maysie, ich werde dich so lange lieben, wie du eine Frau bist, die meiner Liebe wert ist.«
Die meisten Frauen hätten ihn mit einem Fußtritt von der Veranda gejagt, aber die meisten Frauen hatten nicht Maysies Mut.
»Dann, Colonel, wirst du mich bis ans Ende deiner Tage lieben.«
Und die Art, wie Maysie das sagte, ließ keine Zweifel zu.

38

Hubert Hughes raste die baumgesäumte Auffahrt nach Devil's Eye hinauf, das Kinn entschlossen vorgeschoben, und hielt, die Knöchel weiß hervortretend, das Lenkrad fest umklammert. Plötzlich runzelte er die Stirn und beugte sich zur Windschutzscheibe vor. Direkt vor ihm schlenderte Olivia über die Heuwiese und strich mit den Fingern über das hohe Schwingelgras. Hubert glaubte seinen Augen nicht zu trauen. Seine Frau hasste die Natur. Wäre es nach Olivia gegangen, hätten sie den Rasen vor dem Haus zubetoniert.

Das Wetter hatte umgeschlagen. Im Westen ballten sich drohend schwarze Wolken zusammen. Ohne auf das aufziehende Unwetter zu achten, streifte Olivia verträumt über das Feld. Als in der Ferne der erste Donner grollte, schaute sie in den bedrohlich dunklen Himmel hinauf und lachte herausfordernd. Nach ihren Lektionen bei Sophie fühlte Olivia sich in der Lage, es mit Wind und Wetter aufzunehmen.

Hubert brachte den Wagen mitten auf der Straße zum Stehen. Die ersten Regentropfen prasselten bereits auf die Windschutzscheibe. Fluchend stieg Hubert aus dem Automobil und knallte die Tür zu. Noch ehe er den Schirm öffnen konnte, öffnete der Himmel seine Schleusen. Olivia machte keine Anstalten, sich irgendwo in Sicherheit zu bringen. Im Gegenteil, sie lief dem Gewitter entgegen. Bis Hubert sich endlich

quer über das Feld zu ihr durchgeschlagen hatte, war sie bis auf die Haut durchnässt.
»Bist du betrunken?«, versuchte er, den Regen zu übertönen, während er sich gleichzeitig abmühte, den windgepeitschten Schirm, so gut es ging, über sie zu halten.
Ein in der Ferne zuckender Blitz ließ ihn zusammenfahren. Hubert hatte sein Leben auf Logik und kalkuliertem Risiko aufgebaut. Er konnte sich nichts Idiotischeres vorstellen, als mitten auf einem ungeschützten Feld zu stehen, mit einem Metallstab über dem Kopf, während um ihn herum ein Gewitter tobte.
Mittlerweile hatte Olivia angefangen, wie eine Ballerina über die Wiese zu tanzen.
»Glaube ja nicht, dass ich nicht weiß, was du vorhattest«, brüllte er sie an. »Was, zum Teufel, hattest du im ›Five of Clubs‹ zu suchen?«
Langsam breitete sich ein lüsternes Lächeln auf Olivias Gesicht aus. Und Hubert wusste Bescheid. Er wusste, dass sie ihm alles, was in Pearls Etablissement passiert war, hätte erzählen können, jedes delikate Detail, jedes erotische Element, doch jetzt gab es ein Geheimnis um seine Frau, an dem er nie Anteil haben würde. Das ärgerte ihn maßlos. Aber er musste zugeben, dass er davon auch ein klein wenig erregt war.
Olivia lief tiefer in das Feld hinein. Sie wandte das Gesicht gen Himmel, streckte die Arme nach oben und drehte sich langsam um die eigene Achse. Das Seidenkleid klebte ihr an Brüsten und Schenkeln, und das nasse Haar hing ihr wirr ins Gesicht. Olivia warf den Kopf in den Nacken und leckte den Regen auf, der über ihre Lippen floss. Als sie sich umdrehte, warf sie Hubert einen Blick zu, der ihn durchfuhr wie ein Blitz.
Er konnte seine Augen nicht von Olivia abwenden, während sie die Schleife an ihrem Kleid löste. Hätte ein anderer Mann

auf dem Feld gestanden, wäre sie ebenso willig gewesen, das wusste er. Doch es störte ihn nicht im Geringsten. Im Gegenteil. Hubert wusste, dass man eine Gelegenheit, wenn sie sich einem bot, beim Schopf packen musste. Genau das machte ihn so erfolgreich.

Olivia schloss die Augen, während ihre Hand über ihre nasse, glatte Haut strich. Sie erschauerte unter ihrer eigenen Berührung. Hubert war zu langsam; sie würde ohne ihn anfangen müssen. Für sie war ihre Ehe nichts weiter als ein sechsundzwanzig Jahre dauerndes Vorspiel gewesen. Die geballte Kraft des Gewitters konnte nicht mithalten mit der Energie, die sie in sich aufgestaut hatte. Olivia wollte sich aller Konventionen und allen Anstands entledigen. Sie wollte hemmungslos kratzen, beißen, lecken. Sie wollte jeden Trick anwenden, den sie bei Pearl gelernt hatte, und ein paar ihrer eigenen ausprobieren. Sie wollte nicht mit Hubert schlafen. Sie wollte ihn nehmen wie ein wildes, geistloses Tier, nur fiel ihr nicht das richtige Wort dafür ein.

Hubert starrte auf seine Frau, die sich vor ihm, halbnackt und tropfnass, im Regen wand.

»Hast du den Verstand verloren?«, sagte er, packte sie am Arm und zerrte sie in Richtung Wagen. »Der Onkel von Lawson Mitchell ist auf dem Golfplatz tödlich vom Blitz getroffen worden. Am siebzehnten Loch.«

Quasi wie zur Bestätigung dieser Tatsache zuckte plötzlich ein Blitz über den Himmel, so nahe, dass sie die elektrische Entladung riechen konnten. Instinktiv warf Hubert sich über Olivia und drückte ihren Kopf an seine Brust. Mit einem ohrenbetäubenden Knall schlug der Blitz in eine alte Eiche mitten auf dem Feld ein. Der dicke Stamm splitterte wie Anmachholz und ging in Flammen auf.

Olivia wandte ihr nasses Gesicht Hubert zu, und er umfasste es mit beiden Händen. Es war sehr lange her, dass er die

Frau in ihr gesehen hatte, vielleicht hatte er sie nie gesehen. Sein Herz hämmerte, als seine Lippen sich auf die ihren pressten.
Ein weiterer Blitz zuckte über den Himmel. Als der Donner folgte, rannten Olivia und Hubert quer über das Feld um ihr Leben. Sie hielten sich an den Händen und lachten wie Kinder.

39

Nach dem Gottesdienst am Ostersonntag saß Roy Lester warm und trocken in seinem Hühnerhaus. In seinem Mund steckte ein frisches Stück Kautabak – aus einem nagelneuen Tabaksbeutel, den er seit dem Vorfall nicht mehr aus den Augen gelassen hatte. Im Licht des kleinen Fensters las er in der Freitagsausgabe der Zeitung und schaute sich gerade die Todesanzeigen an, als er das Schaben an seiner Tür hörte. Er schoss aus seinem Schaukelstuhl hoch und rüttelte an der Tür. Sie ließ sich nicht öffnen. Roy öffnete das kleine Fenster, steckte den Kopf hinaus und spähte blinzelnd in den Regen. Eine Brechstange war durch den Türgriff geschoben, und Joy, noch immer in Festtagskleidung, schwenkte eine Büchse voll Kerosin und bespritzte die Wände seines Hühnerstalls mit dem öligen Brennstoff.

»Joy, Schatz«, rief er vorsichtig durch das Fenster, »was machst du da draußen?«

Joy warf einen raschen Blick zu Annabelle Boyds Haus hinüber. Die Fenster waren dunkel und die Vorhänge zugezogen. Annabelle war zum Osteressen zu ihrer Schwester nach Bingham gefahren. Es gäbe also keine Zeugen für das, was Joy vorhatte.

Grauer Nebel stieg aus den Hügeln empor. Ein Unwetter bewegte sich auf sie zu. Ein Blitz zuckte über den Himmel und schlug in der Nähe von Devil's Eye ein. Joy suchte kauernd

Schutz unter dem schmalen Vorsprung des Blechdachs, zählte die Sekunden zwischen Blitz und Donner und wartete, dass das Gewitter endlich über sie hinwegzog. Die ganze Zeit über redete Roy vom Fenster aus auf sie ein und versuchte, sie zur Vernunft zu bringen.

»Joy, Schatz, ist es deswegen, weil ich deine Hühner vergiftet habe? Zum Teufel, ich kauf dir neue! Einen ganzen Schwarm! Ich bau dir einen Hühnerstall, größer als unser Haus. Ich schwör's dir. Joy, Liebling, überleg dir gut, was du da tust.«

Als das Unwetter fast genau über ihnen stand, öffnete Joy die Blechdose mit den Streichhölzern. Mehrmals versuchte sie, ein Streichholz anzuzünden, aber in der feuchten Luft ging es jedes Mal sofort wieder aus. Schließlich konnte Roy nicht mehr an sich halten.

»Herrgott noch mal, Weib!«, brüllte er. »Nimm doch eines von unten, wo sie trocken sind!«

Und zum ersten Mal in ihrer Ehe tat Joy, was Roy ihr gesagt hatte. Vom Boden der Streichholzdose kramte sie ein trockenes Zündholz hervor und strich damit über die Zündfläche. Es fing sofort Feuer.

»Was hab ich dir gesagt«, meinte Roy selbstgefällig.

Joy hielt das Streichholz an ein zusammengerolltes Stück Zeitungspapier, das sich sofort in eine lodernde Fackel verwandelte. Roys Augen weiteten sich. Joy, die seinen Blick suchte, damit er auch ja alles mitbekam, entzündete mit der Fackel das Kerosin, das die Wände heruntertropfte. Im Nu brannte das Hühnerhaus wie Zunder.

Während die Flammen die Wände hochzüngelten, zog Joy seelenruhig ihren feuerfesten Ofenhandschuh mit dem Konterfei des Heilands an: Jesus liebt dich. Sobald das Feuer erloschen wäre, würde sie die Brechstange aus der glühenden Asche holen und damit jeden Beweis vernichten. Sie würden den Krug mit Schwarzgebranntem finden, den sie heimlich unter Roys Bett geschoben hatte, daneben seine verkohlte Leiche, und eins und eins zusammenzählen. »Roy war sturzbesoffen, als der Blitz in den Hühnerstall einschlug«, würde der Sheriff sie trösten. »Er hat nichts mehr mitbekommen.« Der Suff hatte schon viele Ehemänner ins Grab gebracht.

Mittlerweile hatte das Gewitter seinen Höhepunkt erreicht. Donner grollte, und Blitze zuckten durch die schwarzen Wolken. Keuchend und stöhnend schaffte Roy es, mühevoll eine Schulter durch das kleine Fenster zu zwängen, aber dann blieb er darin stecken. Der Stall brannte so schnell, dass es kaum Rauch gab. Joy stellte sich auf den Hackblock, hob den Saum ihres Kleids, und während es ringsum donnerte und krachte, führte sie ein kleines Tänzchen auf und schmetterte dazu aus voller Kehle: *»A frog went a courtin', he did ride …«*

Roy wand sich wie ein Regenwurm, bis er schließlich zurück in das brennende Hühnerhaus fiel. Da er sich weder durch das Fenster hinauszwängen noch die Tür eintreten konnte, sah er sich voll Panik in dem kleinen Raum um, auf der Suche nach etwas, das ihn in letzter Sekunde retten würde. Schließlich packte er den Waschkrug und schüttete das Wasser über seine Steppdecke. Dann ließ er sich auf die Knie fallen und zog sich die nasse Decke über den Kopf. Von vier Feuerwänden umgeben, schmorte er vor sich hin wie ein Buttermilchbrötchen im Holzofen. Roy wusste, dass sein letztes Stündlein geschlagen hatte.

An den Maßstäben mancher Menschen gemessen, hatte Roy für die Dauer seiner Zeit auf Erden nicht viel vorzuweisen. Männer, die ihr Geld mit ihrer Hände Arbeit verdienen, gelangen selten zu Ruhm. Doch Roy war kein schlechter Mensch gewesen. Hin und wieder hatte er die Nase zu tief in den Krug gesteckt, aber er war kein Trunkenbold. Er hatte zwar von Dauerleihgaben gelebt, aber nie etwas gestohlen. Er hatte übertrieben, aber nie gelogen. Und nicht ein Mal hatte er Joy betrogen. Er hatte zwar regelmäßig daran gedacht, aber niemals Taten folgen lassen. Doch unter den gegebenen Umständen befürchtete Roy, dass das alles nicht genügte.

»Lieber Gott, verzeih mir alles, was nötig ist«, schickte er unter der heißen, dampfenden Steppdecke hervor ein Stoßgebet gen Himmel. »Und verzeih Joy. Es ist nicht ihre Schuld. Sie ist eine Meachum.«

Noch während die Worte über Roys bebende Lippen kamen, erhob sich ein so heftiger Wind, dass das Blechdach wackelte und schepperte, als versuchte es, davonzufliegen. Über ihm riss krachend der Himmel auf, und ein weißes Licht zuckte durch das kleine Fenster und blendete Roy sogar unter der Steppdecke. Er machte fest die Augen zu, drückte die Hände auf die Ohren und rollte sich zu einer Kugel zusammen. Er spürte die Hitze bis in seine Augenhöhlen und glaubte, sein Trommelfell würde gleich platzen, und er würde verbluten. Nie im Leben hatte Roy dermaßen Angst gehabt.

Plötzlich war es unnatürlich still, und kein Lüftchen regte sich. Roy war vor Angst so geschwächt, dass er sich nicht mehr bewegen konnte. Doch als er eine kühle Brise über sich spürte, weinte er fast vor Erleichterung. Er war gestorben und in den Himmel aufgefahren. Vorsichtig streckte er den Kopf unter dem hervor, was von der dampfenden, verkohlten Steppdecke übrig geblieben war. Als erster Gedanke schoss ihm durch den Kopf, dass er nie auf die Idee gekommen wäre, es könnte Wäscheleinen im Himmel geben. Dann stellte er fest, dass er in einer Art offenem Pavillon kniete. Um ihn herum fielen schwelende Trümmer zu Boden, und sein verkohlter Schaukelstuhl wippte in der Brise hin und her. Die vier Wände des Hühnerstalls waren restlos verbrannt. Übrig geblieben war nur das verschmorte, gewellte Blechdach, dessen rote Farbe geschmolzen war und Blasen warf. Die vier

Eckpfosten standen glühend rot und zischend im Regen. Roy dankte Gott, dass Buck Darnell den Rahmen des Hühnerstalls mit Eisenbahngleisen verstärkt hatte.
Roy rappelte sich mühsam auf und betastete sich zögernd, ob noch alles an ihm dran war. Mit der krebsroten Haut sah er zwar aus wie eine gekochte Languste, jedes Härchen an seinem Körper war versengt, aber er atmete noch.
Roys Blick fiel auf den verkohlten Hackstock auf der anderen Seite des Hofs. Der Blitz hatte genau in der Mitte eingeschlagen. Daneben glühte im Regen ein dampfender und zischender Haufen vor sich hin. Langsam torkelte Roy hinüber. Er beugte sich vor, fuhr aber sofort schreiend wieder zurück. Joys Leichnam starrte ihn schwarz und verkohlt an, das Fleisch war bis auf die Knochen verbrannt. Sogar das Gold in ihren Zähnen war geschmolzen. Mit Tränen in den Augen bückte Roy sich und hob zärtlich das auf, was von Joy übrig geblieben war – ihr feuerfester Ofenhandschuh mit dem Konterfei des Heilands: Jesus liebt dich.

40

»Willst du in die Zukunft blicken, musst du Eier brechen. Willst du die Vergangenheit schauen, schüttle Knochen.«

Lady Laetitia schüttelte die Knochen und ließ sie fallen.

Nachdem Hubert, ausgelaugt und zutiefst befriedigt, oben im Schlafzimmer in einen einer Ohnmacht ähnlichen Schlaf gesunken war, machten Olivia und ihre Spiritistin sich daran, Devil's Eye vom Geist Cyril Rudolphs zu befreien. Dazu zündeten sie mehr Kerzen an, fächerten mehr Weihrauch in die Luft und stimmten mehr Gesänge an als bei einem Hochamt. Doch das alles schien Cyril nur noch stärker zu verärgern. Trotz der auf Hochtouren laufenden neuen Heizung und flackernder Feuer in allen Kaminen blühten Eisblumen auf der Innenseite der Fenster. In der Bibliothek war es so kalt, dass Olivia ihren Atem sehen konnte.

Sadie drückte sich tief in die Couch und umklammerte fest ihr Holzkreuz. Es war nicht gut, die Toten zu rufen. Vor allem nicht den Toten, auf den Lady Laetitia es abgesehen hatte.

Das düstere Porträt von Cyril Rudolph warf den Schein des flackernden Kerzenlichts zurück. Bis auf das Prasseln des Feuers herrschte Stille im Haus. Die King-James-Bibel, die Cyril auf dem Gemälde auf dem Schoß hatte, lag zwischen den beiden Frauen auf dem Tisch. Am Buchrücken löste sich bereits der rissige Ledereinband. Das Buch war auf der Seite mit dem Familienstammbaum aufgeschlagen; in eleganter, schwarzer Schreibschrift waren die einzelnen Namen vermerkt. Cyrils Zweig endete mit Cyril. Keine Frau. Keine Kinder.

Olivia legte eine Hand auf die Bibel und hob die andere.

»Blut ruft Blut«, raunte die Hellseherin und hielt ein silbernes Messer in die Flamme einer Kerze, ehe sie Olivias Hand packte und zu sich heranzog.

Olivia drehte den Kopf zur Seite, als die Lady tief in ihren Finger schnitt. Dann schlug sie die Augen auf, starrte auf das dunkle Blut, das aus dem Schnitt quoll, und berührte mit ihrem blutigen Finger jeden einzelnen der vergilbten Elfenbeinknochen.

»Beschütze unsere Seelen vor den Geistern der Hölle«, flüsterte die Lady und leckte das Messer ab.

Zurückzuschauen ist immer einfacher, als in die Zukunft zu blicken. Die Toten haben viel zu sagen. Lady Laetitia wickelte sich enger in ihren Umhang, beugte sich über den Tisch und fixierte mit geröteten Augen die blutigen Knochen.

Sie sah eine Frau auf den Fluss zulaufen, einen Schweif aus Blütenblättern hinter sich herziehend. Sie sah Cyril Rudolph, jung und stark, mit klaren, blauen Augen, auf dem Kirchhof stehen. Um ihn herum lösten sich die Jahreszeiten ab, aus Frühling wurde Sommer, dann Herbst und Winter … aber er wartete noch immer. Sein blondes Haar wuchs ihm bis auf die Schultern und verfärbte sich weiß. Sein schönes Gesicht wurde schmal und faltig. Seine Kleidung verrottete an seinem verfallenden Körper. Cyril verdorrte zu einem alten Mann, den der Hass verzehrte wie Feuer Papier.

Als die Lady genug gesehen hatte, lehnte sie sich auf der Couch zurück. Ihre Augen ruhten auf Sadie. Und Sadie wusste, dass die Frau von der Insel die Wahrheit kannte.

»Es ist deine Geschichte, erzähl sie«, forderte die Lady sie ruhig auf.
Irgendwie war Olivia nicht überrascht. Sadies Mutter hatte ihren alten Onkel gepflegt. Nach ihrem Tod hatte Sadie ihre Aufgabe übernommen, hatte Cyril gefüttert, gebadet und ihn bis zu dem Tag umsorgt, an dem er gestorben war. Sadie kümmerte sich um Devil's Eye, als gehörte es ihr. Olivia glaubte, dass dies aus Loyalität, Respekt oder gar Liebe geschah.
»Bitte, Sadie.« Sie legte die Hand auf Sadies Arm. »Es ist schon in Ordnung.«
Die Kerze warf ihren flackernden Schein auf Sadies Gesicht. Sadie starrte in die Flamme, als suchte sie dort die Geschichte, die zu erzählen sie zögerte. Die Geschichte, die sie nie jemandem erzählt hatte, nicht einmal ihrer eigenen Tochter. Ein stummer Schrei entrang sich ihrer Kehle, als wäre eine Tür aufgegangen, und als könnte sie endlich wieder befreit atmen. Sie kannte die Geschichte, als hätte sie sie selbst erlebt.
»Alles begann mit Fidela Wilde«, sagte Sadie. »Fidela war eine Schönheit. Jeder Mann wollte sie haben. Aber sie war nicht nur hübsch anzuschauen. Fidela war voller Lebenslust. Gott, sie brachte Licht in den dunkelsten Raum. Und wie sie ihre Röcke wirbeln und ihre Augen sprechen ließ. Und wenn sie ›sitz‹ sagte, dann setzten sich alle Männer. Und sie kamen, wenn sie ›komm‹ sagte. Das Feuer in ihr zog Mr. Cyril an wie eine Motte das Licht.
Mr. Cyril musste sie unbedingt haben. Und was Mr. Cyril sich in den Kopf setzte, das bekam er auch. Er war reich, und Fidela war arm, und so willigte sie ein, ihn zu heiraten. Jede Frau lebt von einem Mann, auf die eine oder andere Art.
Es heißt, Mr. Cyril war ein anständiger Mann, bevor er sich in Fidela verliebte. Es war dieses Wilde, Ungezähmte an ihr,

das sein Blut zum Kochen brachte. Und das war es auch, das ihn in den Wahnsinn trieb. Es beruhigte ihn nicht, zu wissen, dass sie ihn heiraten würde. Er befürchtete trotzdem noch, sie zu verlieren. Und so beraubte er sie schrittweise ihrer Freiheit. Es heißt, er hätte sie bewacht wie ein Falke und war eifersüchtig auf jeden Mann, der ihr nahe kam. Ohne ihn durfte sie nirgendwo mehr hingehen. Und sie durfte auch nie mehr allein sein.

Aber je stärker er sie einengte, desto wilder schlug sie um sich. Bis Fidela schließlich bei ihrer Hochzeit einfach davonlief. Nachdem sie ihn verlassen hatte, hat Mr. Cyril den Verstand verloren. Er hat die ganze Nacht hier in diesem Raum gesessen, nicht mehr gegessen, nicht mehr geschlafen, sondern nur ins Feuer gestarrt. Keiner konnte ihn überreden, zu baden oder die Kleider zu wechseln.

Dann, eines Nachts, hat er sich eines der Sklavenmädchen bringen lassen. Er hatte sie draußen auf dem Feld gesehen. Sie war sehr hellhäutig und noch ein Kind, nicht älter als vierzehn Jahre. Die anderen Sklaven mussten ihre Mutter gewaltsam von ihr trennen und sie im Kartoffelkeller einsperren. Man konnte ihre Schreie im ganzen Haus hören, aber keiner hat darauf geachtet.

Mr. Cyril hat diesem Kind Fidelas Kleider angezogen und sie mit Fidelas Parfüm besprüht. Und er hat ihr erklärt, dass sie von nun an Fidela heißen würde. Dann hat sie ihm zu Willen sein müssen. Er war zärtlich zuerst, freundlich. Aber sie konnte seinen Hunger nach Fidela nicht stillen. Und das hat ihn böse und gemein gemacht. Er hat ihre Beine in Ketten legen lassen, damit sie nicht davonlaufen konnte, und hat sie bis aufs Blut ausgepeitscht, weil sie nicht diejenige war, die er haben wollte.«

Plötzlich und ohne ersichtlichen Grund flackerte die Kerzenflamme.

»Mr. Cyril, er ist schnell alt geworden, sehr gebrechlich, und ist schließlich langsam und qualvoll gestorben. Bis zum Ende hat er um Vergebung gefleht.«

Sadie wandte ihr dunkles Gesicht dem Porträt zu, und ein seltsames Leuchten trat in ihre Augen, das Olivia noch nie an ihr gesehen hatte.

»Man konnte seine Schreie im ganzen Haus hören, aber keiner hat darauf geachtet.«

Sadie wartete, bis die Lichter in den Schlafzimmern von Olivia und der Lady ausgegangen waren und es ruhig im Haus geworden war. Die kleine Tür war nahtlos wie eine Holzverkleidung in die Wand der Bibliothek eingepasst. Wenn man nicht wusste, wonach man suchte, würde man sie nicht finden. Sadie holte den alten Schlüssel aus seinem Versteck im Kamin und schob ihn ins Schloss. Aus dem dunklen Gang schlug ihr ein kühler, dumpfer, erdiger Geruch entgegen. Vorsichtig stieg sie die enge Holztreppe hinunter und hielt dabei die Kerosinlampe über ihren Kopf. An staubigen Regalen voller Einweckgläser, Rollen halbvermoderter Wollteppiche und vergessenen Möbelstücken vorbei tastete sie sich zu einer kleinen Eisentür in der hintersten Ecke vor. Sie wischte die Spinnweben weg und drückte den verrosteten Griff aus Schmiedeeisen nach unten.

Es roch faulig und feucht wie in einem Grab. Die Wände schimmerten nass. In eine Ecke war ein Bett geschoben, dessen Matratze vermodert war. In der Mitte standen ein grobgezimmerter Tisch, darauf ein fleckiger schwarzer Kerzenleuchter, und ein einzelner Stuhl. Das kleine, vergitterte Fenster war von Efeu überwuchert, der es vor der Außenwelt verbarg. Sogar zur Mittagszeit war es stockdunkel in dem Raum.

Sadie stellte die Lampe auf den alten Tisch und tastete über die rauhen, handgeformten Backsteine der rückwärtigen Mauer, bis sie den dünnen Zopf aus den Haaren aus Cyrils Bürste in der Hand hielt, der dort in den Verputz gedrückt worden war. Dann flüsterte sie die Worte. Sie wiederholte sie so viele Male, dass sie wie Atemstöße ihrem Mund entwichen.

»Niemals vergessen, niemals vergeben.«

Sadie stellte sich nie die Frage, weshalb sie einen Toten hasste, der nie die Hand oder die Stimme gegen sie erhoben hatte. Manche Dinge sind einfach so, wie sie sind.

»Komm zu mir«, flüsterte sie und strich über das weiche, blonde Haar. »Komm zu mir, wie sie zu dir kam. Komm zu mir.«

Sadie spürte, dass sie nicht länger allein in dem Raum war. Sie spürte seine Sehnsucht. Ihr Kreuz umklammernd, drehte sie sich langsam um. Cyril Rudolph stand vor ihr, blass wie eine Rauchsäule. Sein rasselnder Atem stank nach Fäulnis. Kalt und eisig schlug sich das Böse in dem Raum nieder. Doch es entströmte nicht dem Geist von Cyril Rudolph.

Cyril war nie in dieser Gruft eingesperrt, nie monatelang bei totaler Finsternis lebendig begraben gewesen. Er war nie an ein Bett gekettet oder bis aufs Blut ausgepeitscht worden. Cyril war nie der Sklave irgendeines anderen gewesen. Aber die Schwarze Fidela hatte dafür gesorgt, dass Cyrils Geist für immer zwischen den Mauern von Devil's Eye gefangen blieb. Und sie hatte sichergestellt, dass ihre Nachfahren ihre Rache fortsetzten.

Sadie kümmerte sich um Devil's Eye, als gehörte es ihr, weil es rechtmäßig so sein sollte. Aber das war nicht der Grund, weshalb sie Cyril Rudolph hasste. Sie konnte kaum laufen, als ihre Großmutter sie das erste Mal in dieses dunkle Verlies brachte und den Hass in sie einpflanzte wie den Zopf, den sie in den Verputz gepresst hatte.

Cyril streckte die knochige Hand nach seiner Enkeltochter aus, und seine wässrigen Augen sahen sie flehend an. Vergebung hätte sie beide befreit. Aber Sadie war vom Hass besessen, körperlich und seelisch. Indem sie Cyril verflucht hatte, hatte die Schwarze Fidela ihr eigenes Fleisch und Blut getroffen. Wie Cyril konnte Sadie Devil's Eye nie mehr verlassen, selbst wenn sie gewollt hätte.

»Nie sollst du ruhen! Nie sollst du schlafen!«, zischte Sadie mit wutverzerrtem Gesicht, und ihre schwarzen Augen glühten vor Hass. »Leiden sollst du, leiden bis zum Ende deiner Tage!«

Cyril riss seinen welken Mund weit auf, und ihm entwich ein dumpfer, verzweifelter Schrei. Wie Dampf stieg er die Kellertreppe hinauf und hallte in den Räumen von Devil's Eye wider. Aber niemand achtete darauf.

41

Bourne war gerade dabei, einige Kisten mit Whiskey von seinem Lieferwagen abzuladen, bevor das Gewitter richtig loslegte, als er den Wagen schlingernd die Auffahrt heraufkommen sah.

»Es ist Pearl!«, rief Sophie ihm durch das Fenster zu.

»Was ist mit ihr?«

»Sie braucht dich!«

Bourne stellte keine Fragen, sondern sprang in seinen Wagen. Den ganzen Weg bis zu Pearl nahm er nicht ein Mal den Fuß vom Gaspedal.

Noch ehe der Wagen vor dem Haus zum Stehen kam, war Bourne bereits von seinem Laster gesprungen. Da Ostern war, herrschte kein Betrieb im »Five of Clubs«. Alle Fenster waren dunkel, mit Ausnahme von einem.

Bourne stürmte die Treppe zur vorderen Veranda hinauf, indem er zwei Stufen auf einmal nahm. Die Eingangstür stand einen Spalt offen, und Bourne wusste sofort, dass etwas nicht stimmte. Im Laufschritt durchquerte er den Vorraum bis zu Pearls Salon, öffnete die Tür und blieb wie angewurzelt stehen.

Dort im warmen, flackernden Schein der Kerzen sah er Pearl, die nichts trug außer einer schillernden Perlenkette – und Mason Hughes.

Langsam warf Pearl einen Blick über ihre bleiche, nackte

Schulter zurück auf Bourne, das Gesicht verzückt vor Whiskey und Verlangen.
»Bitte, Schatz«, sagte sie, »gib mir nur noch eine Minute.«
Bourne verharrte in der Tür, eine Ewigkeit, wie ihm schien. Dann durchquerte er gelassen den Raum, goss sich etwas zu trinken ein und nahm gegenüber von den beiden Platz.
»Pearl, Liebling«, erwiderte er und lehnte sich zurück, »nimm dir Zeit, so lange du brauchst.«
Fast im selben Augenblick wurde die Eingangstür mit lautem Knall zugeschlagen.
»Pearl?« Kats Stimme drang fragend durch den Vorraum.
Pearl hatte Kat zu einem Versöhnungsessen eingeladen. Sie hatte dabei nur versäumt, zu erwähnen, was sie zu servieren gedachte.
Kat stieß vorsichtig die Tür zum Salon auf und spähte hinein. Erst sah sie Bourne in dem Sessel sitzen. Dann sah sie Pearl. Und dann Mason, der mit gespreizten Beinen unter ihrer Schwester lag. Kat erfasste sofort die Situation. Sie war schon immer schnell von Begriff gewesen.
Sie stürmte durch das Zimmer, packte Pearl unter den Armen, zerrte sie von Mason herunter und warf sie auf den Teppich.
»Was hast du mit ihm gemacht?«, fragte Kat, während sie Masons Kopf hob und eines seiner Augen öffnete. »Hast du ihm Drogen gegeben?«
Das hätte Pearl durchaus machen können. Auf jeden Fall funktionierte es schneller und war effizienter als jede Verführung. Kat schaute auf Mason hinunter, auf sein zerzaustes Haar, das offene Hemd. Er stank nach Whiskey.
»Kat«, lallte er mit schwerer Zunge und grinste sie an, »du hast die Cocktails verpasst.«
»Du Idiot«, sagte sie und ließ seinen Kopf sinken.
Langsam drehte Kat sich zu Pearl um. Ihre Augen waren nur noch zwei schmale Schlitze.

»Okay, Pearl«, zischte sie, »du hattest deine Rache. Aber ich schwöre dir, wenn du ihm noch einmal zu nahe kommst, leg ich dich auf meine Nähmaschine und näh dir deine kleine Bärenfalle zu!«

Bourne kicherte in sein Glas.

»Was gibt es da zu lachen?«, fluchte Pearl, während sie ihren Morgenmantel packte und um sich zog. »Du hast damit angefangen, als du Kat gebumst hast!«

»Es war nicht Kat.«

Pearl, Kat und Bourne drehten sich gleichzeitig um. Verdutzt starrten sie zu Mason hinüber, der mittlerweile auf der Couch hockte.

»Das war nicht Kat in dem Vorratskeller«, sagte Mason undeutlich, während er an den Knöpfen seiner Hose fummelte.

»Natürlich war sie es, du Idiot«, meinte Pearl.

Mason schüttelte benommen den Kopf.

»Ich hab Crockett die Zeitkarten in der Fabrik überprüfen lassen. Die Karte von Kat war am Schwarzen Freitag für den ganzen Tag abgestempelt. Glaub es mir, Crockett hätt's bemerkt, wenn sie …« Das Wort entschlüpfte seinem alkoholumnebelten Gehirn. »… wenn sie weg … weg gewesen wäre.«

Rasch drehte Pearl sich zu Bourne um. Er war ebenso schockiert wie sie. Dann sah sie Kat an.

»Aber du hattest meine Schuhe an …«, stammelte Pearl.

Die Blicke der beiden Schwestern trafen sich. Langsam trat ein Ausdruck des Begreifens auf Pearls Gesicht.

»Sei nicht wütend auf Mama, Pearl«, sagte Kat. »Sie kann sich an nichts erinnern.«

Die ganze Zeit über hatte Kat ihrer Schwester die Wahrheit verschwiegen. Freundlichkeit war das Einzige, womit Pearl nie rechnete.

»Wie konntest du mich in dem Glauben lassen, dass du es warst?«, fragte Pearl.
»Wie konntest du *glauben*, dass ich es war?«
»Weil es so gewesen wäre, wenn du ihn zuerst in die Finger bekommen hättest«, erwiderte Pearl.
»Rede dir nichts ein, Pearl«, höhnte Kat. »Wenn ich Bourne Cavanagh gewollt hätte, hätte ich ihn mir geschnappt, lange bevor er dir diesen Ring an den Finger gesteckt hat.«
Kat legte sich Masons Arm über die Schulter und zerrte ihn von der Couch hoch.
»Wo gehen wir hin?«, wollte Mason wissen, als sie zur Tür wankten.
»Ich nehme dich mit nach Hause«, erwiderte Kat bestimmt. »Ich habe beschlossen, dich zu behalten.«
Sie waren bereits halb durch die Tür, als Pearl ihren Namen rief.
»Kat …«
Kat verlagerte Masons Gewicht auf die Schulter und ging ein paar Schritte weiter. Doch an der Türschwelle zögerte sie. Sie drehte sich um, verdrehte in gespielter Verzweiflung die Augen und sah Pearl an.
»Was für ein Glück«, meinte sie ironisch, »dass ich nie länger als eine Viertelstunde wütend sein kann.«
Als sie allein waren, drehte Pearl sich langsam zu Bourne um.
»Mama?«, rief sie und versetzte ihm einen Schlag mit der flachen Hand. »Was, zum Teufel, hast du dir dabei gedacht?«
Das Einzige, was Bourne von diesem Tag noch mit Sicherheit wusste, war, dass Denken dabei absolut keine Rolle gespielt hatte. Doch irgendwie spürte er, dass Pearl nicht in der Stimmung für einen Vortrag über die Natur des Mannes war. Und so tat Bourne genau das, was jeder Mann macht, wenn er mit dem Rücken zur Wand steht und auch noch selbst

daran schuld ist – er schob der Frau die Schuld in die Schuhe.
»Wenn du mich geliebt hättest«, schrie er und fuchtelte mit dem Finger vor ihrem wütenden Gesicht herum, »hättest du genau das getan, was Kat eben gemacht hat!«
»Wenn du mich geliebt hättest, hättest du mich gesucht!«, erwiderte Pearl brüllend, die Fäuste geballt.
»Zur Hölle, Pearl! Dass du mich mit einer anderen Frau erwischt hast, war nicht der Grund, warum du aus Five Points weg bist! Das war nur der Vorwand, der dir gefehlt hat. Wäre ich dir nachgefahren, hättest du den Rest deines Lebens damit verbracht, dich zu fragen, was dich auf dem Weg erwartet hätte, den du nicht eingeschlagen hast!«
Die Wahrheit verblüffte Pearl in höchstem Maß. Bourne kannte sie besser als sie sich selbst. Hätte sie Five Points nie verlassen, wäre sie verwelkt und gestorben. Und das hätte sie auf immer dem Mann vorgeworfen, der sie daran gehindert hätte, wegzugehen. Jetzt hatte sie die Welt und alles, was sie sehen wollte, gesehen. Manches hätte sie lieber nicht gesehen, aber sie bereute nichts und musste sich für nichts rechtfertigen. Welches Leben sie von nun an auch immer leben würde, es wäre das, wofür sie sich aus freien Stücken entschied, und nicht das, womit sie sich zufriedengegeben hätte.
»Bourne, wäre ich diesen Weg nicht gegangen, hättest du dich mit mir gelangweilt, noch ehe unsere Flitterwochen begonnen hätten.«
Das konnte Bourne nicht bestreiten.
»Und, was jetzt?«, fragte sie.
Die vergangenen drei Jahre hatte Bourne Frauen so beiläufig konsumiert, als hätte er sich an der Bar einen hinter die Binde gekippt. Aber er bereute nichts und musste sich für nichts rechtfertigen. Er hatte sich informieren müssen. Jetzt wusste

er mit Sicherheit, dass die einzige Frau, die er wirklich haben wollte, direkt vor ihm stand.

»Ich würde sagen, wir heiraten.«

Pearl machte ein Gesicht, als hätte er sie geschlagen. Sie ließ sich auf die Couch fallen und starrte ihn fassungslos und ungläubig an. Was bildete er sich ein? Dachte er allen Ernstes, dass es so einfach wäre, nach allem, was passiert war? Dass sie sich nur küssen und versöhnen müssten, und alles wäre vergeben und vergessen? Glaubte er tatsächlich, dass sie ihre alte Rechnung einfach so begleichen könnten?

Bourne wusste, dass Vergebung sie beide befreit hätte, aber er war nicht ein Mann, der bettelte. Er wartete auf eine Antwort, und als Pearl ihm keine gab, stand er auf. Er sparte sich die Mühe, sich zu verabschieden. Das hatte sie bereits für sie beide erledigt.

Pearl zuckte zusammen, als die Eingangstür ins Schloss fiel. Sie hörte, wie Bournes Wagen angelassen wurde, und sie sah durch das Fenster seine Rücklichter die Auffahrt hinunter verschwinden. Und dann war sie allein. Reglos saß sie in dem leeren Salon. Die Kerzen waren fast vollständig heruntergebrannt, das Wachs tropfte über die Ständer und sammelte sich in weichen, warmen Pfützen auf dem Kaminsims. Auch Pearl kam sich vor wie erloschen. Die Rache hatte so lange an ihr gezehrt, dass sie sich jetzt hohl wie ein leeres Fass fühlte. Sie hatte die ganze Welt gesehen und war wieder dort gelandet, wo sie angefangen hatte.

Pearl seufzte, und die im Erlöschen begriffene Kerze auf dem Beistelltisch flackerte. Pearls Blick blieb an der Flamme hängen, und aus irgendeinem Grund kam ihr ein ganz bestimmter Moment in den Sinn. Es war in Chicago. Sie stieg gerade in eine Limousine, als sie ihren Namen hörte. Sie hatte die Luft angehalten und sich rasch umgedreht. Doch der Mann, der ihren Namen gerufen hatte, war Frank Merrill,

der Apotheker, gewesen. Und Pearl war das Herz schwer geworden.
Drei Jahre hatte Pearl damit verbracht, über die Schulter zu schauen, und der Mann, den sie dabei gesucht hatte, war gerade eben durch ihre Haustür hinausgegangen.
Die Anwohner auf dem Dog Leg Hill sprachen mit gesenkten Köpfen das Tischgebet, als Pearl Wilde im dünnen Morgenrock aus Chiffon an ihren Esszimmerfenstern vorbeirannte; ihre mit weißen Federn besetzten Pantöffelchen schlugen klatschend gegen ihre Fußsohlen. Sogar die Hunde vergaßen vor Staunen zu bellen, blieben hocken, ließen die Zungen heraushängen und sahen zu, wie Pearl im Mondschein an ihnen vorbeieilte. Bourne entdeckte sie im Rückspiegel, als sie durch das Tor lief, aber er beschloss, dass ein kleiner Spurt der Dame nicht schaden konnte.

Am Ersten des Monats traf im Postamt von Five Points eine Postkarte ein. Samtige grüne Hügel und flechtenbewachsene Steine zierten die glänzende Vorderseite. Es hätte Steamer Holler sein können, hätte sich nicht der Atlantische Ozean weiß schäumend vor dunstigen Klippen abgezeichnet. Miss Mabel drehte die Postkarte um und strich sehnsüchtig mit dem Finger über den Poststempel aus der Grafschaft Cork in Irland, ehe sie die Nachricht las.

Liebe Kat,
ich bin endlich gesprungen. Komm rein.
Das Wasser ist herrlich.
Mrs. Pearl Cavanagh

Paula Wall

Die Frauen der Familie Belle

Roman

Ein besonderer Zauber geht von den Frauen der Familie Belle aus: Schon Vorfahrin Musette konnte das zukünftige Leben eines Neugeborenen voraussagen, indem sie ihre Hand auf sein Herz legte. Viele Jahre nach ihr bringt die schöne Angela die Männerherzen reihenweise zum Schmelzen, und mit ihrer Gabe, den Menschen bis auf den Grund der Seele zu schauen, verleitet sie die sogenannten Herren der Schöpfung zu ungeahnten Großtaten. Ihre Tante Charlotte, die sie großgezogen hat, sieht dies gar nicht gern. Doch eines Tages begegnet auch ihr die Liebe – ausgerechnet in Gestalt des neuen Pfarrers des kleinen Städtchens, den sie auf höchst ungewöhnliche Weise verführt …

»Ein unerhörtes Buch zum Schmunzeln.«
Rhein-Neckar-Zeitung

Knaur Taschenbuch Verlag

Ein Philosoph auf vier Pfoten

Garth Stein

Enzo. Die Kunst, ein Mensch zu sein

Roman

Im nächsten Leben, da ist sich Enzo sicher, wird er ein Mensch sein. Deshalb beobachtet der kluge Hund die Welt um sich herum genau – und er kommt zu erstaunlichen Einsichten. Sein großes Vorbild ist Herrchen Denny: Familienvater, Rennfahrer und der zuverlässigste Freund, den ein Hund haben kann. Doch dann gerät Dennys Leben plötzlich aus den Fugen …

Die Geschichte einer wunderbaren Freundschaft zwischen zwei echten Kerlen – von denen einer vier Pfoten hat.

Droemer